Les Vents d'Aventures

AMÉLIE GRÉGOIRE

City
Poche

Photo de couverture : © Nic Skerten / Trevillion Images
ISBN : 978-2-8246-2219-4
Code Hachette : 61 9485 4

Collection dirigée par Christian English & Frédéric Thibaud.
Catalogue et manuscrits : city-editions.com

Dépôt légal : Mai 2023

1

Londres, avril 2019

La main serrée autour de la barre du métro, j'avais les yeux fermés pour me concentrer sur la musique qui résonnait dans mes oreilles. Cela me permettait d'oublier la foule oppressante autour de moi. Je détestais les transports en commun. Ça puait. Un mélange d'odeurs de transpiration et de cigarette enveloppait le wagon. Il faisait toujours soit trop chaud, soit trop froid. Le conducteur avait le pouvoir de nous expédier aux tropiques en activant le chauffage à son maximum, ou, au contraire, au pôle Nord en l'omettant. C'était à son bon vouloir. Les passagers étaient souvent désagréables, comme si leur dose de café quotidienne ne leur suffisait pas à être réveillés et de bonne humeur. Je chantonnai à voix basse le refrain de *Step out* de José Gonzalez. J'adorais cette chanson depuis que j'avais vu *La Vie rêvée de Walter Mitty* de Ben Stiller, six ans plus tôt. À chaque fois que je l'écoutais, j'avais l'impression de voyager. S'il y avait bien un rêve que j'aurais voulu réaliser dans ma vie, c'était parcourir le monde avec seulement un sac à dos. Hélas, la réalité avait repris le dessus. J'avais mis mes rêves de côté et fini mes études de droit quelques années auparavant. À présent, j'étais simplement secrétaire pour un avocat dans un des cabinets les plus réputés de la ville. Je n'avais jamais réussi à obtenir un poste à mon niveau, car à chaque fois, on m'avançait le manque d'expérience. Pourtant, ce n'était pas en faisant du café et des photocopies à longueur de journée que j'allais pouvoir prouver ma valeur aux yeux de ma hiérarchie !

D'un seul coup, la musique s'arrêta. Je mis ma main dans la poche en ouvrant les yeux. En sortant mon smartphone, je constatai rapidement que le pourcentage de batterie restante était critique. Quelle horreur ! J'avais complètement oublié de le mettre à recharger la nuit précédente ! Dépitée, j'enlevai mes écouteurs pour les glisser dans mon sac. Puis, en regardant autour de moi, je compris que le trajet allait être interminable jusqu'à mon arrêt.

J'étais claustrophobe. Je détestais me retrouver enfermer dans un lieu où il y avait beaucoup de monde. À chaque fois, j'avais l'impression de manquer d'air, d'étouffer. Je sentis les battements de mon cœur qui s'accélérèrent. Ma gorge se serra et mes mains devinrent moites. Je décidai alors de fermer les yeux et de me concentrer sur ma respiration comme me l'avait appris mon psychologue. Compter jusqu'à cinq pendant l'inspiration et faire de même pour l'expiration. Il fallait que j'évite de faire une crise de panique dans le métro. Je tentais de faire abstraction des paroles autour de moi et de rester dans ma bulle. Je fis cela tout le trajet, jusqu'à ce que mon arrêt arrive. Je descendis à la station Mansion House et accélérai le pas pour remonter à la surface.

Les rues londoniennes étaient en pleine effervescence. Smartphone ou oreillette à l'oreille, beaucoup d'hommes en costume cravate et de femmes à l'allure chic ne prêtaient aucune attention à ce qui les entourait. Je me dirigeai vers le coffee-shop à côté de mon travail. Tous les matins, c'était le même rituel : il fallait que je commande un Americano pour mon patron et que je le lui apporte rapidement afin qu'il reste bien chaud. Zéro sucre et corsé comme il l'aimait. Sinon, je pouvais être sûre qu'il me le ferait payer le reste de la journée. Je fis la queue en regardant mon smartphone dont le niveau de la batterie commençait à être de plus en plus critique. Je vis que j'avais reçu un appel. C'était Andrew, mon frère cadet. Je grimaçai avant de remettre machinalement mon téléphone dans mon sac. Pour rien au monde je ne voulais entendre ses drames de starlette dès le matin !

Je n'avais plus aucun contact avec ma famille depuis que j'avais décidé de prendre mon indépendance, refusant de subsister uniquement grâce à la fortune familiale. Alors que beaucoup rêveraient de vivre comme certains influenceurs à la mode : aller dans des hôtels luxueux, manger dans des restaurants gastronomiques sans aucune contrainte horaire, ayant pour seul but de s'afficher sur les réseaux sociaux, moi, j'avais décidé de montrer que je pouvais vivre toute seule sans l'aide de qui que ce soit ! Certes, je comptais régulièrement mes sous en fin du mois pour savoir si j'allais pouvoir m'acheter une baguette de pain, mais au moins, j'avais ma fierté ! Andrew, lui, avait gardé son comportement de fils à papa qui adorait faire du shopping pour s'acheter le dernier vêtement Chanel à la mode ou prendre le jet privé de papa pour aller à Paris à la Fashion Week et dîner en haut de la tour Eiffel avec un nouveau petit ami. C'était sans doute pour ça qu'il m'appelait : encore une histoire de cœur où il dirait un million de fois que le dernier type lui a donné de faux espoirs. Je n'avais pas envie d'entendre ses faux déboires. Je passais déjà une très mauvaise journée.

En dépit du fait que mon téléphone était en train de rendre l'âme, j'avais été réveillée en retard par un radio-réveil qui avait décidé de ne pas fonctionner à l'heure dite J'avais rapidement avalé deux tartines à la marmelade d'orange devant le spectacle de mon chat qui vomissait des boules de poils. En partant précipitamment de mon appartement, j'avais claqué la porte en coinçant un bout de ma veste. Bataillant avec pendant plusieurs minutes, j'avais manqué de la déchirer. La récupérant, j'avais dévalé l'escalier et couru jusqu'à la bouche de métro. Il y avait des jours, comme disait le dicton, où l'on devrait rester coucher.

Je tapai du pied, impatiente, en regardant la queue qui n'avançait pas. J'allais finir par être en retard et M. Branson détestait le retard. Mon téléphone se remit à sonner, mais je décidai de l'ignorer royalement. Au bout d'une bonne dizaine de minutes, j'arrivai enfin au comptoir et je tombai sur Graham. C'était un serveur du coffee-shop que je croisais tous les jours. À force, nous avions sympathisé.

—Salut Charlotte ! Comme d'habitude ?

—Exact. Un Americano pour lui et un cappuccino pour moi, répondis-je en posant sur le comptoir un billet qu'il encaissa.

—Dis-moi, fais-tu autre chose, quand même ? À part lui apporter son café…

—Je fais des photocopies. J'avoue que j'aurais préféré une carrière plus gratifiante… fis-je en soupirant.

—T'inquiète, la roue tourne toujours ! C'est peut-être bientôt ta chance !

—Nous ne sommes pas dans un film, Graham ! Allez, bonne journée !

Il me fit un signe de tête et je partis en portant les deux gobelets de café bien chaud. J'avais seulement la rue à traverser afin de rejoindre le grand immeuble abritant le cabinet d'avocats Branson & Schmidt. J'y entrai en poussant la porte battante, montrai mon badge à la sécurité et me faufilai en direction de l'ascenseur. Pour une claustrophobe, l'idée de prendre l'ascenseur, alors que huit heures et demie du matin n'avaient pas sonné pouvait être considérée comme un véritable acte suicidaire. J'aurai pu prendre l'escalier mais le souvenir de ma première ascension m'avait fait comprendre l'erreur que j'avais commise. Une véritable catastrophe s'était produite à la hauteur du cinquième étage : les gobelets étaient tombés et le café, coulant sur les marches, avait manqué de me faire tomber à la renverse. À la suite de cette aventure périlleuse et après la remontrance que m'avait faite M. Branson, j'avais décidé de ne plus monter l'escalier les mains pleines, mais de prendre l'ascenseur. Pendant toute la montée jusqu'au septième étage, je retins ma respiration.

Je sortis de l'ascenseur en poussant un profond soupir de soulagement. Les couloirs étaient déjà en effervescence. Le cabinet était sur un très gros dossier et le stress était palpable. J'allai déposer mon sac et mon manteau dans le petit cagibi qui me servait de bureau et pris la

direction de la salle de réunion où M. Branson était déjà dans une colère noire. Nous pouvions entendre malgré la porte vitrée les remontrances qu'il assénait à tout le personnel. Des noms d'oiseau volaient dans tous les sens. J'entrai à pas de loup pour déposer son Americano devant lui et partis telle une flèche en plein vol, pour aller m'asseoir dans mon propre bureau. La première chose que je fis fut de sortir un chargeur de téléphone de mon tiroir et de le brancher. Je m'aperçus que mon frère m'avait laissé un message vocal, mais je ne pris pas la peine de l'écouter. J'éteignis le téléphone pour le laisser charger tranquillement. J'allais allumer mon ordinateur quand je vis une tête passer dans l'entrebâillement de la porte.

—Alors, ton rencard avec Dan ? me demanda Melina, curieuse.

J'aurais préféré éviter cette discussion. Melina était une de mes plus proches amies. En arrivant à Londres, je ne connaissais personne et elle m'avait montré les recoins de la ville et ses lieux favoris. En général, chaque jeudi soir, nous sortions dans un bar pour boire un verre et nous amuser, mais hier soir, exceptionnellement, j'avais eu un rencard dont je me serais bien passée.

—Je t'avais dit que les sites de rencontres n'étaient pas faits pour moi ! Eh bien, ça s'est confirmé ! répondis-je en allumant mon ordinateur.

—À ce point ?! Il avait l'air si mignon sur la photo !

—Une photo ne veut rien dire ! La preuve : il avait pris la photo sur Internet ! Il n'était pas du tout pareil en vrai ! De plus, j'ai eu droit à des blagues graveleuses toute la soirée ! Je ne savais plus comment me sortir de

cette situation ! À la fin du dîner, il a voulu me raccompagner chez moi ! Je lui ai menti en disant que j'avais actuellement de la famille dans mon appartement pour qu'il me laisse tranquille !

—Tu sais Charlie, ça ne se passe pas toujours comme ça…

—Mel… commençai-je en soupirant. Ce n'est pas parce que cela a marché pour toi, que tu files le parfait amour avec Paul depuis trois ans, que ce sera pareil pour moi ! De toute manière, je suis bien trop indépendante pour me laisser amadouer par quelqu'un !

Je n'avais jamais réussi à avoir une relation durable avec un garçon. Aux premiers amours de l'adolescence, ce fut bien compliqué avec les fils à papa ! Leur seule envie était d'impressionner les filles avec leurs plus belles voitures ! À la fac de droit, nous étions tous le nez dans nos bouquins et nous ne prêtions pas attention autour de nous. Depuis, j'avais rencontré un ou deux garçons, mais cela n'avait jamais dépassé les trois mois fatidiques. Bien trop indépendante, bourreau de travail, pas assez fun… J'avais reçu beaucoup de critiques qui, même si je ne le montrais pas, m'avaient particulièrement blessée. Après avoir vécu échec sur échec, je m'étais fabriqué une carapace.

—C'est toujours bien de rencontrer des gens… Enfin, moi, je dis seulement que tu ne devrais pas tirer un trait définitif sur cette idée.

—Oh non, ne t'inquiète pas… De toute manière, demain soir, mes amies vont encore me dire qu'elles ont un garçon formidable à me présenter… répondis-je en levant les yeux au ciel, exaspérée d'avance.

Le lendemain soir se déroulerait la fameuse réunion trimestrielle avec mes copines de faculté. Elles étaient toutes, à présent, mariées, enceintes ou ayant déjà des enfants. J'allais devoir affronter le dîner de couples en étant toute seule et je ne m'en réjouissais guère, car à chaque fois, on me regardait avec pitié. Je pourrais très bien dire que j'étais malade pour l'éviter… Or, je ne savais pas mentir ! Cela se voyait à des kilomètres à la ronde !

—Tu verras, un jour, tu rencontreras quelqu'un de formidable !

—MISS TAYLOR ! cria une voix dans le couloir.

—En tout cas, ce ne sera pas lui, murmurai-je à Melina.

M. Branson venait d'arriver à hauteur de mon bureau. Café en main, il était rouge de colère. Il avait la cinquantaine, une calvitie naissante et des cheveux grisonnants. Une belle petite bedaine lui poussait depuis plusieurs mois et il devenait de plus en plus désagréable. Quand je le voyais, lui, et le cagibi qui me servait de bureau, je me demandais ce que je faisais encore là, mais la vision de mon loyer me rappelait chaque fois à l'ordre. Melina s'éclipsa bien vite pour me laisser face à mon patron.

—Monsieur Branson ?

—Le dossier Jenkins ! Où l'avez-vous mis ?!

—Sur votre bureau, monsieur, lui répondis-je calmement.

—Il n'y est pas ! s'offusqua-t-il.

—Il y était hier soir quand je suis partie, rétorquai-je d'un ton légèrement agacé.

Ce n'était quand même pas ma faute s'il perdait ses affaires ! J'avais mis des heures à préparer ce dossier au vu du nombre incalculable de pièces qu'il comportait. Au regard du bazar qu'il y avait sur son bureau, cela ne m'étonnerait pas que son dossier se balade entre moult papiers. Ma réponse n'avait pas dû lui plaire, car il me pointa du doigt en me hurlant dessus :

—Ne me prenez pas pour un idiot ! Vous n'avez pas fait correctement votre travail ! Je veux une nouvelle copie de ce dossier dans l'heure qui suit !

Je le regardai partir et je soufflai lentement pour ne pas perdre mon calme. Cet imbécile ne méritait pas que je me mette en colère contre lui ! J'ouvris le dossier Jenkins sur mon ordinateur et commençai à imprimer de nombreuses feuilles pour constituer un nouveau dossier. Je passai la première partie de ma matinée à la photocopieuse. S'ensuivit une longue journée à entendre M. Branson crier dans chaque bureau qu'il visitait.

L'après-midi passa plus silencieusement. M. Branson avait une réunion et s'était un peu calmé quand je lui avais remis le dossier reconstitué. J'aurais mis ma main à couper que l'ancien était toujours sur son bureau !

Il n'était pas loin de quatre heures et ce fut la première fois que j'attendis si impatiemment la fin de la journée pour pouvoir rentrer chez moi. Je rêvais de me blottir dans mon canapé avec un bol de soupe bien chaude sans que personne ne m'agace. Je me levai pour aller dans le couloir et prendre la direction de la fontaine à eau qui se situait à côté de la salle de réunion. Je remplis mon gobelet d'eau froide quand j'entendis quelques bribes de conversation de la réunion qui se déroulait.

—Il nous faut un junior pour cette affaire.

—Un junior ? Pensez-vous que j'aie les moyens d'embaucher un junior ?

—Bien entendu ! Ce sera une très bonne expérience pour la personne et cela vous soulagera un peu. Nous pourrions lancer l'appel à candidatures dès demain.

—Il faut que ce soit rapide ! Dans deux jours, je veux le nom de la personne, et qu'elle entre en fonction lundi prochain !

—Enfin… Monsieur Branson… Un délai aussi court, c'est impossible !

—Faites ce que je vous dis, sinon vous êtes viré !

Je gardai mon gobelet près de mes lèvres. Je ne rêvais pas ! C'était peut-être l'opportunité à saisir ! Je me dirigeai rapidement vers le bureau de Melina. Elle était en pleine rédaction d'une conclusion de procès. Je fermai la porte derrière moi et allai m'asseoir devant elle.

—C'est mon jour de chance, Melina !

—Ah bon ? Je pensais que c'était ton jour de poisse ! ne put-elle s'empêcher de répondre en ricanant.

—Oui bon… je suis désolée d'avoir râlé toute la journée. Tiens-toi bien : Branson va recruter un junior pour l'affaire Jenkins !

—Et ? me demanda-t-elle, relevant le regard vers moi et s'arrêtant un instant de taper sur son clavier.

—Voyons Mel ! Un junior ! C'est pour moi ! Depuis le temps que j'attends ce poste ! De plus, l'affaire Jenkins, je la connais comme ma poche !

Je pensais qu'elle serait aussi excitée que moi à l'annonce de cette nouvelle, mais elle me regarda calmement en clignant des yeux avant de soupirer, d'enlever ses lunettes pour passer ses mains sur son visage avant de me regarder de nouveau avec pitié.

—Pourquoi me regardes-tu comme ça ?

—Tu n'as pas encore compris que jamais tu ne serais junior ici ? Ça fait quarante fois que je te dis de quitter cette boîte, Charlotte !

—Pourquoi ne serais-je jamais junior ? J'attends ce poste depuis des années !

—Et il est temps que tu te mettes dans la tête que ça n'arrivera jamais !

—Je veux faire autre chose de ma vie que servir le café à Branson le matin ! Je n'en peux plus d'être à ses petits soins sans aucune reconnaissance !

—Dans ce cas, c'est ce que je te dis : il faut que tu partes !

Elle remit ses lunettes et recommença à taper sur le clavier comme si elle avait oublié ma présence. Ce comportement m'agaça davantage que ses propos.

—Non ! m'exclamai-je. Je vais postuler et, tu vas voir, je vais décrocher ce poste !

—Tu ne l'auras pas !

—Merci de ton optimisme.

—Merde, Charlotte ! s'énerva Melina Tu ne l'auras pas parce que le fils de Schmidt l'aura !

Je la regardai en ouvrant grand les yeux. Le fils de Schmidt ? Ce gamin ? Je me rappelais cet étudiant qui n'était jamais arrivé à l'heure durant ses stages en entreprise. Il avait préféré jouer au basket-ball avec sa corbeille à papier plutôt que rédiger des dossiers. Il n'était pas fait pour être avocat ! C'était un feignant ! Il n'avait aucune expérience concrète ! Ça ne pouvait pas être vrai ! Je me mis à rire nerveusement.

—Très bonne blague !

—Charlotte ! Harry Schmidt est sorti de la dernière promo. Il n'a pas de job pour le moment. C'est l'occasion rêvée.

—Je l'aurai, ce poste ! Tu verras ! m'obstinai-je.

Je ne lui laissai même pas le temps de répondre, je partis en claquant la porte. Je serrai les poings, déterminée à avoir ce poste. Je ne le laisserais pas me filer entre les doigts, pas après tous les sacrifices et toutes les heures que j'avais faites dans ce boulot ! Je pris place dans mon bureau pour rédiger une lettre de motivation et actualiser mon *curriculum vitae* afin de le présenter dès le lendemain matin à M. Branson. Il fallait que je fasse bonne impression. Je finis ma journée avec un sourire aux lèvres. Qu'est-ce qui pourrait m'empêcher d'avoir ce poste ? Sûrement pas ce petit Schmidt ! J'étais meilleure que lui !

Je rentrai de bonne humeur chez moi, dans le quartier de West Kensington. Je marchai tranquillement dans la rue en écoutant de la musique. Je passai à la petite épicerie en bas de chez moi pour prendre quelques petites victuailles. Je pris un paquet de chips et un peu de fromage pour accompagner ma soupe qui m'attendait dans le frigo. Je sortis en remerciant l'épicier et ouvris la porte de mon immeuble, qui se situait à côté, pour y entrer. Il n'était pas loin de dix-neuf heures, j'étais restée plus tard au travail pour peaufiner ma candidature. Je n'avais plus croisé Melina, car j'étais bien trop énervée contre elle pour lui souhaiter une agréable soirée. Je montai tranquillement les marches pour atteindre le deuxième étage. J'avais déjà sorti mes clés, m'apprêtant à enlever mes escarpins et à m'avachir dans le canapé. Cependant, je vis qu'il y avait quelqu'un qui était assis devant ma porte. Un frisson me parcourut en reconnaissant la personne.

—Andrew ?! m'exclamai-je.

Mon frère cadet était assis sur mon paillasson. Ce ne serait pas ce soir que je pourrais me détendre avec mon bol de soupe et mon plaid.

2

West Linton, Écosse, 1895

Tenant une plume, je traçai des traits à l'encre de Chine sur une carte. Devant moi se tenait une mappemonde. J'étais en train d'y retranscrire les différents noms des océans. Je travaillais sur ce projet depuis plusieurs semaines. Mes yeux fixés sur la feuille, je me laissais aller à rêver : je parcourais le monde du bout de ma plume. J'avais toujours rêvé de voir d'autres contrées, d'autres cultures, et de savoir si certaines légendes étaient véridiques. J'étais fille d'explorateur et je rêvais secrètement, un jour, de reprendre le flambeau familial. Je ne me voyais en aucun cas devenir une fille de bonne famille, me marier, faire des enfants et me pavaner dans des salons pour discuter avec des gens. Je me voyais, marchant dans la jungle et coupant les lianes pour me frayer un chemin. Je désirais contempler la nature au sommet d'une montagne en me sentant seule au monde. Loin de mes rêves, j'étais dans mon cabinet de travail jouxtant ma chambre, à tracer mes lettres en me concentrant pour ne pas que cela bave. Cette carte serait mon joyau, mon trésor, que je glisserais sous mon matelas afin que personne ne puisse la voir. Ma mère considérait mon éducation comme finie et voulait à présent que je passe mes journées à me préparer dans l'objectif de devenir une bonne épouse. Au lieu de connaître les différents noms des tasses à thé, je préférais aller dans le jardin, grimper à un arbre et lire les *Voyages de Gulliver* de Jonathan Swift.

Je fus si surprise par les coups que l'on frappait à ma porte que j'en renversai le pot d'encre de Chine. Paniquée, je le relevai bien vite, mais quelques gouttes étaient malencontreusement tombées sur la carte. Je pestai intérieurement avant de prendre un chiffon pour nettoyer les dégâts.

—Une minute ! criai-je à l'attention de la personne qui attendait.

Je tapotai avec un chiffon, mais il n'y avait rien à faire : la tache ne partait pas ! Je râlai. Il était hors de question que je recommence entièrement un travail qui m'avait demandé autant de temps et de patience. Je vis que mes doigts étaient tachés par l'encre. Tant pis, cela mettrait quelques jours à partir. Je n'étais pas la fille la plus coquette du monde. Alors que la plupart des jeunes filles de mon âge rivalisaient avec les dernières robes à la mode achetées à Édimbourg, ou à Londres pour les plus chanceuses, moi, je me contentais de vieilles robes quand j'étais au domaine, ce qui faisait hurler ma mère. Je me laissais coiffer par les domestiques uniquement si une réception était donnée. Je préférais attacher mes cheveux machinalement. Tout temps que je perdais à me pomponner était du temps perdu pour de futurs projets.

Je pliai la carte que je rangeai dans un tiroir avant de fermer mon cabinet de travail à clé. Je n'autorisais jamais personne à y entrer. C'était mon havre de paix. Je m'assis sur mon lit avant de dire à la personne qu'elle pouvait entrer. C'était la gouvernante de la maison, Abby. Elle était plus jeune que moi. Elle avait seulement quinze ans et elle était déjà au service d'une famille dans laquelle elle resterait pour toujours. Elle était jolie. Des petits yeux gris, une bouche rosée et des cheveux longs et blonds attachés en chignon. La tenue de gouvernante, robe noire et tablier blanc, ne la mettait point en valeur. Elle était très fine. Sa peau était si pâle qu'elle aurait pu être translucide.

—La réception va bientôt commencer, mademoiselle. Il faut que je vous prépare.

—C'est vrai. J'avais oublié, fis-je en soupirant.

Mon père donnait une réception en l'honneur de sa dernière expédition. Un mois plus tôt, il était revenu d'Alaska avec un sourire aux lèvres en disant que c'était le pays le plus sauvage et le plus merveilleux qu'il avait traversé de toute sa vie. Je l'enviais. Je ne me lassais pas de ses histoires et j'espérais bien qu'un jour, à mon tour, j'aurais tout un tas d'aventures à raconter. Néanmoins, la soirée ne m'enchantait pas. Je savais comment ces réceptions se déroulaient : d'un côté, épouses et enfants pour cancaner, de l'autre, les maris et les fils parlant d'explorations. À chaque fois, je m'étais sentie à la mauvaise place.

Abby ouvrit mon armoire pour sortir une robe bleue. Une robe qui était loin d'être pratique. Elle avait des dentelles blanches et était volumineuse. Je devrais encore faire attention où j'irai avec cette tenue. J'étais si maladroite que je ne manquais jamais de renverser quelque chose sur une table. Abby m'aida à passer la robe à la place de mes vêtements actuels. J'allai m'asseoir devant ma coiffeuse pour qu'elle s'occupe de mes cheveux. J'avais toujours eu horreur de ça. Pour moi, c'était une perte de temps inestimable.

—Votre mère m'a donné des nouveaux rubans pour attacher vos cheveux. Elle les a achetés lors de sa dernière promenade à Édimbourg.

La gouvernante avait sorti de la poche de son tablier deux rubans de satin bleu. Elle releva mes cheveux et fit boucler quelques mèches pour faire des anglaises. À chaque fois que l'on me coiffait ainsi, je ne me reconnaissais pas dans le miroir. Je semblais être une tout autre personne. Elle continuait de me préparer en me maquillant avec du fard à joues et du rouge à lèvres. J'étais déguisée. Moi, qui appréciais tant le naturel, je me trouvais figée telle une poupée en porcelaine. Elle ouvrit la boîte à bijoux devant moi pour accrocher un très beau collier autour de mon cou. Un sublime pendentif en rubis caressait ma peau. Elle me mit quelques bracelets en déclarant que j'étais magnifique et que j'allais briser des cœurs ce soir. Je ne pus m'empêcher de rire légèrement. Je n'étais pas le genre de fille qui cherchait un mari. Je ne souhaitais pas me marier ni être à la botte d'un homme. Elle posa ses yeux sur mes mains.

—Vous ne pouvez pas aller à la réception avec vos mains dans cet état ! me sermonna-t-elle. Qu'avez-vous donc fait pour qu'elles soient aussi sales ?!

—Comme c'est dommage, soupirai-je, feignant la tristesse. Je vais devoir prévenir que je suis indisposée...

—Non ! refusa-t-elle. Elle resta silencieuse un instant, avant de reprendre la parole. Je sais ce que nous allons faire !

Elle ouvrit le deuxième tiroir de ma coiffeuse et en sortit une paire de gants blancs. Elle m'aida à les enfiler et je soupirai. Ainsi, elle avait une solution à chaque problème. Dommage ! Je m'étais tant réjouie à l'idée de ne pas passer une soirée à faire de grands sourires en écoutant des cancans qui ne m'intéressaient guère ! Abby m'adressa un sourire et je le lui rendis, car elle était d'une telle gentillesse qu'il était impossible de ne pas l'apprécier.

En entendant les premiers invités arriver, elle me quitta. Elle devait les accueillir et les débarrasser de leurs manteaux. Je me regardai une dernière fois dans le miroir. Pendant un instant, je m'entraînai à sourire aimablement. J'étais dans l'obligation de faire bonne impression. Cette soirée me semblait déjà durer une éternité. J'avais survécu à bon nombre d'entre elles, celle-ci ne serait qu'une formalité. Je me levai pour quitter ma chambre et prendre la direction de l'escalier. Depuis l'étage, je vis que beaucoup de monde était déjà arrivé. La plupart riaient de quelques plaisanteries. Mes yeux se posèrent sur ma mère. Elle était radieuse. Elle avait eu cinquante ans quelques mois plus tôt, mais elle arrivait à paraître toujours jeune. Elle portait une magnifique robe bordeaux. Ses boucles d'oreilles étaient splendides, un cadeau que mon père lui avait rapporté du Moyen-Orient. Elle souriait et son œil était rieur. Mes sœurs étaient arrivées en compagnie de leurs maris respectifs. Lucy, mon aînée, avait un ventre bien arrondi, annonçant un heureux événement dans les prochains mois. Nous avions les mêmes cheveux bruns. Nous nous ressemblions beaucoup physiquement, mais étions radicalement opposées au niveau du caractère. Elle avait toujours été docile… quand j'étais celle qui n'en faisait qu'à sa tête. Rose, elle, avait les cheveux châtains, les yeux verts de mon père, et était plus timide. Elle avait épousé le fils du médecin de famille. Je me demandais souvent si elle était réellement heureuse. À chaque fois, elle souriait d'une façon si triste… Quand je la voyais, je me promettais toujours de refuser les mariages arrangés.

Je descendis l'escalier pour aller leur dire bonjour. Elles me firent une bise chacune son tour en me complimentant.

—Tu es magnifique Eleanor ! s'exclama Rose.

—Comment se fait-il qu'aucun garçon n'ait encore demandé ta main ? me demanda Lucy en souriant légèrement.

—Aucune idée, répondis-je, simplement.

Je ne voulais pas m'attarder sur ce sujet et je pris la direction du grand salon en compagnie de ma mère et de nos invités. Mon père avait demandé à ses amis et collègues explorateurs de le suivre dans la salle à manger pour qu'ils puissent discuter de sa dernière expédition. J'aurais voulu les rejoindre pour écouter leurs histoires ! Je ravalai ma rancœur et allai m'installer dans un des fauteuils du grand salon. Les dames parlèrent en riant d'un rire léger et faux. Quelques employés de maison étaient venus installer un apéritif, avant que le dîner soit servi. Je commençais à avoir faim. J'avais à peine mangé le midi pour consacrer mon temps libre à l'avancée de ma carte. On me servit un verre de martini et je ne prêtai aucune attention aux conversations autour de moi. J'étais focalisée sur ce qui pouvait être dit dans la pièce à côté. J'aurais aimé pouvoir me lever, traverser le salon et aller écouter discrètement ce qu'ils se disaient. Au lieu de ça, j'étais assise dans un fauteuil et ne me sentais pas, une nouvelle fois, à ma place.

—Et sinon… Nous nous demandions quand aurait lieu le mariage d'Eleanor ? Vous n'avez toujours pas de prétendant ? demanda une dame qui avait environ l'âge de ma mère. C'était une de ses amies les plus proches et elle trouvait toujours l'occasion de mettre les pieds dans le plat.

—Nous n'avons pas trouvé de fiancé potentiel…

—Saviez-vous que M. Kensington cherche à marier son fils ? Cela pourrait être une bonne idée !

Je grimaçai en entendant le nom de famille. Je détestais les Kensington. Ils habitaient dans le village voisin. Certes, ils étaient fortunés, mais leur fils était tout simplement détestable. Il se pensait mieux que tout le monde et n'arrêtait pas de vouloir prouver son intelligence alors qu'il était bête comme ses pieds. Nous ne nous entendions pas. Il me trouvait prétentieuse quand je le trouvais parfaitement idiot. Je jetai un regard à ma mère pour lui signifier qu'il en était hors de question, mais elle avait déjà un grand sourire aux lèvres.

—Quelle bonne idée, Darcy ! J'enverrai une lettre à M. Kensington pour les inviter à dîner.

—Nous nous demandions justement, avec Rose, quand notre petite sœur allait se marier ! intervint Lucy. Elle a vingt et un ans ! Il est grand temps !

Bien que je sois présente, j'avais l'impression que personne ne me prêtait attention. J'étais juste à côté d'elles et elle parlait de moi comme si j'étais absente. Cela avait le don de m'agacer. Je ne voulais pas épouser William Kensington ! Il faudrait me forcer ! J'en avais des frissons rien que d'y penser. J'étais sur le point de m'exprimer afin de donner mon avis sur la situation, mais le majordome était venu annoncer que le dîner était servi. Nous allions enfin rejoindre les hommes. Je me levai précipitamment pour être une des premières à gagner la salle à manger, mais ma sœur aînée m'attrapa le bras.

—Eleanor, ne fais pas l'idiote ! me sermonna Lucy en chuchotant. C'est une occasion en or ! Tout le monde dit que tu vas finir vieille fille.

—Je préférerais ! répondis-je, les mâchoires serrées. William Kensington ?! Je préférerais me faire nonne !

—Oh, arrête ! Il n'est pas si terrible !

—C'est un parfait idiot ! Maintenant, excuse-moi, mais j'ai faim !

Je repris possession de mon bras pour aller m'asseoir à la table de la salle à manger. J'étais à côté de mes sœurs et de leurs maris respectifs. Je me sentais oppressée, à cause, de cette atmosphère. Darcy et ma mère étaient en pleine discussion à propos des Kensington et ma mère hochait sans cesse la tête pour montrer qu'elle approuvait les dires de son amie. Je fixai le verre de vin devant moi. En regardant le liquide rubis, je me fis la réflexion que je ne voulais pas être condamnée à cette vie d'épouse. Je voulais partir. Loin et très vite.

Le dîner fut particulièrement long. Chaque explorateur parlait de ses périples, mais cette annonce de fiançailles me troublait au point de ne porter aucune attention à ce qu'il se disait. Je devenais jalouse. Jalouse de la chance d'être un homme, de pouvoir voyager à travers le monde et de revenir en racontant des exploits tandis que moi, femme, j'étais coincée dans une vie que je ne décidais pas. Le gâteau arriva. C'était un fraisier. Il était excellent. Je le mangeai avec appétit. Je me sentais différente de mes sœurs. Nous ne nous étions pas adressé la parole de tout le dîner. Lucy en profitait pour parler avec des amies qu'elle n'avait pas vues depuis longtemps et Rose était particulièrement silencieuse, préférant écouter son mari. Elle n'osait pas ouvrir la bouche. Si c'était ça, être mariée, je préférais mourir ! Je ne voulais pas perdre ma liberté ! Nous arrivions à la fin du dessert quand mon père se leva pour porter un toast.

—Je voudrais vous remercier d'être venus si nombreux ! L'Alaska a été un pays magnifique à découvrir. Si rude, mais si beau. Les glaciers à perte de vue, la nature qui était splendide… Pourtant, j'ai bien senti que ce voyage était un tournant…

De quoi parlait-il ? Je le vis avec un sourire légèrement triste. J'avais peur de ce qu'il allait nous annoncer. Mon estomac se serra et mes sourcils se froncèrent. Ses collègues l'applaudirent à tout rompre.

—J'ai décidé de prendre ma retraite.

Cette annonce fut applaudie dans des cris de joie. Des bravos et des hourras retentirent autour de toute la table.

J'en restais pantoise. Ce n'était pas possible. Il ne m'en avait pas parlé. Quand j'étais petite, je lui avais dit que quand je serais grande, je voudrais être exploratrice comme lui. Il avait passé sa main dans mes cheveux en me disant que nous verrions en temps voulu. Je me sentais trahie par mon propre père. Il annonçait cette décision devant tout le monde alors qu'il ne m'en avait pas fait part. Mes sœurs approuvèrent en disant qu'à cinquante ans, c'était beaucoup plus raisonnable. Après tout, c'était dangereux ! Ma mère semblait heureuse de cette résolution. J'étais la seule personne qui n'arrivait pas à s'en réjouir. Je serrai les mâchoires. Je voulais intervenir pour demander si tout cela n'était qu'une vulgaire plaisanterie. Je me contenais.

—Ainsi, je vais chercher un futur héritier pour lui offrir ma longue-vue d'explorateur, annonça-t-il. J'ai déjà rencontré un jeune homme très prometteur à Édimbourg. En tout cas, je vous remercie pour toutes ces années !

C'était pire que tout. Mon propre père ne m'avait pas approché pour reprendre le flambeau familial. Il allait donner cette chance à un parfait inconnu ! J'étais à deux doigts de me lever de ma chaise pour partir en claquant la porte, mais je préférais attendre la fin du repas. Quand enfin tout le monde se leva, j'en profitai pour m'éclipser en disant à ma mère que je me sentais très fatiguée. J'étais sortie en entendant mon père demander pourquoi Armand Williamsburgh n'était pas venu à sa réception. Un collègue lui répondit qu'il rentrait tout juste du Pérou et qu'il voulait que tout soit prêt pour son compte-rendu au siège des explorateurs le lendemain. Quelle chance, cet Armand ! Lui, il voyageait pendant que je croupissais ici !

Je montai l'escalier, furieuse et jalouse. En entrant dans ma chambre, j'arrachai les rubans en satin de mes cheveux pour les jeter sur ma coiffeuse. Je me regardai dans le miroir, passant le revers de ma main sur mon visage pour enlever ce maquillage.

Il fallait que je parle à mon père. Il fallait que je me batte !

3

Londres, 2019

— Charlotte ! Ça fait si longtemps !

Mon frère se releva et s'approcha de moi. Il avait un grand sourire aux lèvres. Je me demandais quelle était la raison de sa présence à une heure aussi tardive. Il aurait dû être à n'importe quelle fête à l'autre bout du monde ! Au lieu de cela, il était là, devant mon appartement qui faisait la taille de sa chambre dans la résidence familiale. Je le contournai, ne lui adressant aucun regard. Je glissai la clé dans la serrure avant d'ouvrir la porte. Chester vint me saluer en se frottant contre mes jambes et en ronronnant. J'aurais pu claquer la porte au nez de mon cadet, mais je restai polie.

—Qu'est-ce que tu veux, Andrew ? demandai-je en soupirant. Pourquoi n'es-tu pas à la dernière représentation de la Fashion Week ?

—J'ai essayé de t'appeler un nombre incalculable de fois aujourd'hui ! dit-il en s'énervant. Tu n'as pas daigné répondre !

—Je travaille Andrew. Cette notion doit te dépasser !

J'enlevai mon manteau pour l'accrocher à la patère derrière la porte. Mon frère en avait profité pour se faufiler dans mon appartement. Ce fut à ce moment-là que je remarquais qu'il avait sa valise. Mon sang se glaça. J'espérais qu'il n'avait pas dans l'idée de passer quelques jours ici. Je ne le supporterais pas. Nous étions si différents ! C'était comme le feu et la glace : incompatible. Andrew était ce que l'on pouvait appeler un beau garçon. Les cheveux bruns bien soignés, des yeux bleus à vous faire plonger dans l'océan et un petit sourire taquin sur le visage. Il était grand et élancé. Il était toujours très bien habillé : chemise dernière mode et jean de marque. Il ne quittait jamais sa montre qui brillait à son poignet. À côté de lui, je semblais être un épouvantail. J'avais beau m'habiller correctement, je ne portais jamais du Marc Jacobs. Andrew marchait dans l'appartement en regardant autour de lui. Plusieurs fois, je vis une grimace se dessiner sur ses lèvres. Je tentais de ne pas y prêter attention. Je déposai mon sac avant de me diriger vers la petite cuisine pour préparer mon dîner.

—Bon ! Qu'est-ce que tu fais ici, Andrew ? Je ne te propose pas de dîner avec moi. La soupe au potiron ne te satisferait pas ! lui déclarai-je en le regardant dans les yeux.

Je sortis les croquettes de Chester du placard et m'accroupis pour lui servir une ration. Le chat roux arriva rapidement pour les engloutir avec plaisir. Andrew déposa son sac sur mon canapé avant de me rejoindre dans la cuisine.

—Ne me dis pas que tu n'es pas au courant ! C'est à la une des journaux depuis ce matin !

—Au courant de quoi ? Andrew, je te le répète : je travaillais et je n'ai pas le temps de lire les derniers cancans sur mon smartphone ! Donc soit, tu craches le morceau, soit tu dégages, car je n'ai vraiment pas le temps en ce moment !

—Nous sommes ruinés, me répondit-il comme si c'était l'apocalypse.

Je l'observai un moment. Il était devenu si pâle qu'il s'était assis sur une chaise de bar dans la cuisine. J'avais froncé les sourcils avant de verser la soupe de potiron dans un bol et de la mettre à chauffer dans le four à micro-ondes. Les mains de mon frère tremblèrent légèrement.

—Papa a des problèmes avec la Bourse depuis plusieurs années. Il a misé beaucoup d'argent. Quand il perdait, il ne voulait pas s'avouer vaincu. Alors, il misait à chaque fois le double de sa perte et… il vient de perdre tout ce qu'il nous restait. Nous n'avons plus rien, Charlotte ! Nous sommes… pauvres.

Andrew avait des difficultés à prononcer le dernier mot. Un petit couinement sortit de sa bouche. Je n'osais pas croire ce que j'entendais. Notre famille n'avait jamais manqué de rien, et ça depuis plusieurs générations. Nous étions une des familles les plus riches du Royaume-Uni. Mes parents avaient beaucoup de connaissances haut placées. Apprendre qu'il n'y avait plus un schilling dans leur poche me laissait bouche bée. Ils avaient toujours eu une vie de privilégiés. À passer leur temps sur leur yacht l'été, près de Saint-Tropez en France, ou à partir à l'autre bout du monde sur un coup de tête. Ils n'avaient jamais compté leur argent et voilà où ils en étaient. Ils s'étaient sentis invincibles, mieux que monsieur et madame tout le monde, et à présent, ils se cassaient les dents. Un petit démon qui vivait en moi voulut rire de la situation et dire à mon frère que c'était bien fait pour eux. Au moins, je n'en payais pas les pots cassés. J'avais ma propre vie et ce n'était plus mon problème. La sonnerie du micro-ondes retentit et je sortis mon bol pour aller m'asseoir, en face de mon frère. Entre-temps, j'avais pris le pain et le fromage pour accompagner mon repas frugal.

—Et où sont les parents en ce moment ? demandai-je en tartinant une tranche de pain de fromage.

—À Bora-Bora. Ils ont fui pour ne pas se faire attraper par les huissiers.

Je n'étais pas surprise par la lâcheté de mes géniteurs. Mon père avait toujours voulu tout obtenir, mais ne jamais assumer les conséquences d'un acte malheureux. Il disait qu'il avait toujours raison et qu'il ne s'excuserait jamais. Quant à ma mère, elle le suivait. Bien trop heureuse d'exposer ses derniers achats ou sa vie mondaine. Ils étaient quand même partis sans leur fils… Je faillis en rire. Je voyais bien qu'Andrew ne supportait pas cette situation. Il avait cet air apeuré et triste sur son visage. J'avais beau être la grande sœur, je n'allais pas le materner. Je poussai devant lui le pain et le fromage, mais il les refusa. Il était hors de question qu'il se console avec de la nourriture et, surtout, avec des féculents et du gras.

—Je suis désolée, je n'ai ni quinoa ni graines de chia chez moi.

—Pourtant, ça ne te ferait pas de mal… répondit-il en m'observant de la tête aux pieds.

—Tu es chez moi. Sois encore insultant et je te fous dehors sans aucun remords ! répondis-je en pointant ma cuillère dans sa direction.

Malgré ma remontrance, il ne s'excusa pas. Cet orgueil, il l'avait hérité de mon père. Il disait toujours qu'il avait raison et qu'il était l'être le plus adorable du monde. De son avis, tous ceux qui étaient contre lui étaient de parfaits idiots. Il clamait sans cesse haut et fort qu'il avait beaucoup d'amis et qu'il était aimé de toute la planète. Or, à l'heure actuelle, il n'y avait personne autour de lui à part moi, sa sœur qu'il adorait rabaisser avec des propos désobligeants. C'est dans les coups durs de la vie que les masques tombent : on prend connaissance de ses véritables amis.

Je continuais de boire ma soupe pendant qu'il se lamentait sur ma table. Il avait appuyé son front contre le bois en soupirant de façon dramatique, tel un acteur sur scène.

—Qu'est-ce que nous allons faire… ? demanda-t-il avant de lever les yeux vers moi.

—Non ! Je t'arrête tout de suite ! Ce serait plutôt : qu'est-ce que tu vas faire ?! Ne m'embarque pas là-dedans ! J'ai un job, un appartement, et je vis très bien, ici !

—Dans ce taudis ? Non mais tu as vu la taille de ton appartement ? répondit-il avec une mine de dégoût. C'est un véritable cagibi ! Je ne sais pas comment tu fais pour vivre là-dedans sans vouloir te tirer une balle en pleine tête ! Je veux rentrer à la maison !

—Andrew, quel âge as-tu ?! Tu vas avoir trente ans et on dirait un gamin de sept ans qui chouine, car il n'a pas ce qu'il veut ! Il va falloir que tu te secoues ! Tu n'as plus le choix ! Et déjà, pourquoi es-tu venu chez moi ? Il n'y avait aucun de tes super amis disponible ?

—Personne ne répond à mes coups de fil… marmonna-t-il en évitant mon regard.

Qu'est-ce que je disais… Beaucoup d'amis sur Facebook et zéro dans la vraie vie. Andrew avait grandi dans un monde rempli d'hypocrisie où l'on vous gardait sous le coude si jamais on avait besoin de vous. Par contre, dès que vous aviez un léger problème, vous deveniez comme un pestiféré. J'avais toujours détesté la société mondaine. Quand je participais aux galas ou aux matchs de polo en famille, je me sentais toujours différente de toutes ces filles qui devaient être mes amies. Elles étaient obnubilées par l'apparence quand, moi, je préférais lire un livre dans un coin. J'avais profité de mon départ à l'université pour couper les ponts. Cela m'avait fait un bien fou de grandir dans un monde normal ! Furieux de cette décision, mon père avait décidé de me renier à la fin de mes études en voyant que je ne serais pas qu'une simple épouse pour un riche parti. À présent, quand je voyais Andrew en face de moi, seul et désabusé, cela me confortait dans mes choix passés.

—Et puis… il faut que tu m'aides pour un truc…

Il s'était redressé et me regardait droit dans les yeux. Je n'aimais pas quand nos regards se croisaient. À chaque fois, c'était pour un service. J'avais fini mon bol de soupe et je me coupais une tranche de pain frais en continuant de l'observer. Je m'attendais au pire.

—C'est à propos du château en Écosse. Les parents m'ont demandé de le mettre en vente. Ils m'ont aussi dit de te demander un coup de main.

Cette fois-ci, je ne pus m'empêcher de rire. C'était nerveux. Je n'arrivais plus à m'arrêter. J'avais posé le couteau sur la table en continuant de m'esclaffer. Les parents avaient demandé que j'aide Andrew. C'était la meilleure plaisanterie de l'année ! Eux, que je n'avais pas vus pendant dix ans, se souvenaient soudain de mon existence, et uniquement pour faire leur sale boulot ! Je m'arrêtai de rire à un moment. Puis, secouai négativement la tête.

—Pourquoi devrais-je vous aider ? Je ne fais plus partie de la famille. Non. Tu vas te débrouiller tout seul ! J'ai mon boulot et je suis sur le point d'obtenir une promotion. Donc, je ne partirai pas de Londres pour aller vendre le château de la famille.

—S'il te plaît, Charlotte ! m'implora mon frère. C'est le seul moyen pour que nous puissions récupérer de l'argent !

—Fin de l'histoire, Andrew ! déclarai-je en levant la main vers mon cadet. Clap ! Stop !

Je me levai pour aller mettre le bol dans l'évier. Je n'arrivais pas à croire qu'il avait un tel culot pour me demander un service pareil ! Le château en Écosse se léguait dans notre famille de génération en génération. C'était un vrai vestige familial datant de plusieurs siècles. Je savais que s'ils le vendaient, c'était qu'ils étaient au pied du mur. Enfants, nous avions passé toutes nos vacances dans ce château. Il était situé dans la lande écossaise et je doutais qu'il se vende aussi facilement. Non pas que je doute des compétences d'Andrew (un petit peu), mais il ne le vendrait jamais. Je pris le liquide vaisselle pour commencer à laver mon bol. Cette discussion m'avait coupé le reste de l'appétit. Andrew n'avait rien répondu. Il devait bouder, comme il avait l'habitude de le faire. Au bout de cinq minutes de silence, je me retournai vers lui.

—Je vais être sympa Andrew. Tu peux rester cette nuit. Je ne vais pas te mettre dehors. Comme j'ai bon cœur, je te donne même ma chambre, lui proposai-je en souriant.

C'était uniquement pour ne pas qu'il fasse un scandale à l'idée de dormir sur le canapé. J'avais besoin de sommeil pour être en forme le lendemain.

Je lui fis signe de me suivre. Il prit sa valise et entra dans la petite pièce qui me servait de chambre. Certes, elle n'était pas très grande, mais c'était mon cocon. Le dimanche, j'aimais beaucoup passer du temps dans cette pièce, à lire un bon livre pour me détendre. Je vis dans le regard d'Andrew qu'il était proche de la syncope. Il avait été habitué au luxe toute sa vie et ne s'attendait pas à dormir dans un si petit espace.

—C'est une plaisanterie ! Comment peux-tu dormir là-dedans ? s'offusqua-t-il.

—Sache que je suis très bien chez moi ! répondis-je, légèrement vexée. Si tu n'es pas content, il y a toujours l'hôtel ! Oups… C'est vrai, tu n'as plus d'argent !

—Tu pourrais m'en prêter ?

—Pour une chambre d'hôtel ? Non ! Tu vas faire avec la mienne pour ce soir. Je ne peux rien te prêter, car je suis juste ce mois-ci. Allez ! Bonne nuit !

—Charlotte… Ne me laisse pas…

—Il n'y a pas de monstre sous le lit, j'ai vérifié… Par contre, dans le placard, je ne te promets rien…

Je quittai la pièce en prenant quelques affaires et Chester qui, entre-temps, avait fait son nid sur le lit. Je ne pus m'empêcher de rire en voyant la tête d'Andrew quand je lui parlai des monstres. Je savais qu'il n'allait pas dormir de la nuit en se posant tout un tas de questions. En tout cas, moi, je comptais passer une nuit paisible dans mon canapé pour être en forme le jour suivant.

Je me réveillai le lendemain matin à l'heure. Je me redressai du canapé en posant une main sur ma nuque. Mes cervicales me faisaient souffrir. Je n'avais pas dormi dans une position des plus confortables, mais au moins, j'avais pu me reposer. Je me levai pour aller prendre ma douche. Je vis qu'Andrew était toujours en train de dormir. Je décidais qu'il était temps pour lui de sortir des bras de Morphée. Je traversai l'appartement avant d'ouvrir la porte de ma chambre à grande volée et de tirer les rideaux en lui demandant de se lever. Andrew ronchonna et enfonça la tête dans l'oreiller en me maudissant.

—Fini les grasses matinées ! L'avenir appartient à ceux qui se lèvent tôt ! Debout ! Petit déjeuner !

Je l'avais quitté tandis qu'il déclarait que j'étais la pire sœur au monde. Tant mieux ! Ainsi, il ne resterait pas longtemps ! Je n'avais pas réfléchi à la situation actuelle pendant la nuit. J'étais focalisée sur mon travail, mais une petite voix me disait qu'il fallait bien que je m'occupe aussi du cas Andrew. Je préparai le thé en mettant la bouilloire à chauffer avant de mettre quelques toasts à griller et de sortir des céréales. Andrew sortit de la chambre, les cheveux en pétard et le regard ensommeillé. Il s'installa à table en déclarant :

—Des œufs brouillés, une tranche de jambon et un jus d'orange bien pressé.

—Nous ne sommes pas à l'hôtel, Andrew ! Tu manges ce qu'il y a ! déclarai-je en posant le pain et les céréales sur la table.

—Mais je veux des œufs ! geignit-il.

—Si tu en veux, alors va en acheter ! Ah non, c'est vrai, tu ne peux pas !

Andrew me lança un regard noir avant de prendre du pain et de le mâcher. Il me maudissait une nouvelle fois en disant que je serais coupable de ses kilos en trop. C'était de loin le cadet de mes soucis. Je mangeai mon petit déjeuner tranquillement en regardant mon téléphone. Il fallait que je me hâte pour ne pas arriver en retard. Je comptais bien être ponctuelle pour aller déposer mon dossier de candidature dès les premières minutes ! Andrew bouda en picorant son petit déjeuner, ayant peur que chaque bouchée lui donne un kilo sur les hanches. Après avoir fini de boire mon thé, je me levai pour finir de me préparer.

—Je ne sais pas comment tu fais pour te lever tôt et aller travailler… Quelle vie ennuyeuse !

—Bientôt, ce sera ton tour.

—Non ! Je compte bien vendre le château et recommencer à voyager !

—Ce n'est pas la vraie vie, Andrew ! Tu ferais mieux de commencer à éplucher les petites annonces pour te trouver un job !

Mon frère recommença à chouiner. Quel enfant pourri gâté ! Je jetai le journal devant lui, sur la table, pour qu'il commence à se remuer. Il était hors de question que je l'héberge indéfiniment ! Je ne le supporterais pas ! Dès qu'il le pouvait, il faisait une remarque acerbe sur mon mode de vie. Si je ne voulais pas me retrouver à la une du journal pour meurtre envers mon cadet, il devait partir le plus tôt possible !

—Je rentrerai tard ce soir. Tu as de quoi manger dans le frigo… Même si ce n'est pas ton régime alimentaire habituel.

—Comme si ça ne suffisait pas d'être pauvre, il faudrait manger des choses infectes !

—Si tu ne veux plus être pauvre, trouve-toi un job !

—Jamais de la vie ! Je suis trop beau pour travailler !

Je levai les yeux au ciel avant d'aller prendre mon manteau et de l'enfiler. J'espérais que la journée se passe à merveille, car Andrew commençait déjà à me taper sur le système. Je ne voulais pas être de mauvaise humeur en arrivant au travail. Alors, je me mis à souffler tout doucement pour ralentir mon cœur. Tout se passerait bien ! Je pris mon téléphone que je glissai dans ma poche et saisis mon sac. Je comptais bien changer ma vie dès aujourd'hui et elle n'incluait pas mon cadet. Andrew me regardait me préparer puis se dirigea vers la chambre en claquant la porte. Un vrai comportement d'adolescent ! Je pris Chester dans mes bras pour lui souhaiter une bonne journée et surtout bon courage pour affronter cette teigne. Je quittai l'appartement en priant le ciel que tout aille bien.

4

West Linton, Écosse, 1895

Je restais assommée par la nouvelle de mon père, annoncée la veille au soir. Cela m'agaçait davantage que le projet d'un mariage arrangé avec le fils Kensington.

Bien que la journée fût chaude et ensoleillée, je n'avais pas quitté ma chambre. J'étais dans mon cabinet de travail à finir ma carte du monde sur laquelle j'avais passé de nombreux mois de labeur. Même si j'étais concentrée sur les traits que je traçais avec précaution, la scène du dîner me revint sans cesse en tête. Comment mon père avait-il pu prendre une telle décision ? Dire que quand j'étais enfant, il m'avait promis que je prendrais la relève ! Certes, je n'avais que huit ans à l'époque, mais ses paroles étaient restées ancrées dans ma mémoire. Il ne pouvait pas changer d'avis ! Et surtout, il ne pouvait pas donner son héritage à un parfait inconnu !

Au bout de plusieurs heures de labeur, je parvins enfin à mettre la touche finale à ma carte que je contemplai fièrement. Elle était magnifique ! Je rêvais déjà de l'embarquer dans un périple qui changerait ma vie. Je posai ma plume sur mon secrétaire et pris mon œuvre pour aller la placer près de ma coiffeuse afin qu'elle sèche. Les différents continents étaient représentés à la perfection. Je n'avais pas pu m'empêcher de rajouter des petits bateaux en illustration sur les différents océans. Elle était parfaite. J'ouvris ma fenêtre pour laisser entrer la chaleur dans la pièce. Ainsi, elle sécherait rapidement, car ce n'était pas la froideur des murs du château familial qui aiderait. En ouvrant la fenêtre, je vis le ciel d'un bleu limpide et je me décidai à sortir dans le jardin pour prendre l'air. Je pris le livre sur ma table de chevet pour continuer ma lecture sur la balancelle. Avant de sortir de ma chambre, je saisis un chapeau que je mis sur ma tête, car j'étais sujette aux maux de tête provoqués par la chaleur et les rayons du soleil.

Dans le jardin, le calme régnait. Je traversai les différentes allées pour rejoindre la balancelle dans un petit coin près d'un ruisseau. Le domaine était grand. Je connaissais ma chance de pouvoir grandir dans un si bel environnement. Le château familial était implanté en pleine campagne et nous avions beaucoup d'hectares de verdure. Un jardinier s'en occupait quotidiennement avec soin et à cette période de l'année, il était magnifique de contempler ses nombreuses fleurs et ses buissons taillés à la perfection. Je marchai sur les allées en gravier. Les cailloux grincèrent sous mes chaussures et je faisais toujours attention à ne pas trébucher, car j'étais très maladroite. Mes cheveux bruns brillaient grâce aux rayons du soleil et je plissai les yeux afin de ne pas être éblouie. J'entendis l'eau du ruisseau et vis la balancelle qui m'attendait. C'était un coin que j'appréciais particulièrement. Je passais la plupart de mes étés dans ce petit havre de paix pour me ressourcer. J'avais passé de nombreuses heures à lire sur cette balancelle aux coussins de soie blancs. Une fois arrivée, je m'assis et ouvris mon livre pour reprendre ma lecture là où je l'avais laissée. C'était *Voyage d'un naturaliste au bout du monde* de Charles Darwin. Une lecture interdite pour une jeune femme, mais je trouvais ce recueil captivant. Toutes ses théories basées, sur ses découvertes, me fascinaient. J'en apprenais beaucoup sur la science et sur l'évolution. Dire que c'était un homme qui n'était pas taillé pour voyager à l'autre bout du monde ! Il était malade en mer et il avait combattu cette faiblesse pour rapporter une théorie qui avait changé notre vision de monde ! J'avais beaucoup de respect pour ce monsieur.

J'étais plongée dans ma lecture depuis près d'une demi-heure quand j'entendis un bruit. Je relevai la tête de mon livre pour voir ma mère qui s'approchait, ombrelle en main. Elle portait une jolie robe rose pastel et son ombrelle blanche était en dentelle. C'était un cadeau de mon père qui la lui avait rapportée d'un voyage en Asie. Elle l'utilisait très souvent. Cela lui permettait de garder sa peau de porcelaine et de ne pas avoir à subir les caprices du soleil. Elle vint à ma rencontre en s'asseyant à mes côtés.

—Quelle belle journée nous avons là ! déclara-t-elle en souriant.

Je hochai la tête d'un air affirmatif. J'admettais qu'elle avait raison. C'était rare dans notre campagne écossaise d'avoir un temps aussi estival. Un grand ciel bleu sans un nuage à l'horizon avec des températures élevées. Elle ferma son ombrelle pour la poser à côté d'elle. J'avais fermé mon livre pour le mettre à mes côtés. Mon instinct me disait que ce n'était pas une simple visite de courtoisie. Je ne parlais pas, les yeux rivés sur le ruisseau, je regardai le mouvement de l'eau. Ma mère resta un moment silencieuse et je la vis, yeux fermés, souriante, profitant du vent légèrement tiède. Elle était belle. Sa beauté avait une certaine réputation dans les hameaux autour de nous, ainsi qu'à Édimbourg. Ma mère avait toujours été une très belle femme. Malgré le temps qui passait, elle gardait son visage juvénile. Seulement quelques rides au coin de ses yeux symbolisaient la vie qui avançait. Elle me prit la main et me la serra tendrement.

—Eleanor, j'ai discuté avec ton père. Nous trouvons tous deux que notre amie a eu une très bonne idée en mentionnant un mariage avec William Kensington. Ce serait une très belle union et tu serais bien protégée avec leur fortune.

—Mère, je vous le répète : je préférerais me faire nonne que me marier avec William Kensington, répondis-je doucement, masquant mon agacement.

—Voyons Eleanor ! Sois un peu réaliste ! Tu as vingt et un ans ! À ton âge, tes sœurs étaient déjà mariées et moi de même. Beaucoup de gens se posent des questions sur le fait que tu sois toujours chez nous. Il est grand temps pour toi de prendre ton envol !

—En me mariant avec William Kensington ? Ce serait davantage une prison qu'un envol.

—C'est un très bon parti Eleanor ! déclara ma mère en lâchant ma main.

—Mais je ne l'aime pas ! Combien de fois faudra-t-il que je le répète ?! m'exclamai-je, agacée.

Ma mère se pinça les lèvres en me regardant. Elle soupira puis se mit à rire légèrement. Je me demandai pendant une seconde si elle se sentait bien. Autant d'émotions en si peu de temps n'était jamais bon. Elle se mit à regarder l'horizon où l'on voyait, un peu plus loin, notre château.

—Voyons Eleanor, crois-tu que j'aimais ton père quand je l'ai épousé ? Et tes sœurs ?

—En effet, nous pouvons voir que Rose n'est pas amoureuse de son mari et elle a l'air d'en souffrir !

—Un mariage, ce n'est pas de l'amour Eleanor, ce n'est qu'un contrat qui satisfait les deux partis. Il faut que vous arrêtiez de lire des inepties en pensant qu'un prince viendra vous chercher ! Le mariage est un arrangement.

Je ne répondis rien. Je ne voulais pas paraître impolie face à ma mère. Si je lui répondais ce que je pensais, je serais envoyée au couvent dans l'heure qui suivait. Pourquoi n'étais-je pas née garçon ? Cela aurait été tellement plus simple ! J'aurai repris les affaires de mon père et je ne me serais jamais mariée ! Je ne voulais pas devenir une femme d'intérieur, en inviter d'autres pour prendre le thé en racontant les dernières nouvelles et me taire en écoutant les paroles de mon mari. Cette condition ne me convenait pas et je comptais bien ne pas m'y forcer.

—Nous avons invité les Kensington à dîner dans quelques jours, m'annonça ma mère. J'aurais voulu qu'ils viennent ce soir, mais ton père a invité M. Williamsburgh. (Elle soupira avant de reprendre :) Encore une soirée à écouter des voyages. Je n'en peux plus ! Je suis bien contente que ton père arrête ses explorations. Nous aurons enfin un peu de tranquillité.

Je regardai ma mère comme si elle venait de dire la plus grande bêtise au monde. Elle avait sorti un éventail de la poche de sa robe pour commencer à s'éventer afin d'avoir un peu d'air. Comment ne pouvait-elle pas aimer ces récits d'aventures ? Nous avions la sensation de voyager sans quitter la table. À chaque récit, je gravissais des montagnes ou explorais une forêt. Je sentais les odeurs des fruits. J'entendais le bruit de différents animaux. Je ressentais la pluie tropicale sur ma peau. Je savourais à chaque fois la moindre minute des différents récits que j'entendais. *A contrario*, ma mère semblait être agacée par tout cela et avait un sourire apaisé quand elle pensait à la future retraite de mon père. Je n'étais pas la digne fille de ma mère. Elle était l'hôtesse parfaite, recevant ses amies dans son salon en parlant des dernières nouvelles et des dernières robes à la mode. Moi, j'étais celle qui dessinait des cartes du monde dans sa chambre en rêvant un jour de prendre la mer.

—Bien. Et si nous allions nous préparer ? me demanda-t-elle en se levant de la balancelle.

J'acquiesçai de la tête en suivant son mouvement. Je récupérai mon livre pour le serrer contre ma poitrine en marchant à ses côtés. Elle avait beaucoup de grâce. Elle semblait voler au-dessus du sol à chaque pas. Elle était une véritable lady. Je ne serais jamais comme elle. D'un côté, je ne le voulais pas. Je souhaitais porter des pantalons et partir à la recherche de quelque chose qui changerait ma vie.

Je me contemplai une dernière fois dans le miroir de ma coiffeuse. Ma gouvernante avait passé une partie de l'après-midi à boucler mes cheveux comme la veille.

À chaque fois, il fallait recommencer les boucles, car elles ne tenaient jamais après une nuit de sommeil. Je me trouvais jolie, mais je ne me reconnaissais pas, une nouvelle fois. En me contemplant, je m'imaginais avec un chapeau d'explorateur et les cheveux relevés. Je ne pus m'empêcher de sourire avant de mettre mon pendentif en argent représentant une petite boussole. C'était un cadeau de mon père pour mes vingt et un ans. Je l'aimais beaucoup, mais en l'accrochant, je me demandais pourquoi il m'avait offert ce bijou s'il pensait déjà à l'époque me priver de son héritage.

J'entendis ma mère m'appeler du bas de l'escalier et sortis de ma chambre pour la rejoindre. Elle était encore plus belle qu'en début d'après-midi. Je me demandais comment cela était possible. Je descendis les marches et je vis mon père qui regardait sa montre à gousset accrochée à son pantalon noir. Son collègue n'était pas en retard, mais je voyais qu'il était impatient. Nous avions compris avec ma mère que c'était celui qui n'avait pas pu venir au dîner, la veille. J'espérais qu'il nous raconte son voyage au Pérou. Ma mère ne put s'empêcher de remettre quelques mèches de mes cheveux en place. Nous entendîmes la cloche de l'extérieur retentir et mon père se dirigea vers la porte en compagnie du majordome. J'allai avec ma mère dans le salon. Elle vérifia si tout était bien à sa place, en bonne hôtesse de maison.

— Vous me prierez de m'excuser pour hier soir. J'avais un compte-rendu important à préparer.

J'entendis la voix d'un homme s'approcher, ainsi que des pas. Je me demandais à quoi il ressemblait. Je n'eus pas le temps de l'imaginer, l'invité entra dans le salon en compagnie de mon père. Il était seul. Il avait l'apparence d'un explorateur. Tout le portrait que l'on pouvait s'en faire. Il était un personnage digne d'un roman d'aventures. Ses cheveux étaient mi-longs, bouclés, en bataille. Un mélange de noir et de blanc. Sa peau était un peu bronzée. Quand il souriait, nous pouvions voir ses rides au coin de ses lèvres ainsi qu'au niveau de ses yeux. Il avait un regard sombre pénétrant. Je n'avais jamais vu un regard aussi obscur. Il était assez grand et flottait un peu dans ses vêtements comme s'il venait de perdre beaucoup de poids. Ma mère serait sans doute offusquée en voyant son apparence. Nous ne pouvions pas dire que l'invité s'était mis sur son trente-et-un. Il avait une chemise blanche un peu froissée, un gilet d'homme qu'il avait boutonné à la va-vite et une veste qui aurait mérité d'être nettoyée. Je manquais de rire légèrement face à cet accoutrement pour le moins original. Pourtant, quand nous l'observions, cet homme dégageait un charme fou. Il devait avoir environ l'âge de mon père. Il s'avança très vite au niveau de ma mère pour lui baiser la main et fit de même avec moi. Quel étrange personnage ! Il se présenta et fit des compliments à ma mère. Je la vis, du coin de l'œil, qui souriait de manière crispée. Elle se demandait sans doute sur quel énergumène elle était tombée !

—Votre épouse ne vous accompagne pas ? demanda-t-elle en gardant son sourire.

—Mon épouse ? Quelle épouse ? Oh non, vous savez, je vis seul ! Il n'y a pas une femme qui comprenne mon désir de voyage. Elles pensent toutes que je suis complètement fou ! À peine je pose un pied à Édimbourg, je pars aussitôt pour un autre pays !

—Ah, répondit simplement ma mère, le visage fermé.

Je me pinçai les lèvres pour ne pas rire de la situation. Armand Williamsburgh était tout simplement… édifiant ! Épatant ! Il n'était pas du tout comme mon père. C'était le jour et la nuit. Tandis que mon père était un homme perfectionniste malgré ses voyages, lui semblait être tête en l'air et vivre au jour le jour. Je le vis dans son regard. Il était loin d'être un de ces gentlemen qui répondaient avec toutes les formules de politesse obligatoires. Je sentais que nous allions passer une soirée très intéressante. Bien plus amusante que celle de la veille ! Ainsi, Armand Williamsburgh était un homme libre comme l'air qui se moquait des conventions. Il ne vivait que pour ses explorations. J'avais grande hâte d'entendre son dernier voyage. Je vis que ma mère passait déjà un très mauvais moment. Sans doute, avait-elle espéré la compagnie d'une nouvelle dame et ainsi cancaner sur les dernières actualités d'Édimbourg. Notre invité regardait la pièce avec intérêt, contemplant chaque objet, ce qui, je le voyais, agaçait mon père. Celui-ci se mit à tousser pour attirer l'attention de son convive. Le majordome arrivait pour nous dire que le dîner allait être servi. Sans doute avait-il été mis au courant par mon père qui lui avait demandé de prévoir un dîner rapide, au cas où l'invité paraîtrait ennuyeux…

Mon père invita Armand Williamsburgh à passer dans la salle à manger. Nous les suivions avec ma mère qui avait sa tête des mauvais jours. J'avais un grand sourire aux lèvres en m'amusant déjà de la soirée qui allait se dérouler. J'allai m'asseoir à côté de ma mère. Mon père était en bout de table. À ses côtés, notre invité avait enlevé sa veste. À présent, nous pouvions voir que son gilet avait été rapiécé à plusieurs endroits. Je vis le visage de ma mère se contracter. Sans doute se demandait-elle pourquoi mon père avait convié un tel homme à sa table. À ses yeux, il n'avait pas l'air fréquentable.

—Donc, M. Williamsburgh, il paraît que vous avez fait un voyage particulièrement remarquable… commença mon père tandis que le majordome servait le vin.

—Épatant même, mon cher ! Je ne pensais pas découvrir de telles merveilles !

—Et où êtes-vous allé ?

—Au Pérou. Connaissez-vous le Machu Picchu ? questionna Armand avant de prendre son verre de vin.

—J'en ai entendu parler… répondit vaguement mon père.

Le Machu Picchu ! J'étais ébahie. J'avais entendu parler de ses ruines incas au sommet d'une montagne. Je n'avais jamais rencontré quelqu'un qui y était lui-même allé. À présent, devant moi, se tenait un de ceux-là. Cet homme avait gravi la montagne pour voir de ses propres yeux ses ruines à l'histoire impressionnante et captivante. Comment mon père ne pouvait-il pas connaître ce vestige ? En tant qu'explorateur, c'était inacceptable ! Je préférai me taire pour commencer à manger. Ma mère m'avait toujours dit de ne pas interrompre les conversations que mon père avait en compagnie d'invités. Je ne voulais pas la mettre en colère, car je sentais que ses prochains jours allaient être compliqués à cause du refus de mon union avec William Kensington. Je mis cette pensée de côté pour savourer les récits qui s'offraient à moi.

—Cette cité inca m'a toujours captivé, déclara Armand. Quand je marchais entre les vestiges, il y avait une ambiance particulière… Je pense que cette ville a été utilisée pour des rites religieux. Il y a quelque chose de mystique.

Mon père peinait à suivre la conversation. Nous étions face à deux explorateurs différents. Mon père, qui voyageait seulement pour voir des choses, désirant de la reconnaissance, et Armand Williamsburgh, un passionné. Il se moquait qu'on le gratifie et vivait ses aventures simplement pour lui-même. Il connaissait l'histoire de ces vestiges et tout ce qu'il racontait me captivait. Je n'avais jamais autant été subjuguée par un récit, même pas par un de ceux de mon père. Notre convive posa sa fourchette dans son assiette et regarda mon père.

—Et vous, cher collègue ? Quel a été votre dernier voyage ?

—L'Alaska, mon ultime.

—Vous arrêtez vos explorations ? demanda Armand, surpris.

—Oui, répondit simplement mon père. J'ai décidé de rester à présent avec ma famille. Je me fais vieux. Je vais transmettre le flambeau.

Je vis un air rieur dans le regard d'Armand Williamsburgh. Je me demandais ce qu'il y avait de si comique dans les propos de mon père. Il ne répondit rien pendant un instant, recommençant à manger avec beaucoup d'appétit. Il avalait une telle quantité de nourriture que je me demandais s'il avait mangé ces derniers jours. Il contemplait mon père du coin de l'œil. Je sentis que ce dernier commençait à se tendre face au comportement de son invité. Ils ne pouvaient pas s'entendre. C'était impossible.

—Pour moi, un explorateur lâche uniquement sa boussole à sa mort, dit Armand en soulignant chacun de ses mots.

—Je ne suis pas de votre avis, monsieur Williamsburgh. Je considère que nous pouvons savoir quand le moment est venu d'arrêter, répondit mon père, piqué au vif.

—Personnellement, je n'arrêtai qu'une fois que je serai mort. (Notre convive avait dit cette phrase en regardant mon père droit dans les yeux avant de reprendre la parole.) Qui va être votre héritier ?

—Je pensais à un jeune homme que j'ai régulièrement vu à nos assemblées.

—Je pourrais très bien reprendre le flambeau !

J'avais parlé sans m'en rendre compte. Entendre mon père annoncer qu'il avait le nom de son héritier m'avait fait sortir de mon silence. J'avais posé ma fourchette. Ma mère me jeta un regard noir. Je savais qu'elle voulait que je m'excuse et que je me taise, mais je ne pouvais pas faire semblant. Je devais récupérer la boussole et la longue-vue de mon père pour, à mon tour, partir à l'aventure ! Mon père ne put s'empêcher de rire tandis que notre invité m'observait du coin de l'œil. Je fus vexée par l'attitude de mon père et décidai de lui montrer qu'il avait tort. Je me levai d'un coup de ma chaise pour aller dans ma chambre chercher la carte sur laquelle j'avais travaillé. Ainsi, il verrait que ce n'était pas des paroles en l'air ! Je pris ma carte et descendis de nouveau dans la salle à manger. Je vins à la hauteur de mon père en lui tendant la mappemonde.

—Père, vous savez que je serai à la hauteur !

—Cesse tes bêtises, Eleanor ! Tu es une femme ! Tu ne prendras jamais la relève !

—Regardez cette mappemonde et dites-moi droit dans les yeux que je ne peux pas être exploratrice ! Vous me l'aviez promis à huit ans !

—Tu n'étais qu'une enfant ! Bien sûr que j'ai dit que tu pourrais être comme moi, mais… ce ne sera jamais le cas !

Il me prit la carte des mains. Je vis qu'Armand Williamsburgh regardait lui aussi la mappemonde avec intérêt. Mon père la considéra un moment avant de relever les yeux vers moi. Je ne m'avouerais pas vaincue. Il m'observa avant de déchirer mon travail de ses mains. Des mois de travail réduits à néant ! Je peinais à croire qu'il venait de faire ça.

—Maintenant, ça suffit, Eleanor ! Cesse de te comporter comme une enfant ! Tu dois te marier ! Une femme ne peut pas devenir explorateur ! Cela n'existe pas et n'existera jamais !

J'avais les larmes aux yeux en voyant les morceaux de feuille sur la table. Cette carte, dont j'étais si fière, venait d'être détruite par les mains de mon père ! Vexée et blessée, je tournai les talons pour sortir de la salle à manger et monter dans ma chambre. Je me sentais prisonnière d'une vie que je ne souhaitais pas. Je rêvais de liberté ! Je ne voulais en aucun cas devenir simplement Mme William Kensington !

5

Londres, 2019

En marchant vers la station de métro, je ne pouvais m'empêcher de penser à la situation financière de ma famille. La présence d'Andrew dans mon appartement prouvait qu'elle était critique. Alors que je devais me concentrer pour présenter mon dossier de candidature à mon supérieur, mes pensées étaient focalisées sur ma famille. Je tentais par tous les moyens de les oublier, en vain. J'arrivai à la station de métro au bout d'un petit quart d'heure. J'étais si obnubilée par cette nouvelle qu'au dernier moment, je me rendis compte qu'il y avait foule devant les écrans des annonces du métro. Cela n'augurait rien de bon. En général, c'était mauvais signe que la foule qui restait statique à l'entrée de l'escalier pour descendre sous terre. Je m'arrêtai pour lever la tête et regarder les annonces, mais de ma position, je distinguais à peine les phrases. Il faudrait vraiment que je songe à consulter un ophtalmologue. Plus les années passaient, plus je devais coller mes yeux sur les feuilles pour parvenir à lire quelque chose. Pourtant, je n'étais pas si vieille ! Heureusement pour moi, le tintement de l'annonce retentit et j'allais enfin apprendre ce qu'il se passait.

—Nous informons nos voyageurs qu'en raison d'un accident de personne sur la ligne, le trafic de la ligne de métro est interrompu pour une durée indéterminée. Nous vous prions de bien vouloir nous excuser pour la gêne occasionnée.

J'avais retenu mon souffle. Pourquoi les incidents sur la ligne se passaient toujours les jours où il ne fallait en aucun cas être en retard ? Je rageais intérieurement et je ne pus m'empêcher de pester à haute voix comme une bonne citadine. Je remontai l'escalier en bousculant quelques personnes au passage. Je ne pouvais pas rester dans l'entrée du métro en attendant indéfiniment que la situation se tasse. Combien de temps patienterais-je avant de pouvoir monter dans une rame ? De plus, celle-ci serait bondée ! Je ne pouvais pas prendre le risque d'arriver en retard ! Surtout aujourd'hui ! Pour une fois, je me décidai à prendre un taxi. Cela m'agaçait déjà. Au prix où ils faisaient les courses, je ne les prenais jamais, mais là, c'était une question de vie ou de mort ! J'accélérai le pas pour être une des premières à en héler un. Je savais très bien qu'après l'annonce sonore, tout le monde se ruerait dehors et que cela serait la guerre. Ce serait à celui qui obtiendrait en premier un taxi pour partir d'ici ! Je m'étirai pour paraître plus grande malgré mes escarpins à talons et je fis signe à une des voitures noires pour qu'elle s'arrête. Je vis du coin de l'œil une femme qui se précipita dessus et j'y entrai rapidement en claquant la portière pour qu'elle ne me vole pas ma place.

—Au cabinet Branson & Schmidt à la City, s'il vous plaît ! annonçai-je au chauffeur en sortant mon téléphone de mon sac.

Aucun appel en absence. C'était déjà ça ! Mine de rien, je n'étais pas forcément très rassurée d'avoir laissé Andrew tout seul à mon appartement. Et s'il y mettait le feu ? S'il oubliait de fermer le robinet de la salle de bains et provoquait une inondation ? Je soufflai en tentant de me vider la tête. Il ne fallait pas que je panique avec des scénarios catastrophiques imaginaires !

Tandis que je regardai sans cesse l'heure à ma montre, le chauffeur se mit en route. Je priai le bon Dieu pour que je ne sois pas en retard. Il me fallait du temps pour passer au coffee-shop afin de récupérer le café de mon patron.

Nous roulions depuis une dizaine de minutes, quand nous fûmes pris dans les embouteillages sur le pont qui reliait le quartier à la City. C'était une plaisanterie ! Le bruit des klaxons commençait à devenir important. Je me penchai vers l'avant de la voiture pour regarder devant moi. Nous n'étions pas rendus… Tout le pont était embouteillé et je vis que les minutes passaient sans que nous bougions d'un centimètre. Je stressai et cela se ressentait. Sans que je m'en rende compte, mon pied tapait frénétiquement le sol de la voiture. Un tic nerveux. Je soupirai toutes les minutes, ce qui, je pense, commençait à taper sur les nerfs du chauffeur.

—Pour combien de temps en avons-nous ? demandai-je.

—Comme chaque matin… je dirais une bonne demi-heure.

—Okay, très bien, répondis-je en sortant des billets et en les lui tendant pour la course.

Je ne comptais pas rester une demi-heure de plus dans ce taxi ! Je sortis de la voiture en laissant mon chauffeur désabusé et seul dans cet embouteillage. Je montai sur le trottoir en regardant loin devant moi. Si je courais, je pourrais arriver à l'heure. Je baissai les yeux vers mes chaussures et me rendis compte que j'étais vraiment idiote ! Je n'avais pas du tout pensé à mettre ma paire de baskets dans mon sac comme je le faisais habituellement. La présence d'Andrew m'avait retourné le cerveau ! Mes escarpins noirs étaient brillants, mais jamais je ne pourrais courir avec des talons aussi hauts sans me casser une cheville ! Il ne restait qu'une seule option. Je soupirai une nouvelle fois en me baissant afin d'enlever mes chaussures. Je me mis à courir en les tenant d'une main. Courir en collant sur un pont londonien n'était peut-être pas la meilleure idée que j'avais eue ! Je sentais les petits cailloux qui me piquaient la plante du pied. Un moment, je regardais le sol pour ne pas me blesser sur un corps étranger, un autre, je regardais en face de moi pour ne pas bousculer quelqu'un. Tel un serpent, je me faufilai entre les Londoniens. Je m'excusai à chaque fois et je courus comme si ma vie en dépendait.

D'un côté, elle en dépendait ! Je n'aurais qu'une seule occasion de présenter mon dossier à mon patron et c'était en début de journée. C'était le travail de mes rêves et je ne le laisserais pas passer ! Je courus à bonne allure, même si je me sentais essoufflée. Je n'abandonnais pas. J'avais avalé les kilomètres qui me séparaient de l'autre côté du pont. Il ne me restait plus beaucoup de temps pour arriver à l'heure. Je continuai d'accélérer la cadence et je vis bientôt l'immeuble du cabinet apparaître. J'allais être à l'heure ! Une fois à sa hauteur, je m'arrêtai rapidement au coffee-shop. J'entrai et, par je ne sais quel miracle, il n'y avait pas la queue ! J'arrivai au comptoir en tentant de reprendre mon souffle.

—Un… Americano, parvins-je à articuler entre deux respirations.

—Calme-toi ! Respire ! me conseilla Graham. Est-ce que ce sont tes chaussures dans ta main ?

Graham me regarda en fronçant les sourcils avant de se retourner pour préparer le café de mon patron. Je respirai longuement pour ralentir mon rythme cardiaque qui s'était emballé face à cette prouesse physique dont je n'avais pas l'habitude. Je n'étais pas sportive. Je préférais largement rester dans mon canapé à regarder des séries ou alors à lire un livre. Alors, faire courir mon corps dès le matin… il avait dû prendre cela pour une alerte. Je devais avoir les joues rouges. Graham posa le gobelet sur le comptoir. Je sortis un billet pour lui régler la consommation.

—Tu ne prends rien ? me demanda-t-il.

—Je n'ai pas le temps ! J'ai déjà bu une tasse chez moi. Il faut que je file !

—Tu devrais remettre tes chaussures !

—Je n'ai pas le temps !

Je le quittai telle une flèche, sortant en trombe du café en tenant le gobelet chaud dans ma main. Au bout de quelques minutes, je franchis les portes de l'immeuble où se tenait le cabinet d'avocats. Je traversai le hall en passant devant les vigiles et en montrant rapidement mon badge. Je parvins à entrer dans l'ascenseur avant que les portes ne se ferment. Consultant l'heure sur l'écran du téléphone portable de mon voisin, je vis avec grande surprise que je n'étais pas en retard. Il restait cinq petites minutes avant que neuf heures ne sonnent. Je profitai de l'ascension pour remettre mes escarpins à mes pieds sous le regard effaré de certaines filles et amusé de certains garçons. Je m'en moquais, de ce qu'ils pouvaient penser ! J'étais très fière de ma performance matinale !

L'ascenseur s'arrêta à mon étage et je sortis pour foncer dans mon bureau. Je posai le gobelet de café pour enlever ma veste et saisir mon dossier de candidature. Je repris le gobelet en main avant de sortir de mon bureau pour me diriger vers celui de mon patron. Au passage, je me regardai dans une des vitres pour voir si j'étais encore présentable. Mon tailleur jupe était impeccable. Ce n'était pas souvent que je l'enfilais, mais aujourd'hui était une occasion spéciale ! Il fallait faire bonne impression ! Mes cheveux n'étaient pas décoiffés. Je me félicitais d'avoir fait une queue-de-cheval avant le petit déjeuner. Je traversai le couloir où les collègues arrivèrent petit à petit. Au bout, je restai un moment devant la porte en bois sur laquelle il y avait une plaque portant le nom de mon chef. Je pris une grande respiration pour ralentir mon cœur qui battait toujours vite. Je levai mon poing avant de frapper trois coups à la porte. J'entendis rapidement la voix de mon patron qui m'ordonna d'entrer.

Telle une petite souris, je me faufilai dans son bureau. Il avait tendu le bras. Il n'attendait qu'une seule chose : que je lui donne son café. Je m'approchai du bureau pour le lui offrir et il le porta tout de suite à ses lèvres.

Il avala plusieurs gorgées avant de se rendre compte que j'étais toujours présente. D'habitude, je ne faisais que lui donner son breuvage et je sortais aussi rapidement que j'étais entrée, mais aujourd'hui, je me tenais droite comme un I en attendant qu'il daigne m'offrir un semblant intérêt. Ce ne fut qu'après plusieurs minutes de silence, à le regarder taper sur son clavier d'une manière incessante, qu'il daigna relever la tête pour me toiser.

—Pourquoi restez-vous plantée là ?! N'avez-vous pas de travail ?

Branson n'était pas un homme sympathique. Il n'avait jamais un sourire pour ses employés et traitait tout le monde comme un esclave. Je me sentais toujours comme une moins-que-rien en sa présence, mais cette fois-ci, je ne comptais pas me laisser déstabiliser ! Il était hors de question que je laisse passer ma chance ! Je lui tendis mon dossier de candidature. Il ne le prit pas. Il me fixa intensément du regard et je décidai de le poser sur son bureau, face à lui.

—J'ai entendu dire que vous cherchiez un junior pour l'affaire Jenkins. Voici ma candidature.

—Vous ? La serveuse de café ? répondit-il du tac au tac en riant.

Je sentis le rouge me monter aux joues, mais je gardai mon calme. Il fallait que je lui montre que ses moqueries ne m'atteignaient pas. Je toussai légèrement, essayant de lui prouver mon sérieux. Mes mains s'étaient réunies devant mon ventre et je le regardai intensément.

—J'ai toujours souhaité ce poste. Vous le savez aussi bien que moi, car je vous en avais déjà parlé il y a cinq ans lors de mon recrutement. C'est l'occasion. J'ai le niveau !

—Bien. Je jetterai un coup d'œil, répondit-il en marmonnant dans sa barbe.

Je me sentis pousser des ailes. Même s'il ne semblait pas enchanté et qu'il avait mis mon dossier de côté, je ne pus m'empêcher d'espérer. Je sortis de son bureau en sautillant légèrement. Je traversai le couloir d'un pas léger. J'avais l'impression de voler. La journée allait être merveilleuse ! Je le sentais !

Midi sonna. J'étais dans mon bureau à rédiger un compte-rendu pour Branson. J'avais passé ma matinée à imaginer que demain, je quitterais enfin ce bureau miteux pour entamer ma nouvelle et brillante carrière. Peut-être aurais-je un bureau sur la porte duquel je pourrais mettre une plaque avec mon nom. J'avais tellement envie de hurler de joie ! J'étais fébrile. Je jouais avec mon crayon dans ma main en relisant le dernier paragraphe que j'avais rédigé quand je vis la tête de Melina apparaître à ma porte.

—Veux-tu venir déjeuner ? demanda-t-elle.

Nous ne nous étions plus parlé depuis la veille. Pourtant, je ne pouvais pas lui en vouloir éternellement. Je sauvegardai mon fichier avant de prendre ma veste pour la rejoindre. Nous sortîmes pour aller au petit restaurant asiatique à côté de l'immeuble. Je commandai avec plaisir des nems au poulet ainsi que des bouchées vapeur à la crevette additionnées d'une part de nouilles sautées. Mon dessert se composerait de perles coco vapeur. J'avais toujours adoré ce dessert au riz gluant. Assises en terrasse, nous commencions à manger quand elle prit la parole :

—Je suis vraiment désolée pour hier. Je ne voulais pas paraître méchante… Je m'inquiète simplement pour toi. Je ne veux pas que tu fasses des plans sur la comète et que je te ramasse à la petite cuillère.

—Je comprends. Si ça peut te rassurer, Branson va regarder mon dossier ! J'ai quand même une chance ! déclarai-je d'une voix enjouée.

Je vis un petit sourire gêné apparaître sur le visage de mon amie, mais je ne le relevai pas. Elle trifouillait son assiette avec ses baguettes. Elle avait pris un *bò bún*. Un mélange de nouilles avec des nems frits, des cacahuètes, des algues et du bœuf en lamelles. Je mangeai avec appétit quand elle posa ses baguettes sans avoir avalé une seule bouchée de sa soupe vietnamienne.

—Je crois que Paul me trompe.

—Pardon ? répondis-je en restant bouche bée, baguettes devant le nez, qui tenaient un nem. (Je secouai la tête négativement.) C'est impossible ! Il est fou de toi !

—Il rentre tard. Ce n'est plus comme avant. Je le sens distant.

—Le lui as-tu demandé ?

—Bien sûr ! Je me vois bien aller le voir et lui dire : « Dis, Paul, tu me trompes ? Parce que nous ne couchons plus ensemble depuis trois mois ! »

—Trois mois ? Mon nem tomba dans l'assiette, lui aussi, surpris par la situation.

—Arrête, c'est gênant.

Melina reprit ses baguettes pour commencer à manger son plat. Elle se faisait si petite que j'avais l'impression qu'elle allait plonger dans son bol. J'avais posé à mon tour mes baguettes. Je ne comprenais pas ce qui se passait. Paul et Melina étaient le couple parfait, digne d'apparaître sur la couverture d'un magazine ! C'était le couple qui rendait tout le monde vert de jalousie. De très beaux sourires et des yeux qui montraient l'affection que l'un portait à l'autre. Ils avaient vécu ensemble six mois après leur rencontre ! Ils étaient fiancés depuis un an ! Je ne pouvais pas croire ce qu'elle me disait. Paul était droit dans ses bottes, jamais il ne pourrait faire ça ! Je ne l'espérais pas !

—Je croyais que vous parliez bébé… dis-je doucement, espérant ne pas mettre de l'huile sur le feu.

—Oui. Je pensais aussi que c'était notre projet. Il faut croire que ce n'est plus le cas.

—Tu ne peux pas le laisser faire ! Il faut que tu te confrontes à lui ! C'est comme pour un pansement : il faut arracher d'un seul coup. Ça fait mal, mais après, on se sent mieux.

—Paul, c'est toute ma vie, Charlotte.

—Eh bien dis-le-lui ! Mange et dis-le-lui !

Je tentais de la secouer. Je voyais bien qu'elle était au bord des larmes. Je me rappelais ce jour où elle était venue me voir dans mon bureau en déclarant haut et fort que Paul et elle avaient le projet de devenir parents. Ce jour-là, je n'avais pas pu m'empêcher de ressentir une pointe de jalousie face au bonheur de mon amie. J'étais l'éternelle célibataire qui ne trouvait pas chaussure à son pied. Je devais être trop difficile. Melina était mordue de Paul et je savais pertinemment que le perdre la mettrait dans une profonde détresse. Je la regardai manger et elle hocha la tête affirmativement. Je posai ma main sur son bras en souriant légèrement.

—Je serai là. Quoi qu'il arrive. (Je la vis sourire et je décidais de changer de conversation pour lui changer les idées.) Et si ça peut te faire rire, sache que mon frère habite chez moi depuis hier.

—Oh. Oui. J'ai vu pour ta famille… Je me demande toujours comment le cabinet n'a pas fait le rapprochement entre eux et toi… C'est si grave que ça ?

—Pour que mon frère dorme dans mon appartement au lieu d'un palace ? Oui, je pense. Et ce n'est pas le pire. Il veut que je parte avec lui en Écosse.

Les yeux de Melina s'arrondirent comme des billes.

—En Écosse ? Pour quoi faire ?

—Pour vendre le château familial afin de renflouer leurs poches… Je n'ai pas que ça à faire !

Melina resta silencieuse en finissant son *bò bún*. Je savais qu'elle pensait que je n'aurais pas le poste, mais je voulais lui prouver le contraire. Je mangeai mes perles de coco vapeur avec appétit, jouant avec à l'aide de ma cuillère au début, comme j'avais l'habitude de le faire. Melina ne put s'empêcher de rire légèrement face à ma bêtise et cela faisait du bien.

—Non, vraiment, je ne pourrais pas aller avec lui, car je ne survivrais pas en sa compagnie ! En attendant, mes parents sont à l'autre bout du monde à se cacher, et moi, je dois me taper leur sale boulot !

—Peut-être qu'un voyage en Écosse te ferait du bien.

—Bien sûr ! Ça se voit que ce n'est pas toi qui allais en vacances là-bas ! Il pleut ! Il n'y a personne autour de ce château ! Je suis même sûre qu'il est hanté !

—Les châteaux hantés, ce n'est que dans les films, Charlotte.

—En attendant, j'ai peur de retrouver mon appartement en cendres ce soir.

—Si besoin, je te logerai !

—Ce n'est pas drôle !

Melina ricana légèrement. Je sentis mon téléphone vibrer dans ma poche et je le sortis. En voyant le message, je me mis à soupirer avant de poser mon appareil sur la table. Mon amie me demanda ce qui me mettait dans cet état.

—On vient de me rappeler que ce soir, c'est la soirée avec mes anciennes amies de la promo…

Je n'étais pas du tout motivée à m'y rendre. Chacun était en couple et je n'allais pas supporter la soirée à tenir les chandelles. Mais le choix était rapide : cette soirée ou en passer une autre avec mon frère. Boire des verres me permettrait de rentrer plus tard à la maison et de ne pas voir les dégâts. Melina m'encouragea à y aller en déclarant que je trouverais peut-être l'homme de ma vie dans le bar. Ça, je n'y croyais pas du tout…

6

West Linton, Écosse, 1895

Refusant d'adresser la parole à mon père, j'avais mangé silencieusement l'agneau braisé accompagné de pommes de terre et de haricots verts. Je n'avais pas relevé la tête un instant de mon assiette. Le déjeuner avait semblé long et j'avais décidé d'y mettre un terme en partant dans ma chambre. Je me remémorais en boucle l'acte de mon père la veille au soir : il avait déchiré ma carte du monde en morceaux. Un travail ardu, mis à néant en une fraction de seconde.

Je vis par la fenêtre de ma chambre le ciel se couvrir comme cette haine en train d'envahir mon cœur. Je sentais une colère telle que je ne l'avais jamais ressentie auparavant. J'avais envie de hurler au ciel à quel point la vie était injuste. En me regardant dans la glace, je vis que les traits de mon visage étaient tendus. Mes lèvres étaient fermées, pincées, pour m'empêcher de pleurer. Mes yeux exprimaient une profonde rancœur. Mes mâchoires se contractèrent toutes les minutes. Je me contemplai et mon regard se posa sur le reflet de mon cou, là, où pendait le pendentif que mon père m'avait offert. Celui qui représentait une boussole. D'un geste rapide et irréfléchi, je le pris dans ma main avant de l'arracher d'un coup sec. Le fermoir cassa. Je jetai le collier sur ma coiffeuse. Je ne voulais plus porter un cadeau qui ne signifiait rien.

Je sentais mes émotions m'oppresser. Afin de les surmonter, je sortis de ma chambre pour quitter le château. Il fallait que je m'aère l'esprit. Je pris la direction des écuries où j'entrai hâtivement. J'avais toujours été passionnée par les chevaux. Il y a cinq ans, mon père m'avait offert un nouveau cheval, suite à la mort de l'ancien. Il était noir avec une légère tache blanche sur la patte gauche avant. Son pelage était brillant et il avait un regard sombre profond. J'approchai de son enclos pour venir lui caresser la tête. Le ciel se couvrait de plus en plus, mais j'avais une grande envie d'aller galoper dans les Highlands. Je pris la direction de la petite pièce où nous laissions quelques affaires. Mon cousin Peter avait laissé un vieux pantalon et une vieille chemise blanche pour les utiliser lors de ses balades équestres. Je ne m'imaginais pas galoper avec ma robe. Alors, je décidai d'emprunter ses vêtements. Ma mère criserait sans doute si elle me voyait porter des habits d'homme. J'enlevai rapidement les miens avant de les poser sur un petit banc en bois. Puis, j'enfilai le pantalon en lin beige et la chemise blanche tachée. Il faisait la même taille que moi. Il avait cessé de grandir après ses treize ans. C'était très complexant pour lui. Un homme de son âge qui n'était pas plus grand que sa cousine, c'était un sujet d'hilarité pour les autres hommes de la famille. Je pris sa ceinture pour serrer le pantalon à ma taille afin qu'il ne glisse pas. Enfilant le vieux chapeau en feutre noir qu'il laissait aussi sur l'étagère au-dessus du banc, je quittai la pièce pour prendre la selle et les rennes.

J'ouvris l'enclos de Terrence, mon cheval, et préparai ma monture. Je me pressai afin que personne ne puisse empêcher ma petite escapade. Au bout d'une dizaine de minutes, je sortis en tenant Terrence par les rennes. Puis, je montai sur son dos avant de galoper. Si mère m'avait vue en position cavalière, elle aurait eu une syncope. Pour elle, une dame devait obligatoirement pratiquer l'équitation en amazone. Ce qui était pour ma part une vulgaire bêtise. En amazone, nous ne pouvions pas galoper au gré du vent.

Nous galopions avec Terrence depuis près d'une heure. Le ciel devenait de plus en plus sombre. Le vent se levait et je sentais le chapeau de Peter bouger. De temps en temps, je le tenais d'une main pour l'empêcher de s'envoler. Si je le perdais, il allait pester. Il tenait beaucoup à ses affaires. Au bout d'un moment, je tirai les rennes pour que Terrence ralentisse. Nous montions une petite colline. L'herbe était haute et verdoyante. Elle se pliait au fil du vent qui soufflait à présent en rafales. Terrence s'arrêta et je sautai sur le sol. Mes bottes s'enfoncèrent dans la terre qui était gorgée d'eau. Le vent était frais, mais en haut de cette colline, je me sentais libre. Pendant un instant, je fermai les yeux et levai la tête vers le ciel. Pour rien au monde je ne manquerais cette sensation de ne faire qu'une avec la nature, d'être seule au monde et de voir que la vie me tendait les bras. Je pouvais hurler combien je trouvais ma situation injuste, car personne ne m'entendrait. J'étais au milieu des Highlands, à plusieurs kilomètres du château familial. J'étais enfin libre de toute domination patriarcale. Je n'étais plus Eleanor Mary Abigail Davidson. J'étais simplement Eleanor.

Je me laissai tomber dans l'herbe légèrement mouillée. Je sentis l'humidité pénétrer dans mes vêtements inadéquats pour être portés sous la pluie, mais je m'en moquais. Je souriais comme une enfant aurait souri face à une ribambelle de friandises. J'ouvris les yeux et contemplai le ciel gris qui s'assombrissait davantage. Terrence profita de cette pause pour grignoter l'herbe verte. Je soupirai longuement. Je me demandais quel temps il faisait à l'autre bout du monde. Nous partagions tous le même ciel sur cette planète et pourtant, j'avais l'impression que le mien, à l'heure actuelle, était différent. Il était gorgé de tristesse, la même qui étouffait mon cœur. Le vent sifflait dans mes oreilles et dans les brins d'herbe de la colline.

—Est-ce que tu penses que je suis condamnée à vivre en tant que Mme William Kensington ? demandai-je à Terrence en gardant les yeux rivés vers le ciel.

Qu'attendais-je ? Que mon cheval me réponde comme dans les contes de fées ? Qu'il devienne mon protecteur et qu'il me dise comment serait mon avenir ? Je ne pus m'empêcher de rire légèrement face à cette pensée idiote. Je levai la main gauche vers le ciel et la contemplai en me focalisant sur mon annulaire encore vierge. Si j'écoutais mes parents, bientôt une fine bague dorée l'ornerait comme c'était le cas pour mes sœurs. À cette pensée, je ressentis une boule d'angoisse apparaître au niveau de ma gorge. Ma respiration se fit saccadée. Je ne pouvais pas accepter ce destin. Je ne pouvais pas être simplement une épouse et une mère de famille.

J'entendis au loin un vrombissement dans le ciel. Quelques gouttes se mirent à tomber et je me relevai. Le ciel, près des premières montagnes au loin, était noir. L'orage arrivait et il fallait que je rentre afin de ne pas me retrouver trempée jusqu'aux os. Je remontai à cheval et commençai à prendre la direction du château familial, quand la pluie se mit à tomber. Je n'avais pas assez anticipé le temps. Les chemins devinrent boueux, mais Terrence tenait bon. Il ne faudrait pas que je chute. Par moments, je sentis les sabots de mon cheval qui glissaient. Au bout d'une heure, la pluie s'intensifia. Je peinais à voir devant moi. Mes cheveux se mirent à ruisseler et à coller sur mon visage à cause du vent. Je sentais que ma chemise et mon pantalon n'étaient plus que des bouts de tissu imbibés d'eau. Nous arrivions au château. Je vis de la lumière à quelques fenêtres de l'édifice et Terrence s'arrêta à l'entrée de l'écurie. Je descendis de cheval et manquai de glisser à cause de la boue. La pluie avait causé beaucoup de flaques d'eau profonde. Nous entrâmes dans l'écurie où les autres pensionnaires nous regardaient comme si nous étions des monstres. Je mis Terrence dans son enclos avant d'enlever la selle et de lui mettre une couverture sur le dos afin de le réchauffer. Je grelottais de la tête aux pieds. J'avais enlevé le chapeau pour le poser non loin de moi. Mes cheveux bruns gouttaient. J'entendis un petit cri qui provenait de l'entrée de l'écurie.

—Mademoiselle ! Dans quel état êtes-vous !

Une domestique du château me faisait face. Elle avait couru jusqu'à l'écurie. Ses chaussures étaient pleines de boue et elle s'était protégée tant bien que mal avec un parapluie qu'elle tenait dans sa main droite.

—Si madame votre mère vous voyait dans cette tenue… déclara-t-elle d'une voix tremblante.

Je la vis qui se mit à rougir jusqu'aux oreilles. Je fis signe de la main que je n'y prêtais pas attention. J'entrai de nouveau dans la petite pièce pour pouvoir récupérer ma robe et mes affaires. Je me changeai rapidement avant d'en sortir en fermant la porte. J'allai verrouiller l'enclos de Terrence avant de lui donner une carotte et de le gratter sur le museau pour le remercier de cette petite balade improvisée.

—Je venais vous chercher, car votre père voudrait vous parler…

Je regardai Terrence dans les yeux avant de soupirer et de suivre la domestique. Mon père n'avait sans doute pas apprécié mon déjeuner silencieux. Je marchai sous le parapluie à côté de l'employée de maison. La boue devenait de plus en plus présente et nous manquâmes plusieurs fois de glisser dans la cour menant à l'arrière du château. Elle me fit passer par les cuisines. Sans doute ne voulait-elle pas que mes parents me voient ainsi trempée. Je compris qu'il fallait que je fasse un passage par ma chambre pour me sécher. Je montai quatre à quatre l'escalier avant de fermer la porte derrière moi. Je pris une serviette posée à côté de mon lit (sans doute un geste de la part de cette domestique) et la passai dans mes cheveux. J'avais les joues froides, rafraîchies par cette pluie bénéfique. La chaleur étouffante de cet été avait à présent disparu. L'orage éclatait et les éclairs zébraient le ciel. La pluie offrait le bol d'air rafraîchissant tant attendu.

Je quittai la chambre pour aller dans la bibliothèque où mon père était installé. Il utilisait souvent cette pièce comme bureau. En y entrant, je fus captivée, comme à chaque fois, par les milliers de livres qui étaient rangés sur chaque étagère contre les murs. Des reliures de toutes les couleurs offraient un panel de connaissances illimitées. Il y avait sur un des murs une très grande mappemonde dans les tons beiges. Dessus, des tracés rouges montraient chaque voyage de mon père. Au centre de la pièce se situait un globe sur pied qu'il s'était offert pour une fortune.

—Je t'attendais. Assieds-toi.

Mon père était en train d'écrire une lettre, installé derrière son bureau en chêne. Il avait fait un signe en direction d'une chaise face à lui. J'hésitais pendant un instant avant d'obtempérer. Ainsi, je pris place en attendant qu'il finisse de rédiger sa missive. Il posa sa plume pour me regarder un moment avant de s'adosser à sa chaise et de me fixer.

—Il faut que nous ayons une discussion. As-tu quelque chose à dire par rapport à ton comportement au dîner d'hier ?

Je savais pertinemment ce qu'il attendait de moi. Il voulait que je m'excuse comme une fille de bonne famille l'aurait fait. Je ne voulais pas me mettre à genoux et implorer son pardon pour un comportement que je ne jugeais pas honteux. Je me mordais la lèvre pour m'empêcher de parler, car si je ne le faisais pas, je savais très bien que je clamerais haut et fort que le fait d'avoir déchiré mon travail était inadmissible et que la conséquence arriverait sans tarder : je me prendrais la correction de ma vie. Alors, je posai les mains sur mes genoux. Mes doigts agrippèrent le tissu de ma robe et j'avalai ma salive avant de répondre calmement :

—Non.

—J'attends des excuses, Eleanor. Ce comportement était inacceptable ! Tu n'aurais jamais dû agir ainsi en présence d'un invité !

—Tu as déchiré mon travail, répondis-je, calmement.

—Je préférerais que tu fasses du travail de broderie au lieu de perdre ton temps à dessiner !

Je me sentis vexée. Pensait-il que c'était simplement un passe-temps ? Cette carte, je la destinais à ma première expédition ! Je voulais qu'elle soit avec moi quand je marcherais dans un nouveau pays. Je pourrais l'exposer en disant que c'était le début de toute mon histoire ! Au lieu de ça, elle croupissait dans une poubelle, en mille morceaux !

—Il faut que tu te sortes ces inepties de ta tête !

—Quand tu m'as offert ce pendentif, tu ne pensais pas à ce que tu disais, n'est-ce pas ?

—Bien sûr que non ! Avoua-t-il, sans honte. Tu dois suivre le chemin de tes sœurs. Tu ne deviendras jamais une exploratrice ! Cela n'existe pas ! Ce n'est pas une chose pour les femmes ! Tu m'as fait honte face à Armand Williamsburgh hier soir…

Je baissai le regard vers mes mains. Ainsi, ce serait comme ça ? J'aurais cette bague dorée autour du doigt et, finalement, je ne pourrais pas avoir une vie différente ? Je sentis les larmes qui commencèrent à embrumer mes yeux, mais je les ravalai. Je ne voulais pas paraître une jeune fille capricieuse qui pleurait car elle n'avait pas ce qu'elle souhaitait. Je respirai lentement pour faire fuir le chagrin qui commençait à m'envahir.

—Cet homme… jamais je ne l'inviterai de nouveau ! Quel énergumène ! Il ne sait même pas se tenir en société ! Je me demande comment ses travaux peuvent lui attirer autant d'éloges ! Néanmoins, ce n'est pas une raison pour te comporter ainsi ! Tu écriras un mot à ce Williamsburgh pour t'excuser. Je compte sur toi pour te tenir comme il faut au dîner avec les Kensington !

—Je vous le dis une nouvelle fois : ce mariage n'est pas une bonne idée.

—Eleanor, ce n'est pas à toi que revient la décision. Tes sœurs ont fait de beaux mariages. Il est temps pour toi. Les Kensington sont une excellente famille !

Je me retrouvais au pied du mur. Mon père avait repris sa plume. Pour lui, tout était entendu. Il me voyait déjà au bras de William. Je ne voulais pas que ce dîner ait lieu, mais il fallait que je me rende à l'évidence : cela allait être le cas. J'étais déprimée à cette perspective et toutes les balades à cheval du monde ne pourraient combler ce sentiment de perdition.

—Puis-je au moins vous demander si je peux me rendre à Édimbourg acheter une nouvelle robe pour ce dîner ?

Je vis le visage de mon père s'illuminer. Il accepta chaleureusement en soulignant qu'il était ravi de voir que je fasse preuve d'initiative afin que le repas se passe au mieux ! Pour ma part, je ne voyais là qu'un moyen de quitter le château familial pour respirer. Même si cela ne serait que le temps d'un après-midi et qu'une domestique m'accompagnerait. Qui sait, peut-être que pendant cette sortie, je trouverais une parade !

Mon père me demanda de quitter la bibliothèque, car il avait beaucoup de choses à régler. En particulier ses affaires de retraite et d'héritage envers un jeune homme.

Je préférais partir de cette pièce avant de ne pas pouvoir me contrôler. Je ne supportais pas que tout son travail soit remis entre les mains d'un homme qui n'avait aucun lien de sang avec notre famille. Je marchai dans le couloir. Les lampes à pétrole étaient allumées. L'orage grondait fort. La pluie martelait les vitres du château. Le ciel imageait à la perfection mes sentiments. Alors que je me pensais à un croisement de ma vie, je me retrouvais finalement face à une voie sans issue au bout de laquelle se profilait un mariage avec William Kensington.

J'entrai dans ma chambre en soupirant longuement. Je fermai doucement la porte. J'allai m'asseoir devant ma coiffeuse en m'observant. Je passai une main dans mes cheveux mouillés. Pourquoi n'étais-je pas né garçon ? C'était une question stupide que j'étais en train de me poser. Pourquoi, en tant que femme, n'avais-je pas les mêmes droits que les hommes ? Pourquoi il y avait cette différence qui n'aurait jamais dû être ? Quand je voyais ma mère et mes sœurs se plier à la volonté de leur mari sans rien dire, cela m'agaçait. Je savais très bien que mon mariage serait compliqué, car je n'arrivais pas à rester impassible. Avec William, cela était déjà très compliqué entre nous. Nous nous étions battus lors d'une communion d'amis en commun. Je n'avais que dix ans, mais je n'avais pas apprécié qu'il dise que j'étais bête de croire que je pourrais voyager à l'autre bout du monde, que je n'étais qu'une idiote, qu'il était meilleur que moi. Nous nous étions bagarrés dans la terre. Il m'avait arraché quelques mèches de cheveux et je lui avais enfoncé mes doigts dans les yeux.

Ce jour-là, mon père m'avait frappée pour la première fois en me disant que mon comportement était inacceptable, que je n'étais qu'une sauvagesse. J'avais très mal dormi cette nuit-là, car je n'avais pas compris pourquoi personne n'avait puni William. J'avais été la seule à avoir eu le droit à une explication douloureuse. Je serrai les poings en regardant mon visage à travers la glace. Mes mâchoires se crispèrent et les larmes se mirent à couler silencieusement sur mes joues. Un éclair blanc illumina un instant la chambre. Je vis son léger reflet sur le pendentif que j'avais arraché en début d'après-midi et dont le cadavre était toujours sur ma coiffeuse. Je le pris dans mes mains en le fixant. Il fallait que je trouve une solution. Personne n'avait le droit de décider à ma place.

7

Londres, 2019

J'étais sortie du travail tardivement, car je ne voulais pas repasser à l'appartement avant de rejoindre mes amis dans le quartier de Soho. Par la même occasion, je désirais que mon patron, en me voyant quitter le bureau à une heure aussi avancée, me considère comme une employée modèle. J'avais fini de taper le rapport d'une affaire en cours et j'étais allée le déposer sur le bureau de M. Branson. J'avais vu qu'il y avait toujours les dossiers de candidature pour le poste de junior et j'avais été à deux doigts d'ouvrir celui de Harry Schmidt. Je m'étais demandé si ce jeune homme était aussi brillant qu'on le disait ou s'il postulait uniquement parce qu'il était le fils chéri. J'étais parvenue à me contrôler, refusant de m'abaisser à un tel niveau et j'avais tourné les talons pour rejoindre mon bureau. J'avais pris mon téléphone portable afin d'envoyer un message à Andrew et lui annoncer que je ne rentrerais pas dîner et qu'il n'était pas obligé de m'attendre.

J'espérais qu'il mette à profit la journée pour trouver un job et aussi qu'il oublie l'idée que je l'accompagne en Écosse vendre le château familial. Je chassai cette pensée de mon esprit. Demain matin, le verdict serait sans appel : je serais junior ou alors je tirerais une croix définitive sur mon rêve d'être avocate.

L'ascenseur descendait tout doucement. Je jetai un coup d'œil dans le miroir de la cabine pour regarder mon visage. Mes cernes s'étaient légèrement creusés. Mon teint n'était pas frais. J'avais quelques petites traces de mascara au-dessus des cils, sur les paupières. Je grimaçai puis haussai les épaules. De toute manière, j'allais rejoindre mes amis dans un bar. Je n'avais pas un rencard de prévu. Je commençais à me faire une raison sur les rencontres amoureuses. Brad Pitt aurait beau frapper à ma porte, j'étais tellement obsédée par mon travail que je n'y prêterais même pas attention ! De toute façon, il n'y avait que dans les comédies romantiques que l'on trouvait l'amour de sa vie au coin de la rue. L'ascenseur arriva au rez-de-chaussée et j'en sortis. Je souhaitai une agréable soirée aux gardiens de nuit et pris la direction du métro.

Le trajet jusqu'à Soho ne fut pas long. En sortant de la bouche de métro, je fus enivrée par l'effervescence du quartier. Combien de temps avais-je passé ici avec mes amis de promo lors de nos soirées étudiantes ? Je me rappelais même avoir vomi dans cette poubelle, en face de moi, en riant à gorge déployée. Je me mis à rougir en pensant aux nombreuses soirées un peu trop arrosées. Je n'avais jamais été une grande fêtarde, mais lors de ces événements, je me lâchais. Je n'avais pas peur de ternir l'image de ma famille. Je me sentais libre ! Je me rappelais l'époque où je m'étais mise debout sur un bar avec trois filles et où nous avions chanté à tue-tête le dernier tube de Britney Spears. Mon Dieu ! En y repensant, j'avais envie de me terrer dans un trou de souris. Je me mis en route pour Soho Residence où mes amis devaient déjà m'attendre. Pendant le court trajet jusqu'au bar, je tentai de me rassurer en me disant que la soirée ne serait pas aussi catastrophique que je l'imaginais. Évidemment, j'aurais droit aux photos de leurs dernières vacances entre couples ou alors aux échographies des futures progénitures, mais je feindrais l'ennui en faisant mon éternel sourire de façade.

Au bout d'une dizaine de minutes de marche, j'arrivai devant l'établissement. C'était un immeuble très chic, en briques, dont le bar se situait au rez-de-chaussée. L'entrée était à l'angle de deux rues. Deux grandes portes vitrées noires, entourées d'arbustes, ouvraient la voie. Un vrai contraste avec le bar gay juste à côté. En entendant la musique et les rires qui sortaient de Soho Village, j'avais bien envie de changer de destination. Ce fut en prenant une grande inspiration qu'enfin je poussai les portes de Residence Soho. Il y avait plusieurs canapés, fauteuils, chaises et tables. Il y avait déjà beaucoup de monde. Je vis mes amis accoudés au bar et je les rejoignis en me faufilant à travers la foule. Quand j'arrivai, Georgie, ma meilleure amie à l'époque de la fac, me fit un grand signe de main.

—La voilà ! Notre petite Charlie ! s'exclama-t-elle en se levant de son tabouret de bar et en me claquant une bise sur la joue.

Je vis avec effroi ou bonheur qu'elle avait un ventre bien arrondi. J'étais bien entendu au courant grâce à un statut Facebook d'elle et de son petit ami qui annonçait que la famille allait s'agrandir. Néanmoins, la voir ainsi, dans une robe de grossesse qui devait coûter les yeux de la tête, me rendit légèrement jalouse. Georgie avait réussi. En sortant de l'université, elle avait obtenu un très beau poste dans un cabinet d'avocats. À présent, elle était une des avocates les plus réputées en droit des familles. Elle avait rencontré son compagnon lors d'une soirée étudiante. Travis était ophtalmologue. Autant dire qu'eux deux n'avaient aucune connaissance des difficultés de fin de mois. Georgie n'était pas seulement brillante, c'était la fille parfaite. Celle que vous voyez dans les magazines de mode. La taille fine (hormis sa grossesse), les cheveux d'un blond étincelant, ondulés, tombant sur ses épaules. Un sourire qui aurait fait rougir tous les dentistes du coin. Ses dents étaient parfaitement alignées. Ses ongles étaient manucurés et elle portait les chaussures Louboutin qu'elle avait achetées lors d'un week-end en amoureux à Paris. En la regardant, je me rendis compte que j'étais verte de jalousie. Alors, je fis un très grand sourire en clamant à quel point j'étais heureuse de la voir.

En leur compagnie, il y avait un autre couple d'amis. Ils avaient fait leurs études avec nous. Yaël et son compagnon, Phil. Yaël était petite et brune aux yeux bleus. Elle avait un tout petit nez et de toutes petites oreilles. On dit souvent : « Ce qui est petit est mignon. » C'était ce que Yaël était en tout point. Elle était toujours habillée sobrement, mais à la pointe de la mode. Elle aussi, elle avait réussi. Elle était juge. Elle avait toujours voulu l'être. Malgré son jeune âge, elle était devenue l'une des juges les plus réputées et redoutées de Londres.

Intransigeante, elle savait prononcer le verdict juste. Phil et elle s'étaient rencontrés durant la première année de faculté. Je me demandais toujours ce qu'elle, qui était si boute-en-train, lui trouvait. Il avait les cheveux bouclés comme un mouton, blonds, des lunettes dont il aurait fallu amincir les verres et une garde-robe un peu ringarde. De plus, il n'avait pas de chance, il portait un prénom de vieux ! Je me rendis compte que je devenais amère.

Je m'assis à côté d'eux et je vis qu'ils n'avaient pas encore commandé.

—Nous nous demandions quand tu arriverais ! s'exclama Georgie. Tu aurais quand même pu te changer…

—Je sors du travail, répondis-je poliment.

—Quand même ! Ce n'est pas une tenue pour une soirée ! renchérit Yaël.

—Qu'est-ce que ça peut faire ? interrogeai-je en haussant les épaules. Je n'ai pas prévu de draguer.

Je vis leurs regards se croiser. Ma crainte de la journée se confirmait. Ils avaient encore prévu quelque chose. Ils avaient la bonté d'inviter quelqu'un à chaque fois que nous nous voyions et cela commençait à me taper sur le système. J'avais l'impression que je leur faisais pitié. À chaque fois, ils me mettaient un homme dans les bras en me disant que c'était « le bon ». Par le passé, j'avais eu droit à un type qui postillonnait à chaque mot qu'il prononçait, un qui ne pensait qu'à se regarder dans un miroir, un autre qui avait déjà cinq enfants et qui venait de quitter sa femme, un qui pleurait pour un oui ou pour un non, et enfin un qui se pensait drôle avec des blagues machistes et graveleuses. Je ne voulais pas passer ma soirée à sourire face à un inconnu dont je ne me rappellerais jamais. Je leur lançai un regard noir.

—Qu'avez-vous encore fait ?! Nous ne pouvons pas nous voir sans que vous tentiez de me coller quelqu'un dans les jambes ?!

—Ne t'énerve pas, répondit calmement Yaël. Nous faisons ça pour toi. Tu vas voir, Carl est un type formidable !

—La dernière fois que tu as dit ça, je suis tombée sur un radin qui a mangé pour quatre et qui est parti en disant qu'il allait aux toilettes ! lui rappelai-je.

Mon portefeuille se souvenait encore de la facture de plus de deux cents livres sterling.

—Ce n'est pas le cas, cette fois-ci ! ajouta Georgie. Cela nous ferait tant plaisir que tu trouves quelqu'un... Nous pourrions nous voir plus souvent...

Je fronçai les sourcils. J'allais lui répondre que je ne voyais pas le rapport entre mon célibat et le fait de ne pas pouvoir se voir. Hélas, je n'en eus pas le temps, car Travis fit signe à un homme, qui venait d'entrer, de nous rejoindre. Génial ! Si j'avais su, j'aurais annulé cette soirée et je serais rentrée chez moi ! Certes, il y avait Andrew, mais lui au moins ne tentait pas de me jeter dans les bras du premier venu !

—Charlie, nous te présentons Carl. Carl, voici Charlie, la fille dont nous t'avons parlé.

Je fis un signe de tête rapide au nouvel arrivant. Je savais pertinemment que ce n'était pas le comportement à avoir. J'aurai dû me lever, sourire, jeter mes cheveux en arrière et rire comme une potiche en lui disant que j'étais ravie de le rencontrer, mais ce soir, je ne voulais pas faire semblant. Les quatre compères se levèrent en déclarant qu'ils allaient réserver une table avec des canapés et que nous devrions aller commander les boissons avant de les rejoindre. Ils filèrent aussi vite que l'éclair. Plus discret, tu meurs. Je soupirai. Je vis du coin de l'œil que le dénommé Carl me regardait. Il s'assit à côté de moi sur un tabouret de bar. Je fis un signe au barman de venir pour que nous puissions commander.

—Georgie et Travis m'ont beaucoup parlé de toi, commença le pauvre Carl qui allait souffrir.

Il aurait pu être un homme à mon goût. Il était brun, les cheveux courts, un visage carré avec des yeux noisette. Il s'était laissé pousser une barbe qu'il entretenait avec soin. Il était habillé décontracté, un tee-shirt uni dans les tons gris et un jean bleu marine. Il était assez grand et il souriait beaucoup. En apparence, il avait l'air d'être bien sous tous rapports, mais je me méfiais. De toute manière, je n'étais pas là pour le séduire. Le barman arriva et j'énonçai la commande de mes amis. Pour ma part, je ne pris rien. J'avais compris, en voyant qu'ils m'avaient une nouvelle fois attirée dans un traquenard amoureux, que je ne resterais pas en leur compagnie ce soir. Je n'avais rien répondu à Carl. Je m'étais contentée de sourire en pinçant les lèvres et j'avais fixé mon regard sur les verres que le barman était en train de remplir.

—J'ai l'impression que vous n'êtes pas contente de ma présence… me dit Carl en grimaçant légèrement. (Je ne répondis rien, me murant dans le silence. Au bout de quelques secondes, il soupira longuement avant de reprendre :) D'un côté, je ne vais pas m'en plaindre. Je ne voulais pas venir ce soir.

Quand j'entendis cette phrase, ma curiosité fut piquée au vif. Je me tournai vers lui en fronçant les sourcils, attendant qu'il argumente. Ainsi, nous étions deux à nous être fait avoir comme des bleus. Sa main était posée sur le comptoir du bar et ses doigts commencèrent à tapoter le marbre comme s'il était impatient.

—J'ai rencontré en début de semaine une fille qui me plaît beaucoup. Je lui avais donné rendez-vous ce soir, mais Travis et Georgie ont tout fait pour que j'annule afin que je vienne ici pour vous rencontrer.

Je me mis à rire nerveusement. Décidément, ces deux-là allaient trop loin ! Ils voulaient avoir leur cercle d'amis parfaits, et à force de jouer les cupidons, ils allaient perdre au change. Le barman posa les verres sur un plateau devant nous. Je lui fis signe que j'irais les donner moi-même à la table de mes soi-disant amis.

—Écoutez Carl, ce n'est pas contre vous. Je n'en peux plus, de leur petit jeu pour me caser. Je ne suis pas venue ici pour rencontrer quelqu'un et, à ce que je vois, ils font la même chose avec vous. Alors, vous savez quoi ? Je vous libère de cette soirée abominable. Appelez cette fille. Si elle vous plaît, invitez-la ce soir à aller boire un verre. Je vais rentrer chez moi, je crois que ça vaut mieux.

Je me levai de mon tabouret pour prendre le plateau en souriant à Carl. Celui-ci me fit un signe de tête avant de me souhaiter une bonne soirée et prit la direction de la sortie. Je croisai le regard de Georgie qui fronçait les sourcils. Elle n'allait pas supporter de voir son plan s'effondrer. Je m'approchai de la table de mes amis de faculté pour poser leur commande sur la petite table basse.

—Voici vos boissons et je vous laisse. Je rentre.

—Quoi ? Mais pourquoi ? Pourquoi Carl est-il parti ? Qu'est-ce que tu lui as dit ?! m'interrogea Georgie en gardant son regard suspicieux.

—Rien. Il avait rendez-vous avec une autre fille. Ce n'est pas grave, répondis-je tranquillement.

—Je n'arrive pas à y croire ! Nous lui avions dit de ne pas voir cette fille ! commença à s'énerver Georgie en tapant son verre sur la table basse.

—Vous n'avez pas à choisir qui doit fréquenter qui. Vous commencez à m'exaspérer ! Bonne soirée !

J'avais répondu un peu sèchement et j'avais fait demi-tour pour prendre la direction de la sortie. En poussant les portes, je sentis l'air doux de la ville caresser ma peau. J'étais en train de fermer ma veste quand j'entendis quelqu'un m'appeler. Georgie m'avait rejointe. Nous étions à présent toutes les deux sur le trottoir. Je voulais attraper le plus rapidement possible un métro afin de rentrer chez moi et de me reposer. En l'observant, je vis qu'elle était énervée.

—Tu nous fais quoi, là, Charlie ?!

—Et vous, vous faites quoi ?! Je n'en peux plus qu'à chacune de nos sorties, vous m'envoyiez un prétendant ! Nous ne sommes pas dans *Bachelor* !

—Nous faisons ça pour toi ! déclara-t-elle en me fixant droit dans les yeux.

—Pour moi ? répondis-je avant de rire. Non ! Pour vous ! Vous voulez trois couples unis pour partir en vacances ensemble et savoir quel bébé va parler le premier ! Nous ne sommes pas dans une série télévisée ! Je suis très bien toute seule ! Et de toute manière, en ce moment, je n'ai besoin de personne ! Je vais être promue junior et je vais devoir me consacrer à ma carrière !

Georgie se mit à rire légèrement à ma dernière phrase et je me sentis vexée. Qu'est-ce qu'elle trouvait drôle ? Se sentait-elle nettement supérieure par rapport à moi ? Elle croisa les bras sur son ventre proéminent avant de hocher la tête de gauche à droite en continuant à ricaner.

—Quand est-ce que tu vas comprendre que tu ne seras jamais junior ? Si tu avais les capacités pour être avocate, tu n'irais pas chercher le café de ton patron tous les jours ! Tu ne seras jamais avocate, Charlie. Mets-toi ça dans le crâne !

—Excuse-moi ?! répondis-je, énervée et vexée par son petit discours. (Mes poings se serrèrent tandis que je l'observais.) Ce n'est pas parce que tu as réussi que tu dois me prendre de haut !

—Arrête ta paranoïa et regarde autour de toi ! Tout le monde a réussi, sauf toi ! Tu es dans la même situation depuis que nous sommes sortis de l'université ! Si tu voulais vraiment être avocate, tu ne serais pas à ton poste actuel ! Tu te serais battue pour avoir ce que tu souhaites !

—Ce n'est pas si facile et tu le sais ! Ah non, j'oubliais ! Moi, je n'ai pas léché les bottes d'un ami de mon père pour entrer dans un cabinet !

Le rouge monta aux joues de Georgie. Je savais que j'avais touché une corde sensible. Georgie était entrée dans le cabinet d'un lointain ami de son père. Elle n'avait pas passé d'entretien d'embauche, ils l'avaient prise en tant qu'assistante stagiaire avant de lui donner une place définitive au bout d'un an. Elle ne s'était jamais battue. Première de la classe, elle avait toujours eu des facilités. Elle venait d'une famille riche, moins que la mienne, mais en avait toujours profité, tandis que moi, je proclamais haut et fort mon indépendance. Dans cette rue de Soho, je me rendis compte qu'une fracture avait eu lieu entre nous deux. Nous étions bien trop différentes pour grandir ensemble. Je n'avais plus rien en commun avec mon groupe d'amis de la faculté.

—En attendant, moi, je ne snobe pas ma famille quand elle a le plus besoin de moi ! Oui, c'est de toi que je parle, Charlie ! Nous savons tous que ta famille est ruinée et toi, au lieu de l'aider, tu continues à vivre ta vie pourrie de serveuse de café pour ton patron ! Au moins, nous, nous avons un avenir ! Toi, tu n'es et tu n'as rien !

—Tu sais quoi ? La moins-que-rien, elle va rentrer chez elle et elle ne veut plus entendre parler de vous ! Restez entre orgueilleux !

Je tournai les talons, en colère, et me dirigeai vers le métro d'un pas rapide. Je n'allais pas pleurer. Je sentais ma gorge qui se serrait. Où était passé le bon temps de la faculté où l'on riait aux éclats entre deux examens difficiles ? Les soirées dans nos chambres d'étudiants, passées à savoir qui arriveraient à manger la plus grande rangée de Pringles en une seule bouchée ? Les batailles d'eau de l'été pendant lesquelles nous courions dans tout le campus ? Je descendis les marches de la bouche de métro en me refusant à fondre en larmes. Ces gens-là n'étaient plus mes amis de la faculté. C'était de vulgaires inconnus avec qui je n'avais plus rien en commun. Ils voulaient que leur vie soit parfaite. Des couples d'amis parfaits dont les enfants parfaits iraient étudier ensemble. Je ne me voyais pas lever un verre de champagne avec eux. Je ne me voyais pas dans ce tableau qu'ils avaient dessiné.

Je rentrai chez moi, dans une rame de métro, en me disant que ma vie changerait. Malgré mes années de galère, je réussirais. Je le méritais. Je m'étais battue pour ça.

8

Édimbourg, 1895

J'avais réussi à obtenir de mon père de passer une journée à Édimbourg afin de trouver une robe pour le dîner avec les Kensington. Nous étions parties, avec une des domestiques du domaine, le matin du dîner. J'étais bien heureuse que ma mère ne nous accompagne pas pendant ce petit périple. Elle avait gardé le lit à cause d'une migraine fulgurante. Nous avions pris une calèche du domaine. Les chevaux étaient attelés et je montai la première, suivie de la domestique. Je portais une robe beige accompagnée d'un chapeau pour me protéger du soleil matinal. Mes cheveux bruns étaient relevés dans un chignon parfait et j'avais mis un peu de rose sur mes lèvres. Je portais des gants en dentelle blanche. La domestique avait mis sa robe de travail grise et une cape noire pardessus pour se protéger de la légère brise. Bien que la journée s'annonce chaude, elle avait des bottines aux pieds. Les chevaux commencèrent à trotter en tirant la calèche. Le chemin jusqu'à Édimbourg s'annonçait long et silencieux.

Dans le magasin, je me regardai dans le miroir en fronçant légèrement les sourcils. Nous étions allées dans le plus grand établissement de mode d'Édimbourg.

Ce bâtiment comprenait plusieurs étages avec un nombre important de magasins différents. Nous nous étions dirigées au troisième étage en prenant l'ascenseur. Je n'étais pas très rassurée par cette nouvelle invention. Certes, c'était plus rapide pour gravir les niveaux, mais je ne pouvais m'empêcher de retenir légèrement ma respiration durant l'ascension. Plus nous montions, plus ma peur de tomber grandissait. Comment un tel mécanisme pouvait-il rester en suspension ? Je jetai un coup d'œil à la domestique dont les yeux pétillaient. Sans doute n'aurait-elle jamais eu la chance d'entrer dans cette petite cabine si elle ne m'accompagnait pas. Elle aurait pris l'escalier comme tout prolétaire. Quand nous arrivâmes à notre étage, je sortis en premier et je respirai un grand coup. Finalement, cette expérience n'avait pas été d'une grande frayeur.

À présent, je m'observai avec attention dans cette robe couleur vermeil. Mon teint resplendissait et pourtant, je ne me sentais pas à mon aise. Ce soir, je devrais faire bonne figure devant les Kensington et cette pensée me nouait l'estomac. Depuis l'entrevue avec mon père, je n'avais trouvé aucune solution pour fuir ce mariage arrangé et l'étau se resserrait au fur et à mesure que les heures passaient. Je caressai le tissu en m'observant. Était-ce donc ainsi que ma vie serait ? Serais-je une épouse qui ne ferait que les magasins pour être à la dernière mode ? Rien que d'y penser, je me sentis nauséeuse. Abby, la domestique, s'était positionnée derrière moi avec un grand sourire, en compagnie du vendeur. Ils me regardaient tous deux avec des yeux pétillants et je m'en retrouvais fort gênée.

—Mademoiselle ! Vous êtes magnifique ! William Kensington ne pourra pas rester indifférent ! C'est la robe qu'il vous faut ! s'exclama Abby en joignant ses mains devant elle.

—Je confirme, ajouta le vendeur. Cette robe vous va à ravir. Cette couleur vous va parfaitement au teint. Nous avons reçu de très beaux rubans pour aller avec cette robe.

—Je ne veux rien mettre dans mes cheveux, déclarai-je en caressant le satin du vêtement du bout de mes doigts.

—Oh, mais ce n'est pas pour vos cheveux ! Ne savez-vous pas que la mode est à présent de porter un collier avec un pendentif accompagné d'un ruban ? demanda le vendeur avant de se diriger vers une petite étagère.

La robe était magnifique. Je ne pouvais pas le nier. Toutes les filles que je connaissais auraient voulu en avoir une aussi belle. Le satin vermeil luisait. Les manches courtes étaient légèrement bouffantes. Le corset que je portais sous le vêtement était serré au point que je devais faire attention à ma respiration afin de ne pas tomber en pâmoison. Un vrai instrument de torture qui me mettait pourtant en valeur. Le vendeur revint se positionner derrière moi et m'accrocher autour du cou un ruban de la même couleur que la robe et qui contenait un pendentif camé. Il le noua délicatement.

—Cela se nomme un tour de cou. C'est très en vogue chez les dames !

Je me contemplai dans le miroir en face de moi. Je ne pouvais nier ma beauté. Je me trouvais ravissante, mais je ne me voyais pas vivre éternellement dans ce rôle factice. Je toussai légèrement avant de demander au vendeur de nous laisser un instant afin que je puisse prendre ma décision. J'avais essayé trois robes avant celle-ci. Une bleu nuit avec un drapé qui paraissait à présent démodé, une jaune avec beaucoup de dentelles et une rose pâle qui, je trouvais, me donnait un air maladif. Abby sautillait de joie en frappant dans ses mains comme une petite fille, malgré ses vingt-cinq ans.

—C'est celle-ci qui vous faut, mademoiselle ! Cette robe est magnifique ! Vous êtes magnifique !

—Magnifique, mais malheureuse. Est-ce donc ça, mon futur ?

Ma réponse l'avait déstabilisée. Je le voyais bien. Sa bouche était entrouverte. Abby était une jolie fille malgré ses rides déjà apparentes, causées par de nombreuses heures de travail. Elle avait les cheveux blonds très clairs qui tombaient sur ses épaules. Ils ondulaient légèrement, se mêlant et causant des nœuds. Ses yeux noisette étaient assez grands. Elle avait une grande bouche et des taches de rousseur sur les joues. Petite et mince, elle semblait fragile. Sa fragilité faisait sa beauté. Elle baissa les yeux au sol en murmurant sa réponse :

—Mademoiselle a tout pour être heureuse. Vous n'avez ni froid ni faim et vous allez vous marier avec un bon parti.

—Abby... Est-ce ça pour toi, être heureuse ? Se marier à un homme que l'on n'aime pas ?

—Vous, au moins, vous allez vous marier... Je suis condamnée à vivre pour subvenir aux besoins de mes parents. Je suis devenue vieille pour épouser quelqu'un.

—Tu as seulement vingt-cinq ans ! As-tu déjà aimé quelqu'un dans ta vie ?

Même si elle n'avait pas relevé la tête, je vis ses joues rougir. Malgré ses huit ans au service de ma famille, nous n'avions jamais discuté ensemble. Elle était arrivée à l'âge de dix-sept ans par le biais d'une de ses amies. Elle avait besoin d'argent pour faire vivre sa famille. Elle avait toujours fait du bon travail. Elle n'habitait pas aux alentours du domaine et mon père lui avait donné une chambre à l'étage des domestiques. Elle rentrait chez elle une ou deux fois par an, dont au moins une fois pour Noël. Je n'avais jamais su qui elle était réellement.

—J'ai aimé quelqu'un, murmura-t-elle. En fait, pour tout vous avouer, je l'aime toujours. Nous étions amis. Il s'appelait Mallory. C'était un chouette gars. J'ai toujours cru que nous nous marierons. Il est parti travailler comme mineur, près de Dundee. Je ne sais pas ce qu'il est devenu. Pour moi, c'était lui et pas un autre.

—Dans ce cas, tu peux me comprendre, non ? Comprends-tu pourquoi je ne veux pas épouser quelqu'un que je n'aime pas ?

—Peut-être… mais vous savez, vaut mieux avoir quelqu'un pour partager sa vie, que se retrouver toute seule. Tous les soirs, avant de dormir, je pense à Mallory. Je me demande comment il va, s'il s'est marié, quelle est sa vie à Dundee…

—N'as-tu jamais pensé à y aller ?

—Avec quel argent ? demanda-t-elle en riant légèrement avant de relever la tête vers moi. Tout ce que je gagne, je l'envoie à mes parents… Je n'ai rien qui m'appartienne, mademoiselle. Même cette robe et cette cape, ce sont vos parents qui me les ont donnés pour travailler. Nous ne vivons pas dans le même monde. S'il vous plaît… Ce mariage est votre chance d'être heureuse. Pas comme moi. Si j'avais su, à quinze ans, j'aurais dit à Mallory que j'étais amoureuse de lui. Au lieu de cela, je l'ai observé en silence et j'ai pleuré toutes les larmes de mon corps quand il est parti pour Dundee. Il n'y a rien de pire que voir l'être que vous aimez partir loin de vous. C'est comme si on vous arrachait le cœur.

J'entendis de légers sanglots dans sa voix. Sa gorge s'était serrée et des larmes avaient commencé à apparaître au coin de ses yeux. Elle passa le dos de sa main sur ses paupières en soupirant légèrement et en chuchotant qu'elle ne voulait pas passer pour une faible. Je la regardai à travers le miroir. Était-ce ça, une jeune fille amoureuse ? Pleurer quand on nous arrachait ce que nous aimions le plus ? J'avais failli pleurer quand mon père avait déchiré ma carte du monde. Abby avait ressenti quelque chose de fort pour ce dénommé Mallory et moi, je n'étais pas amoureuse d'un homme, mais du monde, et on m'empêchait d'accomplir ma destinée en sa compagnie. Je me pinçai les lèvres en réfléchissant. Il y avait forcément un moyen que je n'avais pas encore trouvé. Je ne pouvais pas être Abby. Je ne pouvais pas être une femme qui s'épancherait tous les soirs sur ce qu'elle avait perdu en s'allongeant à côté d'un homme qu'elle n'aimait pas. Je me tournai vers elle en lui déclarant :

—Je prends cette robe, ainsi que le collier. Je vais me changer. Attends-moi ici.

*

Nous sortîmes de l'établissement. Abby portait mes achats dans ses bras et me suivait. J'avais ouvert mon parapluie dès que nous avions foulé le sol du trottoir. Le soleil avait laissé place à la pluie. Il nous restait une petite demi-heure avant que le cocher vienne nous chercher pour nous ramener au domaine. Je vis que le visage d'Abby avait disparu derrière la robe, les accessoires et la paire de chaussures que j'avais également achetés. J'avais profité d'une dernière boutique pour me procurer une paire de souliers allant avec la robe. Ce soir, je comptais faire des efforts pour faire la fierté de mes parents, dans le but de diminuer leur emprise et de trouver une solution pour m'échapper définitivement de cette vie qu'ils voulaient m'imposer.

—Fais attention où tu marches, Abby ! Je ne veux pas d'un accident ! m'exclamai-je en manquant de glisser sur le trottoir.

—Mademoiselle, nous n'allons quand même pas rester sous cette pluie ! Il ne faudrait pas que vous vous enrhumiez…

—Bien sûr que non ! Nous allons aller dans un charmant salon de thé. Je vais t'offrir une tasse de thé Earl Grey accompagnée d'une part de tarte aux pommes. Qu'en penses-tu ?

—Vous êtes bien gentille…

Je m'en voulais un peu de lui avoir fait parler de son passé douloureux. Après m'avoir confié ses déboires sur son amour manqué avec Mallory, Abby avait gardé une petite mine. Je me doutais qu'elle avait pleuré en m'attendant devant le magasin de chaussures. Quand j'étais sortie, elle avait les yeux rougis, mais souriait comme si rien ne s'était passé. Nous avions un peu de temps et le salon de thé était au coin de la rue. Elle méritait bien de se reposer un peu.

Nous marchions tranquillement. De temps en temps, je jetais un coup d'œil derrière moi pour voir si Abby me suivait. Je regrettais de ne pas avoir mis des bottines. Je sentais l'eau s'infiltrer dans mes souliers, légèrement ajourés sur le dessus, et cela était désagréable au plus haut point ! Moi aussi, je prendrais une boisson chaude pour me réchauffer. La journée ensoleillée qui avait été annoncée s'était transformée en journée humide et froide comme celle que nous avions régulièrement à l'automne. Je rêvais d'un bon chocolat chaud.

—Mademoiselle Davidson ! Quelle charmante surprise, en ce jour particulièrement maussade !

Je relevai légèrement la tête de mes souliers, car je faisais attention aux flaques d'eau depuis près de cinq minutes, pour voir, derrière mon parapluie, Armand Williamsburgh, l'invité de mon père en début de semaine et lui-même explorateur. Il s'était rasé, mais sans soin. Il semblait négligé. Ses cheveux étaient toujours décoiffés et il portait un chapeau haut-de-forme qui lui donnait un air légèrement grotesque. Son pantalon, sa chemise et son manteau semblaient avoir besoin d'un bon nettoyage. Il était accompagné d'un homme qui était tiré à quatre épingles et semblait impatient, regardant toutes les secondes sa montre à gousset. Armand jouait avec la canne qu'il tenait. Une canne noire dont le pommeau représentait une tête de perroquet. Un bel objet pour un homme si négligé… Abby manqua de me bousculer. Je sentis un léger choc dans mon dos et elle râla avant de lever la tête et de se taire. Elle enfonça tout de suite son visage dans ma robe pour être invisible.

—M. Williamsburgh… déclarai-je poliment en souriant.

—J'étais justement en train de parler de votre père à mon petit frère, dit-il en se tournant vers son compagnon. Barney, je te présente Eleanor Davidson.

Barney Williamsburgh me fit un simple signe de tête en continuant de consulter sa montre avant de râler : il allait être en retard pour attraper son train si nous continuions à parler sous la pluie.

—Vas-y mon cher ! Tu sais où se trouve la gare !

—Je t'écrirai quand j'arriverai à Manchester ! Je suis navré, mademoiselle. Mes hommages ! dit-il en enlevant son chapeau avant de partir précipitamment.

—Je suis désolé pour le comportement de Barney. Habituellement, il est plus avenant. Comment allez-vous ? Nous n'avons pas pu parler ensemble au dîner de votre père…

—Mon père ne m'autorise pas à discuter à table en présence d'invités.

—C'est bien dommage… dit-il en souriant légèrement.

Je ne pus m'empêcher de sourire à mon tour. Mon père avait toujours refusé que ses filles prennent la parole pendant les dîners afin de ne pas être mal à l'aise si nous disions une bêtise. Je repensai alors à la carte et à la colère de mon père et je me sentis rougir légèrement.

—Je dois vous présenter mes excuses. Mon comportement était inapproprié. Je suis sincèrement navrée de ce qui s'est produit au dîner.

—Votre comportement ? Quel comportement ? demanda-t-il en fronçant les sourcils.

—Vous savez… Ma petite scène.

—Oh ! Justement, je voulais en discuter avec vous. Êtes-vous pressée ou puis-je vous inviter à prendre le thé chez moi ?

Je fus prise au dépourvu. Abby redressa rapidement la tête avant de venir me murmurer à l'oreille que je ne pouvais en aucun cas accepter l'invitation d'un homme sans que mon père soit au courant. Nous devions rentrer au domaine afin que je sois prête pour le dîner du soir. J'écoutai peu ses paroles. Mon regard était plongé dans celui d'Armand. Il avait gardé son sourire en coin et attendait ma réponse. Pourquoi rentrerais-je tout de suite ? J'avais encore un peu de temps devant moi. Je pouvais très bien accepter cette invitation en tout bien tout honneur. Pour la première fois de ma vie, j'avais l'impression d'intéresser quelqu'un pour ma personne et non parce que j'étais la fille de mon père. Alors j'acceptai volontiers, sous le regard éberlué d'Abby.

—Abby, vous allez rentrer avec le cocher et commencer les préparatifs. Je vous rejoindrai plus tard.

—Mais… Mais… Mademoiselle. Enfin… commença Abby en balbutiant, ne sachant plus quoi dire.

—Je renverrai Mlle Davidson avec un de mes cochers. Je vous le promets, intervint Armand en souriant avant de me tendre son bras. Je vous en fais la promesse : cette invitation est en tout bien tout honneur. Mademoiselle Davidson, vous semblez frigorifiée ! Vous en profiterez pour vous réchauffer !

Je mis mon bras sur celui d'Armand et commençai à marcher dans les rues d'Édimbourg en sa compagnie.

Si mon père avait vu cela, il aurait frôlé l'attaque. Une jeune fille ne devait pas avoir d'amis masculins proches ni se tenir en compagnie d'un homme aussi intimement sans être mariée. Abby était restée sur le trottoir, bouche bée. Je lui offrirais une bonne tasse de thé au domaine, je me le promis. Après tout, je lui avais vendu une part de tarte aux pommes qu'elle n'aurait finalement jamais. Armand marchait doucement en posant sa canne sur le sol. Je vis bien dans son mouvement qu'il n'en avait pas besoin. Il voulait donner l'impression d'être un homme important, mais cela frisait le ridicule.

—Cette canne… commençai-je, les yeux toujours fixés sur le pommeau en forme de tête de perroquet.

—Jolie, n'est-ce pas ? Un souvenir d'exploration.

—Oui. Certes. Seulement, excusez-moi, mais vous avez l'air ridicule…

—Et alors ? Je me moque éperdument de ce que les gens peuvent penser de moi. Voyez-vous, si les gens s'occupaient un peu plus d'eux-mêmes, le monde se porterait bien mieux. Je sais pertinemment qu'au cercle des explorateurs, je passe pour un farfelu. Ah ! Nous n'allons pas tarder à arriver !

Je fus surprise que sa demeure se situe non loin du centre-ville d'Édimbourg. Nous avions dû tourner au coin de seulement trois rues différentes. Nous arrivâmes dans une ruelle un peu plus calme et je commençais à me demander si c'était une bonne idée de m'être aventurée ici avec lui. Peut-être étais-je tombée dans la gueule du loup ? Il relâcha son étreinte et avança vers une petite maison sur deux étages. Nous étions à Hartington Gardens. Toutes les bâtisses se ressemblaient. Elles étaient en briques et avaient chacune un petit jardin. Il fallait passer un petit portail noir pour accéder à l'entrée. Celle d'Armand Williamsburgh avait des fenêtres beiges et une porte de couleur bleue. Il avança en premier et après un petit moment à contempler la rue, je le suivis.

En entrant dans la maison, je fus surprise par le piaillement des oiseaux. Je n'aurais jamais pensé qu'en poussant cette porte, un nouveau monde s'offrirait à moi. Nous n'étions pas dans une maison familiale qui avait des portraits de famille, des objets décoratifs sur les étagères et un canapé dans le salon. Non. Dans le couloir d'entrée, il y avait des cartes accrochées sur tous les murs, où étaient tracées différentes choses. Des crayons à papier jonchaient le sol et je regardai où je mettais les pieds, de peur de glisser sur quelque chose. À gauche du couloir, je vis une mappemonde géante dans le salon. Elle prenait toute la pièce. Point de canapé, mais un vieux fauteuil où étaient entassés beaucoup de journaux. Des livres étaient ouverts par terre, il y en avait aussi sur toutes les tables. Une odeur de poussière me fit éternuer. Je n'osais pas avancer davantage. L'escalier menait à un étage et je me demandais ce que la maison pouvait encore réserver. Armand était parti en appelant un dénommé Lawrence. Mes yeux fixèrent chaque détail de la maison. Sur une commode, je vis une statue d'éléphant assez imposante. Dans la pièce qui devait être la salle à manger, il y avait des aquariums avec des poissons que je n'avais jamais vus de ma vie. J'approchai la tête pour les observer. Il y en avait qui étaient orange avec trois grosses rayures blanches sur le corps. Des coraux étaient disposés dans les aquariums. Cela ressemblait à un petit océan dans une boîte en verre.

—Si vous ne voulez pas attraper froid, vous devez enlever votre manteau, déclara Armand en rentrant dans la pièce.

Il avait enlevé le sien. Il ne portait qu'une chemise blanche ample pour sa silhouette. Les manches étaient retroussées jusqu'à ses coudes. Sans son chapeau, ses cheveux étaient davantage en bataille. Je fis ce qu'il me dit. J'enlevai délicatement le mien et je vis un homme de couleur arriver pour m'en débarrasser.

—Lawrence, pourriez-vous servir une tasse de thé à Mlle Davidson, s'il vous plaît ?

—Bien, monsieur.

—Excusez-moi… Si cela ne vous dérange pas, je préférerais une tasse de chocolat chaud.

Le domestique acquiesça avant de partir ranger mon manteau et aller dans la cuisine. Je fus surprise de voir un homme de couleur dans la maison. Je n'en avais jamais vu auparavant et j'espérais ne pas avoir été impolie en le fixant intensément du regard. Armand était donc bien de la haute société, mais il ne se souciait absolument pas de son apparence. Il avait croisé mon regard.

—J'ai ramené Lawrence d'un voyage en Afrique. Il était maltraité par la famille qui l'employait à Johannesburg. J'ai passé un arrangement avec le mari. Lawrence était davantage un esclave qu'un domestique là-bas… J'ai menacé l'époux de le dénoncer. Alors, pour ne pas avoir de soucis, il a daigné me laisser partir avec Lawrence. Ici, il gagne un salaire. Beaucoup de gens ne comprennent pas que j'embauche et paie un Noir.

Armand était parti prendre une bouteille de whisky

dans une commode et un verre pour se servir. Je n'avais rien répondu. Je me sentais particulièrement gênée. Mes parents étaient des personnes qui pensaient cela. Pour eux, les Noirs n'avaient pas le droit d'être payés comme des gens « normaux ». C'est ce qu'ils répétaient. Armand était un homme de cœur qui voyait l'humain avant la couleur de peau. Je commençais à comprendre pourquoi tout le monde le trouvait farfelu. Il ne pensait pas comme la majorité de nos connaissances. Il était différent. Il était intelligent et avait une vision du monde incroyable. Lawrence était revenu en posant le plateau sur la table de la salle à manger. Un chocolat chaud fumant était servi dans une jolie tasse de porcelaine. Cela me surprit au vu du capharnaüm qu'était la maison Williamsburgh. Le domestique sortit de la pièce. J'allais prendre la tasse dans mes mains quand je sentis un frottement d'ailes et un bruit au-dessus de ma tête. Je ne pus m'empêcher de crier. Un perroquet au plumage jaune et turquoise venait de se poser sur l'épaule d'Armand. C'était la première fois que je voyais un oiseau tropical d'aussi près.

—Je suis désolé, rit Armand. Vasco ne voulait pas vous faire peur.

—Il est… magnifique, répondis-je dans un souffle, fixant le volatile.

—Oui, mais il est un peu têtu et, surtout, il a son caractère ! Je vais aller le remettre dans sa cage. Je le laisse voler dans la maison quand nous n'avons pas de compagnie.

Armand quitta un petit moment la salle à manger avec Vasco. Je pris une chaise pour m'asseoir. Cet homme était tellement différent des autres ! Sa maison était un vrai bazar, il y avait des perroquets qui volaient à travers les pièces et ses murs étaient remplis de cartes de tous les pays du monde ! Étrangement, je me sentais bien dans une telle atmosphère ! J'avais la sensation que c'était l'endroit qu'il me fallait. Je pris ma tasse de chocolat chaud pour boire quelques gorgées. Il était incroyablement délicieux. Je n'en avais jamais bu de tel ! Armand revint avec des morceaux de papier dans la main.

—Vous savez… Si je vous ai invitée ici, c'est dans un but précis. Oh non ! N'ayez pas peur ! dit-il en voyant que j'avais blêmi. Il y a quelque chose qui me plaît chez vous, Eleanor Davidson !

Je fronçai les sourcils. Il posa les papiers devant moi, avant d'aller prendre son verre de whisky pour boire quelques gorgées. En posant les yeux sur le papier, j'avais senti que mon cœur avait manqué un battement. Mes yeux s'écarquillèrent. C'était impossible ! J'assemblai les bouts de papier et je parvins à former… la carte que mon père avait déchirée le soir du dîner avec Armand Williamsburgh. Je n'arrivais pas à relever le regard vers l'homme qui se tenait de l'autre côté de la table. Je passai mes doigts sur les traits que j'avais tracés à l'encre pendant des mois.

—Je l'ai récupérée avant de partir. Discrètement. Je dois dire que je suis épaté par la précision de cette carte. Vous n'avez jamais voyagé, mademoiselle, n'est-ce pas ?

Je hochai négativement la tête, muette de stupeur.

—Quand vous avez dit à votre père que vous ne compreniez pas pourquoi vous ne preniez pas la relève de sa carrière d'explorateur, cela a attisé ma curiosité. Je passerai sur le fait que votre père est un explorateur de pacotille. Voyez-vous, ce qui m'intéresse dans les explorations, ce n'est pas forcément des recherches qui rapportent de l'argent, c'est plutôt comprendre le monde. Je pense que vous voyez ce que je veux dire, sinon vous n'auriez jamais réalisé une mappemonde aussi précise.

J'avalai difficilement ma salive. J'avais la sensation d'être sur le banc de l'accusé. Je n'avais plus touché à ma tasse de chocolat chaud. Je ne savais pas quoi penser. Est-ce qu'il me considérait comme une aliénée ? Est-ce qu'il voulait m'humilier davantage que mon père l'avait fait, au début de la semaine ?

—Souhaitez-vous voir le monde, mademoiselle Davidson ?

Je relevai enfin la tête vers lui. Il s'était avancé avant de s'asseoir en face de moi et d'approcher son visage du mien. Il avait un regard pénétrant et enivrant. Je vis des mèches de cheveux blanchis par le temps dans sa tignasse brune. Son visage était légèrement bronzé. Il me regardait intensément en attendant ma réponse. Il posa son verre de whisky sans quitter mon regard. Mon cœur manqua un nouveau battement. Je n'arrivais plus à prononcer un mot. J'étais paralysée.

—Je vous offre l'occasion de changer votre vie. Accompagnez-moi durant ma prochaine exploration.

Si je n'avais pas été assise, je me serais évanouie. Je pris la tasse de chocolat chaud que je bus d'un trait pour tenter de retrouver mes esprits. Là, devant moi, se tenait peut-être la solution que je cherchais depuis des jours, voire des semaines. Ma liberté. Je manquais d'air. Ce n'était pas un rêve ! Armand me fixait toujours du regard avant de poser le doigt sur les fragments de ma carte.

—Utilisez cette mappemonde pour venir avec moi au Brésil. Devenez l'exploratrice que vous avez toujours souhaité être ! Qu'en dites-vous ?

J'essayais de parler, mais les mots ne sortaient pas. J'attendais qu'il éclate de rire en me déclarant que c'était une plaisanterie. Pourquoi croirait-il en moi ? Il attendait ma réponse. Malgré le chocolat chaud, ma bouche restait sèche. Pourtant, au bout de cinq minutes de long silence, je sortis de ma torpeur :

—Pourquoi moi ? Je suis une femme !

—Il y a déjà eu des aventurières ! Oubliez-vous Nellie Bly ? Il y a cinq ans, elle a accompli un tour du monde en soixante-douze jours !

Nellie Bly, la journaliste américaine. Je l'avais su, car mon père avait ri en disant que c'était une plaisanterie. Une femme ne pouvait pas faire le tour du monde ! Pour lui, elle aurait dû rester en Amérique, se marier et avoir des enfants. Elle aurait dû être la femme de maison parfaite qui prenait soin de son mari. Sans le dire à personne, j'avais gardé les coupures de presse qui avaient parlé de Nellie Bly et de son périple. Je les avais cachées dans ma chambre. Elles y étaient toujours. Armand Williamsburgh avait raison. Ce n'était pas parce que j'étais une femme que je ne pouvais pas faire ce que je souhaitais.

—Eleanor, partirez-vous avec moi au Brésil ? Voulez-vous devenir une exploratrice ? Nous pourrions faire de grandes choses ensemble ! J'en suis persuadé !

Je vis dans ses yeux qu'il croyait en moi. C'était la première fois qu'une personne mettait autant d'espoir en moi.

—Oui. J'accepte, déclarai-je, déterminée, en le regardant droit dans les yeux.

—Rendez-vous dans sept jours au port de Greenock, répondit-il simplement en se levant.

—Greenock ?! Comment voulez-vous que j'aille là-bas ?! demandai-je en ouvrant grand les yeux.

Greenock était une ville portuaire située à l'ouest de Glasgow, à l'autre bout du pays. Jamais je ne pourrais y aller seule. J'aurai dû me douter que tout cela était, en fin de compte, une plaisanterie d'Armand Williamsburgh. Je commençais à me sentir bafouée, quand je vis Lawrence arriver dans la salle à manger. Il posa devant moi des billets de train. Édimbourg-Glasgow suivi de Glasgow-Greenock. Il faudrait que je trouve une excuse pour sortir du domaine et me rendre en gare. La solution pour partir définitivement était sous mes yeux.

—Souhaitez-vous toujours venir avec moi, Eleanor ?

Je trouverais un moyen de prendre ces trains. Devant moi, il y avait les tickets pour ma liberté et je n'allais pas laisser passer ma chance. Je pris les billets dans mes mains en les serrant légèrement avant de relever la tête vers Armand.

—Je partirai avec vous !

Armand leva les bras au ciel, manquant de renverser son verre de whisky, et éclata de joie.

—À nous le Brésil !

9

Londres, 2019

I WANT TO BREAK FREE. I WANT TO BREAK FREE. I WANT TO BREAK FREE FROM YOUR LIES...

Je me réveillai en sursaut, le cœur haletant. Que se passait-il ? La veille au soir, j'étais rentrée et je m'étais endormie rapidement sur le canapé du salon. La chanson du groupe Queen venait de me réveiller brutalement et je mis quelques secondes à émerger pour comprendre ce qui se passait. Je pris mon smartphone à côté de moi et constatai qu'il n'était pas loin de huit heures. Mon frère était déjà levé ? Aussi tôt ? Lui, qui vivait la nuit et qui se réveillait en plein milieu de l'après-midi ? Je peinais à y croire. Je me levai du canapé pour ouvrir la porte de ma chambre d'un geste brusque.

Mon frère était bien debout, en caleçon, à chanter *I Want to Break Free* de Queen à tue-tête. Avait-il pris de la drogue ?! Avait-il bu une bouteille entière d'alcool ?! Je me rapprochai de lui avant d'éteindre la musique. Il restait avec son pseudo-micro à la main, créé à partir d'une cuillère en bois.

—Pourquoi as-tu éteint ?! J'étais au summum de mon talent ! pesta Andrew en voulant remettre la musique, mais je l'en empêchai.

Nous étions samedi matin et je doutais que mes voisins apprécient ce petit concert matinal improvisé. Habituellement, j'étais moi-même en week-end, mais je me devais d'être présente ce matin au bureau. C'était l'annonce du poste de junior et je ne voulais pas laisser ma place à qui que ce soit. Je sortis de la chambre pour prendre la direction de la salle de bains en confisquant le téléphone d'Andrew qui servait de diffuseur de musique. Merci Youtube.

—Il est à peine huit heures, Andrew. Même si je n'ai pas de grands rapports amicaux avec mes voisins, je n'ai pas envie de retrouver des crottes de chien sur mon paillasson !

—Tu es si coincée !

—As-tu trouvé du travail hier ? lui demandai-je, tentant d'éviter un conflit matinal.

Il ne répondit pas et j'en conclus qu'il n'avait pas cherché. Je ne préférais pas m'énerver de bon matin et m'enfermai dans la salle de bains pour prendre une douche. Je ne l'avais pas fait la veille, rentrée tard à la suite d'un énième problème de métro et assez énervée par le comportement de Georgie et compagnie. J'avais préféré me plonger directement dans les bras de Morphée en pensant à la magnifique promotion qui m'attendrait le lendemain. Je savourai ma douche et l'odeur de la noix de coco qui émanait de mon gel douche. En fermant les yeux, je profitais de chaque seconde pour me détendre et aborder cette nouvelle journée avec sérénité. Je sortis pour enfiler une robe noire. Cela me donnait un air strict, mais je voulais mettre toutes les chances de mon côté. Il fallait que je prouve mon sérieux. Je pris un élastique pour me faire une queue-de-cheval assez lâche. J'appliquai mon fond de teint sur mon visage avant de me maquiller légèrement les yeux. Je mettrais mon rouge à lèvres après avoir pris mon petit déjeuner.

En sortant dans la salle de bains, je vis qu'Andrew boudait toujours dans le salon et, en passant à ses côtés, je ne pus m'empêcher de lui faire une énième remarque :

—Tu pourrais au moins t'habiller ! Et d'abord, qu'est-ce que tu fais debout de si bon matin ? Ce n'était pas toi qui disais qu'il ne fallait jamais se lever avant treize heures ?!

—Je n'arrivais pas à dormir.

Je me servis un thé vert dans une tasse et pris quelques biscottes en les tartinant de marmelade d'oranges. J'adorais ça. C'était le cliché ultime de l'Angleterre, mais les agrumes et moi, c'était une grande histoire d'amour. J'avais toujours un pot de marmelade d'oranges au frigo ou dans mes placards. Quelques années plus tôt, j'avais trouvé une petite épicerie en me baladant un après-midi dans les rues londoniennes et j'y étais entrée par curiosité. J'avais goûté la meilleure marmelade d'oranges de toute ma vie. À présent, je ne jurais que par le petit pot de ce commerçant local. Je mangeai avec appétit en regardant mon frère qui avait l'air de déprimer dans son canapé. Si je me souvenais bien, il chantait déjà *I Want to Break Free* de Queen quand nous étions adolescents et souvent, c'était pour se remonter le moral. Comme je ne m'intéressais pas à sa vie, je n'étais peut-être pas une bonne sœur aînée. Je jouais l'égoïste, mais je ne voulais pas me déconcentrer de mon objectif premier : ma promotion. J'avalai rapidement ma tasse de thé chaud avant de finir de me préparer. Je filai en lui disant que je reviendrais dans le courant de l'après-midi. Il marmonna quelques insultes à mon égard, mais je n'y prêtai guère attention. Je claquai la porte en pensant à l'avenir meilleur qui m'attendait au bout de la ligne du métro.

J'arrivai sur mon lieu de travail d'un pas léger. Londres se réveillait paisiblement sur un week-end ensoleillé. Je n'avais pas eu de message haineux de Georgie sur mon téléphone. Le métro n'avait pas une minute de retard et j'étais même arrivée un peu plus tôt que prévu. Tout semblait parfait. Une parfaite ligne droite tracée vers un avenir radieux. J'avais la sensation d'être dans un film au moment où des oiseaux chantent pour annoncer à l'héroïne la merveilleuse journée qui l'attend. Je dérogeai à la règle quotidienne et ne passai pas par le coffee-shop. Mon patron n'aurait pas son café habituel. C'était fini ! Je ne serais plus jamais la petite secrétaire à son service ! J'allais devenir junior ! Je serais la reine du monde ! Je pourrais enfin crier sur tous les toits qu'après cinq ans de galère, j'avais réussi et que plus rien ne m'arrêterait ! Moi aussi, je serais une grande avocate influente de Londres ! De l'Angleterre ! Du monde entier ! J'entrai dans l'immeuble en jubilant et pris l'ascenseur qui me menait à mon ascension sociale et professionnelle. Personne n'était encore arrivé au cabinet. J'allai déposer mes affaires dans ce placard qui me servait de bureau. Ce n'était plus qu'une question de minutes pour dire au revoir à ce cagibi ! Je m'assis dans le fauteuil en regardant les murs. J'avais passé tellement d'années dans cet endroit que, mine de rien, le quitter me ferait un petit pincement au cœur. Il ne faut jamais oublier d'où on vient, quel que soit le chemin choisi.

*

Nous étions tous dans la salle de réunion. Tous, sauf Melina qui devait boucler un dossier urgent avant de rentrer chez elle pour le week-end. J'étais debout près des vitres, à regarder Londres qui s'étendait. De là où nous étions situés, nous pouvions voir la Tamise. Branson avait commencé par un petit discours à l'attention de tous, sur les valeurs du travail et à quel point ce que nous faisions était important. Sans cesse, il aimait mettre la pression sur ses employés, car il voulait que le cabinet soit reconnu comme le meilleur de la ville.

Enfin, ce que j'attendais arriva. Il annonça qu'il allait à présent nous annoncer le nom du nouveau junior de la société. Je vis que le fils Schmidt, Harry, était présent. J'avais le souvenir d'un adolescent boutonneux qui venait par moments passer les vacances dans le cabinet pour en apprendre plus sur le métier, bien avant qu'il n'entre en fac de droit. À présent, c'était un véritable jeune homme en costume cravate. Les cheveux courts, bruns, et un visage sévère comme son père, il avait les yeux verts cachés par des lunettes bien trop grandes. Il se tenait droit et attendait le verdict. Je me demandais pourquoi Branson l'avait convié. Peut-être voulait-il l'humilier. C'était cruel d'inviter les perdants. Les minutes s'écoulèrent. J'étais toujours focalisée sur le fils de Schmidt et je n'avais pas entendu le nom du junior.

Pourtant, quand je vis le sourire en coin de Harry, les collègues qui vinrent le féliciter, la poignée de main de Branson à son égard, je compris que ce n'était pas lui le perdant. C'était moi. Une nouvelle fois.

Pendant un moment, le temps était resté suspendu. Je n'entendais plus un bruit autour de moi. Ma respiration s'était interrompue. Ce verre que je tenais dans ma main, qui était censé célébrer ma victoire, me paraissait bien lourd entre mes doigts. Je sentis les battements de mon cœur qui s'accéléraient résonner dans mes oreilles. C'était une plaisanterie ! J'avais rêvé ce poste. C'était ma dernière chance. À l'aube de mes trente ans, je ne pourrais jamais obtenir une place de junior avec l'expérience pitoyable que j'avais. Je n'avais pas évolué depuis la sortie de l'université, diplôme en main. Georgie avait-elle raison quand elle m'avait dit que je ne serais jamais avocate ? Je sentis une lame me percer le cœur. On dit souvent que la vérité est douloureuse à entendre, mais elle est encore bien plus douloureuse à vivre.

Je jetai un nouveau coup d'œil à Harry qui se pavanait comme un paon. Il était fier. Il ne s'était jamais battu. Il était allé à la faculté de droit de Yale, aux États-Unis, payée par son papa chéri, et à présent, il avait un fauteuil tout chaud qui l'attendait dans l'entreprise familiale. Mes mains se mirent à trembler. Mes mâchoires se crispèrent et je jetai mon verre sur le sol. La coupe de champagne, payée par Schmidt senior, se brisa sur le sol dans un éclat fracassant. À ce bruit, les employés, mon patron et le nouvel arrivant tournèrent la tête vers moi. Je laissai ma colère exploser.

—Pourquoi ? Pourquoi lui ? fis-je en pointant le doigt en direction de Harry Schmidt. J'avais toutes les compétences pour ce poste et vous le saviez ! Je connais le dossier Jenkins par cœur ! J'ai passé des week-ends, ici, à travailler dessus ! J'ai sacrifié ma vie sociale ! Tout cela pour qu'à la fin, on me coupe l'herbe sous le pied et que vous offriez le poste à ce minable qui n'a jamais travaillé de sa vie ?! Simplement, parce qu'il est le fils de Schmidt ?! La reconnaissance, dans ce métier, personne ne connaît ?!

J'avais haussé le ton et je voyais bien que mon petit esclandre ne plaisait pas. Branson avait froncé les sourcils. Le sourire qu'il avait offert plus tôt à Harry Schmidt avait disparu pour faire place à une grimace de colère. Mes collègues commencèrent à chuchoter. Je n'avais jamais lié de liens très forts avec eux. Ils me considéraient tous comme la petite secrétaire de Branson qui lui apportait chaque matin son Americano. Je n'avais rien d'une avocate ou d'une fille qui connaisse le droit. À leurs yeux, je n'étais qu'une petite punaise, bonne à faire le café et les photocopies pour le cher patron.

—Mademoiselle Taylor, je vous prie de vous calmer tout de suite ! m'ordonna Branson d'un ton sec.

—Non ! Non, je refuse de me calmer ! Vous êtes injuste ! Vous me traitez comme une moins que rien alors que j'aurais fait une avocate formidable ! J'étais faite pour cet emploi et vous l'avez donné à un type qui ne connaît rien de l'affaire et, en plus, qui sort tout juste de la faculté. Monsieur est incapable de trouver un poste ailleurs, car il a une huître à la place du cerveau, donc on lui offre celui-là ! C'est pathétique !

Harry Schmidt n'avait pas eu l'air d'apprécier la comparaison de son fils avec un mollusque, mais je m'en moquais. J'avais la tête haute et j'avais ancré mon regard dans celui de Branson avant de déclarer de but en blanc :

—Démerdez-vous avec votre café et vos dossiers ! Je démissionne !

Certains collègues se regardèrent avant de rouler des yeux. Ce n'était pas le genre de la maison, les esclandres matinaux, mais je ne supportais plus la situation. J'avais sacrifié des week-ends entiers de ma vie pour pouvoir mettre toutes les chances de mon côté et accéder, enfin, à la carrière que je souhaitais. Au lieu de cela, on venait de piétiner mes rêves, et devant toute une assemblée. Melina n'était pas là, mais j'étais persuadée qu'elle avait tout écouté depuis son bureau. J'entendis des téléphones vibrer, dont celui de Branson. Il ne m'avait pas répondu. Il le sortit pour consulter ce qui venait d'être envoyé, comme la plupart des gens. Je vis Melina arriver et me faire des signes de main derrière la vitre, mais je n'y prêtai pas attention. Branson releva la tête vers moi avec un petit sourire en coin. Mon téléphone se mit à sonner à son tour, dans ma poche, et je vis le nom d'Andrew apparaître. Qu'est-ce qu'il voulait ? S'il désirait des croissants, il n'avait qu'à y aller lui-même ! Ce n'était pas le moment de faire des caprices !

—Mademoiselle Taylor… Rappelez-moi… Êtes-vous bien la fille de Candice et Brent Taylor ? demanda-t-il sournoisement.

Je ne répondis pas tout de suite. Tout le monde avait les yeux rivés sur moi. Que venait-il de se produire ? Je ne comprenais pas pourquoi ils me regardaient tous comme une bête de foire. Melina était paniquée. Andrew m'avait appelé. Ma gorge devint sèche. Quelque chose de grave s'était produit.

—Une Taylor qui veut devenir avocate, c'est ironique ou bien est-ce fait exprès pour pouvoir défendre vos arnaqueurs de parents ?

Je fronçai les sourcils. Je ne comprenais pas ce qu'il disait. Mes parents étaient ruinés. Ma famille était en faillite et mon frère, habitué au luxe, dormait dans mon appartement qu'il trouvait horrible. C'était faux ! Jamais mes parents n'auraient pu escroquer qui que ce soit !

—Vous êtes un menteur, déclarai-je en serrant les poings.

—Ce n'est pas ce qui est dit. Il s'arrêta avant de prendre son téléphone et de me lire ce qu'il avait vu. « Rebondissement dans l'affaire Taylor. Candice et Brent Taylor, toujours introuvables, ont crié à la faillite. Certes, la famille est ruinée, mais nous venons d'apprendre que l'argent ne leur appartenait pas. Des sources sûres affirment que la famille Taylor était ruinée depuis le début du XXe siècle. Une escroquerie et des détournements d'argent ont eu lieu depuis près de trente ans. La famille Taylor est recherchée. Tous ses membres devront être arrêtés et placés en garde à vue. » Intéressant Miss Taylor, n'est-ce pas ?

C'était pire que tout ! Je ne pouvais pas aller en prison ! Je n'avais strictement rien fait ! Je n'avais pas de relations avec ma famille depuis plus de dix ans ! Je ne savais rien de tout ça ! Mes parents avaient toujours menti… Ils disaient que notre richesse était un grand héritage familial. J'étais estomaquée, nauséeuse, et j'en avais le vertige. Il fallait que je sorte d'ici ! Il fallait que je coure hors de ce bâtiment avant qu'ils n'appellent la police !

Je me réveillai de ma torpeur et je sortis de la pièce en courant tandis que Branson ordonnait à quelqu'un d'appeler les autorités. Je passai devant Melina en lui disant que je la contacterais plus tard. Il me fallait d'abord aller dans un lieu sûr et je ne voyais qu'un endroit possible.

J'étais sortie en trombe de l'immeuble. J'avais laissé la moitié de mes affaires dans mon bureau et je m'en moquais. À cet instant précis, il fallait éviter l'arrestation et la possibilité d'un emprisonnement. Je rêvais d'être avocate, pas d'être prisonnière ! Je ne pris pas le risque de prendre le métro et je hélai un taxi pour lui donner l'adresse de mon appartement. Il fallait rentrer au plus vite. Je sortis mon smartphone pour prévenir Andrew que j'étais sur le chemin du retour et je lui ordonnai de n'ouvrir à personne. C'était un véritable cauchemar qui s'annonçait. Nous étions tous deux livrés à nous-mêmes.

Le trajet en taxi me sembla durer une éternité. Je fermai un instant les yeux pour respirer lentement. Il ne fallait pas céder à la panique. Il y avait bien une solution. Les médias pouvaient se tromper. Mes parents n'avaient pas pu faire ça ! Je me mis à rire légèrement. Bien sûr que si, ils le pouvaient ! Ils avaient toujours fait preuve de cupidité et cela ne m'étonnerait pas ! Comment pouvait-on voler l'argent des autres sans avoir aucune culpabilité ? Je passai les mains sur mon visage. J'espérais que ce soit un horrible cauchemar, que j'allais me réveiller et que la promotion serait à moi. Finalement, j'étais idiote. Comment avais-je pu croire que j'aurais été junior dans ce cabinet qui me rabaissait sans cesse depuis cinq longues années ? À leur façon, Melina et Georgie avaient eu raison et j'avais fait l'autruche. Je savais que j'avais espéré ce poste pour me convaincre moi-même que j'étais faite pour être avocate. Je me mentais depuis des années. À dix-huit ans, le chemin de ma vie était à un croisement. La fac de droit ou partir avec un sac à dos à travers le monde ? J'avais fait le choix de la raison et non celui du cœur : faire des études pour trouver un bon travail. À présent, je le payais. J'aurai dû prendre l'autre voie. Qui sait, peut-être qu'à l'heure actuelle, je serais sur une plage de Bali à tenir une petite boutique de boissons rafraîchissantes et que quelques semaines après, je serais dans les montagnes du Tibet à faire une retraite spirituelle ? Je me frappai le front de la paume de la main en me maudissant.

Le taxi arriva devant mon immeuble et je m'y engouffrai en montant rapidement l'escalier. En entrant dans mon appartement, je vis qu'Andrew était recroquevillé sur le canapé, en pleine crise d'angoisse. Il avait un sac en papier et il respirait dedans pour se calmer comme quand il était gamin. Malgré les apparences, Andrew avait toujours été quelqu'un de très angoissé. Quand il était petit, mon père le traitait de fiotte et disait que ce n'était pas un vrai garçon et qu'il ne le serait jamais ! Andrew en avait beaucoup souffert et à chaque colère de mon père, il avait passé un moment dans sa chambre, à faire une crise d'angoisse. Je m'assis à côté de lui en plantant mon regard dans le sien comme je le faisais quand nous étions enfants.

—Inspire. Expire. Lentement. Voilà, comme ça. Calme-moi. Nous allons nous en sortir.

Je n'étais pas sûre de ma dernière phrase, mais je voulais tout faire pour le rassurer. Je vis dans ses yeux qu'il était paniqué. Cette nouvelle avait dû l'assommer, comme ça avait été le cas pour moi. Il en avait les larmes aux yeux. J'inspirai et expirai avec lui pour lui donner une cadence. Au bout de cinq minutes, il commença à se sentir mieux. Il enleva le sac en papier pour me parler.

—Qu'est-ce qu'on va faire, Charlotte ?! On nous recherche ! On est des criminels !

Je vis qu'il recommençait à paniquer et je lui remis le sac en papier pour que son hyperventilation s'apaise de nouveau.

—Nous ne sommes pas des criminels, Andrew ! Ce sont papa et maman ! Nous n'avons strictement rien fait ! Par contre, nous ne pouvons pas rester ici. Il faut que nous partions pendant un temps pour nous cacher. Ce n'est pas une fuite, une simple précaution.

En vérité, je ne voulais pas lui dire que beaucoup de gens savaient où j'habitais et que peut-être certains le diraient. Je ne voulais pas me retrouver avec un groupe de policiers à la porte de mon appartement, menaçant de la défoncer pour nous arrêter. Il était temps que j'arrête de regarder des séries policières.

—Nous allons partir. Ramasse tes affaires. Prends ton sac. Dans quinze minutes, nous quittons l'appartement. Je vais prévenir Melina pour le chat.

—Et ton travail ?

—Laisse tomber. Va préparer tes affaires !

—Où partons-nous ?

—Là où personne ne nous trouvera.

Nous nous regardâmes droit dans les yeux. Nous avions perdu notre complicité depuis des années. À présent, une épreuve nous donnait l'occasion de renouer notre lien fraternel. Nous savions tous les deux de quel endroit je parlais. Le château familial en Écosse.

Personne ne savait où le situer à part nous. Il était dans les plaines écossaises et nous pourrions y attendre que la tempête passe.

Je me levai du canapé pour aller prendre un sac et y glisser quelques affaires. Andrew alla faire de même. Je pris mon smartphone et envoyai un texto à mon amie Melina :

Nous partons quelques jours. Je ne peux pas te dire où. Je voudrais que tu viennes nourrir mon chat, s'il te plaît.

La réponse arriva rapidement et je souris en la voyant :

Bien entendu. Tu peux toujours compter sur moi. Donne-moi de tes nouvelles bientôt. Je suis désolée pour le poste de junior. Branson est un abruti. Harry est moche. Je suis désolée pour ta famille aussi. Courage.

Je posai le smartphone à côté de ma valise que je fermai. Je la regardai. Tout allait changer à présent.

10

West Linton, Écosse, 1895

Assise dans la calèche qui me ramenait au château familial, je contemplai les quatre billets que je tenais dans mes mains. Ma liberté reposait sur ces quatre morceaux de papier. La pluie avait fait son apparition, et le vent soufflait des gouttelettes sur les vitres. Le ciel s'était assombri et je savais pertinemment que l'humeur de mes parents le serait aussi. J'étais sur le point d'arriver, une heure seulement avant les Kensington. Armand Williamsburgh avait fait demander un transport pour me ramener chez moi le plus rapidement possible. Quand j'avais croisé son regard, avant de le quitter, j'avais compris que nous étions liés à présent par un secret. Il avait gardé ma mappemonde et m'avait certifié qu'il parviendrait à la remettre en état, ce qui me semblait improbable. Elle était en miettes et si nous voulions une carte correcte, je devrais me remettre au travail le plus rapidement possible. Or, en voyant les dates sur les billets de train, je me rendis compte que je ne pourrais jamais produire un travail d'une année en aussi peu de temps. C'était infaisable ! Même, en restant debout jour et nuit à mon secrétaire !

Je sentis les chevaux ralentir. Je relevai la tête et vis à travers la vitre que le château familial se dessinait devant moi. L'attelage commençait à remonter l'allée principale. Au bout de quelques minutes, le convoi s'arrêta net. Le chauffeur descendit de son siège pour m'ouvrir. Je mis rapidement les billets de train en sécurité dans mon corsage, afin qu'ils ne soient pas visibles pour tous. Je descendis avec l'aide du chauffeur en le remerciant vivement de ses services. Je pris la direction du château. Mes bottines clapotèrent dans la cour. La terre était réduite à de la boue glissante. Maintes fois, je manquai de tomber, mais j'avais un très bon équilibre et je parvins à l'entrée principale sans encombre. J'entrai dans la demeure en espérant être la plus discrète possible. Je ne voulais en aucun cas rencontrer un de mes parents. Je tentai tant bien que mal d'enlever la boue de mes chaussures pour ne pas salir le sol. Sans doute avais-je fait du bruit, car ma mère arriva, furieuse.

—Enfin, te voilà ! cria-t-elle en me voyant.

Elle attrapa mon avant-bras pour que je prenne la direction de l'escalier principal qui se situait juste devant moi. C'était un grand et bel escalier en bois d'ébène. Le tapis rouge qui l'ornait contrastait avec son bois sombre. Des portraits de famille datant de plusieurs générations y étaient accrochés. Chacun de mes ancêtres, dans une tenue irréprochable, montrait notre lignée. Ma mère était déjà apprêtée. Elle avait sorti ses plus beaux bijoux. Un collier avec une émeraude en pendentif qui ressemblait à une goutte d'eau ornait son port de tête. Un bracelet en diamant scintillant à son poignet allait à merveille avec ses boucles d'oreilles pendantes. Elle avait mis des gants de satin écru. Sa robe était encombrante, mais magnifique avec ce tissu de couleur bleu saphir. Ses cheveux étaient relevés en un chignon dont aucune mèche ne dépassait. Elle était maquillée comme une véritable poupée. Je soufflai légèrement et lui imposai de ralentir.

—Je suis sincèrement navrée, mère. J'ai été retenue à Édimbourg. Je m'en vais de ce pas me changer pour le dîner.

—Qu'est-ce qui a pu te retenir autant de temps ? Abby m'a simplement avertie que tu étais toujours à Édimbourg, quand elle est revenue avec ton ensemble.

—J'ai croisé le mari d'une amie. Le mari de Gloria.

—Gloria ? Tu ne connais pas de Gloria !

En effet, je ne connaissais aucune Gloria, mais je comptais bien continuer mon histoire. Ma mère ne connaissait pas le prénom de mes amies, même de celles de la haute société. Elle se souciait uniquement de ses propres relations, ne s'intéressant pas à celles que fréquentait sa benjamine. À cet instant précis, je compris que j'avais une épingle à tirer du jeu.

—Mère, Gloria est la jeune femme que vous avez prise, un jour, pour un jeune homme aux cheveux longs.

J'entendis ma mère rire légèrement. Cet épisode avait été particulièrement honteux. À un bal annuel, organisé par une des familles les plus éminentes d'Écosse, ma mère avait fauté en présentant ses hommages à un jeune homme qui s'était révélé être une jeune femme. Pendant toute la soirée, elle avait certifié qu'il lui était impossible de faire la différence quand une demoiselle avait le malheur de porter un pantalon.

—Son mari et moi, nous nous sommes croisés, repris-je. Il m'a rapporté que Gloria n'était pas bien. Ils viennent de perdre leur enfant. Il m'a demandé de venir avec lui afin que je puisse lui tenir compagnie, ajoutant que cela lui ferait du bien. Je n'ai pas pu refuser une pareille demande. C'est vous-même qui me l'avez dit un jour : il faut toujours nous montrer sur notre meilleur jour… Je suis sincèrement navrée d'être arrivée bien plus tard que prévu, mais je vais aller immédiatement me changer. Je serai prête pour l'arrivée des Kensington.

—Je vais faire appeler Abby.

Ma mère avait lâché mon bras. Je savais que grâce au léger compliment que je lui avais glissé pendant mes excuses à son égard, elle avait baissé la garde. Je hochai la tête, avant de monter l'escalier. En gravissant les marches, j'avais la sensation que tous mes ancêtres me regardaient d'un air suspicieux. Les billets de train qui étaient dans mon corsage me semblaient bien lourds. Je baissai la tête. J'étais bien idiote ! Les tableaux n'étaient pas vivants ! Malgré cette réflexion, je continuai de traverser le couloir en évitant de croiser le regard d'autres ancêtres. Pourquoi gardions-nous ces peintures ? Il y en avait une de notre propre famille. Peinte quand nous étions enfants, avec mes sœurs. Ma mère assise au centre, mon père derrière elle, lui mettant une main sur l'épaule, mes sœurs, chacune d'un côté et moi au milieu, assise sur le sol. Je m'étais toujours demandé si mon père avait regretté de ne pas avoir eu de fils. Il n'en avait jamais parlé. Je filai tout droit, ma chambre se situant dans une des dernières pièces du premier étage.

Après avoir fermé la porte, je pris tout de suite la direction du secrétaire. Je sortis les billets de train de mon corsage. Ils n'étaient pas abîmés. Je les contemplai une nouvelle fois. Deux billets, Édimbourg-Glasgow et Glasgow-Greenock, et deux billets retour… Je ne comprenais pas. Je les fixai. Ils étaient datés du même jour, mais à un horaire tardif. Armand Williamsburgh, pensait-il que je considérerais cette proposition comme une erreur, et que je déciderais finalement de rentrer chez moi ? Et si, en fin de compte, je n'avais pas le courage de monter sur le bateau pour partir vers l'aventure ? Je sentis mon cœur manquer un battement et ma gorge se serrer. C'était ce dont j'avais toujours rêvé, mais peut-être avait-il décelé dans mon regard un moment d'hésitation ?

J'entendis des pas dans le couloir. Abby arrivait. J'ouvris le tiroir de mon secrétaire et en enlevai le double fond. J'avais toujours dissimulé quelques petites choses à cet endroit. Personne ne se doutait de l'existence de cette cachette. C'était dans ce tiroir que j'avais mis le travail de ma mappemonde durant un an. À présent, il allait renfermer le billet de ma liberté. Je mis les quatre morceaux de papier, n'arrivant pas à déchirer le billet retour, dans le double fond, et replaçai la petite planche en bois par-dessus, avant de fermer mon tiroir à clé. Je le faisais rarement, mais il était hors de question que mon secret soit révélé au grand jour. J'ouvris ma petite boîte en porcelaine en forme de rose et y mis la clé. En me regardant dans le miroir, je ne pus m'empêcher d'avoir un léger sourire. Il fallait que je supporte cette soirée, que je joue le rôle qu'on m'imposait et après, la liberté m'ouvrirait grand les bras.

Quand Abby m'aida à m'habiller, je ne pus m'empêcher d'avoir les yeux rivés sur ma fenêtre. La pluie continuait de tomber. Pendant un instant, l'été sembla suspendu, ou alors l'automne était arrivé en avance. À l'automne, je ne serais plus là. Je serais loin. Loin de cette chambre, loin de cette vie que je ne souhaitais pas. Abby serra mon corsage et pendant une fraction de seconde, j'eus le souffle coupé. Elle avait fermé ma robe et relevait mes cheveux pour les coiffer. Nous n'avions pas échangé un seul mot depuis son arrivée dans ma chambre. Sans doute pensait-elle que je lui en voulais d'avoir informé ma mère que j'étais restée à Édimbourg sans elle, mais je la remerciais en mon for intérieur de ne pas lui en avoir révélé la véritable raison. Si jamais elle avait appris que j'étais restée en compagnie d'Armand Williamsburgh, ma mère aurait fait une crise d'apoplexie. Que faisait-il à cet instant précis ? Est-ce qu'il préparait notre voyage au Brésil ? À cette pensée, je ressentis un léger frisson me parcourir. Notre voyage !

—Vous n'avez pas froid, mademoiselle ?

La voix d'Abby me sortit de mes pensées. Elle finissait tout juste ma coiffure, mais avait dû ressentir mon frémissement. Je lui fis savoir que non. Elle me mit une parure de bijoux pour aller avec cette robe pourpre. Un très beau collier de diamants et des boucles d'oreilles pendantes assorties. Elle m'avait maquillée avec délicatesse. L'heure approchait. J'étais prête.

—Tu es magnifique, Eleanor ! Cette robe est sublime ! s'exclama ma mère en me voyant descendre l'escalier dans mon habit de soirée.

Mon père était présent. Il avait enfilé un costume trois pièces et regardait, comme à son habitude, sa montre à gousset. À sa silhouette légèrement voûtée, je me rendis compte pour la première fois à quel point mon père avait vieilli en quelques années. Il n'était plus l'explorateur dynamique que j'avais connu. Cependant, ce que je ne parvenais pas à comprendre, c'était qu'Armand Williamsburgh avait quasiment le même âge que mon père et semblait avoir une énergie d'enfant débordante, alors que mon père ressemblait davantage à un vieil homme lisant son journal dans son fauteuil avec sa pipe toute la journée. Mon père n'avait jamais été réellement un explorateur. Il avait joué à l'explorateur. Il n'en était pas un. Quand je regardais autour de moi, je voyais un château de nobles. Des tableaux d'une petite fortune aux murs, des objets décoratifs qui valaient leur pesant d'or, des tapis souvenirs d'Orient et des meubles qui n'avaient pas la moindre histoire. Un château qui ne racontait aucun passé si ce n'est celui des portraits des différents membres de la famille. Ma mère me fit signe de la suivre dans le salon.

Ce salon, où l'on pénétrait par une ouverture en arche, avait de très beaux fauteuils et canapés, et surtout, une immense cheminée que l'on allumait dès l'automne, pour se réchauffer. Les plafonds étaient vertigineux. Il y avait sur les murs les trophées de chasse de mon père, une de ses passions, qui me donnaient des frissons. Je n'avais jamais été à mon aise avec ces têtes d'animaux morts et leurs regards qui demandaient une suppléance.

—J'ai quelque chose à te donner.

Je quittai du regard la tête du cerf majestueux qui m'observait pour porter mon attention sur ma mère qui me tendit un éventail.

—Il appartenait à ton arrière-grand-mère. C'est un cadeau familial. On le transmet à chaque fille benjamine juste avant la rencontre avec son futur mari. Ta grand-mère me l'a offert le soir où j'ai rencontré ton père. Tu l'offriras à ta fille.

Je pris l'éventail. Il était ancien, mais n'avait pas subi les affres du temps. Il avait passé les décennies sans s'abîmer. Alors, je compris que ma mère avait mis beaucoup d'espoir dans ce repas avec les Kensington. Elle ne savait pas encore que dans deux semaines, je lui briserais le cœur. Je ne savais pas quoi dire face à cet élan d'amour dont je n'avais pas l'habitude. Je serrai l'éventail entre mes mains gantées. Un silence commençait à s'installer, mais du bruit attira notre attention. Les Kensington étaient arrivés. J'entendis la voix de mon père signaler qu'il appréciait beaucoup la ponctualité de nos invités. Je vis par l'arche les domestiques passer pour aller débarrasser nos convives de leurs vêtements mouillés. En quelques minutes, Mme Kensington avait fait son apparition dans le salon.

—Ah ! Les voilà ! s'exclama-t-elle en ouvrant ses bras en grand.

C'était une femme petite, ronde, avec de grosses joues. On disait que par le passé, elle avait été la plus belle fille du comté, mais qu'elle avait pris beaucoup de poids en attendant ses deux garçons et qu'elle avait gardé ses rondeurs de femme enceinte. Elle portait une robe sombre. Elle avait les cheveux frisés roux carotte. Malgré son âge, ses taches de rousseur n'avaient jamais disparu. Elle s'approcha de nous d'un pas vif. Elle était toujours pleine d'énergie. Je dirais même que c'était une personne exubérante. Elle savait tout sur tout le monde. C'était la reine des commérages. Elle avait ce sourire sur le visage dont vous ne saviez pas s'il était sincère ou non. Ses yeux verts pouvaient vous scruter pour chercher au plus profond de vous le secret que vous cachiez depuis des années. Avoir Mme Kensington comme belle-mère était le cauchemar absolu. Ce serait une femme qui ne cesserait de mettre son nez dans les affaires de son fils, et avec qui les relations avec sa belle-fille pourraient être particulièrement compliquées. Elle arriva devant moi avant de me pincer gentiment la joue comme si j'avais encore cinq ans.

—Je n'en reviens pas qu'Eleanor ne soit pas encore mariée ! Je suis si contente que vous ayez pensé à notre fils pour en faire son mari ! Ils seront si heureux ensemble ! Entrer dans votre famille serait un grand honneur !

C'était comme si le mariage venait d'être acté. Aurora Kensington me regardait avec ce petit sourire qui me mit mal à l'aise. Ma mère semblait ravie de cette première approche, tandis que moi, je cherchais une porte de sortie. Elle relâcha la pression sur ma joue et commença à regarder le salon dans son entièreté en commentant chaque chose qu'elle voyait. Je passai la main sur ma joue endolorie. Quelle poigne ! William entra en compagnie de son père. Sa mère prit les devants en déclarant qu'ils allaient laisser les futurs époux converser dans le salon tandis qu'ils iraient dans la salle à manger. Mes parents n'étaient plus maîtres de leur propre demeure.

Ils suivirent la trépidante Aurora en nous laissant tous deux, William et moi.

William Kensington était ce que l'on pouvait appeler un bon parti. Assez charmant, il avait reçu une bonne éducation, mais au fond de lui, c'était un véritable goujat. William ne m'aimait pas et c'était réciproque.

—Personne ne veut épouser Eleanor. Cela ne m'étonne point. Qui voudrait d'une femme comme toi ?

—Je peux te retourner le compliment, William, déclarai-je en restant debout à le contempler. Le charmeur de ses dames, mais qui refuse l'indépendance d'une femme.

—Une femme se doit de rester à sa place ! Ce que tu as bien des difficultés à comprendre !

Il s'était approché de moi en regardant les divers trophées de mon père. William était grand, il faisait une tête de plus que moi. Il était fin. Il avait hérité des cheveux de sa mère et du regard noisette de son père. Il était froid, souriant rarement, et je me demandais quelle femme pourrait l'épouser sans avoir envie de se donner la mort.

—Tu ne t'es jamais remis de ce que je te batte à chaque fois derrière le temple, ne pus-je m'empêcher de lui rappeler.

—Une femme n'a pas à se battre ! À moins qu'elle soit une sauvagesse ! Tu as beau porter une jolie robe ce soir, cela n'enlève rien à ce que tu es réellement : une sauvagesse.

Je ne pus m'empêcher de sourire légèrement. Mes yeux s'étaient plissés. Comme à chaque fois que je voyais William Kensington en face de moi, une envie irrésistible de le contredire m'envahissait.

—Ce mariage ne m'enchante guère, William.

—Tu as raison. C'est aussi mon cas, mais ce mariage a été imposé. Il faut que tu saches, Eleanor, que dès que nous serons mari et femme, je te ferai comprendre que tu devras rester à ta place… par n'importe quel moyen.

La tonalité glaciale de ces derniers mots me fit froid dans le dos. Son regard était bien plus sombre qu'auparavant. Jusqu'où William était-il capable d'aller pour obtenir ce qu'il souhaitait ? À cet instant précis, je compris que le chemin de ma vie était en train de se diviser en deux. Je pouvais suivre celui de la liberté où je vivrais mes rêves, quitte à être reniée par ma famille, ou alors prendre celui dicté par mes parents et souffrir, aussi bien psychologiquement que physiquement. J'étais beaucoup moins grande que lui et bien que j'aie de l'énergie, je n'arriverais pas à le battre cette fois-ci. Ma gorge se serra. Je fus soulagée quand Aurora Kensington vint nous voir pour annoncer que le dîner allait être servi et (en riant) qu'il ne fallait pas non plus que nous passions trop de temps ensemble avant la noce. William et moi échangeâmes un regard assassin et nous entrâmes dans la salle à manger avant d'aller nous installer à table.

Le dîner ne fut qu'échanges autour de ce mariage. Nos mères furent enchantées et nos pères parlèrent politique. Je n'osais rien dire. Les paroles de William m'avaient coupé l'appétit. Comment pouvait-on menacer une personne aussi facilement ? Nos mères se mirent à rire et à parler cérémonie. William commença à s'intéresser à la discussion politique de nos pères et moi, je restai à contempler mon verre de vin que je n'avais pas touché. Ce vin rouge ressemblait à du sang et pendant un instant, j'eus peur que ce soit le mien qui coule dans les prochaines années. Je ne pourrais jamais me transformer en une femme docile. Jamais je ne pourrais être ce que l'on attendait de moi : une épouse, une mère de famille. Je ne voulais pas figurer sur un de ces portraits dans une attitude froide et sans vie.

—Eleanor ? Qu'en penses-tu ?

La voix de ma mère me sortit de mes pensées. Je vis Aurora et elle m'observait. Je ne savais pas de quoi elles se parlaient. Ma mère me répéta la question. Le mariage dans un mois. Un mois seulement ? Aurora argumenta, déclarant que nous nous connaissions depuis que nous étions enfants, que cela semblait dans la logique des choses et qu'il ne fallait pas trop tarder si je voulais leur donner de beaux petits-enfants. Malgré la nausée qui me prit, je répondis à l'affirmative. Dans un mois, de toute manière, je ne serais plus parmi eux.

11

Écosse, 2019

« Pourquoi n'avons-nous pas pris un taxi ? J'ai tellement mal aux pieds, Charlotte ! C'est de la torture, ce que tu me fais subir ! En plus, il fait nuit ! Je suis sûr qu'il y a des loups ! Tu veux qu'on meure ici, avoue-le ! »

Mon frère se plaignait depuis près d'une heure. Nous étions arrivés à Édimbourg dans la journée et nous avions pris un taxi pour parcourir seulement quelques kilomètres. Je ne voulais pas que l'on prenne le risque d'être reconnus. Ainsi, j'avais demandé au chauffeur de nous déposer dans un hameau. Il nous restait un peu plus d'une heure de marche pour atteindre le domaine familial. C'était la seule solution qui m'était venue à l'esprit quand notre histoire avait été affichée dans les médias. Pendant le trajet en train, j'avais tenté de contacter nos parents, mais aucun d'entre eux n'avait répondu. Cela m'agaçait. Ils étaient partis je ne sais où, en laissant leurs deux enfants à la portée de n'importe quelle hyène médiatique et judiciaire. Quand Andrew m'avait parlé d'aller en Écosse pour vendre le château, j'avais balayé cette proposition d'un revers de main, mais maintenant, l'édifice me paraissait être l'endroit idéal pour que nous puissions nous mettre au vert pendant quelque temps. J'espérais que toute cette histoire se tasse rapidement. Nous allions profiter des prochaines semaines pour mettre en place la vente du domaine et après, nous irions faire notre vie chacun de son côté. Je savais très bien que je ne pourrais plus retourner à Londres. Ma carrière était foutue. J'avais perdu tous mes amis, sauf Melina. Il faudrait simplement que je récupère mon chat avant de déménager. Dans le chemin de terre, je tirais ma valise à roulettes. Je commençais à sentir des ampoules à mes pieds. J'aurai dû mettre une paire de baskets, au lieu de faire la citadine et de garder mes talons hauts. Andrew continuait de râler comme un enfant de huit ans, mais j'essayais d'en faire abstraction.

Nous arrivions. Il restait une centaine de mètres. Malgré le crépuscule, je vis le portail noir du domaine s'élever et une petite lumière dans la maisonnette du gardien. Le vieux Ludwig était là. Il ne quittait jamais le domaine. C'était notre plus fervent domestique, le gardien des lieux, celui qui avait toujours les clés.

—Oh non ! Le vieux fou est là ! s'écria Andrew en voyant à son tour la lumière.

—Tu vas arrêter de râler à la fin ?! répondis-je, énervée. Heureusement qu'il est là ! Sinon, nous n'aurions jamais pu entrer !

—C'est chez nous !

—Ce ne sera bientôt plus le cas ! Et maintenant, arrête de crier ! Si nous pouvions ne pas nous faire repérer…

—Repérer par qui ?! Il n'y a personne aux alentours, Charlotte ! À part des loups ! Je n'ai pas envie de finir en steak pour les loups !

—Alors, nous allons voir Ludwig !

—Il est pire que les loups !

Andrew était en train de s'énerver et je me mis à soupirer. Je savais qu'il n'aimait pas Ludwig. Il en avait peur depuis qu'il était tout petit. Ludwig lui avait fait une sacrée farce une fois. C'était un rescapé de guerre qui avait été amputé d'une jambe et pour rire, il avait décroché sa prothèse devant Andrew qui n'avait que sept ans. Il avait pris une voix différente pour faire parler sa prothèse. Un véritable artiste qui donnait vie à un objet sous les yeux effarés de mon frère. Andrew avait eu la peur de sa vie. Depuis, il détestait notre gardien. Ce qui n'était pas mon cas. Ludwig avait été paternel envers moi, à la place de mon père qui n'était pas souvent là. Je l'aimais beaucoup.

Arrivée à la hauteur du portail, j'appuyai sur le bouton de l'interphone. Andrew me supplia d'aller directement au château, mais une bonne fois pour toutes, je lui déclarai de se taire, et de manière très vulgaire. Un grésillement sortit de l'appareil, puis une voix d'outre-tombe. La voix de Ludwig était cassée.

—Bonjour Ludwig, c'est Charlotte et Andrew. Est-ce que tu peux nous ouvrir, s'il te plaît ?

J'avais toujours été polie avec le personnel du domaine. Mes parents les avaient toujours traités comme des moins-que-rien et Andrew avait suivi leurs traces. Ludwig attendit quelques minutes avant de déverrouiller le portail à distance et j'entrai, suivie de mon frère cadet qui le referma bien vite, au cas où les loups sentiraient sa chair fraîche. Était-il si idiot pour ne pas comprendre qu'il n'y avait plus aucun loup depuis des siècles ? Je préférai ne lui prêter aucune attention et pris la direction de la petite maison, quelques mètres plus loin. Elle se composait d'une pièce principale avec salon et cuisine. Puis de deux pièces à part avec un coin salle de bains et une minuscule chambre. Ludwig était sorti de son antre et se tenait sur le palier en nous observant, les sourcils froncés.

—Qu'est-ce que vous foutez là, les mioches ? Drôle d'heure pour se pointer !

—Bonjour Ludwig, fis-je simplement, tandis que mon frère se terrait derrière moi. Il avait beau avoir à présent la vingtaine, c'était un véritable froussard.

Ludwig nous fit signe d'entrer. Je sentis Andrew me tenir par le pan de ma veste pour m'empêcher de le suivre, mais je le repoussai d'un geste brusque afin qu'il me laisse tranquille et qu'il cesse de faire l'enfant. Ludwig avait vieilli depuis la dernière fois que je l'avais vu, dix ans auparavant. Il avait les cheveux blancs assez longs et une barbe très hirsute. Il avait pris un peu de poids et se déplaçait avec difficulté. La tenue qu'il portait pouvait faire penser à celle d'un pirate échoué. Il avait toujours eu cet accoutrement original. Il poussa des choses sur la petite table en bois qui lui servait pour manger. Chez lui, c'était un vrai capharnaüm. Il y en avait partout ! Des papiers traînaient par terre et des bouteilles de whisky vides prenaient la poussière. Je me demandais comment il pouvait vivre dans une telle porcherie.

—Ludwig, avec ce qui nous arrive, nous allons rester quelques semaines au domaine.

—Pourquoi ? Qu'est-ce qui vous arrive ? demanda-t-il avant de sortir trois verres et une bouteille de whisky déjà entamée.

—Je prendrai plutôt une eau citronnée, murmura mon frère.

—C'est pour les mauviettes ! Bois ça, le gnome, et ferme-la ! répondit Ludwig en grognant, avant de faire glisser un verre de whisky vers mon frère qui le regarda avec dépit.

—Tu n'as pas vu les informations, Ludwig ? demandai-je, étonnée.

—Je ne les regarde jamais. Trop de conneries. La mort. La fin du monde. Les accidents. Tout ça, j'aime pas. Alors, j'ai balancé ma télé. Puis, je lis pas le journal ! Il n'y a que quand je vais chercher mon whisky au bourg qu'on me dit ce qui se passe !

Je ne savais pas si je devais rire ou pleurer face à cette déclaration. Ludwig vivait dans son propre monde. Sans guerre, sans attentat, sans désastre climatique… Je l'enviais de vivre dans une telle insouciance. D'un côté, je fus soulagée. Il ne saurait donc pas que nous étions ruinés et recherchés.

—Bon alors, mon gars ! Tu le bois, ce whisky ou ma jambe va te l'ordonner ?

Je crus qu'Andrew allait défaillir. Il prit le verre entre ses mains en tremblant. Ludwig avait donné un petit coup sur sa prothèse en riant. À mon tour, je pris mon verre. Un petit coup de fouet ne me ferait pas de mal avec tout ce que nous avions vécu ! Je le bus cul sec et je sentis une brûlure enflammer ma gorge. Il était fort. Très fort, même ! Je me mis à tousser et Ludwig commença à rire en voyant nos deux têtes, à Andrew et à moi. Je reposai le verre sur la table en bois.

—Nous allons vendre le domaine Ludwig, lui annonçai-je entre deux quintes de toux.

—Quoi ? Mais je deviens quoi, moi ? C'est ma maison, ici !

Il s'était levé de sa chaise en criant et je restai un moment stoïque. Il ne mentait pas. Il était déjà à notre service bien avant ma naissance. C'était toute sa vie ici et cela me brisait le cœur de lui annoncer la nouvelle dans ces circonstances. Il lança dans un monologue sur sa vie au domaine, ce qu'il ne pouvait pas quitter et pourquoi il ne survivrait pas dans la société actuelle. Je tentai de temporiser la situation :

—Je noterai dans l'acte de vente que tu devras être embauché par le futur propriétaire, d'accord ? Ce sera un critère non négociable pour que tu puisses rester ici.

Il ronchonna avant de hocher la tête affirmativement et de se rasseoir. Je regardai mon frère qui semblait ne plus pouvoir supporter une minute supplémentaire ici. Il était tout blanc et marmonnait des paroles que je n'arrivais pas à interpréter.

La vieille bicoque devint silencieuse. Ludwig enchaînait les verres de whisky, tandis que mon frère devait prier pour pouvoir s'échapper d'ici au plus vite. L'absence de télévision dans la pièce principale ainsi que les propos de Ludwig un peu plus tôt me firent réfléchir. Une idée germa dans mon esprit. Je savais pertinemment qu'Andrew ne l'accepterait jamais, mais si nous voulions rester tranquilles, c'était la seule solution.

—Ludwig, nous allons laisser nos téléphones chez toi.

Je sortis le mien de mon sac à main avant de l'éteindre et de le poser sur la table en bois. Mon frère était au bord de l'évanouissement. Il ne quittait jamais son téléphone, il l'emportait partout. À ses yeux, c'était un objet vital. Il disait toujours qu'il préférerait mourir plutôt que quitter son téléphone. Il avait une réaction à peine exagérée…

—Excuse-moi ?! me demanda-t-il, outré. Il est hors de question que je le laisse !

—Tu n'as pas le choix, Andrew. Nous savons tous deux, toi comme moi, que dès demain matin, tu feras une story sur Instagram sur ton malheur et que tout le monde saura où nous sommes. Cependant, il faut que nous soyons discrets. Donne ton téléphone !

—C'est toute ma vie, Charlotte !

—Tu découvriras la vie réelle ! Tu vis dans un monde artificiel !

—Tu dis ça car tu es celle dont tout le monde se fout dans notre famille ! Moi, j'ai presque atteint le million de followers !

Sans que je le montre, sa réflexion m'avait blessé. Je n'avais jamais aimé le côté médiatisé de ma famille. Je me souvenais du shopping rituel avant l'été avec ma mère qui me disait de bien faire attention à ce que je mangeais et de choisir le plus joli des maillots de bain pour avoir de très belles photographies dans les magazines. Combien de fois m'avait-elle privée de glace de peur que je prenne quelques malheureux grammes ? Je n'avais jamais été une fille menue. J'avais quelques rondeurs aux hanches et aux cuisses. J'avais cessé de complexer quand j'étais entrée à la faculté, mais, pour autant, je me rappelais sans cesse ces phrases assassines que m'offrait ma mère avant la période estivale. Elle ne voulait pas que je fasse honte à la famille. Pourtant, actuellement, les rôles s'étaient inversés. C'était elle qui me faisait honte. Andrew, lui, avait grandi dans un milieu où l'apparence était le plus important. Il n'avait pas fait d'études, préférant largement passer son temps en boîte de nuit et à mettre en valeur sa vie sur les réseaux sociaux. Une vie loin d'être réelle. Je le vis avec son téléphone dans la main et, dans un accès de colère, je le lui arrachai des mains.

—Rends-moi ça ! Tout de suite !

—Tu comprendras que tes followers se moquent de ta vie irréelle ! Qui boit un verre de vin dans son bain plein de mousse et entouré de bougies ? Tu as bien eu de la chance de ne pas être mort électrocuté, avec tes imbécillités !

—Sache que ma vie intéresse beaucoup de gens !

—Ce séjour sans réseau te fera le plus grand bien !

J'éteignis son téléphone avant de faire glisser les deux appareils vers Ludwig en lui demandant de les mettre dans un tiroir. Nous n'y aurions accès que pour une urgence. Je savais bien qu'Andrew n'oserait jamais s'aventurer seul chez notre gardien pour récupérer son bien le plus précieux. Ludwig était toujours debout quand il déclara qu'il allait nous accompagner au château. Nous nous levâmes à notre tour pour prendre nos valises et sortîmes dans la nuit.

Il n'y avait pas un bruit. Tout était calme. Il y avait juste de temps en temps le hululement d'une chouette qui brisait le silence nocturne. Ludwig marchait devant nous, une lampe torche allumée dans la main. Andrew était à côté de moi et me maudissait de lui avoir enlevé son téléphone. Je serrai la poignée de ma valise avec force pour ne pas laisser éclater ma colère à son égard. Nous arrivâmes devant l'immense porte en bois. Le château avait gardé son allure gothique des siècles précédents.

En granit, avec une tour à gauche, il pouvait ressembler à ces nombreux châteaux hantés d'Écosse dont nous entendions sans cesse parler. La porte grinça et Ludwig pénétra en premier avant que nous ne le suivions.

—Je vais aller remettre l'électricité en route. Par contre, vous n'aurez pas de chauffage. Si vous m'aviez prévenu avant, j'aurai pu faire quelque chose, mais là...

—Ce n'est pas grave, Ludwig.

Tandis que je restais un moment à contempler la demeure de vacances écossaises de la famille, le gardien partit vers les cuisines du château. Ce lieu était chargé d'histoire familiale et pourtant, je n'y trouvais pas forcément ma place. Je marchai dans l'entrée avant de passer devant l'arche qui menait au salon. Tout était resté dans son jus. Nous avions l'impression de jouer un rôle dans un film historique. Andrew continuait de râler, mais je restais concentrée sur chaque objet qui devait contenir des souvenirs lointains.

La lumière s'alluma et Ludwig revint en déclarant que c'était tout ce qu'il pouvait faire ce soir. Je le remerciai tandis qu'il avait posé son regard sur mon frère :

—Et toi, arrête de chialer ! Sinon, ma jambe se fera un plaisir de te rappeler les bonnes manières !

Il quitta le château sous la tête médusée de mon frère cadet. J'allai récupérer ma valise que j'avais laissée dans le hall d'entrée et annonçai à mon frère que nous allions prendre nos chambres respectives. Nous verrions le lendemain pour l'organisation de la vente du château. J'étais épuisée et je voulais me retrouver seule. Je montai les marches en bois d'ébène et traversai le couloir pour me diriger vers la dernière chambre. J'avais toujours dormi dans celle-ci quand je venais en vacances. En y entrant, je sentis le froid. J'allais devoir dormir avec plusieurs couvertures si je ne voulais pas mourir frigorifiée. Cela faisait longtemps que le ménage n'avait pas été fait. Je savais que les domestiques ne revenaient qu'une semaine avant notre arrivée afin de mettre tout en place. Or, aujourd'hui, nous étions venus à l'improviste et on pouvait constater à la couche de poussière qui était sur la coiffeuse que le ménage n'avait pas été fait depuis plusieurs mois.

J'espérais que des araignées n'avaient pas trouvé refuge dans cette chambre. Je posai ma valise dans un coin et me laissai tomber sur le lit à baldaquin. La poussière présente me fit éternuer. En me redressant, je vis le portrait face au lit. Il représentait une jeune femme d'une vingtaine d'années. Ma mère avait toujours déclaré que je lui ressemblais comme deux gouttes d'eau. À mes yeux, c'était complètement faux. En tout cas, ce soir, j'allais dormir sous le regard de cette femme…

12

Écosse, 1895

Coiffée de mon chapeau à plumes, je me regardai dans le miroir de ma coiffeuse. C'était le grand jour. Dans quelques heures, je serais dans un train en direction de Glasgow et je quitterais cette vie de noblesse que l'on m'imposait. J'étais habillée d'une jolie robe et ma valise était à mes pieds. J'avais trouvé le mensonge parfait pour partir : j'avais informé mes parents que j'allais rester trois jours à Édimbourg pour soutenir ma chère amie Gloria. Ma mère avait déclaré que c'était une très mauvaise idée, car je devais rester pour les préparatifs de mon futur mariage. Cependant, mon père m'avait autorisé cette escapade, annonçant que ce serait une bonne expérience d'être auprès d'une jeune mariée afin de mieux comprendre la vie qui m'attendait. J'avais menti, sans rougir. J'étais très heureuse de voir que mon plan se déroulait à merveille. Je n'épouserais jamais William Kensington. En ce jour de début septembre, mon destin allait changer. Je ne prenais pas la voie limpide dictée par mes parents, mais un chemin plus sinueux qui me conduirait vers une vie plus heureuse.

Je saisis la clé dans ma petite boîte en porcelaine en forme de rose, avant de l'insérer dans la serrure de mon tiroir, d'enlever le double fond et de retirer les quatre billets de train. Ils n'avaient pas bougé depuis que je les avais déposés là. Je les glissai dans mon corsage. Un secret, près de mon cœur.

La petite pendule dans ma chambre affichait dix heures. Il était temps que je parte. Je remis mon chapeau bien droit et pris ma valise en main pour sortir de ma chambre. En traversant le couloir, j'avais la tête haute, fière de ce que j'allais accomplir. Dans ma valise, j'avais récupéré la tenue de mon cousin et plusieurs cahiers. J'avais hésité à prendre la longue-vue de mon père. Dans mon esprit, elle m'était destinée, mais je m'étais résignée à la laisser. Je devais construire mon propre héritage. Je passai devant le portrait de mes ancêtres. Aucun n'aurait approuvé ma décision, mais je comptais bien qu'on se souvienne de mon nom. Mes parents m'attendaient à l'extérieur, devant le véhicule que l'on m'avait avancé.

—Je suis convaincue que ce n'est pas une bonne idée, commença ma mère en me voyant descendre les marches en béton pour atteindre le véhicule. Le mariage est dans deux semaines et il y a tant de choses à faire !

—Elle part seulement trois jours, dit mon père pour la rassurer. Elle aura tout le temps d'être prête pour le grand jour ! Je suis très satisfait de ton comportement, Eleanor. Tu as beaucoup mûri ces dernières semaines. Tu as compris ce qui était important pour la famille. Je suis ravi que William Kensington rejoigne la nôtre. C'est un excellent parti !

Mon père me souriait comme il ne l'avait jamais fait auparavant. Je ressentis un pincement au cœur. Ils attendaient beaucoup de ce mariage, qui n'aurait jamais lieu. Je me mis à sourire légèrement en hochant la tête. Ma gorge était si serrée que si je prononçais un mot, j'aurais pu me trahir. Ma voix serait cassée et cela arrivait uniquement quand j'étais mal à l'aise. Le chauffeur prit mon bagage et je montai dans le véhicule. Quand il ferma la porte, je poussai un soupir de soulagement. Les chevaux commencèrent à trotter et je regardai le château qui s'éloignait petit à petit. Je peinais à croire que je quittais cette vie. Pendant un temps, je ne verrais plus ni mes sœurs, ni mes parents. Je reviendrais. Je savais pertinemment au fond que moi que je ne quittais pas définitivement le domaine, mais que je reviendrais changée, indépendante et forte. Je serais une de ces exploratrices dont Armand Williamsburgh m'avait parlé. À mon tour, je serais un modèle pour toutes les futures petites filles qui rêveraient de voir le monde.

Nous étions arrivés à la fausse adresse que j'avais donnée au chauffeur dans le centre d'Édimbourg. J'étais descendue avec ma valise, lui avais donné un peu d'argent pour le remercier de la course et avais fait semblant d'avancer devant cette maison en briques rouges. J'avais pris mon temps, attendant que le véhicule parte. Quand j'entendis les chevaux trotter, je jetai un coup d'œil derrière moi. La voie était libre. Je fis demi-tour et marchai en direction de la gare d'Édimbourg. En avançant dans la rue, je ne pouvais que constater la grandeur de cette gare. On aurait dit un très vaste château, tant elle était imposante. Beaucoup de gens marchaient autour de moi et je fus prise dans l'effervescence de la ville. La pendule en haut de la petite tour de la gare résonnait. Mon train était prévu dans une petite heure. Cependant, de peur de le rater, je préférais déjà entrer dans le hall de gare. Immense, luxueux. Ce furent les premiers mots qui me vinrent à l'esprit quand je m'arrêtai après y avoir pénétré. Les verrières au plafond étaient splendides, semblables à du cristal. Une pure beauté qui vous coupait le souffle. Les rayons du soleil pénétraient et enveloppaient le hall de la gare d'une lumière divine. Je vis passer des familles, des hommes en costume, un peu pressés, et des agents de gare, sifflet à la bouche, qui tentaient de faire régner l'ordre. Il y avait dans ce vacarme quelque chose d'enivrant : mon aventure commençait à cet instant.

J'avais posé ma valise à côté de mes souliers et mon regard se portait de gauche à droite. J'étais perdue. Je ne savais pas où aller. C'était rare de voir une femme voyager seule. Je ne voulais pas attirer l'attention. Ainsi, je pris la décision d'aller voir un agent de gare pour me renseigner. Arrivée à sa hauteur, je vis que c'était un petit homme rond avec une moustache noire. Il avait des lunettes et semblait perdu dans ses pensées. Ma présence le fit revenir sur terre.

—Veuillez m'excuser, monsieur. Je cherche le train à destination de Glasgow.

—Voie numéro deux, madame. Le départ ne se fera que dans quarante-cinq minutes. Vous avez le temps de prendre un café, si vous le souhaitez. Avez-vous besoin d'aide pour votre bagage ?

Il ne semblait pas surpris que je voyage seule. Je lui répondis non. Je pouvais très bien porter ma valise moi-même. Si elle me voyait, ma mère serait offusquée. Pour elle, ce genre d'action devait être faite uniquement par des domestiques. Un café semblait être une bonne idée, même si je préférais largement le thé. Il y avait un petit café dans la gare. Cela me paraissait être un endroit merveilleux. Pour la première fois, j'entrai seule dans ce genre d'établissement. J'avais connu seulement les salons de thé du centre d'Édimbourg, où ma mère m'emmenait. Des salons de thé qui avaient bonne réputation. Ici, les chaises étaient en bois, ainsi que les tables. Les serveurs semblaient pressés à chaque fois qu'ils allaient servir quelqu'un. Les gens parlaient, fumaient et riaient en attendant de prendre leur train. Il y avait beaucoup de valises sur le sol. Il ne fallait pas que je perde la mienne. Ainsi, je décidais de m'installer sur une chaise à côté de la vitrine du café. À cette distance, je pouvais voir les locomotives à vapeur. Grandes, noires et majestueuses. C'était incroyable ! J'en avais entendu parler, mais je n'en avais jamais vu de mes propres yeux.

—Bonjour, madame. Nous vous souhaitons la bienvenue au Café de la gare ! m'annonça un serveur. Que souhaitez-vous ?

—Un thé Earl Grey, s'il vous plaît, avec un peu de lait.

Je n'avais jamais aimé boire mon thé pur. La douceur du lait se mariait parfaitement au goût un peu âcre de l'Earl Grey. Je contemplai les gens à travers la vitrine. C'était comme si j'étais dans un nouvel univers. Je n'avais jamais ressenti autant d'excitation de toute ma vie ! Mes yeux se posèrent sans cesse sur la pendule de la gare avec l'effroi de rater ma seule chance de quitter cette ville. Le serveur m'apporta mon thé et je lui tendis un peu d'argent que mon père m'avait offert au vu des trois jours à Édimbourg. De bonne humeur, je donnai même une pièce supplémentaire au serveur qui en fut ravi et me remercia de ma générosité. Je pris ma tasse entre mes mains. Je n'avais jamais bu dans une tasse de cette taille, si petite et si blanche… À chaque fois, je buvais mon thé dans des tasses en porcelaine. Je me sentais bien étrangère dans cet univers.

Le train ne tarderait pas à partir. Je m'avançai sur le quai, valise en main et billet dans l'autre pour trouver le wagon dans lequel je devais monter. La locomotive noire crachait déjà son panache de fumée. Cette machine était un monstre de fer. Le progrès humain, ne s'arrêterait-il donc jamais ? Beaucoup de gens se faufilaient sur le quai. Une vraie fourmilière. Des enfants pleuraient, tandis que d'autres passagers se hâtèrent par peur de rater le départ. C'était mon cas. Au bout d'un moment, je trouvai enfin mon wagon et grimpai dedans. Je vis que ce n'était ni la première ni la troisième classe. Mon apparence devait surprendre ces gens de classe moyenne qui partaient vers une nouvelle ville. Je respirais la noblesse et je n'étais pas dans la première classe. Je m'en moquais. Je marchai dans l'allée, avant d'entrer dans un compartiment vide. Je déposai ma valise sur le porte-bagage en hauteur. D'un coup, ma tenue me parut bien encombrante. J'aurai dû profiter de mon temps libre au café pour me changer et passer des vêtements plus confortables. Cependant, ici, une femme en tenue d'homme aurait été choquante et je ne devais pas me faire remarquer. Je m'assis sur le siège en bois et contemplai l'extérieur par la fenêtre. Un quai vide me faisait face. L'horloge centrale de la gare sonna, ce serait bientôt l'heure du départ. Une famille, un couple avec un enfant en bas âge, entra dans mon compartiment, me demandant si les places étaient libres. J'acquiesçai. Ils s'installèrent quand le train démarra et quitta la gare. Nous quittions la gare d'Édimbourg et ma nouvelle vie commençait enfin.

J'étais fascinée par le paysage qui défilait sous mes yeux. Malgré notre situation aisée, nous n'étions jamais partis avec mes sœurs, dans une autre ville ou à l'étranger. Seul mon père avait eu cette chance grâce à ses explorations. J'étais redevenue une petite fille qui découvrait pour la première fois les moutons et les prairies verdoyantes de la campagne écossaise. Plus nous avancions, plus je sentais une douceur m'envelopper. Le ciel était d'un bleu limpide. L'horizon me souriait et je lui rendais avec plaisir son sourire.

L'enfant était bien sage. Assis sur les genoux de sa mère, il était concentré sur son jouet, un petit train en bois. Ses parents avaient dû le lui acheter au magasin de la gare. Il avait les mêmes cheveux roux que sa mère. Son visage était criblé de taches de rousseur. Son père lisait un journal daté du jour, tandis que sa mère était occupée à regarder son fils jouer. C'était une famille particulièrement discrète, et je ne voulais pas les importuner. Cependant, au bout d'un moment, je vis la mère de famille sortir un panier en osier pour prendre quelques victuailles. Je sentis mon estomac gargouiller. Quelle idiote j'avais été ! Je n'avais rien pris à manger pendant le voyage ! Même si mon excitation était palpable, je ne pouvais pas me négliger au vu du grand périple qui s'annonçait ! J'eus honte. Le rouge me monta aux joues, tandis que la femme tendit un morceau de pain et de jambon à son époux. Le petit réclamait déjà son dessert, mais elle refusa de le lui donner s'il ne mangeait pas autre chose. Je n'avais pas dû être discrète, car la femme posa son regard sur moi.

—Est-ce que vous voulez manger quelque chose ? demanda-t-elle d'une voix aussi fluette que je l'imaginais.

C'était un rossignol qui chantait. Je me sentis davantage honteuse. Je n'avais jamais dû réclamer à manger de ma vie et à présent, une parfaite inconnue avait pitié de moi. Pour qui passais-je ? Je portais une tenue pleine de dentelles, mais je n'avais aucune nourriture ! J'étais une charlatan ! Il n'y avait pas d'autre mot ! Son mari ne m'avait pas jeté un coup d'œil, concentré à lire les nouvelles.

—Je… Je ne veux pas vous importuner. Je n'ai pas pensé à prendre à manger…

—Oh, ne vous inquiétez pas ! Je prends toujours un petit peu plus que ce que nous mangeons réellement. Tenez ! Prenez ! dit-elle en me tendant un morceau de pain sur lequel une tranche de jambon y était posée.

—Merci beaucoup. C'est très gentil de votre part, répondis-je en prenant ce présent.

—Glasgow ne doit plus être qu'à une heure et demie, mais il ne faut pas rester l'estomac vide. Vous pourriez être malade ! Allez-vous visiter de la famille ?

Que pouvais-je lui répondre ? La vérité ? Lui dire que j'avais fui la demeure familiale pour vivre mon rêve et partir voguer sur l'océan ? Elle ne comprendrait pas, comme la plupart des personnes… Je mangeai un morceau de la tartine offerte avant de répondre que j'allais chez un cousin lointain. Je mis fin à la discussion assez rapidement pour ne pas avoir à répondre à d'autres questions. Je souris en regardant le petit qui préférait jouer avec son train que manger. Cela lui valut une réprimande de sa mère.

Le train ralentit et entra en gare de Glasgow. Je quittai la famille en remerciant la femme de m'avoir offert le déjeuner. Je pris ma valise et descendis du train. Il me restait encore une étape à franchir. J'étais à mi-chemin. Destination Greenock. Je me sentais perdue. La gare de Glasgow était deux fois plus grande que celle d'Édimbourg. En même temps que ma gorge se serrait, je fus prise d'un vertige. Je me mis à respirer lentement. Ce n'était pas le moment de paniquer. Je vis au loin un chef de gare et m'approchai de lui pour lui demander le train pour Greenock.

—Il part dans dix minutes, madame ! Il faut vous dépêcher ! Voie cinq !

Mon sang se figea. Comment se faisait-il que la correspondance soit si courte ? Je me précipitai à travers la gare, courant avec ma valise. Mon chapeau s'envola. Je ne m'arrêtai pas. Tant pis pour les plumes et les froufrous ! Je n'allais pas à une représentation de l'opéra, et peut-être ferais-je le bonheur de quelqu'un par ce cadeau improvisé ! Je continuai de courir. Je maudissais ma robe. À chaque pas, mes bottines manquaient de se prendre dans mon jupon. Il ne fallait pas que je trébuche, sinon je raterais le train ! Armand m'attendait ! Je ne pouvais pas le décevoir !

Je fus grandement soulagée en arrivant à la voie numéro cinq ! Le train était là, plus petit que le premier. Je n'eus aucun mal à trouver mon wagon et y montai. Ce train était sommaire. Il avait déjà quelques années.

Je m'assis dans un comportement où une femme d'un certain âge était déjà présente. Je serrai contre moi mon bagage, tentant de reprendre mon souffle. Je n'avais jamais couru aussi rapidement de toute ma vie !

—Eh bien ! Eh bien ! Il ne faut pas vous mettre dans cet état-là, ma petite !

Je relevai la tête. La femme était âgée. Elle avait des cheveux blancs et portait un lorgnon. Ses yeux étaient bleus comme le ciel et sa bouche était fine et rose. Elle avait une robe noire ainsi que des gants de la même couleur. Elle semblait accablée par le chagrin. Je compris qu'elle portait des habits de deuil.

—Je pensais rater ce train, répondis-je dans un souffle.

—Il y en aurait eu un autre. Il ne faut pas courir après le temps.

—Ce train est la chance de ma vie.

—Vous êtes bien jeune pour dire des choses pareilles ! Rien n'est si important pour courir après…

—Avec mon respect, madame, vous ne connaissez pas ma vie. Je ne cours pas après le temps. Je cours après mon destin.

Elle avait levé les yeux au ciel avant de contempler l'extérieur. Elle ne semblait pas prendre conscience de l'importance de mon acte. C'était dommage. Je pensais que nous pourrions en parler, mais elle s'était tue. Je ne pouvais pas déranger une femme en deuil. Ainsi, nous passâmes tout le reste du voyage silencieusement. Au départ du train, je regardai le quai s'éloigner et nous parcourûmes à vitesse réduite les miles qui nous séparaient de Greenock. Cette ville m'était inconnue. À ce qu'avait mentionné rapidement Armand Williamsburgh, c'était une ville portuaire de laquelle nous pouvions quitter l'Écosse. Il choisissait toujours ce port pour partir en expédition. Je passai le voyage à regarder le paysage qui changeait au fur et à mesure que les heures s'écoulaient. Au bout d'un moment, la mer fit son apparition. C'était la première fois que je la vis de mes propres yeux. Cette étendue bleue… Je ressentis une telle émotion que j'en eus les larmes aux yeux. La montagne était au loin, mais la mer semblait si proche. Je vis que la vieille dame m'observait, mais elle ne dit rien. Quand nous arrivâmes en gare de Greenock, je me levai pour quitter le compartiment avec ma valise. Elle partit avant moi en déclarant :

—Quel que soit le rêve que vous poursuivez, j'espère qu'il en vaut la peine. Il ne faut pas vivre avec des regrets toute sa vie.

Surprise par sa déclaration, j'allai pour lui répondre, mais elle était déjà partie. En descendant, je la vis sur le quai, entourée d'une femme plus jeune et d'un homme. Sans doute, sa fille et le mari de celle-ci. Sa fille lui prit la main et la serra. Cette vieille dame venait de perdre son mari et allait vivre chez son enfant. La peine se lisait dans son regard, mais pas que… il y avait aussi des regrets. Je n'osai pas l'importuner davantage et quittai la gare. Pour la première fois ma vie, je respirai les embruns de la mer. Quelques goélands battaient des ailes dans le ciel. En sortant de la gare, je vis pour la première fois la baie. J'accostai un passant pour lui demander où se situait le port. Il m'indiqua la direction. Cinq minutes à pied. Mon excitation grandissait au fur et à mesure que mes pas comblaient la distance. Des bateaux étaient amarrés. Armand Williamsburgh m'avait décrit le sien comme un trois-mâts. C'était son bateau personnel, qu'il avait acquis des années plus tôt. Un trois-mâts ne pouvait pas passer inaperçu dans un si petit port, et j'avais raison. Je le vis au loin. Les voiles blanches et la coque peinte en marron foncé. Le nom du bateau était inscrit sur cette coque : l'*Amazonia*. Ce nom était plein de sens.

Devant l'*Amazonia*, je me sentis petite. Et pourtant, je savais que j'étais à ma place. Le vent soulevait quelques mèches de mes cheveux et je contemplais ce bateau, si majestueux. J'allais monter à bord ! J'allais naviguer ! Découvrir l'océan et ses merveilles ! Je m'approchai de la passerelle, mais un des marins présents en descendit.

—Halte ! Les femmes ne sont pas autorisées à monter à bord ! déclara-t-il en m'empêchant d'avancer plus loin.

—Je suis invitée par Armand Williamsburgh.

—Voyez-vous, ça ! Il éclata de rire. Mademoiselle est invitée par le capitaine en personne ! Quelle plaisanterie ! L'océan, ce n'est pas fait pour les femmes ! Rentrez chez vous !

—Ce n'est pas une plaisanterie, annonça une voix.

Armand Williamsburgh se tenait derrière lui.

13

West Linton, Écosse, 2019

La lumière du jour me réveilla. Je clignai des paupières plusieurs fois avant d'ouvrir doucement les yeux. Par réflexe, je tendis la main pour attraper mon smartphone sur la table de chevet, mais je me souvins que je ne l'avais plus avec moi. Je me tournai dans mon lit pour me mettre sur le dos et je regardai vers le plafond où le tissu du baldaquin du lit me fit face. Mon nez piquait et mes yeux grattaient. J'avais oublié l'allergie aux acariens que j'avais développée pendant mon adolescence. Avoir dormi dans un tel nid poussiéreux me donnait l'impression d'avoir un essaim d'abeilles dans la tête tellement mes oreilles bourdonnaient. Je me redressai sur le lit en poussant les couvertures qui grattaient. Le rai de lumière qui traversait la pièce m'indiquait qu'une belle journée s'annonçait. L'Écosse avait toujours été réputée comme une terre pluvieuse, mais elle offrait aussi de magnifiques journées ensoleillées qui donnaient à la lande sauvage un caractère tout particulier. Je m'étirai le cou en massant légèrement ma nuque. Les oreillers étaient bien trop souples, pourtant, ma nuit avait été réparatrice. Après les péripéties de ces derniers jours, mon corps avait eu besoin de repos et acceptait volontiers une nuit dans une atmosphère calme. Il n'y avait pas un bruit autour de moi, à part le petit piaillement des oiseaux à l'extérieur. Je ne comprenais pas pourquoi personne n'avait pensé à changer les vitres du château depuis la dernière guerre. Cette absence de double vitrage allait causer un problème important pour la vente. Je me levai pour aller ouvrir cette petite fenêtre à côté du lit et contempler le paysage qui se dessinait sous mes yeux.

J'avais oublié à quel point cette vue pouvait couper le souffle. Des collines verdoyantes à perte de vue. Pas un bruit de voiture, de klaxon ou de gens parlant bruyamment au téléphone. Cela me changeait du quartier londonien. Mon ventre se mit à crier famine. Un petit déjeuner à l'extérieur serait bénéfique, mais j'oubliais que nous n'avions aucune nourriture dans le château. Comme nous allions rester un moment ici, il faudrait que je demande à Ludwig d'aller faire quelques courses. Je laissai la fenêtre ouverte pour aérer la chambre et me changeai en écoutant le bal sonore des oiseaux. J'enfilai un jean avec un débardeur blanc ainsi qu'un gilet de couleur ocre. Une paire de baskets aux pieds, je quittai la chambre sous le regard de mon aïeule. Si nous voulions vendre la propriété, il faudrait décrocher ces tableaux.

Je parcourus le couloir et vis que la porte de la chambre où était censé dormir mon frère était ouverte. Je ne pus m'empêcher d'y jeter un coup d'œil. Il n'était pas là, mais il avait déjà pris ses aises. Sa valise avait littéralement explosé. Des vêtements jonchaient le sol. Qu'est-ce qu'il pouvait être bordélique ! Je levai les yeux au ciel et descendis l'escalier dont les marches étaient recouvertes par un tapis rouge un peu vieillot. Même si je ne croyais pas aux miracles, je ne pus m'empêcher de descendre au sous-sol, dans les cuisines du château où, d'habitude, des domestiques se dépêchaient de préparer nos repas. La pièce était silencieuse. Quand j'étais enfant, j'avais l'habitude de venir en catimini à l'heure du goûter pour avoir une collation. Ma mère ne voulait jamais que je mange une part de gâteau entre les repas, mais ma fidèle gourmandise m'amenait dans ces lieux. Les domestiques m'avaient toujours eu à la bonne, avec mon visage en cœur et mon sourire à faire fondre le plus cruel des criminels. J'avais particulièrement ce souvenir, d'être assise sur une chaise en bois au milieu de cette pièce, contre la grande table où les domestiques posaient les différents plats et la vaisselle. Je me revoyais, à l'âge de cinq ans, couettes sur la tête et robe de petite fille sage, manger une grosse part de gâteau au chocolat. J'avais nié les faits devant ma mère, mais qui aurait pu me croire ? Elle m'avait surprise. La bouche barbouillée de chocolat, je faisais une piètre menteuse. Par la suite, elle n'avait pas cessé de me surveiller du coin de l'œil pour que je ne prenne plus de goûter qui fasse grossir. Selon elle, je ne devais pas prendre un gramme, car j'avais déjà du ventre ! C'était ce qu'elle clamait sans cesse. Une petite fille de cinq ans s'en moquait, de ce petit bidon rebondissant, tout ce qu'elle souhaitait, c'était se régaler de ce fabuleux gâteau au chocolat composé d'une ganache à se damner. Rien que de repenser à ce goût chocolaté dans ma bouche, mon estomac gargouilla davantage. Mais sa pénitence allait prendre fin !

À ma grande surprise, il y avait de la brioche sur la table, accompagnée d'un pot de confiture. Je m'approchai de la grande table et constatai qu'il y avait une note. L'écriture était à peine lisible, mais à la lecture de la signature, je remerciai notre cher ange gardien de veiller sur nous. Ludwig avait apporté cette brioche et, sans doute, un vieux pot de confiture qui traînait dans son placard. À l'aspect bombé du couvercle, je compris qu'il ne fallait pas ouvrir le pot, de peur qu'il m'explose à la figure. Depuis combien de temps ce pauvre petit pot de confiture de fraises était dans le placard de Ludwig ? Je pris un couteau pour me couper deux parts de brioche. J'étais sur le point de sortir, quand je vis qu'il y avait une Thermos pleine. Il avait pensé à tout. J'allai attraper une tasse dans un des placards au-dessus du four et me la remplis quasiment à ras bord. Une bonne tasse de café, voilà ce qu'il me fallait pour bien entamer la journée ! Je partis avec mon petit déjeuner ambulant pour traverser le château et sortir à l'extérieur, côté jardin. Quelle ne fut pas ma surprise de voir que je n'avais pas été la seule à avoir eu l'idée de faire le plein de soleil ! La marmotte qui me servait de frère s'était levée bien tôt ! Il allait pleuvoir ! Andrew était installé sur l'herbe verdoyante, en train de faire une séance de yoga. Je m'installai à la petite table de jardin en fer forgé blanc et posai ma tasse de café avant de croquer dans ma brioche. Andrew me vit en changeant de position. Je ne connaissais rien au yoga, mais j'admirais sa souplesse. Même s'il avait l'air un peu bête, la tête en bas.

—Tu ne devrais pas manger ça ! Le gluten, c'est ce qu'il y a de pire !

—Pas de ce discours-là avec moi ! Ça ne marche pas !

—Il ne faut pas que tu t'étonnes d'avoir des hanches ! Accompagne-moi dans ma séance ! dit-il en se relevant.

—Quand les poules auront des dents, déclarai-je en riant légèrement.

Je n'étais pas une grande sportive. Et même si tout le monde disait que le yoga faisait du bien au corps et à l'esprit, j'aurais eu l'impression de passer pour une idiote à me tortiller dans tous les sens. Je fermai un instant les yeux en mangeant ma brioche et profitai des rayons du soleil qui réchauffaient ma peau. Se couper du monde qui nous entourait avait été la meilleure solution. Je ne me sentais pas stressée par ce qui se déroulait autour de nous. Ici, rien ne pouvait nous atteindre. Nous étions dans une forteresse hors du temps.

—J'ai eu une grande idée qui va résoudre tous nos problèmes ! m'annonça d'un seul coup Andrew.

Je craignais le pire. La sérénité qui m'avait envahie venait de s'évaporer. Je rouvris les yeux et le regardai attentivement, tandis qu'il s'étira pour finir sa séance. Il se baissa pour ramasser son tapis. D'où le sortait-il ? Je ne l'avais pas vu l'embarquer. Je commençais à me demander si depuis son dernier séjour, monsieur n'avait pas laissé quelques affaires ici. Je bus une gorgée de café en attendant qu'il continue son discours. J'avais peur. J'étais effrayée. Les idées d'Andrew n'étaient jamais bonnes. Il vivait dans une autre réalité.

—J'y ai réfléchi toute la nuit ! En fait, il ne faut pas que nous vendions le château ! Il faut que nous l'exploitions ! Pour se faire de l'argent, tout en gardant notre luxe… Nous pourrions faire de ce château un lieu de chambres et de tables d'hôtes !

Il me regardait avec un grand sourire aux lèvres. Je ne savais pas quoi penser de cette déclaration. Avait-il perdu la tête ? Que s'était-il passé cette nuit pour qu'il clame une idée pareille ? Est-ce qu'il avait oublié dans quel pétrin nous étions ? Je le regardai comme s'il venait de me dire la plus grande bêtise du monde. Je gardai ma tasse de café dans la main avant d'en boire quelques gorgées. À son regard, je voyais qu'il attendait ma réponse avec impatience. Que pensait-il ? Que j'allais sauter de joie en lui déclarant que c'était la meilleure idée du monde ? Il se fourvoyait. Je posai délicatement ma tasse blanche sur la table du salon de jardin. Je prenais mon temps, respirant paisiblement, comme avant d'entrer sur un ring de boxe.

—Andrew... Qu'est-ce que tu n'as pas compris dans « Nous sommes ruinés » ? Nous sommes ici pour nous cacher, car nos parents ont décidé de nous laisser dans ce pétrin, pour ne pas être vulgaire. Et toi, tu veux lancer une chambre d'hôtes ? Nous n'avons pas les moyens pour ça et rappelle-toi que nous sommes ici pour vendre le château et non pour en faire un lieu d'accueil.

—Mais enfin, Charlotte ! C'est la solution ! C'est tellement à la mode de venir récupérer dans un lieu paumé au milieu de nulle part ! Nous pourrions proposer des cours de yoga, un menu entièrement végétal, des chambres zen... Tout en gardant le cachet du château, car c'est ce qu'aiment les gens maintenant : l'au-then-ti-ci-té, répondit-il en articulant chaque syllabe du dernier mot.

—C'est sûr qu'avoir des têtes de cerf et de sanglier dans le salon, c'est très *feng shui*... Non, de toute manière, cela ne se fera pas !

—Si c'est une question d'argent… Tu en as bien mis de côté, non ?

Je fus surprise par le culot de mon frère cadet. Cela faisait dix ans que je refusais de toucher à l'argent familial. Durant mes premières années d'indépendance, j'avais enchaîné les petits boulots en parallèle à mes études. Souvent, j'avais mangé des pâtes et des pommes de terre en fin de mois pour essayer de vivre, ou plutôt, de survivre dans la jungle londonienne. Malgré ce qu'il pouvait penser, je n'étais pas riche comme Crésus. Je n'avais jamais accédé au statut de junior et mon salaire était, chaque mois, une misère. Pourtant, j'avais réussi à mettre quelques livres de côté, mais je n'étais pas riche, loin de là. Savoir que mon frère lorgnait mon compte en banque car il ne pouvait plus accéder au sien me mit en colère. Je me levai et pris ma tasse de café.

—Ne rêve même pas ! Je ne sais pas à quoi tu penses, mais sache que je ne suis pas millionnaire. J'ai à peine quelques centaines de livres de côté, et ce n'est pas à toi que je les donnerai. Tu as les poches percées, Andrew ! Tu ne sais pas la valeur de l'argent, ni celle du travail ! Tu dis que tu veux lancer une chambre d'hôtes, mais tu ne sais même pas comment ça marche ! Tu veux faire ça uniquement parce que c'est la mode ! Tu veux vraiment mettre cette idée en place ? Soit. Débrouille-toi pour trouver ton propre argent. Prépare un plan. Réfléchis à ce que tu veux et on en reparlera !

—Tu es sérieuse ?! Je pourrais lancer mon affaire ?!

—Je t'ai dit d'y réfléchir, et non de te lancer directement. En attendant, je vais faire des cartons. Je vais aller chez Ludwig, voir s'il peut me dépanner, répondis-je en commençant à prendre la direction de la petite maison du gardien.

—Attends… Pourquoi veux-tu faire des cartons, si nous lançons la chambre d'hôtes ?

—Je veux au moins dégager la pièce dans laquelle je dors. Il y a trop de choses inutiles et il te faut un bureau, non ?

Je le vis sourire et je m'en voulais de lui mentir aussi facilement. Je n'avais jamais été une menteuse, mais pour qu'il nous laisse tranquilles, mon compte en banque et moi, je devais mettre en place un stratagème. Pensait-il réellement que j'allais le laisser construire des chambres d'hôtes dans le château ? Avec tout ce qui nous arrivait actuellement ? Non. J'avais fait des études pour être avocate et je savais pertinemment qu'à cet instant précis, il faudrait nous blanchir, mon frère et moi. Tandis que j'entendais mon cadet pousser un cri de joie, je partis en buvant le reste de mon café dans la direction de chez Ludwig. Mon ventre se tordit légèrement. Pardon, Andrew. Ce ne serait pas pour y installer son bureau que j'allais vider la chambre, mais tout simplement pour mettre en place la première phase du processus de vente du domaine : vider au maximum la pièce pour que des acheteurs potentiels puissent s'y projeter. À commencer par enlever ce portrait de mon aïeule qui n'aurait plus sa place.

En arrivant à la petite maison de Ludwig, je le vis à l'extérieur, assis sur une chaise en bois en train de fumer une pipe. Il regardait le ciel. Quand il entendit les quelques bruits que je fis en arrivant, il tourna d'un coup la tête dans ma direction.

—Bien dormi, Belle au bois dormant ? demanda-t-il en souriant légèrement, tenant sa pipe entre les dents qui lui restaient.

—Je déteste quand tu m'appelles comme ça, Ludwig.

—Pourquoi ton frère crie-t-il comme un blaireau ? Il est décidément plus toqué que ce que je pensais !

De là où nous étions, nous pouvions voir mon frère en train de sauter de joie dans tous les sens et de danser, ou plutôt se tortiller comme s'il avait un serpent dans le pantalon. Je l'avais rarement vu ainsi. Mon père ne lui avait jamais porté l'intérêt qu'il aurait dû durant son enfance et son adolescence. À chaque fois que mon frère arrivait avec la bouche en cœur en lui déclarant qu'il avait eu une idée, mon père lui disait d'aller jouer et de le laisser tranquille. Personne n'avait jamais écouté les idées d'Andrew. Peut-être qu'il pensait réellement pouvoir mettre enfin un projet concret en place, car je lui avais laissé une porte entrouverte. Chose qui, par le passé, ne s'était jamais produite. D'un seul coup, je ressentis un immense poids sur mes épaules. La culpabilité m'était tombée dessus sans crier gare. J'allais briser le cœur de mon petit frère et, après le comportement de mes parents, il n'arriverait peut-être pas à s'en remettre. Je me pinçai la lèvre inférieure avec les dents, signe d'une grande nervosité qui était en train de m'envahir.

—Je lui ai dit qu'il pouvait réfléchir sur un projet futur pour le domaine. Sachant bien que ce projet ne naîtrait jamais. Suis-je cruelle ? demandai-je en soupirant.

—Oui, répondit de but en blanc Ludwig, avant de me regarder en inspirant quelques bouffées de son tabac. La vie est cruelle. Il apprendra qu'on n'a pas tout ce que l'on souhaite. Enfin, tu n'es pas venue là pour parler du blaireau, si ? Qu'est-ce que tu veux ?

—Aurais-tu des cartons ? J'aimerais faire un peu de tri dans la chambre.

—T'en trouveras dans le cabanon de jardin.

—Et… Est-ce que tu pourrais aller nous faire quelques courses ? Nous allons rester quelques jours.

—Laisse-moi une liste et j'irai dans l'après-midi. C'est le jour du tiercé. Mine de rien, je sais qu'un jour, je deviendrai riche avec ces maudits chevaux !

Je le remerciai pour sa générosité et le laissai à son moment de tranquillité. Je rentrai dans le château pour aller laver ma tasse de café avant de ressortir pour aller au cabanon de jardin. Entre-temps, mon frère avait déserté le jardin verdoyant. J'ouvris la porte du cabanon avant d'y pénétrer. J'allumai la lumière et je vis un très beau bordel. Ludwig n'était décidément pas maniaque, loin de là. J'entrai à petits pas, espérant ne pas tomber sur une grosse araignée. J'avais la phobie des arachnides. Je vis les cartons et me précipitai pour les prendre afin de sortir au plus vite de ce petit espace poussiéreux. J'en avais pris deux. Cela serait très bien pour commencer la matinée. Je partis avec en direction du château. J'entrai par la petite porte arrière et traversai le rez-de-chaussée pour monter l'escalier principal. En passant devant sa chambre, je vis que la porte de mon frère était fermée. Il avait pris cette histoire de chambre d'hôtes très au sérieux. J'essayai de ne pas culpabiliser. Ce n'était qu'une lubie passagère. Bientôt, il trouverait autre chose pour s'occuper l'esprit. J'entrai dans ma chambre et laissai tomber les cartons sur le sol. Je regardai la pièce et je soupirai. Il y avait tellement de vieux bibelots poussiéreux. Pourquoi la famille avait gardé tout ça depuis des générations ? C'était de l'encombrement inutile ! Mon regard se posa sur le portrait de mon ancêtre et pendant un court instant, j'eus l'impression d'être jugée.

—Nous n'avons pas le choix ! Peut-être qu'à votre époque, les choses étaient plus faciles, mais ici, c'est la galère !

Je me surpris moi-même à parler au portrait. Pourquoi faisais-je ça ? Tant que ce tableau serait là, je ne pourrais pas me concentrer sur autre chose. Je pris la chaise en bois, en face du petit secrétaire, et la mis sous le tableau pour monter dessus. Je n'avais jamais eu d'équilibre et je me levai tout doucement pour ne pas tomber en arrière. Une fois que j'aurais enlevé ce portrait qui me gênait, j'aurais l'esprit plus tranquille pour tout empaqueter. Je ne me poserais plus mille et une questions. J'ancrai mon regard dans celui de la jeune femme. Ma mère avait tort. Nous ne nous ressemblions pas. Quelle bêtise ! Je pris le cadre des deux côtés et voulus le soulever. Malheur ! Jamais je n'aurais pensé qu'un tableau puisse peser aussi lourd ! Je commençais à perdre l'équilibre et la panique se mit à m'envahir. Je ne voulais pas mourir écrasée par un tableau sur le sol de cette chambre.

—ANDREW ! VIENS M'AIDER ! hurlai-je en essayant tant bien que mal de garder l'équilibre.

Ça pesait une tonne ! Étrangement, je fus surprise que mon frère arrivât aussi vite. Il entra dans la chambre et me regarda en riant légèrement, mais je le fis taire d'un regard noir, glacial. Je le priai de m'aider. Il arriva près de moi et tendit les mains en l'air pour que nous puissions laisser glisser le tableau le long du mur, mais c'était trop tard. Je sentais que mes mains et mes bras lâchaient et je lui criai de faire attention. Andrew recula, le tableau tomba sur le sol, dans un bruit assourdissant. Je manquai de tomber de la chaise, mais réussis *in extremis* à garder le peu d'équilibre qu'il me restait. J'en descendis en me tenant et regardai les dégâts. La peinture était légèrement écaillée et le cadre avait subi un choc.

—Pourquoi t'es-tu lancée à enlever ce truc ? Tu aurais pu le laisser au mur ! Cela aurait donné un style classe dans mon bureau !

Ainsi, il s'y voyait vraiment ? Non, ce serait passager. Je n'avais rien répondu. Je redressai le portrait pour le poser contre le mur avec l'aide de mon frère. Un papier jauni tomba.

—Qu'est-ce que c'est ? demanda Andrew.

Je m'agenouillai pour le ramasser sur le sol. Il paraissait vieux. Il était plié en trois et en l'ouvrant, je fus surprise de la date. Il était de 1905. Ce papier, était-il là depuis cent quinze ans ? Était-il là, durant toutes les vacances que je passais ici, en train de dormir entre le mur et ce tableau ? Je vis qu'Andrew était aussi curieux que moi et je me mis à le lire à voix haute :

West Linton, Écosse, 24 mars 1905

Chère famille,

Bien que je n'aie plus le droit de m'appeler Davidson, je tiens à écrire ces mots à destination de ma famille et de ses futurs descendants. Notre famille a toujours eu la réputation d'être une grande famille du Royaume-Uni. La noblesse.

Ce mot me semble si désuet à présent... Père est mort. Je suis là, alors que je devrais être à l'autre bout du monde. Je suis rentrée pour faire mon devoir familial, mais je dois m'en aller. Que cela soit mère ou mes sœurs, j'ai bien compris que je n'ai plus ma place dans la grande famille Davidson. J'ai vu beaucoup de choses, et je sais à quel point une vie peut se retrouver changée du jour au lendemain.
L'argent n'est pas éternel. L'argent est superficiel. La beauté du monde vaut tout l'argent du monde. Si vous trouvez cette lettre, c'est que vous avez décroché mon portrait. Dans la famille, les portraits sont sacrés. Nous ne les enlevons pas, sauf si nous n'avons plus le choix. Si cette lettre est entre vos mains, c'est que vous êtes à un point de non-retour comme je l'ai été par le passé.
Je peux vous aider à avancer. Sachez que rien n'est impossible dans la vie. Aujourd'hui, vous avez besoin du coup de main d'un membre de votre famille. Peut-être pas celui à qui vous pensiez... Vous avez l'aide d'une inconnue. Regardez ce sourire sur le portrait. C'est moi qui vous souris et qui vous dis qu'il y a une solution à votre problème. Tous vos soucis vont se régler si vous vous rendez à ces coordonnées :
3° 30' sud 62° 7' ouest
Bon courage,
Eleanor Mary Abigaël Davidson

Je ne comprenais rien à cette lettre. En relevant la tête, je regardai mon frère qui semblait aussi perplexe que moi. Je ne connaissais pas d'Eleanor dans la famille. Personne n'en avait jamais parlé. Je me demandais si ce n'était pas une mauvaise blague de la part de mon frère, mais au vu de sa tête, il semblait aussi surpris que moi. Il sortit si vite de la chambre que je n'eus pas le temps de dire un mot. De l'aide ? Comment une ancêtre pouvait-elle savoir ce que nous vivions actuellement ? Je m'assis sur le lit en relisant la lettre et cela me parut encore plus invraisemblable. Mon frère revint avec un grand livre entre les mains.

—Puisque tu m'as confisqué mon téléphone, nous allons le faire à l'ancienne, déclara-t-il en ouvrant un atlas.

Il me prit la lettre des mains et chercha pendant un bon nombre de minutes. J'allais pour lui dire d'arrêter de chercher, mais je vis quelque chose pétiller dans son regard. Ce fut comme lorsque nous jouions à la chasse au trésor, enfants. Au bout d'un moment, il s'arrêta et positionna son doigt. Il avait trouvé. Je regardai par-dessus son épaule.

—C'est une blague, Andrew. Cela ne peut pas être possible ! Peux-tu m'expliquer, pourquoi tous nos problèmes se résoudraient en pleine forêt amazonienne ?

Il n'avait pas la réponse. Moi non plus. Nous étions comme deux idiots devant la mappemonde avec cette lettre qui datait du passé.

14

Greenock, 1895

Armand Williamsburgh descendit la passerelle en bois pour me rejoindre sur le quai. À son apparence, personne n'aurait pu savoir qu'il était noble. Il portait une simple chemise blanche en lin qui avait subi les affres du temps. Son pantalon ocre était ample et il portait des bottines. Ses cheveux étaient en bataille et avaient légèrement poussé depuis la dernière fois que nous nous étions vus. Sa barbe n'était pas rasée proprement. À côté de lui, je me sentais idiote. Dans ma robe bleu ciel, je n'avais rien d'une aventurière. J'aurais dû me changer bien plus tôt, pour ne pas ressembler à une fille de bonne famille.

—Je suis ravi de vous voir, mademoiselle Davidson ! m'accueillit-il avec un grand sourire. Vous avez pris la bonne décision ! Si vous voulez bien me suivre, je vais vous faire faire le tour du propriétaire…

—Armand ! Tu n'y penses quand même pas !

La présence d'Armand Williamsburgh m'avait fait oublier celle de l'autre marin. C'était un petit homme trapu, roux, avec une grosse barbe qu'il n'entretenait pas. Il avait les joues légèrement rosies, ses yeux étaient sombres et il me lançait un regard loin d'être amical. Il portait un pantalon bleu qui était un peu petit pour sa corpulence, ainsi qu'une chemise tachée. Il avait retroussé ses manches et ses mains auraient pu briser une noix en une fraction de seconde. Il n'avait pas l'air commode et ma présence l'agaçait particulièrement.

—Une femme porte malheur sur un bateau ! Et puis ça ne sert strictement à rien ! Elle n'a rien à faire ici ! C'est une petite princesse !

—Joshua, commença calmement Armand, avant de se tourner vers son acolyte. Cela fait une vingtaine d'années que nous naviguons ensemble, n'est-ce pas ? Eh bien, sache que c'est ma décision et que si tu n'es pas satisfait, tu peux très bien refuser de faire ce voyage. Mlle Davidson voyagera avec nous. Est-ce que tu as bien compris ?

Une tension régnait entre les deux hommes. Je pouvais le voir à travers leur échange de regards. Je me sentais mal à l'aise en tenant ma valise dans la main et en les regardant chacun son tour. Armand avait froncé les sourcils et maintenait ses positions. Je ne voulais pas que le voyage commence dans une atmosphère pesante. Pendant quelques minutes, les deux hommes se toisèrent du regard jusqu'à ce que le dénommé Joshua soupire d'un air las avant de partir vers le centre de Greenock.

—Tu me déçois, Joshua ! déclara Armand en regardant l'homme s'éloigner.

—Je te l'avais dit, Armand : je ne peux plus me permettre de prendre des risques. J'ai promis à ma femme de partir uniquement si je savais que je reviendrais vivant, pour ne pas la laisser avec nos quatre mômes. Tu sais très bien que je ne veux pas qu'une femme monte sur un bateau. Rappelle-toi l'histoire de Carey ! Je trouverai un autre boulot !

Joshua quitta le port et Armand ne le retint pas. Les derniers mots de cet homme m'avaient interloquée et, surtout, avaient piqué ma curiosité. Qui était Carey et quelle était son histoire ? Armand me fit signe de le suivre afin de monter à bord. Je gardai cette réflexion dans un coin de ma tête. Je gravis les derniers mètres et mis pour la première fois le pied sur l'*Amazonia*. C'était un grand et superbe trois-mâts. L'effervescence régnait. Plusieurs matelots s'affairaient à préparer le navire pour prendre le grand large. Cela criait et courait dans tous les sens. J'en eus le tournis. Le vent s'engouffra dans mes cheveux et je sentis les embruns de la mer. Armand Williamsburgh commença à marcher et je le suivis en tenant bien fort la poignée de ma valise. J'avais bien des difficultés à me dire que j'allais passer les prochaines semaines de ma vie à naviguer sur ce magnifique bateau. Je levai la tête et vis un matelot qui attachait les voiles contre le mât, afin que le vent ne les brise pas avant le départ. À ma gauche, un homme était en train de nettoyer le plancher. Ma présence attira la curiosité. Tout le monde s'arrêta un moment pour m'observer et pour chuchoter. Je pensais définitivement que j'aurais dû me changer. Ma robe traînait légèrement sur le plancher et les marins étaient plus habitués à vivre entre hommes qu'à voir une demoiselle, dans sa tenue du dimanche, déambuler sur un bateau. Armand Williamsburgh s'arrêta en plein milieu de son avancée. Il contempla le monde qui l'entourait avant de s'éclaircir la voix.

—Messieurs ! Je vous présente Mlle Davidson qui fera le voyage en notre compagnie. Je sais que certains parmi vous ne sont guère enchantés de savoir qu'une femme est à bord de ce bateau. Ainsi, je vous laisse décider si vous voulez entreprendre ce voyage avec nous. Si ce n'est pas le cas, vous pouvez partir. Je ne tolérerai aucune remarque désobligeante. Tout comportement non approprié se verra sanctionné. Est-ce que je me suis bien fait comprendre ?

Il y eut quelques secondes de silence avant que deux matelots ne prennent la décision de quitter le navire, loin d'être en accord avec les propos de leur capitaine. Je me sentis gênée. Par ma présence, Armand Williamsburgh avait déjà perdu trois hommes. Il murmura quelques mots avant de me faire signe de le suivre. Les regards des matelots coulèrent sur moi et je les vis murmurer entre eux. Certains, même, ricanèrent. J'avalai difficilement ma salive. Mon instinct me disait que ce voyage ne serait pas une partie de plaisir. Il faudrait que je montre que j'avais ma place à part entière sur ce navire, et cela serait difficile. Le capitaine s'arrêta devant une petite porte en bois, l'ouvrit avant de la tenir et de me faire signe de passer devant lui. J'entrai dans la pièce.

C'était la cabine du capitaine. En avançant d'un pas, je vis à ma droite une table en bois qui servait aussi de bureau. Dessus, il y avait plusieurs cartes dépliées, mais je ne vis pas ma mappemonde. J'avais été bien naïve de croire qu'il aurait pu la réparer. Au fond de la cabine, il y avait un lit pour une personne. Différents croquis au fusain étaient accrochés aux murs et il y avait quelques meubles remplis d'objets de toute sorte. Les baies vitrées nous donnaient une vue magnifique sur la mer. Je n'osais imaginer ce que cela serait quand nous serions en plein milieu de l'océan.

—Vous dormirez ici, m'annonça Armand Williamsburgh en fermant la porte de la cabine.

—Mais… Et vous ?

—Je dormirai avec le reste de l'équipage. Il est hors de question que vous passiez la nuit avec eux.

Je me sentais privilégiée. La cabine du capitaine me revenait et je ne pus m'empêcher d'être émue face à ce geste. Mine de rien, quand j'étais allée chez lui et qu'il m'avait expliqué ce projet, j'avais toujours pensé qu'il se moquait d'une jeune femme qui voulait devenir exploratrice. Cependant, aujourd'hui, j'avais la preuve que j'avais tort : il me considérait comme son égale. Il me donnait ma chance et mettait tout en œuvre afin que je me sente bien pour faire le voyage de ma vie, à ses côtés. J'allai poser ma valise sur le lit. Je pouvais enfin enfiler quelque chose de plus confortable.

—Vous devez être fatiguée par cette journée de voyage. Je vais vous laisser vous reposer, mais avant…

J'étais face aux baies vitrées, regardant le ciel qui s'assombrissait légèrement. J'avais passé la journée dans le train et je n'avais pas vu le temps s'écouler. Nous ne devions pas être loin de la fin d'après-midi. La mer se dessinait et d'ici demain, nous aurions quitté la baie écossaise pour nous lancer sur l'océan. J'étais dans ma contemplation et je n'avais pas vu Armand Williamsburgh qui s'était rapproché de moi pour se mettre à mes côtés. Il me tendit quelque chose que je pris. C'était ma mappemonde. Cet homme avait promis de la réparer et il l'avait fait. La surprise devait se lire dans mon regard, car il rit légèrement.

—Je ne dévoile jamais mes secrets. Je voulais aussi vous donner ceci, dit-il en posant dans mes mains un compas de navigation. Je compte sur vous pour nous mener à la bonne destination, Eleanor.

Je regardai la petite boîte noire. Mon père en avait eu un, mais il n'avait jamais voulu que je le touche. Avoir cet objet signifiait pour moi la plus grande des confiances. J'allais pouvoir mettre à exécution tout ce que j'avais appris en cachette dans les manuels de la bibliothèque de mon père. Je ferais de mon mieux. Non, je réussirais à nous emmener jusqu'en Amérique du Sud ! Je serrai dans mes mains le compas de navigation et levai les yeux vers le capitaine du bateau.

—Je ne vous décevrai pas, monsieur Williamsburgh.

—Oh, cessez de m'appeler, monsieur. Appelez-moi Armand. Je vous laisse. Nous lèverons l'ancre ce soir.

Il tourna les talons pour quitter la cabine de capitaine. Je restai seule et silencieuse dans la pièce, tandis que tout le monde s'affairait sur le pont. Je m'assis sur le lit pour contempler ma carte ainsi que le compas. Je ne parvenais toujours pas à croire que ma mappemonde avait été réparée. Par quelle astuce ? Tout était là. Je reconnaissais chaque détail. Il y avait juste, en supplément, les marques de déchirure visibles. Je la posai sur le lit et j'ouvris la petite boîte noire qui contenait le compas. En son centre, un cercle avec les différents points cardinaux et une aiguille pour se maintenir au bon cap. Je pensais à mon père qui avait toujours refusé que je mette ne serait-ce qu'un doigt sur un de ces objets d'explorateur. J'eus un sourire de satisfaction et fermai la petite boîte d'un seul coup, dans un clac sonore. Je la posai sur ma mappemonde et ouvris ma valise. Il était temps de me changer.

Je sortis revigorée de la cabine. Oubliée la robe bleue, j'avais enfilé les affaires de mon cousin. J'étais parvenue à accrocher le pantalon à ma taille grâce à une ceinture que j'avais réussi à trouver dans les affaires d'Armand (j'avais longuement hésité à la prendre, mais savoir que mon pantalon pourrait tomber sur mes chevilles devant des dizaines de matelots m'avait convaincue de faire cet emprunt), ainsi que la chemise blanche. J'avais attaché mes cheveux longs avec une petite ficelle que j'avais trouvée dans la cabine. Mes bottines aux pieds, je me sentais bien, légère. Je respirai cet air marin qui me donnait un surplus d'énergie. Je vis que tout le monde continuait de s'affairer sur le pont principal. Armand était sur la partie supérieure du bateau, à la barre, à réfléchir. Je ne voulais pas le déranger. Cela me donnait un sentiment étrange de penser à lui par son prénom. Une barrière était tombée entre nous. Je marchai sur le plancher en bois du pont. Certains me jetaient un coup d'œil, mais je tentais de ne pas y prêter attention. Dans quelques heures, nous aurions quitté le port.

Pleine nuit. Je ne parvenais pas à trouver le sommeil. Nous avions quitté le port au crépuscule. Armand avait guidé le trois-mâts pour sortir du port et je lui avais donné le premier cap que nous devions prendre pour partir vers la bonne direction. Nous avions dîné à deux dans la cabine du capitaine afin qu'il me donne quelques recommandations sur le voyage. Il mentionna le fameux mal de mer. Je me mis à rire en disant que je me sentais tout à fait forte pour affronter l'océan. En effet, pour le moment, je n'avais ressenti aucun malaise tandis que nous voguions depuis près de cinq heures. Cependant, je n'avais pas réussi à fermer l'œil. L'excitation me tenait éveillée. Je me redressai dans mon lit et vis par les vitres la noirceur de la nuit. La mer qui paraissait si apaisante de jour semblait à présent lugubre. J'allumai la petite lampe à pétrole et me redressai. Une balade sur le pont principal de nuit me ferait le plus grand bien et m'aiderait à m'apaiser afin de trouver le sommeil.

J'enfilai mes vêtements et quittai la cabine après avoir éteint la lampe. Le pont était éclairé par la pleine lune. Celle-ci semblait immense dans le ciel étoilé. Je n'éprouvais pas le même sentiment en l'observant ici qu'au château, en Écosse. En marchant, je vis qu'Armand était de retour à la barre, sur le pont supérieur. Avait-il au moins dormi un peu ? J'allai m'adosser contre le rebord pour regarder le flot noir qui nous entourait. Pendant un instant, je pensai à ma famille et à ceux que j'avais laissés en venant ici. Je ne regrettais rien. Pas une seule seconde. Mes parents n'allaient pas apprécier ma petite fuite. Ils me maudiraient. Je les connaissais, ils feraient comme si je n'existais plus. Dans ces flots sombres, je voyais mon passé couler et s'enfoncer au plus profond pour ne plus jamais remonter à la surface.

—Je n'arrive pas à croire qu'Armand ait autorisé une femme à bord de son bateau.

Cette voix me fit sortir de ma contemplation nocturne. Un homme s'était installé à côté de moi. Il était assez grand. Les cheveux légèrement ondulés et courts, il avait des yeux bleus. Une moustache se dessinait au-dessus de ses lèvres. Il était moins bâti que certains marins. Il y avait une certaine fragilité qui émanait de sa posture. Il semblait flotter dans ses vêtements. Sur ses mains posées sur la rambarde, il y avait quelques cicatrices.

—Avez-vous quelque chose contre les femmes à bord ? À part cette histoire que Joshua a vaguement mentionnée… commençai-je en espérant avoir de plus amples informations sur ce sujet.

—Je ne suis pas contre les femmes à bord. Je ne veux juste pas qu'Armand en perde la tête. Il nous a déjà fait le coup une fois. Je ne tolérerai pas que cela recommence, m'entendez-vous ?

—Je n'en ai pas l'intention. Je suis ici pour devenir exploratrice.

À la lueur de la pleine lune, je vis un sourire moqueur se dessiner sur ses lèvres. Il ne me croyait pas. Comme tant d'autres ! Je leur montrerais, à tous ! Un jour, les livres d'histoire parleraient de moi. Je m'en fis la promesse ! Je ne me laissai pas impressionner par ses propos et posai le regard sur Armand qui avait les yeux vers l'horizon sombre et semblait concentré.

—Pourquoi part-il le soir ? Nous aurions pu quitter le port demain…

—Armand ne quitte jamais le port au matin. Pour lui, la nuit est un refuge. La première nuit, il la passe avec l'océan et personne ne doit le déranger. C'est son moment. Je pense que vous devriez retourner vous coucher, mademoiselle. Ce n'est pas forcément une heure pour se promener sur le pont.

—Je pense que je suis assez grande pour prendre mes propres décisions, monsieur…

—Leonard Cavendish. Je suis naturaliste. Je profite des voyages d'Armand pour approfondir mes travaux.

—Connaissez-vous Armand depuis longtemps ?

—Je vous trouve bien curieuse, mademoiselle.

—Excusez-moi de vouloir faire la conversation, répondis-je, légèrement agacée.

Leonard posa un instant le regard sur Armand avant de revenir à moi. Je ne savais pas quoi penser de cet homme. Il paraissait si sérieux. Il ne voulut pas répondre à ma question et se mit à contempler la pleine lune avant de sortir un peu de tabac ainsi qu'une pipe. Il se mit à fumer et nous restâmes tous les deux silencieux, à regarder l'horizon sombre.

Il n'y avait plus que le silence de l'océan. Pas un bruit. La fumée de la pipe de Leonard se transformait en de légers nuages avant de se disperser dans l'air. Je ressentis le froid qui commençait à arriver. Je me mis à frissonner légèrement. Il ne fallait pas que je tombe malade dès le premier jour. Je prévins Leonard que j'allais rejoindre la cabine, mais il ne me répondit pas. Il était plongé dans ses pensées. Drôle de type. Était-ce son métier qui le rendait si taciturne ? Je ne pus m'empêcher, sur le chemin, de me retourner une dernière fois pour regarder Armand qui semblait être en communion parfaite avec l'atmosphère qui l'entourait. Personne n'avait le droit de le déranger dans cette plénitude. Pas même moi.

En entrant dans ma cabine, j'allumai la petite lampe à pétrole et allai m'installer sur la petite table. J'avais emporté un carnet. Je pris une plume et un encrier qu'Armand avait laissés sur le meuble. Je plongeai la pointe de la plume dans l'encre, aussi noire que la mer en pleine nuit, et commençai à écrire. Ce carnet serait mon journal de bord et retracerait toutes mes aventures et mes recherches. Je notai sur la première page mon prénom et l'année. 1895. L'année où ma vie avait enfin pris le tournant que j'avais souhaité depuis l'enfance.

Dans le miroir face à moi, je me regardai. Pas une once de maquillage sur le visage, les cheveux attachés à la va-vite, j'avais ce regard pétillant que je n'avais jamais eu auparavant. J'étais prête à m'ouvrir à une destination inconnue, prête à montrer à tous ceux sur ce bateau et à ceux qui étaient restés sur terre qu'Eleanor Davidson serait une grande exploratrice et que l'on retiendrait son nom dans les prochaines décennies.

Je fermai mon carnet et posai la plume sur la table pour contempler la carte. Il y aurait des semaines de navigation, mais j'étais prête ! Et bientôt, je connaîtrais l'atmosphère tropicale de l'Amérique du Sud.

15

West Linton, Écosse, 2019

Je ne pouvais plus décrocher mon regard de cette lettre, trouvée deux jours auparavant. Je m'étais isolée dans la bibliothèque du château. Assise dans un fauteuil en chêne clouté de tissu rouge, je me sentais bien seule parmi toutes les étagères qui m'entouraient. Il y avait des livres par milliers dont certains devaient être présents depuis des siècles. Adolescente, j'avais eu l'habitude de me réfugier dans cet univers pour m'isoler des comportements excentriques de ma mère et de mon frère. Aujourd'hui, je tenais dans ma main une lettre qui me paraissait factice. Devant moi, sur le secrétaire en bois, j'avais déplié l'arbre généalogique de la famille. Il était très grand. Nous étions tous référencés. La dernière branche était Andrew et moi. Nous étions une très grande famille du Royaume-Uni depuis plusieurs générations et nous devions avoir un nombre incalculable de cousins.

Depuis mon réveil, je l'avais examiné de haut en bas, cherchant une Eleanor, mais rien. Il n'y avait aucune personne qui porte ce prénom. Certes, elle avait mentionné qu'elle avait été bannie de la famille et il y avait une trace de brûlure à côté d'une certaine Rose Gallaway-Davidson, mais pour moi, cette lettre était une plaisanterie. Cependant, elle ne pouvait pas venir de mon frère, car il me harcelait toutes les heures pour que je parte à la découverte de ce qui se cachait dans la forêt amazonienne. Alors, de qui pouvait-elle être ? Je m'étais levée pour faire face au globe terrestre ancien qui était au milieu de la pièce. Nous en savions peu sur l'histoire de notre famille, à part qu'un de nos aïeuls était un célèbre explorateur. Ce globe terrestre lui avait appartenu. Je le fis tourner sur lui-même pour regarder attentivement le Brésil. La distance entre ce pays et le nôtre était telle qu'il me semblait encore plus absurde que quelque chose puisse se trouver là-bas pour aider notre famille. Je me mis à soupirer quand j'entendis la pendule en bois résonner dans la pièce. Il allait bientôt être midi et cela faisait quatre heures que je tentais de trouver une hypothèse valable à toute cette histoire.

J'entendis des bruits de pas dans le couloir et relevai mon regard en direction de la porte. Celle-ci s'ouvrit pour laisser entrer mon frère cadet. Il avait dans les mains un bloc-notes que Ludwig était allé lui acheter. J'étais surprise de voir qu'il arrivait à résister à l'appel de la technologie. Il me l'avait promis en levant la main : pas une seule fois il n'était allé supplier le gardien de lui rendre son smartphone. Je le crus. Andrew avait bien trop peur de lui pour l'affronter tout seul. Mon frère avait mis ses fausses lunettes sur le nez pour avoir un air sérieux, ce que je trouvais pathétique. Il les avait achetées au moment où la mode sur Instagram était de se prendre en photo avec des lunettes et de faire la moue. Dire que beaucoup de gens en portaient et n'avaient pas le choix… Il m'avait même dit à cette époque que c'était une chance pour eux d'être à la pointe de la mode sans s'en rendre compte !

—Figure-toi que j'ai eu une idée géniale !

—Encore ? demandai-je d'un air blasé en posant de nouveau les yeux sur le globe terrestre.

Des idées géniales, Andrew en avait toutes les heures depuis des jours ! J'aurai pu les écrire sur une liste aussi longue que mon bras. En général, ses idées étaient farfelues. Pourquoi lui avais-je dit qu'il pouvait travailler sur un projet de chambres d'hôtes ? Il avait pris cela avec tant de sérieux qu'à présent, je me sentais affreusement mal de lui avouer que c'était une plaisanterie. Il m'avait exposé son plan dans les moindres détails. Il avait dans l'idée de garder au château son cachet authentique, mais proposer en plus des chambres d'hôtes des retraites spirituelles avec des détox technologiques. Il clamait haut et fort qu'il était un nouvel homme depuis qu'il n'avait plus son smartphone greffé dans la main. Fini les photos du petit déjeuner aux milliers de followers, fini de demander aux gens quelle tenue il porterait aujourd'hui. Je ne pouvais le nier, il avait légèrement changé, mais il était toujours aussi extravagant.

—Nous pourrions restaurer les écuries et proposer des balades à cheval dans la lande !

Je ne répondis rien. Je fus surprise de lui voir une idée saine. Les écuries du château n'étaient plus utilisées depuis l'ère de mes grands-parents. Ma mère n'avait jamais voulu m'offrir un poney. Mon frère n'en avait pas eu non plus. Elle avait une phobie des chevaux et avait réussi à obtenir de mon père qu'il interdise les chevaux chez nous. Avec mon frère, nous avions toujours envié les écuries chez les parents de nos amis et leurs sorties aux courses. Mon frère affichait un très grand sourire, s'attendant à ce qu'à mon tour, j'explose de joie. Je ne pouvais pas. Car j'étais préoccupée par tout ce qui se passait. Il s'approcha de moi pour se mettre de l'autre côté du globe terrestre.

—Qu'est-ce que tu attends pour y aller ?

—Cette lettre est un traquenard.

—Tu regardes trop de films, Charlie.

Cela faisait longtemps qu'il ne m'avait pas appelée ainsi. La dernière fois devait remonter un an avant mon départ pour la faculté de droit. Cette épreuve semblait nous rapprocher et combler le fossé qui nous séparait depuis de nombreuses années. Mes yeux étaient rivés sur les coordonnées qui étaient notées sur la lettre.

—Personne n'est venu ici. Personne ne connaît ce domaine à part la famille et quelques amis des parents. S'il y avait eu un risque, les policiers se seraient déjà présentés pour nous coffrer.

Il n'avait pas tort. Nous étions ici depuis quelques jours et Ludwig était déjà allé deux fois au bourg du village pour nous rapporter des provisions. S'il avait parlé de nous, nous serions déjà au commissariat le plus proche.

—Tu devrais y aller. Ce n'est pas toi qui, adolescente, rêvais de voir des contrées perdues ? Je me demandais toujours ce que tu pouvais trouver d'intéressant à ce genre de destination… Il n'y avait aucun moyen de faire la fête ! Ce serait l'occasion, non ?

Je ne parvenais pas à me faire à l'idée que mon petit frère puisse de temps en temps dire des paroles d'une telle sagesse. En effet, je rêvais de terres perdues, d'explorer des coins inconnus, mais face à l'opportunité, je sentais mes jambes trembler légèrement et mon cœur s'accélérer. Je n'aurais jamais le courage de faire le grand saut. En 2013, à la sortie du cinéma, après avoir visionné *La Vie rêvée de Walter Mitty*, je clamais haut et fort que moi aussi j'aimerais faire ça : partir dans des endroits quasiment inhabités, rencontrer d'autres personnes et voir le monde d'une nouvelle façon. Cette lettre, que je tenais toujours dans la main droite, me donnait cette opportunité. Or, j'avais vieilli. Sept ans s'étaient écoulés. J'étais moins téméraire et à présent, l'inconnu me faisait paniquer.

—De toute manière, je ne peux pas prendre l'avion. Je te rappelle que nous sommes recherchés. Fin de l'histoire.

J'allai me rasseoir en posant le regard sur l'arbre généalogique et sur le nom de mes parents. Comment avaient-ils pu faire une chose pareille ? Même s'ils avaient eu peu d'attention à notre égard, lors de notre enfance, je n'aurais jamais cru qu'ils fuiraient ainsi en nous laissant porter le poids de leurs responsabilités. Plongée dans mes pensées, je n'avais pas vu mon frère s'approcher.

—Est-ce que tu penses que nous allons rester ici toute notre vie ? C'est peut-être notre seule chance de nous en sortir, Chantelle. Tu peux le faire ! Tu es la plus sage de nous deux.

—Tu préfères que j'y aille, car toi, tu as peur des moustiques.

—Oui, aussi.

Je levai mon regard vers lui et je vis ses yeux bleus rieurs. Depuis combien de temps n'avais-je pas vu cette expression sur le visage de mon frère ? Toutes ces années passées, j'avais légèrement suivi sa vie en regardant ses photos sur Instagram, mais je ne trouvais pas, sur ces photos à l'ambiance glacée, cette étincelle de vie qu'il avait à cet instant dans le regard. Tout était figé sur ces clichés, même son bonheur. Cette découverte avait réveillé quelque chose chez mon cadet : sa curiosité. Son envie. Je pouvais peut-être faire ça pour lui. Pour nous. Il avait raison : nous ne pourrions pas rester indéfiniment cachés en plein milieu de la lande écossaise. Nous allions prouver que nous avions plus de courage que nos parents.

—Très bien. Je vais appeler Melina. Elle pourra peut-être nous aider.

Andrew éclata de joie dans la bibliothèque pendant que je quittais la pièce en pliant la lettre et en la glissant dans la poche de mon jean.

Je traversai le jardin d'un pas précipité, mais certain. Je ne pouvais plus me défiler. Mon frère m'avait encouragée en haut de l'escalier en me disant que j'allais nous sauver. Je sentais une pression sur mes épaules. Si je ne pouvais défendre personne en tant qu'avocate, alors je défendrais au moins mon frère en tant que grande sœur. J'arrivai à la petite maison de Ludwig et frappai trois coups. Aucune réponse. Il n'était pas là. Je pestai. Par hasard, je mis la main sur la poignée et l'enclenchai. Je fus surprise de voir que Ludwig partait sans verrouiller son logement. Il était inconscient ! En entrant, je fus prise d'une nausée à cause de l'odeur qui se dégageait de la pièce principale. Une quantité de vaisselle sale était dans l'évier. Il faudrait qu'il apprenne à prendre soin de lui et de ses affaires. Je savais où étaient nos téléphones. Je pris la direction de la petite commode et ouvris le tiroir avant de voir une quantité impressionnante d'objets en tout genre. Il y avait des crayons, des bouts de papier, des bobines de fil, des ciseaux, des clés… Je vis facilement nos téléphones dans ce petit boui-boui. Je pris le mien avant de l'allumer et de me diriger vers l'extérieur. En l'allumant, je vis plusieurs notifications apparaître. Je ne pris pas le temps d'en consulter une seule. J'allai dans mes contacts et cliquai sur le numéro de Melina avant de porter le téléphone à mon oreille. Il y avait peu de réseau. Il ne fallait pas que je fasse un pas de trop, car je risquais de perdre la communication. Mon amie décrocha rapidement.

—Mon Dieu ! J'espérais tellement avoir de tes nouvelles ! Dis-moi que tout va bien ! s'exclama-t-elle dans la seconde qui suivit.

—Nous sommes en sécurité ici, mais je ne sais pas pour combien de temps.

—C'est la folie dans les médias. À chaque fois, vous faites la une. Ils cherchent activement tes parents et ton frère.

—Et moi ?

—Quand ils ont appris que tu avais quitté ta famille depuis environ dix ans, ils ont compris que tu n'avais rien à voir là-dedans ! Leurs magouilles ont commencé après.

Je ne savais pas si je devais me sentir soulagée de savoir que je n'étais pas considérée comme une criminelle ou vexée, car tout le monde se moquait de ma personne. Pourtant, mes épaules se relâchèrent quand j'appris que je n'avais pas vécu avec de l'argent sale pendant mon enfance et mon adolescence. Néanmoins, je ressentis de la colère. Andrew avait beau clamer que c'était à moi de le sauver, il m'avait menti en disant qu'il ne savait rien. Ses voyages et sa vie luxueuse venaient de l'argent des contribuables !

—Charlie ? Es-tu toujours là ? demanda Melina.

—Oui, excuse-moi.

—Tu peux rentrer, si tu veux. Personne ne t'en tiendra rigueur…

—Je ne vais pas rentrer tout de suite. J'ai quelque chose d'important à faire. Il faut que j'aille au Brésil.

—Pardon, tu peux répéter ? J'ai cru entendre que tu allais au Brésil.

—Tu as bien entendu. J'ai peut-être un moyen de sauver mon frère de tout ça.

Un silence se fit à l'autre bout du fil. J'entendis le souffle de Melina.

—Pourquoi tu veux l'aider, alors que tu me disais toujours que ta famille ne t'aimait pas ?

—C'est mon petit frère. Je peux le sauver ! Depuis qu'il est ici, il change.

—Personne ne change, Charlie. Écoute, je sais que cela peut paraître méchant, mais maintenant, il faut que tu sois égoïste et que tu rentres afin de faire ta vie et de les laisser dans leur bordel ! C'est à eux de se débrouiller !

—Mel… Je ne peux pas laisser Andrew. J'ai trouvé une lettre qui date d'il y a longtemps… Il y a peut-être une solution quelque part dans la forêt amazonienne.

—Tu as bu ? Tes propos sont incohérents !

—Je sais que ça peut paraître dingue. Tout ça, ça ne se produit que dans les films en général, mais crois-moi…

Je trouve que cette lettre est étrange, mais une partie de mon cerveau me dit d'aller vérifier.

—Tu ne changeras pas d'avis, hein ?

Melina me connaissait par cœur et savait à quel point je pouvais être têtue. Je ne lâchais jamais quand je souhaitais quelque chose et elle en avait encore eu la preuve avec ce poste de junior qui m'était passé sous le nez. J'allais toujours au bout des choses. Et même si, actuellement, je me sentais nauséeuse, mon cœur accéléré par l'angoisse de partir à l'autre bout du monde, il fallait que je me jette à l'eau. Mon intuition me disait de le faire, sans quoi je le regretterais toute ma vie. Je l'entendis soupirer à l'autre bout du fil.

—Bon, tu vas dans quelle ville ? Je te rappelle que tu ne peux pas atterrir dans la forêt amazonienne.

—Brasilia. Ce sera le plus près.

—Je connais quelqu'un. Tu te rappelles, à l'époque, avec Paul nous faisions du couchsurfing.

—Je n'ai jamais compris votre délire…

—Nous avons rencontré tellement de monde d'horizons différents ! Eh bien, il y a eu un Brésilien une fois, Juan. Il est super sympa ! Je vais l'appeler pour voir s'il ne peut pas t'héberger. Ce sera moins cher que l'hôtel, vu tes finances… Bon, je raccroche et je te tiens au courant !

Je n'eus pas le temps de lui dire que je préférais aller à l'hôtel plutôt que dormir chez un parfait inconnu. Je râlai avant d'ouvrir le navigateur internet pour commander un billet d'avion. Quand je vis qu'il y avait au moins deux escales et quasiment une journée entière de voyage, je fus dépitée. Mon courage s'évapora, mais j'entendis Andrew m'appeler en courant vers moi. Je ne savais pas si je devais déjà l'étriper pour ne pas m'avoir dit la vérité. Il jouait bien la comédie. Il avait un sourire candide et des yeux de pitié quand il mentionna notre situation actuelle. Il méritait un oscar.

—Regarde ce que j'ai trouvé ! déclara-t-il en me tendant un sac abîmé en cuir. C'est un sac qui a appartenu à un de nos ancêtres. Celui qui était explorateur, je crois. Dedans, il y a son nom brodé. Charles Davidson. Ça pourrait être utile pour ton voyage !

Je ne le pris pas tout de suite. Mon regard était posé sur le visage de mon frère, scrutant la moindre mimique qui pourrait mettre à jour son mensonge. Il n'y avait rien. Au contraire, dans ses yeux, je lisais de l'espoir et beaucoup de candeur. Je ne pouvais pas lui déclarer que je savais qu'il avait fait des magouilles alors que je n'avais aucune preuve. Je regardai l'écran de mon smartphone et le billet d'avion, puis le sac en cuir que me tendait toujours mon frère.

—Qu'est-ce qu'il y a, Charlie ?

Je voyais sur le visage de mon frère la même expression qu'il avait quand nous étions enfants. Tant d'innocence ! Quelque chose que je n'avais plus vu sur ses photos en ligne. Il ne pouvait pas être de mèche avec mes parents. Ce n'était pas possible ! Il n'avait plus que moi. Je devais protéger mon petit frère de tous ces requins qui voulaient le dévorer. Je validai mon achat en ligne avant de glisser mon smartphone dans la poche de mon jean où était la lettre et je pris le sac en cuir par la lanière.

—Je vais faire la lumière sur cette affaire. Je te le promets. En échange, tu dois me promettre à ton tour de ne pas quitter le domaine. En aucun cas. Va reprendre ton téléphone, mais ne poste rien. Ma meilleure amie te surveillera.

—Tu n'as pas confiance en moi ?

Ma gorge se serra. Que pouvais-je lui dire ? Que je ne savais plus quoi penser actuellement avec ce que je venais d'apprendre ?

—Travaille sur ton projet et je rentre le plus vite possible avec une solution, répondis-je en marchant en direction du château. J'avais éludé la question et je me sentais idiote. Pourtant, je ne pouvais pas avoir entière confiance en lui. Pas encore.

16

Océan Atlantique, 1895

Je fus subitement réveillée par un bruit sourd. Les bruits en provenance du pont principal s'intensifièrent. Je me redressai sur mon lit avant de constater que des vagues de plusieurs mètres de haut s'abattaient sur les vitres de la cabine du capitaine. À l'extérieur, tout était lugubre. Nous étions plongés dans une nuit sans lune où seule la mer laissait exploser sa colère. Le bateau tanguait dangereusement. Je ne pouvais pas rester dans cette cabine. La peur en ventre à l'idée d'un naufrage, je me levai et m'habillai en une fraction de seconde. Bottines aux pieds, je sortis de la cabine avant de voir le chaos qui s'offrait à moi.

Quelques lumières brillaient dans l'obscurité, mais s'éteignaient au fil des rafales. Les marins couraient de tous les côtés, en proie à la panique. Je levai les yeux vers les mâts et même si je manquais d'expérience en matière de navigation, je compris que la situation était critique. Pendant les premiers jours de navigation, je ne m'étais pas rendu compte du point auquel la mer pouvait s'avérer dangereuse et cruelle. À cet instant précis, elle le prouvait. Elle jouait avec nous comme si nous étions de simples pantins. Elle tenait notre vie entre ses vagues puissantes et en une minute, nous pouvions nous retrouver au fond de l'océan. Un mât avait commencé à céder. Les cordes s'étaient entremêlées dans le mât principal et tous deux tanguaient, dangereusement. À chaque nouvelle rafale, je retenais mon souffle, pensant que ce serait la fin de ce voyage providentiel. Je n'avais pas fait tout ce chemin pour me retrouver au fond de l'océan Atlantique ! Cette tempête n'aurait pas raison de mes rêves ! Avant que j'aille dormir, Armand m'avait prévenu que la nuit risquait d'être agitée, mais je n'aurais jamais pensé que nous vivrions un véritable cataclysme.

Il était là. Tout en haut, à la barre de gouvernail. La pluie martelait son visage et ses cheveux détachés volaient au vent. Il avait un air que je ne lui avais jamais vu auparavant. Lèvres serrées, mains agrippées sur la barre, il faisait tout ce qui était en son pouvoir pour sauver l'*Amazonia*. Or, il ne faisait aucun doute que ce serait les mâts qui décideraient de notre destin à tous. Il fallait agir ! Sous ces mâts, je vis Leonard se quereller avec un marin. Je m'approchai pour entendre ce qu'ils se disaient.

—Faut pas rester là, mam'zelle ! Vous allez vous faire emporter ! Et puis, c'est pas la place d'une dame ! me déclara un marin qui passait à côté de moi en courant pour empêcher un tonneau de rouler par-dessus bord.

À mon grand regret, je compris que personne ne me considérait comme un membre à part entière de l'équipage. J'étais toujours, à leurs yeux, la petite demoiselle que le capitaine avait embarquée sans demander l'avis de quiconque. Pour eux, je n'étais qu'un parasite. Même si j'avais passé les derniers jours à montrer que j'étais capable de diriger l'*Amazonia*, mappemonde et compas en main, sous le regard plutôt fier d'Armand, je n'étais qu'une demoiselle qui devait se contenter de porter des robes et boire du thé. Cette réflexion me vexa. La phrase du marin venait d'éveiller un désir en moi : prouver officiellement que je n'étais pas une petite chose fragile.

Leonard se disputait avec un matelot qui se prénommait Max. Tous deux n'étions pas d'accord sur la manière dont devraient se dérouler les prochaines minutes.

—Armand veut que quelqu'un monte couper cette foutue corde, Max !

—Il est hors de question que je mette ma vie en danger pour « monsieur » ! Il a qu'à venir le faire, s'il est pas content ! Et pourquoi, t'y vas pas, toi ? C'est bien trop facile de demander toujours aux petits de faire le sale boulot !

Max se redressait comme pour se grandir face à un Leopold dont la moustache frisait de colère. Max, je l'avais déjà remarqué. Il était plus petit que tout le monde, d'au moins une quinzaine de centimètres. J'étais même plus grande que lui, sans mes bottines à talons. Tout le monde le traitait comme un moins que rien, lui déclarant que sa petite taille était propice à faire beaucoup de choses ! Il était un véritable bouc émissaire et malgré son petit gabarit et son visage angélique, il avait les joues rouges et n'arrêtait pas de hocher la tête négativement.

Un coup de vent fit bouger davantage le navire. Je tombai en arrière et glissai vers la rambarde. D'emblée, je protégeai l'arrière de ma tête avec mes mains. Le bateau tangua dans l'autre sens. Divers objets passèrent par-dessus bord. Il fallait agir vite, car l'*Amazonia* n'allait plus tenir très longtemps. Voyant que les deux compères étaient toujours en plein débat, je me relevai en attachant mes cheveux rapidement et me précipitai sur eux. Avant même qu'ils aient eu le temps de comprendre, je volai le couteau dans la main de Leonard et me mis à grimper au mât.

—MERDE ! LEONARD ! C'EST DE TA FAUTE ! cria Max, commençant à paniquer.

—Mademoiselle Davidson, cessez de faire votre intéressante ! Descendez tout de suite ! m'ordonna Leonard.

Je fis la sourde oreille, me comportant en véritable effrontée. J'avais réussi à mettre le bout de mes bottines ainsi que mes mains dans les différentes encoches du bois. Pour faciliter mon ascension, j'avais placé le couteau entre mes dents. Il ne fallait surtout pas que je fasse le moindre faux mouvement. Sinon, c'était la chute et la mort assurées ! Le vent et la pluie cinglèrent mon visage. Yeux plissés, je me concentrais sur ma respiration et sur mes mouvements.

—ARMAND VA NOUS TUER ! IL VA NOUS TUER ! entendis-je, au loin.

Pas un instant je ne regardai en bas pour ne pas être prise de vertige, mais au vu du silence qui régnait dans la tempête, je compris qu'à présent, tous les yeux étaient braqués sur moi. Quelle était la réaction d'Armand ? Était-il fier de moi ? Pourquoi pensais-je à lui dans un moment pareil ? La seule chose sur laquelle je devais rester focalisée était de couper cette stupide corde afin de nous sauver la vie ! Il n'y avait pas une étoile dans le ciel. La lune brillait par son absence. Mes seuls repères dans l'obscurité étaient ce que je touchais du bout des doigts et du bout des pieds. Je continuai de grimper, encore plus haut. Je pensais à tous ces moments où j'avais grimpé dans les arbres, au domaine écossais. Combien d'après-midi avais-je passé à rêver d'évasion avant d'entendre ma mère m'appeler ? J'étais parvenue à garder l'agilité de mon enfance.

—Mademoiselle Davidson ! Descendez ! Arrêtez votre stupide spectacle !

La voix de Leonard résonnait en moi. Un stupide spectacle ? Ainsi, c'était ce qu'ils voyaient tous, encore une fois ? Je sentis les larmes me monter aux yeux. Il ne fallait pas que je me mette à pleurer ! Ce n'était pas le bon moment ! Je ravalai mes sanglots. J'allais leur montrer à tous que j'étais bien plus forte qu'eux tous réunis ! Aucun n'avait eu le courage de monter sur ce maudit mât ! Je m'étais arrêtée quelques secondes et avais posé la joue contre le bois. Je fermai les yeux. J'allais réussir ! Il le fallait ! J'entendis certains rires sur le ponton monter vers le ciel. Le couteau était toujours entre mes dents. Je recommençais mon ascension et je sus que j'étais arrivée à la bonne hauteur quand je sentis la voile du mât me frôler le bras.

À chaque nouvelle rafale, le vent la faisait claquer. Dans ma prise, je sentais que le bois tremblait et qu'il ne me restait plus beaucoup de temps. J'entourai un instant le mât de mes bras pour garder une emprise solide. Il fallait aussi que je parvienne à enrouler mes jambes pour garder un appui stable afin de couper la corde d'un geste rapide. Je fermai les yeux pour me concentrer et je sentis que mes jambes tremblaient légèrement, mais je réussis. Je pus desserrer l'étreinte de mes bras pour attraper le couteau entre mes dents. J'entendis une voix en bas qui commençait à hurler sur tout le monde, mais j'en fis abstraction. Je pouvais le faire ! En ouvrant les yeux, je vis qu'à chaque rafale, la corde s'approchait. Il fallait que je calcule le bon moment pour l'attraper. Le mât voisin commençait à craquer. Je n'avais plus qu'une chance. À la deuxième rafale, tout allait casser.

Je sentais mon cœur battre dans mes oreilles. Je n'avais jamais connu une situation aussi angoissante.

—Allez, Eleanor, tu peux le faire… me murmurai-je à moi-même pour me donner du courage.

Je me remémorais l'époque où j'avais beaucoup de courage et où je n'étais pas juste cette jeune adulte bonne à marier. Je repensais à toutes mes aventures dans le domaine familial : courir après les lapins, chercher de faux trésors, grimper aux arbres et escalader certains rochers. Je pouvais le faire ! J'allais y arriver ! Je le devais ! Le vent se leva et la corde se rapprocha. Je serrai davantage l'emprise de mes jambes avant de me pencher sur le côté, bras tendu. Je réussis à la saisir. Afin de ne pas la lâcher, je déployai une force dont je n'avais pas conscience. Mon bras se tétanisait. Je ne pourrais pas rester ainsi plusieurs minutes. Alors, rapidement, je saisis le couteau de mon autre main et donnai un coup violent sur la corde. Était-ce l'adrénaline ? Je fus surprise de voir que j'avais réussi à faire une entaille. Je sentis que ma prise au niveau des jambes se relâchait légèrement et je me mis à couper la corde aussi vite que je pouvais. Elle céda. Le mât voisin retrouva tout son équilibre et je fus soulagée. J'entendis des applaudissements et des cris, en contrebas. J'avais réussi d'une pierre deux coups : j'avais sauvé le navire et j'avais enfin prouvé ma valeur.

J'avais relâché mon attention. Ce fut une grave erreur. Je sentis mes pieds glisser. Bien que je me sois redressée contre le mât, je perdis l'équilibre et commençai à glisser le long du bois à une vitesse importante. Certains cris me vinrent aux oreilles. Je ne pouvais pas mourir aussi bêtement ! Par un regain d'énergie et d'instinct de survie, je plantai le couteau dans le mât avec une telle violence que cela arrêta net ma descente. Je me mis à haleter, au bord de la crise d'angoisse. Je tentai par tous les moyens de remettre mes jambes autour du mât pour avoir une nouvelle prise, mais je n'y arrivais pas. J'étais suspendue dans le vide, une main sur le couteau et un bras autour du bois, priant le bon Dieu pour qu'il ne mette pas fin à ma vie. En bas, ce fut l'effervescence. Ils commencèrent à courir de tous les côtés. Avec horreur, je vis le bois autour du couteau craqueler. Ma gorge se serra et le couteau commença à fendre le bois.

—ELEANOR ! SAUTE !

Armand venait de crier à mon intention. Non. Non. Je ne pouvais pas sauter. J'allais tomber et me fracasser sur le ponton. Je ne voulais pas mourir. Pourtant, au fur et à mesure que le couteau fendait le bois et descendait, j'entendais le vent siffler dans mes oreilles. Je fermai les yeux pour ne pas que mes larmes coulent. J'étais terrorisée par ce qui était en train de se passer. Comment avais-je pu croire que je pourrais devenir une exploratrice ? J'étais née dans un cocon doré. Je n'avais jamais rien fait par moi-même, à part dessiner une stupide carte du monde ! Et je me pensais exploratrice dans l'âme ?! Quelle idée stupide ! Mes parents riraient en apprenant que leur benjamine était morte dans une tempête, pour avoir voulu jouer l'héroïne. Ils clameraient haut et fort que j'avais cherché le châtiment divin !

—ELEANOR ! SAUTE ! JE VAIS TE RATTRAPER !

À combien de mètres du ponton étais-je ? Je ne pouvais décemment pas sauter ! Je le blesserais et c'était la dernière chose que je voulais ! Par un dernier effort, je tentai d'enfoncer le couteau dans le bois, mais je n'y parvins pas. Je n'avais plus le choix : soit je sautais, soit je m'écrasais sur le ponton. Si Armand m'ordonnait de sauter, il fallait que je l'écoute. Il ne dirait pas cela sans savoir ce qu'il faisait. Je pouvais avoir confiance et, de toute manière, je le devais. Alors, en inspirant un bon coup et en fermant les yeux très fort pour ne pas voir le pont principal se rapprocher à grande vitesse, je lâchai le couteau pour me laisser tomber dans le vide. Mon cœur battait tellement fort et l'angoisse fut si grande que je me laissai partir…

*

D'un seul coup, j'ouvris les yeux et me redressai pour combattre cette peur qui m'avait envahie. J'avais très mal à la tête et aux bras. Je n'étais plus en train de tomber dans le vide durant cette violente tempête. La peau de mon visage était sèche. Tout comme mes mains, qui étaient bandées. Je ne pouvais pas remuer les doigts sans ressentir une douleur jusqu'aux coudes. Je mis quelques minutes avant de comprendre que j'étais de retour dans la cabine du capitaine. Cela n'avait pas été un mauvais rêve. Les douleurs lancinantes de ma tête me le rappelaient. Je posai une de mes mains sur mon front. La mer n'était plus agitée. Elle était redevenue calme et paisible. Le soleil brillait de tout son éclat et ses rayons traversaient la vitre, noyant la cabine dans une impalpable source de lumière. C'était réconfortant. Leonard était assis à la table en train de lire un livre en fumant sa pipe. Voyant que j'étais réveillée, il releva la tête dans ma direction.

—Eh bien, nous pensions que vous ne vous réveilleriez jamais. Nous devons venir vous border depuis des semaines !

J'allais lui répondre, mais à son tour, ma mâchoire me faisait souffrir. Je ne pouvais pas remuer le moindre membre de mon corps sans sentir de tiraillements dans les muscles. Leonard enleva ses lunettes pour les poser sur la table en bois avant de s'approcher de moi avec un pichet d'eau et un verre. Il le remplit et me le tendit. Bien que mes mains tremblent légèrement, je le pris. Ma gorge était asséchée, j'avais très soif. Je n'avais jamais bu un verre d'eau aussi savoureux.

—La prochaine fois, il faudrait éviter de n'en faire qu'à votre tête ! Enfin… Vous nous avez sauvés. Donc je devrais peut-être vous dire merci, mais je ne nous le dirai pas, car je ne vous aime pas.

J'avais réussi ! Je me moquais qu'il ne m'apprécie pas, car il l'avait dit lui-même : j'avais sauvé tout le monde ! Un sourire se dessina sur mes lèvres endolories. J'étais fière de moi ! Je me revoyais en haut de ce mât et je ne parvenais pas à croire que j'avais vraiment agi ainsi. Je ne savais pas où j'avais puisé cette force, mais je l'avais fait. Les douleurs que je subissais aujourd'hui en valaient la peine. Je me rappelai les paroles d'Armand et je me rendis compte que je n'avais aucun souvenir après avoir accepté de lâcher prise. Leonard déclara qu'il allait prévenir le capitaine que j'étais réveillée. Il prit son livre sur la table, ainsi que ses lunettes et sortit. Je m'assis sur mon lit en regardant vers l'extérieur. Comment une mer pouvait-elle être aussi belle et limpide alors qu'elle avait été le monstre le plus effrayant que j'avais vu de toute ma vie ?

J'avais besoin de sortir de cette cabine. Je me levai tout doucement et fus prise d'un vertige. En plus de la faim que je ressentais, le coup à la tête que j'avais subi m'avait fait perdre l'équilibre. Je marchai à petits pas avant de prendre la direction de la porte. Je restai un instant, main sur la poignée, à me demander si c'était raisonnable de sortir. Est-ce que les autres pensaient comme Leonard ? Peut-être que personne ne m'appréciait sur ce bateau et qu'à leurs yeux, j'avais seulement fait mon intéressante... Mon estomac se contracta. Pendant un moment, j'eus envie d'aller me cacher sous les draps comme une petite fille qui aurait eu peur d'un monstre. Je regardai mes mains bandées. Je sentais que mes jambes étaient cotonneuses. Je n'avais pas fait tout ça pour rien ! Je devais être fière de ce que j'avais fait ! J'avais été la personne la plus courageuse de ce bateau, et tant pis si cela dérangeait ! Je tournai la poignée, m'attendant à des regards indifférents et à des rires sur mon passage, mais il n'en fut rien.

Au contraire ! À peine avais-je mis un pas dehors que je sentis quelqu'un me prendre par l'épaule en hurlant mon nom. Je fus déboussolée. Le monde tournait autour de moi. Chacun s'approchait en scandant mon nom. Certains étaient en train de boire et levèrent leurs bouteilles à ma santé. J'entendis des bravos, des mercis, et mon prénom chanté à tue-tête sur le pont principal. Ils avaient tous un sourire bienveillant sur le visage. Quelqu'un me tapa dans le dos et je manquai de tomber.

—Fais attention, Drew ! Tu vois bien qu'elle ne tient pas encore sur ses deux jambes ! Va pas nous la casser, notre sauveuse ! intervint un marin qui me rattrapa de justesse pour ne pas que je tombe.

Chacun me remerciait à sa façon, mais personne n'osait déposer ne serait-ce qu'un baiser sur ma main ou sur ma joue. Je fus surprise par leurs bonnes manières. Ils me respectaient. Certains me firent une révérence en riant. Je levai la tête et vis Armand à la barre. Il ne me regardait pas. Il devait être particulièrement en colère après ce qui s'était produit. Leonard descendait justement l'escalier. Il était allé lui parler. Il avait dû dresser un portrait de moi peu flatteur. Je fis un sourire à chacun des marins avant de prendre la direction de l'escalier. Leonard me fit un petit sourire en coin en passant à mes côtés. Il commençait à m'énerver. Je montai difficilement les marches de l'escalier. Un marin me demanda si je voulais de l'aide, mais je refusai, par fierté. Après quelques difficultés, je parvins au pont supérieur et m'approchai d'Armand qui n'avait pas posé, à un seul moment, le regard sur moi. Je vis qu'il était fatigué. Ses bras étaient bandés et il semblait avoir mal à une jambe. Je rougis, gênée à l'idée qu'il avait dû se blesser à cause de ma chute.

—Je suis sincèrement navrée pour ce qui s'est passé il y a une semaine… Ai-je véritablement dormi une semaine entière ? Pardon, ce n'est pas important… J'ai fait mon intéressante. Tout le monde aurait pu mourir. Je suis sincèrement navrée et si vous considérez que je me suis mal comportée, je partirai dès que nous accosterons quelque part…

Il restait silencieux face à mon monologue et cela accentua mon malaise. Au bout d'un moment, il poussa un gros soupir en fermant les yeux. Il les rouvrit en contemplant la mer qui nous faisait face. Ses mains étaient si serrées sur le gouvernail qu'elles en devenaient rouges. Il était en colère. Je le méritais.

—Tu aurais pu mourir, commença-t-il. Je fus surprise du tutoiement, mais je préférai ne pas le relever. Sais-tu à quel point c'est dangereux, ce que tu as fait ? Et s'il y avait eu de l'orage ? Tu aurais pu être foudroyée ! Et si tu avais chuté du haut du mât ? Tu te serais tuée !

Je me confondis en excuses, tête baissée, regardant mes pieds. J'avais oublié de mettre mes chaussures. Quelle tête de linotte ! J'étais dans un état lamentable ! Mes cheveux s'entremêlaient, ma chemise devait sentir mauvais et mon pantalon était taché de sang. Pendant un long moment, Armand continua son discours sur le fait que j'aurais pu mourir, énumérant mille et une façons.

—Mais… tu nous as tous sauvés. Tu as agi comme un vrai capitaine. Tu as pris une décision que personne dans ce foutu équipage n'a eu le cran de prendre ! Si tu ne l'avais pas fait, nous serions tous en train d'être mangés par des poissons à l'heure qu'il est. Donc… merci.

Je vis qu'il était gêné de me le dire. Il ne me regardait pas. Je ne pus m'empêcher de sourire légèrement et de rougir. Il desserra son étreinte du gouvernail pour se décaler.

—Est-ce que tu veux prendre la barre ?

Je fus surprise par sa proposition. Au début de notre voyage, il m'avait confié la carte et le compas, mais il avait toujours précisé que c'était lui qui serait aux commandes du navire. L'*Amazonia* était son bébé. Il ne le laissait entre les mains de personne. Pendant un instant, je me demandai s'il me faisait une farce. L'envie d'être à la barre me démangeait. Elle fut si forte que mes jambes frêles s'avancèrent toutes seules devant le gouvernail. Je posai les mains là où avaient été celles d'Armand. C'était un rêve. Je devenais moi-même l'héroïne d'un de ces romans où les flibustiers traversaient les océans.

—Nous allons accoster au port de la prochaine île. Le mât a subi des dommages. Gardez le cap, capitaine ! Il s'était approché de moi avant de poser son propre chapeau sur ma tête. Il était si grand qu'il me tomba sur les yeux et je ne vis rien pendant un moment. Il me le redressa et je vis de nouveau, devant moi, l'océan d'un bleu limpide. Du coin de l'œil, j'aperçus ses bandages et un sentiment de culpabilité m'envahit.

—Pourquoi m'as-tu rattrapé ? demandai-je en le tutoyant à mon tour.

—Je ne pouvais pas te laisser tomber.

—À cause de moi, tu es blessé !

J'avais tourné la tête vers lui pour le regarder. Son regard était si profond que l'on aurait pu s'y noyer. Il avait pincé les lèvres avant de hausser les épaules et de commencer à prendre la direction de l'escalier.

—Te perdre aurait été mille fois plus douloureux, finit-il en descendant l'escalier pour rejoindre la bande de joyeux lurons.

17

Brésil, 2019

Il faisait chaud et humide. Dès que je bougeais d'un centimètre, j'avais l'impression de me liquéfier sur place. J'étais assise sur un siège, en salle d'embarquement. À l'extérieur, il faisait nuit. J'avais déjà accompli les trois quarts de mon trajet pour rejoindre Brasilia. Après avoir fait une escale à Francfort en Allemagne, je devais en subir une deuxième, cette fois-ci à Guarulhos, au nord de Sao Paulo. En sortant de l'avion, malgré l'heure nocturne, j'avais senti une ambiance moite me coller à la peau. À quatre heures du matin, la température atteignait les vingt-cinq degrés. J'avais deux heures d'attente pour mon vol à destination de Brasilia. Je sentais mes paupières s'alourdir. Je ne pouvais pas m'endormir sur le siège de la salle d'embarquement, car même s'il y avait peu de monde et que je voyageais léger, je ne voulais pas risquer un vol de bagages. J'avais le sac en cuir de mon arrière-arrière-grand-père. Je l'avais toujours vu sur les portraits comme un homme strict, à la moustache grise, les cheveux argentés, peignés avec soin et portant un chapeau haut-de-forme. Il était toujours tiré à quatre épingles. J'avais bien des difficultés à l'imaginer en explorateur, partant à l'aventure à travers le monde. Andrew m'avait offert son sac, avec un tel espoir dans les yeux que je me voyais mal rentrer bredouille. Il comptait sur moi pour l'innocenter. Et même si j'avais des doutes quant à son innocence, en tant que grande sœur, je me devais de le faire.

Je m'étirai et bâillai, empêchant les bras de Morphée de m'emporter dans un sommeil profond. Au loin, je vis les différentes boutiques et les services de restauration. Après avoir appris que mon vol allait avoir un peu de retard, je me décidai de faire ce que j'aurais dû en descendant de l'avion : boire un café bien serré pour pouvoir supporter les dernières heures de voyage. Je me levai tant bien que mal avant de prendre le sac en cuir et partis. Dans le couloir principal de l'aéroport, il y avait beaucoup de boutiques aux rideaux baissés, mais je trouvai au bout de quelques minutes un petit coffee-shop ouvert. J'y entrai et je remarquai que j'étais une des seules clientes présentes. Au comptoir, je commandai un café noir, bien fort, et je fus tentée par le muffin tout chocolat qui était dans la petite vitrine devant moi. J'écoutai l'appel de mon estomac et le pris en supplément. Je fus soulagée que le serveur comprenne l'anglais. Quand je m'étais rappelé qu'au Brésil, ils parlaient portugais, j'avais pris peur. Je ne connaissais aucun mot dans cette langue et la barrière me paraissait infranchissable. Au bout de cinq minutes, je sortis avec mon café bien chaud entre les mains et le muffin dans mon sac. Je ne fis pas attention où je marchais et entrai de plein fouet dans un passager en renversant un peu de mon café bien chaud sur sa chemise d'un blanc immaculé.

Immédiatement, je me confondis en excuses en balbutiant quelques mots en anglais, ne sachant pas s'il allait comprendre quelque chose.

—Ce n'est rien, répondit-il dans ma langue natale. Un accident est vite arrivé, surtout en pleine nuit !

En relevant les yeux, je vis qu'il ne ressemblait pas un à Brésilien typique. Il avait le visage aussi pâle que de la porcelaine, les yeux gris, nuancés de vert et des cheveux d'un roux flamboyant. Il avait quelques taches de rousseur sous les yeux et il était grand. Même très grand ! Il faisait au moins une tête de plus que moi et je me sentis ridiculement petite à ses côtés. Il n'était pas en colère, il souriait légèrement en nettoyant la tache de café et me souhaita un excellent vol. Je m'attendais à ce qu'il fasse un scandale face à cette tache sur sa chemise. Je restai bouche bée devant autant de cordialité. Si seulement les gens pouvaient être aussi calmes et sympathiques ! Le monde se porterait bien mieux ! Il était entré dans le coffee-shop pour commander à son tour un café. Je repris la direction de ma salle d'embarquement. Tout le long du trajet, je secouai mon tee-shirt qui me collait à la peau afin de sentir un minimum d'air. Ils avaient eu beau mettre la climatisation dans l'aéroport, je ressentais toujours cette chaleur étouffante. Je maudissais ces coordonnées qui m'envoyaient en plein milieu de la forêt amazonienne ! Pourquoi ne pas avoir exploré un pays dans l'hémisphère nord ? Dans la salle d'embarquement, je m'approchai des grandes vitres pour voir les avions sur le tarmac et je tentai de visualiser au loin un petit bout du paysage brésilien qui s'offrait à moi, mais je ne pouvais rien voir à cause de cette nuit noire opaque. Je renonçai en soupirant, avant de m'installer de nouveau sur un siège, attendant que l'avion soit enfin prêt. Je consultai l'heure à ma montre et calculai dans ma tête celle qu'il pouvait être au Royaume-Uni.

Il me restait un peu d'attente avant d'embarquer pour la dernière destination. Je regardai ma montre. Après un calcul rapide, je sus que le petit matin se levait en Écosse. Melina devait déjà être levée. La veille, avant de prendre l'avion à Édimbourg, je lui avais demandé de rejoindre mon frère cadet au château familial, afin d'avoir l'esprit tranquille. Même si elle organisait sa vie dans les moindres détails pour ne subir aucune surprise, elle avait accepté ma proposition tout de suite. Je sortis mon téléphone de la poche de mon jean et j'allumai l'application d'appel vidéo avant de composer son numéro. Elle décrocha au bout de trois sonneries. La voir ainsi, à travers un petit écran, me procurait une sensation étrange. J'avais beau l'avoir vue une semaine auparavant, avant de fuir Londres en compagnie de mon cadet, j'avais l'impression que cela faisait une éternité.

—Charlie ! Alors, bientôt arrivée ? Où es-tu actuellement ? me demanda-t-elle d'emblée avec un grand sourire sur les lèvres.

Je vis que des cernes s'étaient creusés sous ses yeux et que son regard était triste par rapport à d'habitude. Je me doutai qu'elle cachait quelque chose sous ce sourire qu'elle m'adressait.

—Je suis à l'aéroport, au nord de Sao Paulo. J'attends ma dernière correspondance pour Brasilia, répondis-je en réprimant un bâillement.

—J'ai bien rappelé à Juan de venir te chercher à l'aéroport. Tu dois être épuisée ! dit-elle en posant son téléphone afin de fermer sa valise.

—Tu es sur le départ ?

—Oui ! Justement, j'étais en train de terminer mes bagages. Je file à ton appartement pour récupérer ton chat et puis j'irai à la gare de Londres.

—Et Paul ? Il n'a rien dit de ton départ précipité ?

Son visage se décomposa. Alors, je compris que ses yeux tristes et ses cernes avaient quelque chose à voir avec son compagnon. J'espérais que ses doutes sur l'infidélité de son époux étaient oubliés. Melina reprit le téléphone pour me regarder sérieusement :

—Il a avoué.

—Non ? répondis-je en restant bouche bée. Qui est-ce ?

—Je ne la connais pas, je n'ai pas envie de savoir qui c'est ! C'est fini ! Je lui ai dit que je partais. Justement, ce séjour en Écosse me permettra de faire le point sur ma vie ! Il m'a suppliée de lui pardonner, mais je ne peux pas… Certes, j'ai le cœur en mille morceaux, mais j'ai encore ma fierté ! Je ne peux plus le regarder droit dans les yeux sans avoir envie de le frapper !

—Je suis vraiment désolée Mel… Tu ne méritais pas ça…

—La vie peut être cruelle. Mais… tout ce qui arrive dans l'existence arrive pour une bonne raison, non ?

Je décrochai mon regard de l'écran un instant pour contempler ce qui m'entourait. Je n'aurais jamais cru, un jour, me retrouver au Brésil à poursuivre un potentiel héritage familial. Cette lettre de mon aïeule, je l'avais peut-être trouvée pour une raison que j'ignorais encore. Je passai une main dans mes cheveux avant de hausser les épaules en lui signifiant que je n'en savais rien.

—En tout cas, tu me tiens au courant ! Je t'enverrai un message quand je serai arrivée avec ton chat chez ton frère ! Il faut que je file ! Bisous !

Je l'embrassai à mon tour avant que la communication ne soit rompue. Je restai pantoise face à l'écran noir qui se dessinait à présent devant mes yeux. Je n'aurais jamais pensé que Paul puisse faire partie de ces hommes infidèles. Melina avait été tellement patiente et gentille avec lui pour tout... Elle l'avait beaucoup soutenu quand il s'était retrouvé au chômage pendant plusieurs mois. Elle ne l'avait jamais jugé, jamais pressé... J'espérais que le cœur de Melina se soigne rapidement même s'il y aurait des cicatrices irréversibles.

*

Dans l'avion qui nous menait à Brasilia, il y avait peu de monde. J'avais eu la chance d'obtenir une place côté hublot. J'avais toujours eu horreur, que cela soit en train ou en avion, de me retrouver assise côté couloir. Je l'appelais même le côté de l'enfer. Quand les gens passaient, ils vous tapaient toujours dans les bras avec leurs sacs. Il n'y avait rien de plus désagréable. J'étais en train de m'installer confortablement contre mon hublot, prête, dès que l'avion aurait décollé, à dormir une petite heure pour récupérer mon sommeil en retard. Du coin de l'œil, j'aperçus une silhouette s'arrêter à la hauteur de mon siège voisin, vide. Un homme venait de ranger une petite valise dans les compartiments au-dessus de nos têtes. Quand il s'assit à mes côtés, je fus surprise de voir que c'était le même que j'avais malencontreusement bousculé après avoir acheté mon café. Il me reconnut à son tour et me fit un léger sourire qui me fit rougir jusqu'aux oreilles, car j'avais vu qu'il y avait toujours la tache de café sur sa chemise.

—Je suis sincèrement navrée pour… déclarai-je en faisant un signe de doigt pour montrer la tache. Je vous rembourserai le pressing…

—Oh non, ne vous en faites vraiment pas pour ça ! C'est une vieille chemise que je porte quand je voyage. Il n'y a aucun souci !

J'eus un doute sur la véracité de ses propos. Cette chemise me paraissait neuve et j'avais bien du mal à croire que c'était une ancienne utilisée pour dépanner… Mes propres vêtements confortables du dimanche étaient un vieux jogging bien trop large et des tee-shirts troués. Ainsi, tout cela me laissait perplexe.

Sentant de nouveau une bouffée de chaleur moite, je pris le petit fascicule mis à notre disposition pour le vol et je m'éventai avec. En tant que bonne anglaise, je n'avais jamais grandement apprécié la chaleur, mais, actuellement, c'était une véritable torture. Je sentais que je transpirais de nouveau et cela me mit mal à l'aise. Mon voisin de trajet m'observait du coin de l'œil. Mes cheveux avaient commencé à boucler, comme ils le faisaient à chaque fois par temps humide. Cela avait toujours été un sujet de moquerie à l'école. Dès que le taux d'humidité excédait la moyenne, je me transformais en véritable mouton. J'avais espéré qu'en grandissant ce problème disparaisse, mais je m'étais fourvoyée : mes cheveux étaient condamnés à boucler, à jamais.

—C'est la première fois que vous venez au Brésil ? me demanda mon voisin avant d'attacher sa ceinture.

Je pus remarquer un tatouage tribal sur son avant-bras, car ses manches de chemise étaient retroussées.

—Oui, en effet.

—Vous n'avez pas choisi la meilleure période. C'est la saison des pluies. Il fait chaud et humide. Qu'est-ce qui vous fait venir à ce moment de l'année ? En général, pour le tourisme, les gens arrivent à partir du mois prochain…

—Je viens pour résoudre un problème familial. Dès que ça sera fini, je retournerai sur ma terre natale, en Angleterre. Loin de toute cette chaleur étouffante. Et vous ? Si vous prônez le tourisme dans quelques semaines, pourquoi êtes-vous là ?

—Pour affaires.

—Vous avez de la chance de voyager pour votre travail !

—Ça dépend… Je ne suis pas friand des chaleurs tropicales…

Cet homme me paraissait fort sympathique. Habituellement, je ne parlais jamais aux inconnus. J'avais le leitmotiv de ma mère dans la tête depuis mon enfance : ne jamais, en aucun cas, adresser la parole à des gens que je ne connaissais pas. Pour elle, ce n'était pas pour la peur d'être enlevée, c'était pour celle que nous disions une bêtise et que notre famille soit raillée. Je décidai de mettre de côté les préceptes de ma mère. Je portai mon attention sur cet homme qui semblait avoir une vie trépidante. L'avion n'allait pas tarder à décoller et j'oubliai l'idée de dormir. J'avais bien trop peur de ronfler devant cet homme ou de dormir, la bouche ouverte, en bavant. Pire, je savais que je parlais dans mon sommeil. Je ne voulais pas qu'il entende des choses compromettantes. Alors, j'interpellai l'hôtesse de l'air et lui demandai si, après le décollage, quand elle en aurait le temps, je pourrais avoir un café bien fort. Le deuxième en aussi peu de temps… J'allais devenir une vraie pile électrique. Je fis un sourire à mon compagnon de fortune en lui tendant la main.

—Je m'appelle Charlotte, me présentai-je.

Je ne voulais pas mentionner mon nom de famille de peur qu'il fasse le rapprochement avec le scandale financier dont tout le monde parlait.

—Noah, répondit-il en la serrant. Enchanté.

*

Nous traversions le couloir d'embarquement pour entrer dans l'aéroport de Brasilia tout en discutant. Noah était un homme gentil, avec beaucoup de culture. En arrivant dans le hall de l'aéroport, je vis l'effervescence qui nous entourait. Même si le soleil était encore bas, le jour s'était levé. Des gens couraient avec leurs valises pour attraper un vol ou faisaient la queue pour se renseigner. D'autres attendaient du côté de la sortie. Je vis au loin une pancarte avec mon prénom écrit dessus. C'était un jeune homme à la peau mate qui la tenait. Il était assez grand, brun, une barbe de quelques jours pas taillée et il semblait fébrile. Je vis qu'il regardait de tous les côtés pour tenter d'apercevoir celle qui devait ressembler le plus à une Anglaise. Je quittai Noah en le remerciant de sa compagnie et il m'avertit qu'il devait partir très vite, car il avait déjà un premier rendez-vous de prévu. Je le vis rejoindre un groupe de trois hommes en costume cravate avec qui il resta bavarder pendant quelques minutes. Je ne lui avais pas demandé son numéro de téléphone. Il avait beaucoup de charme... De toute manière, ce genre d'histoire d'amour, commençant dans un avion, n'existait que dans les films à l'eau de rose !

Je rejoignis l'homme qui m'attendait en me présentant.

—Bienvenue au Brésil ! s'exclama-t-il en me prenant dans ses bras.

Je restai de marbre face à cet élan d'affection spontanée. Je n'étais pas la fille la plus câline du monde. Bien au contraire, les effusions d'émotion me mettaient très mal à l'aise. Je restai les bras le long du corps, attendant qu'il veuille bien arrêter de m'étreindre. Il serrait si fort que mes côtes auraient pu se briser. Au bout d'un moment, il se retira et me fit un grand sourire en se présentant. C'était l'homme dont m'avait parlé Melina, Juan. Il me demanda si j'avais d'autres bagages en plus de mon sac et je hochai la tête négativement.

—Je vais te déposer chez moi, car après, je devrai aller travailler. Tu pourras te reposer. Nous discuterons quand je rentrerai, à dix-sept heures. Cela te laisse la journée pour souffler !

Il me fit signe de le suivre à l'extérieur. Je lui emboîtai le pas jusqu'à ce qu'il s'arrête devant un petit scooter. Il éclata de rire en déclarant qu'heureusement, j'avais peu de bagages ! Je le regardai sans rien dire. Je trouvais cet homme très jovial, mais c'était le genre de comportement qui pouvait rapidement me taper sur les nerfs. Il parlait fort, avec les mains, et commentait tout ce qui se trouvait autour de nous. Je préférai rester muette en souriant. J'étais fatiguée. J'avoue que la perspective de passer la journée toute seule m'enchantait. Cela me permettrait de me remettre d'aplomb.

À peine étais-je sortie de l'aéroport que je ressentis l'humidité chaude me coller à la peau. Mes vêtements étaient devenus si inconfortables que je voulais les arracher. Juan me tendit un casque que je mis sur ma tête avant de l'attacher à hauteur du menton. Je n'étais pas très à l'aise à l'idée de rouler sur cet engin à travers la ville qui semblait être une vraie fourmilière. Il s'installa et me fit signe de m'asseoir derrière lui en me déclarant qu'il fallait que je m'accroche à sa taille. Je ne fus pas méfiante, car c'était Melina qui l'avait contacté pour me recevoir et elle n'avait jamais eu de soucis avec ses invités à Londres. Ainsi, je pris place, entourant sa taille de mes bras. Il démarra et nous partîmes en direction du centre de la capitale.

Le vent chaud me fouettait le visage et je préférai tourner légèrement la tête pour l'éviter. Je regardai sur ma gauche et je vis défiler un nombre incalculable de boutiques, de centres commerciaux et de grands immeubles. Ce n'était pas du tout à ce à quoi je m'attendais en arrivant dans cette ville. Juan passa entre les voitures et je me pinçai les lèvres, nerveuse. Même s'il semblait avoir l'habitude, je trouvais son comportement irresponsable. Le soleil s'élevait au fil des minutes et le ciel était d'un bleu sans nuage. Une belle journée s'annonçait. Les palmiers me mirent des étoiles dans les yeux. J'avais toujours trouvé ces arbres majestueux. En traversant les différents quartiers, je fus surprise de voir à quel point la ville reflétait la modernité par son architecture et ses monuments. Les demeures étaient à peine visibles derrière les murs et derrière les portails qui les protégeaient. Je me rappelais des émissions de télévision où j'avais vu ce genre d'habitations dans des pays plus pauvres que le mien. Les gens de la classe moyenne et les plus aisés se protégeaient de possibles cambriolages. Durant tout notre trajet, Brasilia se présenta en ville riche et prospère, mais je ne pus m'empêcher de penser aux favelas qui devaient être cachées quelque part…

Au bout d'une bonne demi-heure, Juan ralentit dans une rue. Il n'y avait que deux immeubles orange parmi les demeures closes. Il alla se garer sur un parking en face d'un de ces bâtiments. Une fois le scooter arrêté, je descendis en enlevant mon casque et le lui tendis. Il me fit signe de le suivre. En entrant, je fus surprise par l'aspect délabré de l'immeuble. Il n'était pas tout jeune. Sur les murs, la peinture s'écaillait. L'escalier était en bois comme dans l'ancien temps. J'avais carrément peur de prendre l'ascenseur. Il ne manquerait plus que celui-ci lâche pendant notre ascension ! Je certifiai à Juan qu'il n'y avait pas de problème pour monter les quatre étages par l'escalier. Il commença à gravir les marches et je le suivis. Je me rendis compte qu'il faudrait que je me remette au sport quand, au deuxième, je commençai à sentir mon cœur s'emballer. Je serrai les dents, préférant jouer l'héroïne. Au quatrième, je soufflai légèrement pour tenter de reprendre une respiration normale. Juan sortit ses clés et me fit entrer dans son appartement.

C'était un petit appartement où il y avait le nécessaire. Dans un coin, une petite télévision se tenait devant un canapé noir sur lequel étaient posés trois coussins de couleurs différentes. Il y avait une jolie table pour manger au milieu de la pièce, avec quatre chaises autour. La cuisine était ouverte, mais petite. Je remarquai un plan de travail à côté de la gazinière, un frigo, un évier, deux placards, et c'était tout. Juan me fit visiter. Il y avait deux chambres, dont la moins personnalisée qui serait la mienne pour le séjour, ainsi qu'une salle de bains avec baignoire qui faisait également douche. Je le remerciai. J'avais hâte de prendre une bonne douche, après une journée entière de voyage au-dessus des nuages.

—Dans le frigo, tu as de quoi manger. Il ne faut pas que tu sortes sans moi. Mine de rien, Brasilia n'est pas forcément une ville très sûre… Je préfère que tu m'attendes si jamais tu veux sortir. Je te laisse le code wi-fi sur la table, dans la pièce à vivre, ainsi que mon numéro de téléphone. Je dois aller au musée. J'ai déjà dû négocier pour commencer plus tard. Il ne faut pas que j'arrive avec une minute de retard ! Repose-toi bien !

Juan était une véritable tornade. Il avait un tel débit de parole qu'il me fallut un moment pour mémoriser tout ce qu'il venait de dire. À présent, j'étais seule dans cet appartement silencieux. Je pris mon téléphone pour envoyer un message à Melina afin de l'informer que j'étais bien arrivée, mais qu'elle aurait pu me prévenir que Juan était une vraie pile électrique. J'attendis quelques instants, mais je n'eus pas de réponse. Je soupirai avant de laisser tomber mon sac sur le sol de la chambre qui m'était destinée. La première chose que je fis : prendre une douche. À la sensation de l'eau sur ma peau, je sentis que je me délassais. Je peinais à croire que je venais de traverser le monde sur un coup de tête. J'entendis les voisins de Juan se disputer à travers la cloison. Je ne comprenais pas grand-chose au portugais. Je retournai dans ma chambre pour m'allonger un peu sur mon lit et fermer les yeux en quête d'un sommeil réparateur.

18

Anguilla, 1895

Chers parents,

Mon regard était fixé sur ces deux mots que j'avais rédigés une demi-heure plus tôt. Plume en main, je les contemplais, attendant qu'ils me donnent la force de continuer à écrire cette lettre. Après les premiers mois de navigation sur l'océan, je m'étais enfin décidée à annoncer la véritable raison de mon départ à ma famille. J'avais passé la nuit précédente à penser à elle, à imaginer la réaction de mon père quand il avait compris que j'avais mis les voiles. Mes parents avaient dû s'inquiéter de ne pas me voir revenir au domaine familial. Non pas pour moi, mais pour l'union qui devait rassembler deux familles puissantes d'Écosse. J'imaginais mon père se rendant à l'adresse que j'avais laissée, à Édimbourg, et son visage se décomposant en constatant qu'il n'y avait là aucune Gloria. Il avait dû arpenter toute la ville à ma recherche. Comment avaient-ils annoncé aux Kensington que le mariage n'aurait pas lieu, faute de mariée ? Je ne pus m'empêcher de sourire légèrement à cette pensée, bien que mon estomac soit noué face à ce papier vierge.

J'étais partagée entre deux sentiments : leur avouer la vérité et ne rien leur écrire afin de continuer à vivre mon rêve. Je n'avais jamais apprécié les mensonges et, afin d'avoir la conscience tranquille, je voulais tout écrire sur papier, mais ma main s'y refusait. Elle était toujours au-dessus de la bouteille d'encre. Soudain, je pris conscience de ce qu'il fallait que je fasse. Je posai la plume sur le rebord du petit pot d'encre noire et je pris la feuille afin de la déchirer en mille morceaux. Mon père n'était pas idiot. Au contraire, il était malin, et même si j'étais actuellement de l'autre côté de l'océan, il devait savoir où je me situais. Lors d'une de ses nombreuses réunions au cercle des géographes, il avait dû apprendre le nouveau périple d'Armand Williamsburgh. Ma mère m'avait toujours dit que je réfléchissais de la même manière que mon père. Si cela était vrai, alors, il avait dû faire le rapprochement entre le voyage d'Armand et mon départ. Mon estomac se noua davantage. Je fus prise d'une peur irrationnelle qu'il me pourchasse, à travers l'océan, pour me ramener au pays. Devant ces bouts de papier déchirés sur la table, ce fut comme si ma nouvelle vie se brisait à la réapparition de mon père. Je n'étais pas arrivée jusqu'ici pour retourner à la case départ.

Sous mes pieds, je sentis le bateau qui ralentissait. En relevant la tête, je vis, par la grande vitre, une terre se rapprocher. Armand avait fait part de ses craintes sur la solidité des mâts, suite à la tempête que nous avions essuyée, et nous avions décidé, lui et moi, de mettre l'*Amazonia* à quai dans un port afin de le consolider et de repartir en paix sur les flots. Je me levai de ma chaise, laissant sur la table en bois les morceaux de papier déchirés. Je m'approchai de la vitre et observai de plus près le port qui se rapprochait. L'oreille aux aguets, j'entendis les pas des matelots accélérer sur le pont à un rythme effréné, ainsi que des cris de joie. Je me décidai à aller à la rencontre de cette euphorie grandissante.

En sortant de la cabine du capitaine, je vis les marins qui couraient dans tous les sens afin d'aider à l'amarrage du navire. À plusieurs reprises, je manquai de me faire bousculer. Je marchai à travers ce chaos chaleureux et grandissant. Armand était à la barre, fidèle au poste, mais je vis que son visage devenait sérieux. Leonard était adossé contre la balustrade, sa pipe allumée et un livre dans la main gauche, il semblait hors du temps. Max me bouscula et s'arrêta un instant :

—L'île des plaisirs, mam'zelle Eleanor ! Hélas, il serait mieux pour vous de ne pas quitter le bateau ! déclara-t-il, avant de courir pour danser avec ses camarades.

—Il a raison, intervint Leonard. Vos yeux chastes pourraient ne pas supporter de voir une telle débauche. Ce n'est pas la place d'une femme.

Autant je ne m'étais pas offusquée de la remarque de Max, autant celle de Leonard me mit en colère. Il avait ri légèrement avant de se remettre à sa lecture. Qu'est-ce que ce lieu pouvait avoir de si choquant ? J'allais le lui demander quand Armand tapa d'un coup de bâton sur le pont supérieur afin de faire régner le silence. Son regard s'était assombri. Il avait un air si sérieux sur le visage, cela ne lui ressemblait guère.

—Je tiens à vous signaler que je ne tolérerai aucune faute de comportement. Dois-je vous signaler que la dernière fois que nous avons accosté ici, la plupart d'entre vous sont revenus si éméchés que nous avons pu quitter le port qu'au bout de trois jours ? La date de départ est fixée à demain matin. Si vous voulez passer votre soirée sur la terre ferme, il faut que vos préparatifs soient déjà faits pour l'aube !

Certains commencèrent à râler dans l'assemblée, mais j'entendis d'autres dire qu'ils n'avaient pas le choix s'ils voulaient passer une soirée de beuverie comme prévu. Je vis Max donner des coups de coude à son voisin en riant, avant que tous deux aillent accomplir les tâches qui leur étaient destinées. Leonard ferma son livre brutalement pour descendre sur le faux-pont. Je me retrouvai, seule, face à cette effervescence qui ne cessait d'augmenter. Je pris la décision de traverser cette vague humaine agitée pour monter les marches en bois et me retrouver sur le pont supérieur aux côtés d'Armand.

—As-tu préparé l'itinéraire de demain ? me demanda-t-il en continuant d'observer les marins qui s'agitaient de tous les côtés.

—Je vais le faire ce soir.

—Ne comptes-tu pas te rendre sur la terre ferme ? répondit-il en tournant le regard vers moi.

—Certains ont dit que ce n'était pas ma place.

—Depuis quand écoutes-tu ce que disent les gens ? Si tu le faisais, tu ne serais pas ici, à mes côtés…

Il avait légèrement souri, avant de rire et de tourner le gouvernail à tribord, pour prendre la direction du port qui se dessinait de plus en plus, à mesure que le temps s'écoulait. Ses paroles n'étaient pas tombées dans l'oreille d'une sourde. Il avait raison. Je me désintéressais de ce que les gens souhaitaient pour moi et cela ne changerait pas aujourd'hui. De plus, c'était l'occasion de découvrir une nouvelle culture. Je n'étais jamais allée sur une île étrangère. Je sentis l'excitation grandir en moi. Laissant Armand, je retournai sur mes pas, hâtivement, pour me rendre dans la cabine du capitaine et m'y enfermer. Devant la table, je jetai les morceaux de papier avant de prendre ma carte et mon compas. Même si la chaleur tropicale me collait à la peau, je voulais profiter d'une soirée enivrante. Je pris la plume et, après avoir trempé son bout dans l'encre noire, je me mis au travail.

Après des heures de labeur, je sortis de la cabine et je me rendis compte que tout le monde était déjà parti. Seul Armand était en train de démêler les cordes des mâts. Nous avions accosté. Je fus déçue de ne pas avoir assisté à l'arrivée de l'*Amazonia* au port d'Anguilla. Je m'approchai de la passerelle mobile qui avait été déployée pour permettre aux hommes de descendre sur le quai. En face de moi se déployaient des petites maisons en bois, peintes, qui semblaient avoir besoin d'un rafraîchissement. La nuit tombait déjà. Le soleil laissait place à un ciel étoilé sans nuage. Malgré le crépuscule, la chaleur était toujours présente et je me sentais par moments, prise de vertiges. Je n'avais pas l'habitude de ces températures étouffantes. Je ne m'étais pas changée. Je n'avais pas l'apparence d'une jolie demoiselle dans une magnifique robe. Je portais toujours le pantalon de mon cousin, bien trop grand pour mes jambes frêles. J'avais toujours des bandages aux mains depuis le soir de la tempête. J'étais prête à vivre une soirée d'aventures !

—Avant que tu ne partes, quelques petites recommandations.

La voix d'Armand m'avait tirée de ma rêverie. Il s'était approché de moi, après avoir lâché les cordages sur le pont en bois. Il se frotta les mains en arrivant à ma hauteur.

—En aucun cas tu ne vas dans les ruelles. Tu restes le long du quai principal. Et si, par hasard, tu veux entrer dans une échoppe, tu n'y vas que si un des marins du bateau y est présent. Compris ?

Je fus surprise par ses recommandations, dignes de celles d'un père, mais je hochai la tête affirmativement, promettant de faire ce qu'il me disait. Je ne voulais pas le mettre une nouvelle fois en danger. Il m'avait sauvé la vie et je ne voulais pas paraître à ses yeux une personne qui ne créait que des soucis. Il retourna à sa besogne.

—Ne comptes-tu pas en profiter, un petit peu ?

—Si nous voulons partir à temps demain matin, il faut que je répare ça. De toute manière, je ne remettrai plus les pieds sur cette maudite île.

À sa réponse, je compris qu'il cachait quelque chose. Hélas, nous n'étions pas assez intimes pour que je puisse lui poser la question. Néanmoins, sans savoir pourquoi, je fus triste d'apprendre qu'il ne m'accompagnerait pas dans cette promenade nocturne. Je quittai l'*Amazonia* en le regardant une dernière fois, tandis qu'il était concentré sur sa réparation. J'aurai pu rester avec lui, mais je savais qu'il aurait refusé en prétextant qu'il fallait que je découvre le monde. Ma curiosité était piquée et je devais l'assouvir.

Je descendis doucement la passerelle pour ne pas faire de faux pas et ne pas tomber à la mer. En posant pied sur le quai, je fus prise d'un fort vertige. Le monde tournait autour de moi et des nausées commencèrent à apparaître. Je m'étais laissée tomber sur le quai en me tenant la tête entre les mains et en fermant les yeux. Je respirais doucement, espérant que cette sensation s'estompe. Je connaissais le mal de mer et je n'en avais pas souffert… Or, pouvait-on être malade en revenant sur la terre ferme ? Je n'en avais jamais entendu parler et cela me surprit.

—Madame, il faut boire, annonça une voix inconnue.

Je pris une grande inspiration avant d'ouvrir les yeux et de relever la tête vers l'inconnue qui m'avait adressé la parole. C'était une personne au teint café. Elle me souriait en me tendant une petite bouteille en verre qui comportait un liquide de couleur jaune claire. J'hésitai. Était-il sérieux d'accepter une offrande d'une personne qui vous était inconnue ? Je me pinçai les lèvres. J'étais partagée. Je souffrais horriblement et j'avais l'impression que le monde continuait à tourner autour de moi, que mon estomac s'amusait à faire des sauts périlleux dans mon ventre.

—Vous avez le mal de terre. Cette boisson vous aidera, essayait de me convaincre la fille en me tendant la bouteille.

Elle était jeune. Elle devait avoir une quinzaine d'années et malgré son accent, son anglais était parfait. Je comprenais ce qu'elle me disait. Le mal de terre ? Cela existait donc ? Son sourire me convint. Je pris la bouteille et la portai à mes lèvres. Je fis une grimace. La boisson avait un goût piquant. Je n'avais jamais goûté cette saveur. Je sentis une pointe de citron, mais sinon, cela m'était inconnu. La jeune fille rit en voyant la grimace que je fis tandis que je continuais de boire.

—Gingembre, très bon pour les nausées. Marchez tout doucement pour faire passer les vertiges.

Elle me tendit la main pour m'aider à me relever. Je l'acceptai. Je vis le regard outré de certaines personnes qui marchaient autour de nous. Elle retira rapidement sa main de la mienne. Puis elle reprit la bouteille vide avant de se diriger vers un petit stand éphémère au bord du quai. Je l'entendis parler dans une langue inconnue à une femme bien plus âgée. Elle était noire et semblait avoir une cinquantaine d'années. Elle était assise sur un tabouret en bois. Devant elle, il y avait toutes sortes d'aliments qu'elle vendait. Je suivis les conseils de la jeune fille en marchant prudemment. Je regardai droit devant moi pour ne pas perdre l'équilibre. En arrivant à leur petit stand, j'aperçus des aliments que je n'avais jamais vus de ma vie. Je reconnus des bananes et c'était tout. Mes nausées s'estompèrent tout doucement et j'aurais bien acheté des fruits exotiques pour les goûter. J'avais toujours été gourmande et découvrir de nouvelles saveurs m'enchantait grandement ! Je me promis d'en acquérir sur le retour. J'avais des pièces dans la poche de mon pantalon, mais je pris peur en me demandant si elles étaient valables. Je me rassurai en me confortant dans l'idée que dans le pire des cas, Armand pourrait me prêter un peu d'argent. Je saluai la fille et celle qui devait être sa mère, avant de marcher le long du quai en direction des petites échoppes.

Les ruelles étaient particulièrement sombres et je me promis de suivre les recommandations d'Armand en n'y pénétrant pas. Je vis des femmes courir en direction de ces rues, en compagnie d'hommes qui semblaient ivres. Ils batifolaient en gloussant. Je préférai continuer mon chemin en évitant de montrer que je les avais observés. L'enseigne d'une petite échoppe attira mon attention. Elle était assez ancienne, l'écriture était à moitié effacée et semblait figée dans le passé. J'entendis des rires à l'intérieur, ainsi que de la musique. Je pris la décision de pousser la porte rouge en bois. La pièce était brumeuse à cause des nombreux cigares que les clients fumaient. Malgré ce brouillard qui me faisait tousser, je vis qu'il y avait quelques marins de l'*Amazonia*, dont Max et Leonard. Ce dernier était assis à sa table, seul, face à plusieurs personnes que je n'avais jamais vues. Il tenait des cartes et semblait particulièrement concentré. C'était une cacophonie sans nom. Je vis des jeux d'argent particulièrement animés. Un homme jouait du piano d'une façon singulière. J'avais peur qu'il fracasse les touches blanches et noires à chaque fois qu'il les frappait. De jolies femmes étaient sur les genoux de certains hommes. Ils ne se privaient pas pour avoir les mains baladeuses. Quelque chose dans cette pièce me mettait particulièrement mal à l'aise.

J'entrai à pas de loup, me faufilant entre les tables. Certains joueurs commencèrent à s'énerver en tapant du poing sur la table. Je vis le visage de Max commencer à se décomposer. Il était avec deux autres marins de l'*Amazonia* qui l'encourageaient à miser davantage pour la prochaine manche. Pourquoi perdre la totalité de son argent ainsi ? Certes, je n'avais jamais eu de soucis financiers, mais au grand jamais je n'aurais mis le mien entre les mains du destin. Ils étaient si concentrés qu'aucun d'eux ne me vit passer. Du coin de l'œil, je remarquai que Leonard avait un sourire sadique sur le visage en regardant les cartes qu'il possédait. Je n'aurais jamais pensé qu'il puisse apprécier les jeux d'argent, au vu de son air particulièrement sérieux sur le bateau. Je pris la direction du bar. Je ne pus m'empêcher de froncer les sourcils en voyant l'état de la chaise poussiéreuse, voire crasseuse. J'aurais dû changer d'endroit, mais au moins ici, il y avait des gens que je connaissais. Je décidai donc de m'asseoir sur la chaise, avant de demander à l'homme derrière le comptoir de me servir un verre. Quand il me demanda ce que je souhaitais, je fus dans l'incapacité de répondre. Je n'étais pas idiote. Je pensais bien que cet établissement servait uniquement de l'alcool. Je n'en avais jamais bu de ma vie. Pas une seule goutte. La plupart des personnes présentes dans ce bar étaient ivres. Un éclair traversa mon esprit. Je me rappelai ce que ma mère buvait à chaque fois que nous recevions du monde au domaine et décidai de commander la même chose.

—Un verre de vin, s'il vous plaît, demandai-je d'une voix fluette.

L'homme sortit un verre et le remplit en marmonnant dans sa barbe. Il était assez vieux et semblait avoir tout le poids du monde sur les épaules. Sa tenue ne reflétait pas son professionnalisme. Il avait un pantalon taché et une chemise ample. Il me demanda de payer. Je sortis des pièces qu'il prit sans bronche. Ainsi, la monnaie que j'avais avait cours sur cette île. Je fus ravie de savoir que je pourrais acheter des fruits exotiques en sortant. Le verre n'était pas propre. Il était plein de traces de doigts et le vin que je bus me brûla la gorge. Quelle était donc cette mixture que l'on m'avait servie ? Ce n'était pas un « très bon cru de Bourgogne », comme disait si bien ma mère.

—Eh bien, demoiselle, il semblerait que vous vous soyez perdue… Cet accoutrement ne vous met pas du tout en valeur…

Je fis comme si je n'avais rien entendu. Je ne voulais pas donner de l'importance à une personne qui ne le méritait pas. Un homme venait de s'asseoir sur le tabouret à côté du mien, m'observant avec un sourire édenté. Il était assez costaud, vieux, et surtout, il puait l'alcool à plein nez. J'en eus de nouveau la nausée. Il portait une marinière bien trop courte pour lui, laissant paraître son embonpoint et un pantalon bleu marine. Je commençais à me sentir mal. J'aurais voulu partir rapidement, mais je me sentais coincée. Je lançai des regards à Max pour attirer son attention, en vain. *A priori*, il venait de tout perdre, car il se tenait la tête entre les mains en maudissant ses collègues marins.

—Bah alors, tu fais ta sauvageonne ? Je vais te calmer, moi ! Tu vas voir !

Il prit mon poignet entre ses grosses paluches. Son emprise me fit peur, mais je tentai de ne rien montrer.

—Je vous ordonne de me lâcher !

—Tiens donc… Tu parles drôlement bien. J'aime pas trop les manières. (Il se mit à se marrer.) Tu sais quoi ? On pourrait faire un petit tour dans la ruelle à côté…

J'en eus des sueurs froides. Je n'étais pas bête. Je savais très bien ce qui se passait dans ces ruelles, après avoir vu un couple y aller plus tôt. Cet homme me répugnait et je voulus reprendre le contrôle de mon bras, mais je ne parvenais même pas à le repousser.

Son emprise était si forte ! Je commençai à paniquer. Leonard n'était plus visible et Max pleurait sur ses gages perdus. Je ne pouvais pas me battre contre un type de cette carrure…

—Non ! Lâchez-moi ! Laissez-moi tranquille !

—Arrête de faire ta précieuse !

—Elle t'a dit de la lâcher, répondit une voix derrière lui.

J'entendis le déclic d'un chargement de pistolet. Leonard était positionné derrière l'homme et avait pointé le canon de son arme sur la nuque de l'inconnu qui relâcha instantanément son étreinte de mon poignet. En plus de mes blessures aux mains, je souffrais à présent du poignet qui avait rougi à cause de son emprise. L'homme se mit à rire en se retournant pour faire face à Leonard qui l'avait toujours en joue.

—Tiens, l'équipage d'Armand est dans le coin… J'crois pas que mes affaires avec la dame te concernent !

—Oh que si, Malloy ! Tu ne sais pas à quel point !

Je me levai de mon tabouret pour reculer, tandis que Leonard fixait le dénommé Malloy d'un regard plein de haine. J'avais peur qu'il appuie sur la détente et que tout cela se transforme en drame. La musique s'était arrêtée. Tout le monde avait les yeux fixés sur nous et je me sentais épiée de toutes parts. Les femmes me regardaient de haut en bas, avant de ricaner. J'entendis même que j'étais mal fagotée. Je tirai ma chemise vers le bas comme pour m'enfoncer dans le sol afin de disparaître. Max et les autres marins s'étaient approchés pour se mettre derrière Leonard, en renfort.

—Et il est où, votre patron ? grogna Malloy.

—Tu veux le voir ? On peut aller le chercher si tu veux… mais je ne crois pas que ta jambe gauche veuille subir le même sort que la droite… répondit Leonard en souriant en coin avant de donner un coup de pied violent dans le tibia droit de Malloy.

L'homme s'effondra sur le plancher du bar. Avec stupeur, je m'aperçus que sa jambe avait disparu. Ce n'était pas une jambe, mais une pauvre prothèse en bois. Je ne voulais pas croire les paroles de Leonard. Armand n'aurait jamais coupé la jambe de quelqu'un ! Même s'il était un peu lunaire, c'était un homme profondément gentil. Il n'avait jamais fait preuve de violence. Du moins, pas devant moi…

—Si tu touches à la fille, tu seras cul-de-jatte.

—Ça suffit ! cria le patron de l'échoppe à notre attention. Sortez de mon échoppe ! Je ne veux plus voir l'équipage de Williamsburgh ici ! Dégagez !

Max me prit par le bras pour m'aider à sortir tandis que Leonard continuait de pointer son arme sur Malloy. Puis il nous suivit. En sortant, je fus frappée de nouveau par la chaleur tropicale. J'eus un vertige et m'arrêtai un instant. Leonard fit signe à Max et aux deux autres de poursuivre. Nous restâmes tous les deux. Je m'appuyai contre un mur pour reprendre ma respiration. J'avais les larmes aux yeux. J'avais eu terriblement peur de ce qu'il aurait pu m'arriver dans cette ruelle avec ce monstre. Leonard rangea son pistolet dans son ceinturon. J'attendais son sermon. Mes jambes tremblaient au point que je ne parvenais plus à faire le moindre pas.

—Je lui avais dit que c'était une mauvaise idée de t'emmener. Il ne m'écoute jamais. Ça le perdra ! Tu ne comprends pas que ta place n'est pas ici ?! Tu devrais être chez toi !

Je ne répondis pas. Autour de moi, le monde tournait si vite que je crus que j'allais m'effondrer à mon tour sur le sol. Mon estomac était au bord de mes lèvres et mes jambes étaient cotonneuses.

—J'espère que tu auras la décence de dire à Armand que tu abandonnes. Tu nous causes que des ennuis.

Il était parti, me laissant toute seule. Je l'entendis s'éloigner et je laissai couler mes larmes. Qu'avais-je fait à cet homme pour qu'il soit à ce point cruel envers moi ? Je décidai de me traîner vers le quai afin de m'asseoir au bord, laissant mes jambes flotter dans le vide. À mon désespoir croissant, je vis que le stand de la jeune fille et de sa mère avait disparu. Je ne pourrais pas acheter mes fruits exotiques. Je pris une pièce d'un shilling pour jouer avec entre mes doigts. J'étais stupide d'avoir pu croire que je pourrais être une vraie aventurière. Monter à un mât en pleine tempête ne prouvait rien du tout ! Mes larmes continuèrent de couler sur mes joues. Je me sentais seule au monde sur cette petite île au milieu de l'océan. Armand avait été si gentil envers moi, à croire aux rêves d'une petite fille, et je lui avais apporté uniquement du malheur. Je n'osais plus monter sur le bateau. Je préférais rester là, à contempler l'océan devenu noir d'encre.

Malgré la chaleur, je sentis un frisson me parcourir. Depuis combien de temps contemplais-je l'horizon sombre ? Bien suffisamment longtemps pour sentir mes jambes et mes bras engourdis par l'immobilité.

—Comptes-tu rester là encore longtemps ?

Armand vint s'asseoir à côté de moi, laissant à son tour ses jambes se balancer dans le vide. Je restai muette. J'avais les yeux rougis à cause du flot de larmes qui avait coulé. Je demeurai étrangement silencieuse. Habituellement, j'étais une véritable pipelette avec toujours le sourire aux lèvres. À ce moment précis, j'étais éteinte, sans vie. Armand me regardait, mais je gardais les yeux braqués sur cette immensité noire dont je rêvais qu'elle m'engloutisse. Il soupira avant de faire des bruits étranges avec sa bouche. Sans doute pour me faire rire, mais cela ne marcha pas. Il me donna un petit coup d'épaule pour me faire réagir, mais je restai de marbre.

—Que t'a dit Leonard ? Je ne suis pas bête. Il est arrivé sur le bateau furieux, en disant que j'avais fait la pire bêtise du monde de t'emmener. Je sais bien qu'il peut s'avérer un tantinet… pénible. Il ne faut pas que tu prennes en compte tout ce qu'il dit.

—Il a raison.

J'avais parlé sans m'en rendre compte. J'avais entendu mes paroles, mais je n'avais pas eu, ne serait-ce qu'un instant, l'impression de les avoir articulées. Je joignis les mains en me mettant à rire légèrement, puis je me pinçai les lèvres pour m'empêcher de pleurer de nouveau.

—Je ne cause que des ennuis depuis que je suis là. J'ai grimpé à un mât, j'ai failli me tuer et, par la même occasion, faire de même avec vous tous. Je suis sûre qu'à l'heure actuelle, des collègues de mon père ont été envoyés pour me rattraper. J'étais malade en descendant sur la terre ferme. Je ne sais pas rester à ma place. Je ne suis rien, juste une fille qui veut réaliser un rêve d'enfant et qui se comporte comme tel.

—Le penses-tu réellement ?

Je ne répondis rien et je sentis qu'Armand me donnait un coup derrière la tête. Je grimaçai en posant la paume de ma main bandée sur l'arrière de ma tête en pestant.

—Tu es vraiment idiote ! Sache que je ne choisis jamais les gens par hasard. Tu as cette aura… Tu as cette ferveur qui est si rare ! Tous les géographes du cercle de ton père, et du mien, n'en ont même pas la moitié. Tu n'es pas une enfant qui veut réaliser un simple rêve. Tu es une grande exploratrice ! Les calculs que tu fais, Leonard ne pourrait pas les faire. Leonard… il est comme il est. Ce n'est pas un mauvais bougre. Il s'inquiète simplement pour moi. Il ne veut pas que je souffre de nouveau. C'est tout. Ne l'écoute pas. Allez, on rentre.

Il se releva en époussetant son pantalon. Il me tendit une main pour m'aider à me relever, mais je restai à la contempler un instant. J'hésitais. Le fait qu'il me considère comme une véritable exploratrice, bien évidemment, me faisait plaisir, mais je doutais quand même de l'utilité de ma présence. Il me sourit et, dans ses yeux, je vis que je n'avais plus aucune inquiétude à avoir. Une sensation de chaleur et de tendresse venait de m'envahir. Je pris sa main et je me levai à ses côtés. Nous marchions l'un à côté de l'autre, en direction de l'*Amazonia*. Peut-être était-ce le bon moment pour avoir le fin de mot de l'histoire qui hantait mon esprit depuis le début du voyage.

—Est-ce que tu pourrais me raconter l'histoire de Carey ?

—Oh ! C'est davantage une légende qu'une véritable histoire… Il ne faudrait pas que tu fasses de mauvais rêves cette nuit.

—Je ne suis plus une petite fille ! Raconte-moi.

Armand soupira en haussant les épaules. Il mit ses mains dans ses poches et commença à me raconter cette histoire en marchant vers le trois-mâts.

—Une légende raconte la fin funeste d'un de nos amis marins : Carey Bradford. Carey est parti en mer pour faire du commerce en compagnie d'un équipage qu'il n'avait jamais connu. Il avait besoin d'argent pour sa mère qui était malade. Il est parti et il n'est jamais revenu. La légende raconte qu'il a rencontré une femme sur l'île de Madagascar, au large de l'Afrique. Il est tombé fou amoureux d'elle et a supplié le capitaine de l'autoriser à monter à bord pour qu'ils rentrent tous les deux en Angleterre. Ils n'ont jamais atteint la côte anglaise. Certains racontent qu'une tempête sans précédent a causé la perte du navire et de l'équipage. Rien n'avait été annoncé. Aucun survivant, si ce n'est cette femme qui hanterait une île au milieu de l'océan. Pour moi, ce sont des inepties. Je crois à beaucoup de choses, mais cela me laisse sceptique. Carey est mort, car le navire a sombré. Fin de l'histoire.

Je ne m'attendais pas à une telle histoire. Je ne croyais pas aux fantômes ni aux malédictions. Armand était terre à terre et je comprenais son point de vue. Pendant ces dernières semaines, nous avions bien remarqué qu'une tempête pouvait se lever sans crier gare. C'était un malheureux accident. L'ombre d'un instant, je pensai aux marins de notre navire qui avait dû assimiler ma présence à celle de la tempête que nous avions essuyée. J'espérai qu'ils n'avaient pas eu l'idée de me balancer par-dessus bord !

Nous passâmes non loin de la petite échoppe où la soirée avait failli finir en bagarre générale. Je me rappelai les propos du patron. En voyant Armand aussi bavard, je saisis l'occasion pour comprendre pourquoi il était devenu *persona non grata*. J'espérais que la révélation que j'avais eue soit fausse : Armand n'aurait jamais coupé la jambe de quelqu'un intentionnellement !

—Ce n'est pas uniquement pour préparer le navire que tu es resté à quai, n'est-ce pas ? Le patron ne semble pas te porter dans son cœur.

—C'est une vieille histoire, Eleanor. C'était il y a quinze ans.

Je vis son regard s'assombrir. Cette discussion semblait le plonger dans un tourment du passé.

—As-tu coupé la jambe de cet homme, Armand ? lui demandai-je, en craignant sa réponse.

—Malloy a tué un de mes marins, un soir de beuverie. Il a de la chance d'en avoir encore une et de ne pas avoir fini dans l'eau du port. Rentrons.

Je m'attendais à avoir peur de lui, à reculer ou à fuir sa présence. Et pourtant, je vis la souffrance dans son regard et dans son comportement. Dans des situations délicates, nous pouvons faire des choses qui ne sont pas dignes de la personne que nous sommes réellement. Armand avait perdu un ami, il s'était vengé. Peut-être que la souffrance dont Leonard parlait était celle-là. Cependant, quand nous nous quittâmes devant la cabine du capitaine, je reconnus ce regard : ce n'était pas la perte d'un ami qui faisait souffrir Armand. C'était un amour perdu.

19

Brasilia, 2019

En me réveillant, je me sentis vaseuse. Je me frottai les yeux et me redressai sur le lit en ayant perdu mes repères. La pénombre enveloppait la pièce. Je mis un moment à comprendre où j'étais. Le voyage improvisé me revint en tête, tout comme la rencontre avec Juan qui avait eu lieu des heures plus tôt. En posant le regard sur la fenêtre, je vis qu'il faisait nuit. Combien de temps avais-je dormi ? Je regardai l'heure sur le radioréveil qui était posé sur la table de nuit en bois. Les chiffres lumineux rouges indiquaient plus de dix-neuf heures. J'avais dormi toute la journée. Je me levai et pris la direction de la fenêtre. Je ne m'attendais pas à ce que la nuit tombe aussi tôt, à Brasilia. Le ciel était sans nuage. Les étoiles ainsi que la lune éclairaient la ville. Quelques lumières illuminaient les fenêtres des habitations environnantes. J'ouvris la fenêtre pour entendre les différents bruits de la ville. J'eus l'impression d'étouffer en inspirant l'air chaud et moite. Bien que le soleil se soit couché et que la température semble avoir baissé, la chaleur était toujours présente. Je refermai la fenêtre pour contenir la fraîcheur de la pièce. Je fus surprise de constater que la température de l'appartement semblait, elle aussi, avoir diminué depuis le matin. D'une oreille distraite, j'entendis du bruit qui provenait d'une autre pièce. Je laissai mon téléphone sur le lit pour sortir de la chambre en catimini.

Dans le couloir, je repérai différents tableaux auxquels je n'avais pas prêté attention en arrivant. C'étaient des tableaux de peintures abstraites. Elles me semblèrent quelconques. Je n'avais jamais été férue d'art. Quand mes parents m'avaient amenée à des vernissages, j'avais toujours regardé les œuvres d'un air distrait. Je ne comprenais pas l'art. Je pensais qu'il fallait être dans la tête de l'artiste pour comprendre ce qu'il avait à nous dire, à travers ses représentations. Nous ne pouvons pas nous mettre à sa place. Et donc, nous interprétons à notre façon ce qui est devant nous, même si ce n'est pas la vérité. Je n'aimais pas les interprétations. J'appréciais le concret. Entre ces tableaux, il y avait des photographies de gens que je ne connaissais pas. Juan était toujours dessus. J'en conclus qu'il s'agissait soit de membres de sa famille, soit d'amis. Je piquai un fard quand je me rendis compte que je devenais intrusive avec quelqu'un que je connaissais à peine.

Je continuai mon chemin jusqu'au bruit, manquant, à un moment donné, d'entrer en collision avec la commode en bois repeinte en gris anthracite qui décorait le couloir. Cela n'aurait été qu'un hématome de plus à mon palmarès de championne du monde de la maladresse. J'arrivai dans le salon et pris la direction de la cuisine où une odeur alléchante m'attirait. Mon estomac se mit à gronder. En l'espace de vingt-quatre heures, je n'avais pratiquement rien avalé, si ce n'était ce muffin à l'aéroport. Je sentis ma bouche saliver et les grondements de mon estomac devinrent de plus en plus insistants. Il fallait que je découvre la cause de cette odeur enivrante qui me tournait la tête. En entrant dans la pièce, je vis que Juan portait un tablier et était aux fourneaux. Il était concentré sur ce qu'il préparait. Malgré son attention, il m'avait vue arriver du coin de l'œil et sourit en gardant le regard sur la cocotte.

—Bien dormi ? me demanda-t-il en anglais.

—Oui. Je suis navrée de me lever à une heure aussi tardive.

—Ne t'en fais pas. Avec le décalage horaire, c'est tout à fait normal que tu aies besoin de récupérer. As-tu faim ?

Je n'eus pas le temps de répondre à sa question que mon estomac répondit à ma place par un bruit assourdissant. J'en fus extrêmement gênée. Juan se mit à rire. Je marmonnai que j'étais désolée, mais il me fit un geste de la main comme quoi ce n'était pas grave.

—J'ai fait du *feijoada.* C'est un plat typiquement brésilien. Pour avouer la vérité, c'est le seul plat que je sache faire. C'est ma grand-mère qui me l'a appris. Je ne te garantis pas que ce soit bon, mais mes amis ne s'en sont jamais plaints.

Juan parlait beaucoup, et vite. J'avais bien des difficultés à suivre son débit. J'aurai cru qu'en s'exprimant en anglais, il buterait sur les mots ou s'emmêlerait les pinceaux, mais non, il était parfaitement bilingue. Il avait l'air si enthousiaste quand il parlait ! Il remuait sa cuillère en bois dans tous les sens, si bien que j'eus peur qu'il ne repeigne les murs de sa cuisine de sauce.

Il avait sur le visage cet air jovial qui l'illuminait. Je me permis de m'asseoir à table en attendant que le repas soit prêt. Malgré mes heures de sommeil, je me sentais éreintée. Je ne savais pas si c'était le décalage horaire, comme l'avait mentionné Juan, mais avec ce repas chaud en supplément, j'allais très vite rejoindre les bras de Morphée. Il avait déjà mis la table. Je vis quelques tranches de pain coupées et ne pus m'empêcher d'en prendre une pour la grignoter en attendant le repas. Pendant un court instant, je retombai en enfance, quand ma patience me faisait défaut. Ma mère me disputait pour cette mauvaise manie, déclarant que je n'aurais plus faim pour le repas. Même si je lui avais sans cesse tenu tête en déclarant qu'elle avait tort, il fallait bien avouer qu'elle avait raison en voyant que mes assiettes restaient pleines ! Fort heureusement, en grandissant, cette mauvaise manie m'avait passé : ce n'étaient pas cinq bouchées de pain qui allaient me couper l'appétit !

Au bout d'un moment, Juan apporta la cocotte en fonte sur la table à l'aide de maniques. On aurait dit l'homme parfait qui offrait à sa compagne un repas bien chaud pour la réconforter après une longue et dure journée de travail. Qu'est-ce que je racontais ? Ce n'était que dans les films que cela se produisait ! La fatigue devait me faire tourner la tête et embrouiller mon esprit. Néanmoins, l'odeur était davantage alléchante que quelques minutes auparavant. En allant enlever son tablier pour dévoiler une chemise blanche impeccablement repassée qui mettait en avant son teint hâlé, Juan m'expliqua de quoi était composé ce plat typiquement brésilien, me signalant qu'il espérait que je ne sois pas végane. C'était un mijoté de viande de porc, de haricots rouges, de saucisses, de poitrine fumée et d'oignons. Cela me sembla tout à fait délicieux. Il apporta un petit plat de riz blanc avec quelques baies rouges pour accompagner le tout. Mon estomac ne pouvait plus attendre et je me servis une belle portion.

Dès les premières fourchetées, cette saveur délicate me procura une sensation de plaisir. Je n'avais jamais rien mangé de tel. C'était épicé sans que cela me brûle la gorge. La viande était tendre et les oignons fondaient en bouche. Je ne dis aucun mot de tout le repas. Je dévorai le plat comme si c'était le dernier de toute ma vie, sous le regard surpris de mon hôte. Je me rendis compte de mon impolitesse et laissai la fourchette sur la table pendant un moment. Juan se mit à rire.

—Si tu avais si faim, tu aurais pu prendre quelque chose dans le frigo. Je ne t'en aurais pas voulu.

Je ne répondis rien, sentant une chaleur me monter aux joues. J'étais dans une cuisine au Brésil, devant un homme particulièrement séduisant. Je me demandais si Mel n'avait pas fait exprès de m'envoyer chez lui pour un plan drague, digne d'un film à l'eau de rose. Elle n'aurait jamais fait ça… Si ? J'allais lui tirer les vers du nez, je me le promis, mais en attendant, je préférai finir mon plat en silence.

—Melina m'a dit que tu venais pour une affaire familiale, c'est ça ? Ça avait l'air compliqué… Comment va-t-elle ?

Juan mangeait tranquillement en me regardant. Il avait des yeux à tomber. Le genre de regard dans lequel on se noie et où l'on perd tout rapport à la réalité. Je ne pouvais détacher le mien du sien, mais je revins vite sur terre en contemplant mon assiette quasiment vide.

—Elle va bien, je pense. Elle s'est séparée de Paul…

—Oh. Je suis navré pour eux, répondit-il d'un air triste. Je les aimais bien tous les deux. Ils ont été si gentils quand j'ai dormi chez eux pendant une semaine… J'en garde un très bon souvenir.

—Actuellement, elle est avec mon frère. Je suis contente qu'elle ne soit pas seule.

—Combien de temps restes-tu ? Melina ne me l'a pas précisé.

—Une petite semaine. Je dois régler cette affaire au plus vite pour protéger mon petit frère.

—Tu parles comme une avocate, remarqua Juan en riant légèrement.

Je ne m'étais pas rendu compte du comportement et du ton que j'avais pris pendant cette conversation. J'étais rassurée que Melina soit avec Andrew. S'il se passait quoi que ce soit, elle pourrait le protéger. La remarque de Juan ne me blessa pas. Je n'étais pas avocate, mais j'avais toujours souhaité l'être et d'une certaine manière, c'était l'occasion : je pouvais défendre mon petit frère.

—Peut-être que je pourrais le devenir, justement.

—Je ne te vois pas avocate, répondit-il, d'emblée.

—Excuse-moi ? demandai-je en fronçant les sourcils, cette fois-ci touchée en plein cœur.

—Tu n'as pas la trempe d'une avocate. Je ne te connais pas encore assez, mais crois-moi, dans ton regard, je vois une âme d'aventurière et non celle d'une avocate qui a la tête dans ses dossiers.

Je me mis à rire nerveusement. Pour qui se prenait-il, à me juger sans me connaître ? J'en avais assez que l'on croie savoir ce qui était le mieux pour moi ! J'avais pris la décision de quitter ma famille pour mes études et de venir ici pour protéger mon cadet. Je savais pertinemment qui j'étais ! Je rêvais de la fabuleuse robe noire et de pouvoir plaider des causes devant une cour de justice.

—Tu ne me connais pas.

—En effet, mais venir ici en ayant une simple lettre comme indice, ça ressemble quand même à une aventure entamée sur un coup de tête et non à quelque chose de très réfléchi, comme le droit l'est non ?

Donc, Melina lui avait tout dit. N'aurait-elle pas pu se taire ? Je savais bien qu'aux yeux des autres, partir avec seulement un bout de papier datant du siècle précédent pouvait s'avérer une pure bêtise. Or, c'était à cette lettre que tenait notre avenir, à Andrew et à moi. Je n'avais pas voulu lui répondre, mais mes gestes s'étaient accentués, montrant un véritable agacement face aux réflexions de Juan. Il l'avait vu. Il prit la bouteille de vin sur la table et me servit un verre en signe de paix.

—Ce que je dis n'est pas péjoratif. Au contraire, je trouve ça plutôt génial ! Melina m'a demandé de t'aider dans ta quête.

—Et comment pourrais-tu m'aider ? Tu ressembles à un petit employé de bureau avec ta chemise bien repassée, sans un pli.

—Je connais la région comme ma poche. Il faut bien gagner sa vie ! Je suis guide dans un musée de la ville, mais sinon, j'arpente les alentours dès que je peux et la forêt amazonienne, je la connais par cœur. C'est là que tu veux aller, non ? demanda-t-il avec un grand sourire aux lèvres.

—Peut-être.

—Melina m'a tout raconté. Je sais que tu veux aller dans la forêt. Par contre, si tu n'as pas d'informations plus précises que tes coordonnées, cela va être difficile de trouver ce que tu veux en une petite semaine... C'est un grand pan de la forêt que tu as comme indice. Je serais toi, je me renseignerais un peu et après, nous partirons ensemble.

Il prit son verre de vin avant de le porter à ses lèvres. Mes espoirs étaient en train de s'effondrer. Comment pouvais-je en apprendre plus sur une personne dont je n'avais jamais entendu parler, qui plus est à l'autre bout du monde ? J'avais atterri seulement quelques heures plus tôt et je commençais déjà à me retrouver dans une impasse. Google devait bien avoir la réponse ! Google savait tout ! J'avais fini mon plat et je m'excusai, prétextant la fatigue pour aller dans la chambre que Juan m'avait offerte pour le séjour. En y entrant, je me laissai tomber sur le lit, tête en avant, marmonnant des propos incohérents entre les draps. Il me fallait davantage d'informations. Avant de dormir, je me décidai à chercher quelques éléments sur Internet. Je pris mon téléphone avant d'aller sur le célèbre moteur de recherche et de taper le nom d'Eleanor Davidson pour lancer ma recherche. Évidemment ! Comment aurais-je pu tomber dessus du premier coup ? Il me proposa un millier d'Eleanor Davidson qui vivaient aujourd'hui. Je me tapai le front avec la paume en me traitant d'imbécile. J'entendis frapper à la porte trois coups distincts. Je levai les yeux dans cette direction avant d'annoncer à Juan qu'il pouvait entrer.

Il arriva avec une tasse et la posa sur la table de chevet.

—Je t'ai apporté une petite infusion. C'est toujours réconfortant. Je ne voulais pas paraître envahissant, ni démoralisant. Je suis persuadé que tu vas trouver les informations nécessaires. Nous irons découvrir ça, ensemble. La vie est la plus belle des aventures et un tel événement ne peut que l'embellir. Je te souhaite une bonne nuit. Si jamais tu as besoin de quelque chose, je serai en train de regarder une émission débile à la télévision.

Il sortit sans que j'aie répondu quoi que ce soit. Je contemplai la tasse dans laquelle les feuilles étaient en train d'infuser. Juan était si attentionné que son célibat me surprit. Il y avait anguille sous roche. Avec un garçon comme ça, il y avait sûrement une fille. Je hochai la tête pour revenir à mes pensées. Il avait raison : la vie était une belle aventure et il fallait attraper tout ce qu'elle offrait pour la savourer davantage. Il revint avec un ordinateur portable.

—Cela sera plus pratique. Maintenant, je te laisse, promis.

—Attends, Juan…

Il s'arrêta un moment en m'observant.

—Je suis désolée si je peux paraître froide et cassante. C'est tellement important pour moi de découvrir ce qu'il se cache derrière tout ça. Je me dois de sauver mon petit frère. Je te remercie vraiment de m'héberger et de m'aider.

—On ferait tout pour sa famille. Ne t'inquiète pas pour ça.

—Et je suis désolée, aussi, si j'interfère dans ta vie. Si tu as envie que ta copine soit là, je peux vraiment me faire petite.

—De quoi parles-tu ? Tu es drôle ! Vous, les Anglais, vous êtes si coincés… Je n'ai pas de copine. Bon, allez, mon émission va commencer.

Il sortit une nouvelle fois de la chambre en fermant la porte pour aller dans le salon. J'avais été surprise de sa réponse. Il n'avait pas de petite amie. Il était seul. Comment un homme digne de sortir d'une série télévisée pouvait-il être encore célibataire ? Cela m'épatait ! En attendant, il fallait que je me concentre. J'ouvris l'ordinateur portable de Juan. En fond d'écran, il y avait une photo de lui au sommet d'une montagne que je ne reconnus pas. Sans doute un pic de la Cordillère des Andes. Il avait un sourire à vous faire fondre. Décidément, je trouvais vraiment étrange qu'il soit toujours seul. Je cliquai sur le navigateur et repris ma recherche en tapant, cette fois-ci : « Eleanor Davidson;1905;Écosse ».

Au premier regard, rien ne me sauta aux yeux. Il n'y avait aucune mention de mon aïeule dans les propositions de liens. Étrangement, je tombais toujours sur un autre nom : Armand Williamsburgh. Qui était-il ? Je n'en avais jamais entendu parler. Sur Google Images, je vis simplement des portraits de ce dénommé Armand. Le moteur de recherche avait dû planter. Je ne voyais que cette explication. Pendant une heure, je tapai des mots dans tous les sens pour trouver ne serait-ce qu'un lien direct qui parle d'Eleanor, mais rien. Ce n'était pas possible. Elle ne pouvait pas être un fantôme. Je ne voulais pas que ma première théorie d'une plaisanterie s'avère. Je n'avais pas traversé le monde pour me casser les dents ! Je commençai à m'énerver en tapant sur les touches de plus en plus fort et de plus en plus vite. Au bout d'un moment, je fatiguai. Résolue à en finir pour ce soir, je laissai mes yeux tomber sur le premier site que l'on me proposait.

Certes, Armand Williamsburgh s'affichait en premier avec le titre d'un livre, mais le lien menait à la bibliothèque d'Édimbourg. Ma curiosité piquée, je cliquai dessus avant de tomber sur le catalogue en ligne de la bibliothèque. L'ouvrage s'intitulait *Études anthropologiques des peuples indigènes du Brésil.* Auteur : Armand Williamsburgh. Co-auteur : Eleanor Davidson. Mes paupières clignèrent plusieurs fois. Je crus mal lire, mais en ouvrant la notice, je vis que c'était ça ! Eleanor Davidson avait travaillé auprès d'Armand Williamsburgh dans ses recherches. Elle avait parcouru le monde à une époque où le rôle de la femme se cantonnait à sourire et à être séduisante. Mon âme féministe ne put s'empêcher d'être éperdument fière de cette femme que je ne connaissais pas. En revanche, je fus frustrée de constater qu'il n'y avait aucune offre numérique sur ce livre qui aurait pu m'en apprendre plus. L'ouvrage était à consulter uniquement sur place, à la bibliothèque d'Édimbourg. Quelle ironie ! Je n'allais pas laisser passer cette chance ! J'ouvris mes messages et en envoyai un rapidement à Melina :

Dès que tu te réveilles, tu enfiles ton pantalon, tes chaussures, et tu pars à la bibliothèque d'Édimbourg. Je te donne la référence d'un ouvrage. Lis-le sur place et donne-moi des informations afin que je puisse trouver un des peuples qui vit dans la forêt amazonienne. C'est important ! Je pense que la chasse au trésor commence officiellement.

PS : Tu aurais pu me dire que Juan était canon. Je sens que tu manigances quelque chose !

En Écosse, c'était le milieu de la nuit. Je n'allais pas réussir à dormir à cause de cette attente interminable. Pour passer le temps, je passai une nouvelle heure à naviguer sur Internet, à la recherche d'autres éléments. Une idée me vint à l'esprit. Je tapai le nom qui était inscrit dans mon sac en cuir. Instantanément, je tombai sur des portraits de mon aïeul. Un vieil homme avec une moustache qui avait un air sévère. Il était décrit comme un imminent géographe et explorateur appartenant au cercle des géographes d'Édimbourg, dissous en 1939, à l'aube de la guerre. Il avait parcouru différentes contrées et son travail sur l'Alaska avait été félicité et récompensé plusieurs fois. Il était marié et avait eu deux filles : Rose et Lucy. Cette phrase me laissait perplexe. Nulle part n'était mentionnée une Eleanor Davidson. Le doute me prit pendant un court instant. Et si cette personne n'avait rien à voir avec ma famille ? Un élément de la lettre me revint. Elle avait été déshéritée. Ses parents avaient dû effacer toute trace de son existence. À part, étrangement, ce tableau dans la chambre que j'occupais à la demeure de West Linton… Tout cela relevait d'un grand mystère. Je me sentais dans la peau de Sherlock Holmes. Il ne me manquait qu'une loupe et une pipe pour me mettre à enquêter comme le maître des énigmes.

J'éteignis l'ordinateur en me promettant de faire des recherches sur ce mystérieux Armand Williamsburgh qui, dès que je tapais le nom d'Eleanor, apparaissait partout. Je pris la tasse que Juan avait déposée sur la table de chevet. L'infusion avait refroidi, mais je la bus quand même. Melina avait l'affaire en main, j'avais hâte d'avoir des réponses pour commencer à résoudre ce mystère.

20

Océan Atlantique, 1896

Les jours étaient passés depuis l'escale sur l'île d'Anguilla. En contemplant l'obscurité qui me faisait face, je fus envahie par l'angoisse. Même si Armand m'avait assuré que j'avais ma place sur le navire, le comportement de certains marins m'en faisait douter. Embrigadés par un Leonard haineux à mon égard, ils refusèrent de m'adresser la parole. Deux, seulement, le faisaient encore : Max et Armand. Tandis que je prenais mes repas seule, dans mon coin, les marins trinquaient et riaient ensemble pour toutes sortes de raisons. Chaque occasion était bonne pour boire un coup de rhum !

Tenant le gouvernail fermement entre mes mains, je soupirai longuement. La solitude du voyage en pleine mer commençait à me peser. Je me sentais seule au monde et le périple devenait long. Très long. Infiniment long. Nous étions partis d'Écosse depuis plusieurs mois et je commençais à être en proie aux doutes. Atteindrions-nous un jour notre destination ? Je sentis ma gorge se nouer et les larmes me monter aux yeux à cause d'une solitude pesante et étouffante. Comment faisaient les marins pour garder leur joie de vivre, alors qu'autour de nous, il n'y avait que le néant ? Pas une seule terre en vue depuis Anguilla ! Pas un seul nouveau visage ! En ce soir d'absence de lune, le paysage n'était que ténèbres. Le ciel était noir, sans étoile. La mer était limpide, mais d'encre. Cette eau sombre pouvait refléter les cauchemars dans lesquels nous pouvions nous noyer sans que personne ne nous porte secours. Je sentais les muscles de mes doigts se raidir sur le gouvernail. Je sentais les battements de mon cœur dans mes oreilles. Il était normal d'avoir peur. Je naviguais droit vers l'inconnu. J'avais quitté tout mon confort pour vivre cette vie d'aventures. Il était tout à fait compréhensible que je me sente perdre pied face à un monde inexploré. Une légère fumée sortit de ma bouche à l'expiration. Mes doigts se décontractèrent. Je ne pouvais pas décevoir Armand. Afin de se reposer, il m'avait confié le gouvernail pour toute la nuit. Je devais amener l'*Amazonia* à destination. Je me redressai légèrement. Dans cette atmosphère particulière, seules les lanternes allumées du navire me donnaient un point de repère.

Soudain, j'entendis une légère toux. Je n'avais pas remarqué la présence de Leonard. Les marches en bois n'avaient pas craqué à son passage. Il se déplaçait tel un spectre dans la nuit. En croisant son regard, je sentis mes muscles se contracter. Je n'oubliais pas les propos qu'il m'avait tenus sur le quai d'Anguilla. Je préférais ne pas me focaliser sur sa présence et tournai de nouveau le visage en direction de l'horizon.

—Je suis venu présenter mes excuses pour mes propos… Je n'aurais pas dû.

Je me mis à rire nerveusement. Mon instinct m'avertissait qu'il n'était pas sincère. Pourquoi venait-il s'excuser en pleine nuit ? Avait-il honte de le faire devant tout l'équipage en plein jour ? Je me pinçai les lèvres, les mordillant légèrement afin de laisser retomber mon agacement. Il se devait, pour un capitaine, de ne pas se laisser envahir par ses émotions. Je m'attendais à ce qu'il tourne les talons et descende du pont supérieur après ses dires, mais il n'en fit rien. Il resta à mes côtés, attendant que je lui réponde. Je ne voulais pas lui faire cet honneur. Mon absence de réaction l'agaça.

—Je me suis excusé ! clama-t-il en haussant la voix. Qu'est-ce qu'il vous faut de plus ?!

—Vos excuses me laissent de marbre, car elles ne sont pas sincères, lui répondis-je doucement, gardant les yeux sur le cap.

—En effet, avoua-t-il, sans honte. Je suis venu car Armand me l'a demandé. Cela n'aurait tenu qu'à moi, je ne l'aurais jamais fait, car j'assume mes propos qui sont véridiques. Vous n'avez pas votre place ici. À part nous causer des problèmes, vous êtes inutile.

Quel toupet ! Étrangement, je m'attendais à ce que ses paroles me blessent davantage que la dernière fois, mais à ma grande surprise, elles ne me firent rien. Cet homme se sentait puissant. Il avait une emprise sur Armand et voulait le diriger comme un vulgaire pantin. Croyait-il vraiment que le monde serait régi comme il le souhaitait ? Pour qui se prenait-il ? Un souverain ? Je me tournai d'un seul coup vers lui, les lèvres pincées, serrant les dents pour ne pas éructer des paroles que je pourrais regretter, dans un futur proche. Mon comportement l'avait légèrement déstabilisé. Il ne s'attendait pas à un tel calme de ma part. Cela se voyait au froncement de ses sourcils.

—Je ne vous permets pas de dire que je ne cause que des soucis. Si je n'avais pas été là, lors de la nuit de la tempête, vous seriez, en ce moment même, en train de servir de dîner à des milliers de poissons. Il y a bien une raison, si Armand m'a nommée capitaine !

—C'est parce qu'il a perdu la tête… déclara-t-il, insistant sur chaque mot et en comblant l'espace qu'il y avait entre lui et moi d'un pas. Votre place est dans votre famille. Être l'épouse d'un homme et élever des enfants. Une fille n'est pas faite pour être aventurière.

—Et certaines qui ont déjà parcouru le monde en montrant leur valeur ? Nellie Bly ? Mary Kingsley ? Elles n'ont aucune importance à vos yeux ?

—Elles étaient comme vous : folles à lier.

Je sentais le sang tambouriner dans mes tempes. Il souriait. Il essayait de me mettre en colère, afin que je commette un acte qui puisse condamner mon aventure. Cet homme n'était pas n'importe qui. Il avait une influence sans faille. J'en étais à présent persuadée. Je soufflai longuement pour calmer mes ardeurs. Il fallait que je trouve ce qui pouvait le déstabiliser. Il se sentait si supérieur aux autres qu'il devait recevoir une bonne leçon.

—Avouez une chose Leonard… Vous êtes jaloux, commençai-je, tandis qu'il arquait un sourcil. Vous êtes jaloux… que je sois le bras droit d'Armand et qu'il vous ait laissé de côté. Vous ne supportez pas de perdre.

À la vue de sa mâchoire qui se contractait, je compris que je venais de trouver le point faible. Celui qui pouvait le faire tomber de son piédestal. En y réfléchissant, Leonard ne nous avait jamais laissés, Armand et moi, en tête à tête. À chaque fois que nous avions discuté du cap à maintenir pour prendre la direction du Brésil, Leonard était dans l'ombre, à nous observer. Le soir de notre accostage au port d'Anguilla, quand nous discutions avec Armand sur le quai, il était là. J'avais senti sa présence. Armand l'avait rejoint peu de temps après. C'était une ombre qui se déplaçait tel un serpent : il était toujours présent pour tirer ses fils.

—Ce qui vous rend aussi irritable… c'est que je suis meilleure que vous et que je suis une femme.

Le rouge était monté à ses joues. J'avais évité de peu cette gifle qui m'était destinée. Voyant sa main se rapprocher rapidement, je m'étais baissée et le coup était parti dans le gouvernail. Leonard se mit à pester de douleur en secouant la main. Il m'insulta et, en voyant ce regard rempli de haine, je compris que j'allais devoir me protéger.

À la lumière des lanternes qui illuminaient le bateau, Leonard avait laissé tomber le masque pour montrer une expression monstrueuse, déformée par la colère. Il avait tenté de me frapper au visage et j'avais esquivé son coup. Il m'attrapa le bras et je sentis la puissance de sa force dans son étreinte, mais je ne criai pas. Je me revis des années plus tôt, dans le jardin du domaine écossais.

« Sois toujours sur tes gardes Eleanor ! Ne baisse jamais les yeux ! Relève-toi ! Allez ! En position ! » À l'abri du regard de mes parents, mon grand-père paternel m'avait appris à me défendre. Il avait été ébranlé de ne pas avoir de petit-fils pour perpétuer sa lignée. Voyant que mes sœurs préféraient passer leurs dimanches à broder au coin du feu dans le grand salon, il m'avait demandé si je voulais jouer à un jeu avec lui dans le jardin. Ce que nous avions fait pendant des années avait été loin d'être un jeu. Mon grand-père, à l'encontre des traditions, m'avait appris à me battre et à feinter. Il avait vu en moi le petit-fils qu'il aurait aimé avoir. Une fillette casse-cou qui n'avait pas peur de perdre ses dents de lait à cause d'un coup non esquivé. À son décès, une partie de moi s'était envolée en même temps que son âme. Mon grand-père m'avait comprise. Étrangement, cet homme bien plus âgé, avait vu en moi ce que les autres refusaient de voir : une personne indépendante qui n'avait pas besoin d'un mari pour vivre.

Sur ce bateau, en pleine nuit, je compris que tout ce qu'il m'avait appris allait m'être enfin utile. L'étreinte de Leonard me brûlait la peau et tandis qu'il relevait la main pour me gifler, j'en profitai pour me baisser et le frapper d'un coup de pied dans la jambe droite pour lui faire perdre l'équilibre. Il recula légèrement, mais je compris que mon attaque avait été faible. Des années étaient passées depuis la dernière pratique. Je demandai, au fond de mon âme, à mon grand-père de me venir en aide.

—Sale peste ! Tu vas aller voir les poissons bien plus tôt que prévu ! s'exclama-t-il en sortant un pistolet de son gilet.

La situation était critique. Il était hors de question que je meure ! Je me précipitai sur lui pour lui saisir les poignets afin de faire tomber son arme, mais c'était difficile. Il avait beaucoup plus de force que moi. Je tentai la carte de la dernière chance. J'espérais que cela fonctionne. Je n'avais jamais réussi cette prise avec mon grand-père. Pendant une fraction de seconde, je revis le sourire moqueur de mon aïeul avant d'entendre son éclat de rire. Cette fois-ci, j'y arriverais ! Il fallait que je fasse abstraction du danger imminent afin de me concentrer. Mes doigts gardèrent leur emprise sur les poignets de Leonard et, en une fraction de seconde, je parvins à le déséquilibrer d'un coup de tête dans le nez. Je n'avais pas calculé ma force, mais il fit un pas en arrière. J'en profitais, bien que je sois sonnée et que quelques étoiles scintillent autour de mes yeux, pour lui donner un coup de genou dans l'estomac afin qu'il ait le souffle coupé. Je relâchai la pression de mes mains et l'arme tomba au sol.

Nos regards se croisèrent un instant. Pendant quelques secondes, j'avais posé une main sur mon front douloureux, mais ce n'était pas le moment de pleurer. L'arme n'était qu'à quelques mètres de nous. Très vite, je fis un geste pour aller en sa direction, mais Leonard était déjà arrivé à ma hauteur et m'avait fait un croche-pied. Je sentis le contact douloureux du plancher en bois du pont supérieur contre mon buste.

—Tu te défends… Mais tu ne seras jamais à ma hauteur.

Il se rapprochait dangereusement de l'arme. N'écoutant que mon instinct, je me mis sur le dos avant de lui donner un coup de pied dans l'arrière du genou droit pour le faire trébucher. La violence du coup, accentuée par le cuir de ma bottine, eut l'effet escompté. Je profitai d'un instant de faiblesse pour me laisser glisser contre le plancher et attraper l'arme. C'était la première fois de ma vie que je tenais un pistolet. J'avais toujours refusé les parties de chasse avec mon grand-père. Malgré mes huit ans, je campais sur mes positions, repoussant l'idée de tuer un animal innocent. Je pointai l'arme sur Leonard, les mains tremblant légèrement. Je m'étais levée en même temps que lui. Nous étions face à face.

Ma gorge était sèche et je tenais la crosse du pistolet, le doigt sur la détente. Il ne fallait qu'une seule seconde pour que la situation prenne un nouveau tournant.

—Tu ne tireras jamais. Tu es une faible femme, annonça Leonard en me regardant avec un sourire en coin. Il avait les mains en l'air, mais ne prenait pas la situation au sérieux.

J'avais l'impression que mon grand-père était à côté de moi, me demandant de tirer sur ce pauvre oiseau chantonnant sur sa branche, qui n'avait rien demandé. Je ressentais les mêmes émotions que ces dimanches pluvieux dans la lande écossaise. Le vent froid du Nord avait laissé place à des rafales tièdes. Le ciel gris était à présent d'encre. Face à moi, ce n'était pas un petit oiseau innocent, mais un homme qui voulait à tout prix me faire disparaître de cette expédition. Il me considérait comme l'ennemie à abattre, mais se trouvait à présent dans la position la plus délicate : il était la cible. Mes mains tremblaient toujours. Je n'étais pas une criminelle et pourtant, entre mes mains, je tenais le destin de cet homme. Leonard rit de ma faiblesse jusqu'à ce qu'un coup de feu retentisse dans la nuit.

Leonard devint blême. L'homme moqueur laissa place à un homme apeuré. Rapidement, il passa les mains sur son buste. Il n'y avait aucune trace de sang. Le pistolet que je tenais était toujours froid. Je n'avais pas tiré. Je n'avais pas eu cette audace, car je savais que cela m'aurait causé préjudice. Je n'aurais jamais pu vivre en ayant le sang de quelqu'un sur les mains.

—Cette situation est inadmissible ! hurla une voix derrière Leonard.

Armand était là, en compagnie de Max. En plein milieu de la nuit, sur cet océan d'encre, il avait tiré un coup de feu en l'air. Son visage brillait à la lueur d'une des lanternes du trois-mâts. Le sourire qui, habituellement, faisait rayonner son visage avait disparu. Ses traits étaient crispés et ses yeux sombres reflétaient la colère qui émanait de son corps. Il avait les cheveux en bataille et quelques plis d'oreiller étaient encore visibles sur ses joues. Il avait été tiré de son sommeil et semblait furieux. Il donna son arme à Max avant de s'approcher de nous deux. D'un geste brutal, il arracha le pistolet de mes mains avant de vider le chargeur à nos pieds. Les balles tintèrent sur le sol. J'avais honte. Leonard ne disait rien, continuant à me fixer.

—Ainsi, je ne peux pas vous faire confiance ! Il a fallu que Max vienne me réveiller en me disant que vous étiez en train de vous battre sur le pont supérieur ?! Je suis extrêmement déçu par vous deux !

J'étais redevenue une enfant face à son précepteur qui la disputait. Je ne savais plus où me mettre. Leonard semblait ne prêter aucune importance aux paroles d'Armand. J'aurais voulu plaider ma cause, mais à chaque fois que je tentais d'ouvrir la bouche, je voyais le regard dur d'Armand et je préférais ravaler mes paroles.

—Leonard, tu passeras le reste du voyage dans ton couchage. Quant à vous mademoiselle Davidson, vous n'êtes plus capitaine. Vous garderez la cabine jusqu'à ce que nous accostions.

Il se positionna, furieux, à la barre. Leonard se mit à rire en me regardant. Il avait gagné. Je n'étais plus la bienvenue à bord de ce navire. Je n'allais pas laisser un vulgaire cafard briser mes rêves ! Leonard quitta le pont supérieur et je restai près d'Armand. Je devais plaider ma cause. Pour mon honneur !

—Je n'aurais pas tiré. Je me suis défendue ! Il m'a menacé !

—Cessez ! Je ne veux plus vous entendre ! cria-t-il en tapant d'une main contre le gouvernail. Un capitaine doit rester impassible dans n'importe quelle situation. En aucun cas il ne doit se laisser aller à ses émotions ! Votre comportement de cette nuit est inacceptable ! (Il souffla avant d'ajouter en regardant l'horizon :) vous me décevez beaucoup, mademoiselle Davidson. Je vous prierais de garder la cabine et de me faire parvenir uniquement vos coordonnées pour que nous arrivions à bon port. Maintenant, partez !

Je me sentis rejetée. Je n'aurais jamais cru que l'attitude d'Armand me blesserait autant. Mon cœur se brisait en petits morceaux. Je reculai de quelques pas avant de prendre la direction de l'escalier en bois. J'avais vu la déception dans son regard et je sentis les larmes me monter aux yeux. Je venais d'échouer et de perdre confiance face à l'homme qui avait cru en moi. Je passai devant Max, sans rien dire. Je descendis l'escalier et je marchai devant les matelots qui ne pouvaient s'empêcher de me regarder avancer, telle une condamnée. En entrant dans la cabine du capitaine, je claquai la porte en bois. Je restai debout, sonnée par ce qui venait de se passer. Je ravalai mes larmes, me refusant de me laisser aller à la tristesse. Je sentais que ma respiration s'accélérait et que mes mâchoires se serraient. Il n'avait pas voulu m'entendre ! Il n'avait pas voulu savoir que Leonard m'avait menacée ! Je n'avais pas mal agi, je m'étais défendue !

Je m'approchai de la table en bois. En voyant la mappemonde et le compas, je ne pus m'empêcher de ressentir davantage de colère. Il ne voulait plus que je sois capitaine. Désirait-il que je sois une simple passagère dans une jolie robe, à destination d'un pays inconnu, afin de faire un peu de tourisme et de s'exalter au retour dans son cercle d'amis ? D'un geste violent, je tapai des deux mains sur la table avant de les laisser en contact avec le bois. Pour qui me prenait-il ? Pouvait-il s'approprier mon travail, sans que je dise rien ? Il ne pouvait pas me juger comme une femme émotive qui ne contrôle pas ses émotions, et garder mes plans ! Je vis la boîte d'allumettes. Était-ce la solution ? D'un geste de colère, je la pris avant de l'ouvrir et d'en craquer une. La flamme léchait le petit bout de bois et je la contemplai pendant une seconde, avant d'allumer une chandelle sur la table. Une couleur orangée apparut. Je pris ma mappemonde et je la regardai longuement.

—Si ce n'est pas moi qui peux t'utiliser... Alors, personne ne le fera, murmurai-je.

La gorge serrée, j'approchai la feuille de la flamme de la chandelle. Cette feuille qu'Armand avait réparée, j'allais la détruire, définitivement. Cette mappemonde était ancrée dans ma tête. J'en avais retenu toutes les coordonnées. Je voyais chaque tracé de plume, chaque chiffre. Je tendis la feuille. La flamme la lécha avant de l'embraser. Je la tenais du bout des doigts en la regardant se consumer. Je n'étais pas une femme qui se laisse submerger par ses émotions. J'étais capitaine de ma destinée et j'allais la garder entre mes mains.

21

Brasilia, 2019

Je fus surprise de l'atmosphère silencieuse en me réveillant. Habituée à l'ambiance urbaine de Londres, je m'attendais à trouver les mêmes bruits de voitures, de klaxons. Il n'en était rien. En allant ouvrir la fenêtre afin d'aérer la chambre, je fus surprise de voir la rue calme et silencieuse. Je n'entendis pas un bruit, même au loin. Pendant une fraction de seconde, je me demandai si j'étais bien dans la capitale brésilienne. Je passai une main dans mes cheveux en bâillant. Au moins, pour une fois, je ne m'étais pas réveillée trois fois dans la nuit à cause de fêtards enivrés, de conducteurs impatients ou de voisins en pleine crise conjugale. Malgré les heures de vol et le décalage horaire, je me sentais reposée. L'appartement était, lui aussi, silencieux. Je marchai doucement sur le parquet de peur de réveiller mon hôte. Cependant, quand je vis qu'il n'était pas loin de dix heures du matin et que je m'étais accordé une grasse matinée sans le savoir, je compris que ce silence signifiait que Juan était déjà parti au travail. Je pris mon sac pour sortir un short et un tee-shirt afin de les enfiler rapidement. Sur la table de chevet, près du lit, je saisis mon téléphone portable et vis que Mel ne m'avait pas recontactée. J'espérais qu'elle avait eu mon message.

Dès que je fus sortie de la chambre, je pris la direction de la cuisine. Mon estomac se collait aux nouveaux horaires brésiliens et réclamait intensément mon petit déjeuner. En entrant dans la pièce, je trouvai une feuille où une écriture bâclée m'attendait. Je la pris en main et lus le mot de Juan, écrit dans un anglais plus que parfait. Il expliquait être parti travailler, me donnant les coordonnées de son lieu de travail, si besoin. Il me rappelait que je ne devais pas sortir sans lui. Je froissai le papier avant de le jeter dans la poubelle tel un ballon de basket-ball. Je n'aimais pas que l'on me donne des ordres. Au vu du soleil qui traversait la pièce, je me fis la réflexion qu'il serait dommage de gâcher une si belle journée en restant enfermée. J'avais une chouette occasion de faire du tourisme et d'en connaître davantage sur ce pays que je n'aurais jamais pensé visiter dans ma vie. Je comptais bien profiter de ce soleil dès les premières minutes de ma journée en prenant un petit déjeuner sur le balcon de la cuisine.

Je me servis un verre de jus d'orange pressé accompagné de fruits frais trouvés sur le plan de travail avant d'aller m'installer sur la chaise, à l'extérieur. Je fus réellement surprise de ne pas entendre beaucoup de circulation. Mon regard se portait au loin. Des immeubles, à perte de vue. J'étais étonnée de toute cette modernité. Je m'étais attendue à voir une ville plus pittoresque. J'étais en train de manger ma salade de fruits quand mon téléphone sonna.

En le prenant, je vis le visage de Mel apparaître en faisant la grimace et je décrochai rapidement. Elle était en train de galérer à chercher une connexion potable et cela me fit rire.

—Tu m'entends, Charlie ? me demanda-t-elle, tandis que je vis le monde tourner autour d'elle.

—Oui, je t'entends. Arrête de bouger.

—Mon Dieu ce que tu ne me fais pas faire dès le matin ! Je n'ai pas arrêté de courir ! Bon, attends deux minutes !

Je la vis entrer dans une voiture avant de positionner son téléphone. Elle avait les joues rouges comme si elle avait couru. Ses cheveux étaient légèrement en bataille. Malgré sa rupture, elle n'avait pas les yeux bouffis par la tristesse.

—Tu as loué une voiture ?! demandai-je, guidée par la curiosité.

—Bien sûr que oui ! Dès que je suis arrivée à Édimbourg ! Quand j'ai vu où était votre domaine sur Google Maps, je me suis dit que je ne m'y rendrais sûrement pas en taxi. Ça m'aurait coûté coûter les yeux de la tête ! Au moins, avec cette voiture, je peux me déplacer facilement !

—Sinon, tu aurais pu demander à Ludwig…

—Je n'ai pas confiance en ton gardien ! Il est bizarre !

—C'est ce que tout le monde pense… Mais tu verras, il est super gentil… tentai-je d'argumenter devant la mine, loin d'être convaincue, de mon amie. Comment va Andrew ?

Même si un océan et des milliers de kilomètres nous séparaient, je ne pouvais m'empêcher de penser à mon petit frère. J'espérais qu'il ne profite pas de la gentillesse de Melina pour prendre la poudre d'escampette. C'était la dernière chose dont j'aie besoin.

—Lui, ça va…

—Pourquoi tu dis « lui » ? questionnai-je en fronçant les sourcils.

—Les choses ont évolué…

—Je ne suis pas partie depuis longtemps.

—Ça s'accélère… Je protège ton frère. Je l'empêche d'avoir accès aux informations. Es-tu sûre que personne ne sait où se situe votre domaine ?

—Qu'est-ce qui se passe, Melina ? Tu me fais peur…

—Charlotte… Excuse-moi pour la vulgarité, mais c'est vraiment la merde. Les autorités sont sur le qui-vive pour retrouver tes parents et ton frère. À présent, la police internationale est sur cette affaire. Donc si tu as une idée pour protéger ton frère, il faudrait que tu accélères le rythme !

—Mon idée a pris du plomb dans l'aile… (Je vis la mine interrogative de Melina. Je soupirai.) Les coordonnées ne collent pas du tout à ma situation géographique. Elles sont dans la forêt amazonienne et moi, je suis à Brasilia.

—Demande à Juan. Je t'ai dit qu'il connaissait le coin comme sa poche.

—Le coin dont tu parles est à 1 800 kilomètres, Melina !

—Écoute-moi, Charlotte ! s'exclama Melina qui perdait patience. Si je t'ai envoyée chez Juan, c'est bien pour une raison ! Juan est un expert de la forêt amazonienne ! Quand on l'a reçu à la maison, avec l'autre imbécile, il habitait à Manaus et il emmenait souvent les touristes dans la forêt amazonienne. Il ne nous a pas dit pourquoi il avait déménagé à Brasilia, mais crois-moi, si tu lui dis précisément où tu veux aller, il t'y amènera !

Ne reviens pas avant d'être allée au bout de ton idée ! C'est la chance de ta vie ! Tu as toujours voulu voyager, non ? Eh bien, profite ! Par contre, il ne faut pas que tu traînes, car la situation empire, mais comme je suis une super amie, je suis allée à ta bibliothèque d'Édimbourg dès l'ouverture !

—Et ? As-tu le livre ?

J'étais suspendue à ses lèvres, attendant le moindre indice.

—Non, je ne l'ai pas. Ne fais pas cette tête ! Je l'ai consulté et j'ai pris des notes ! La bibliothécaire ne voulait pas que je le touche sans gants et, surtout, elle ne voulait pas que je l'emporte, car c'est le seul exemplaire au monde ! Elle m'a dit que je ne me rendais pas compte du trésor que j'avais entre les mains… Bref, attends.

Elle sortit un petit bloc-notes. Melina avait toujours été quelqu'un de pointilleux et de sérieux quand il s'agissait d'une affaire. Elle ne quittait jamais ses carnets afin de noter tous les détails qu'elle pouvait relever, même les plus insignifiants.

—Le livre n'a pas été écrit par Eleanor Davidson. Elle en a été la collaboratrice. L'auteur est Armand Williamsburgh.

—Mais c'est qui, à la fin, ce Williamsburgh ?

—Tu peux attendre ne serait-ce que cinq minutes, que je puisse finir ?

—Pardon. Excuse-moi.

—Bien… Du coup, j'ai fait des recherches sur Armand Williamsburgh. C'est un grand explorateur de la fin du XIXe et au début du XXe. Il faisait partie du cercle des géographes dont était membre un certain Charles Davidson…

Je blêmis légèrement. C.D. était les initiales brodées sur le sac que j'avais emporté au Brésil. Andrew m'avait bien précisé que celui de notre aïeul qui avait exploré le monde. J'avais appris la veille qu'il faisait partie du cercle des géographes d'Édimbourg. De là à ce que ce dénommé Armand Williamsburgh en soit aussi membre, je ne l'aurai jamais cru.

—Armand Williamsburgh a été reconnu comme un explorateur de mérite, mais il a aussi été déchu de son statut en 1905. La cause n'a pas été révélée. Tout ce que je sais, c'est que…

—Que quoi ?

—Lui et Eleanor Davidson ont été annoncés officiellement disparus en 1907. Ils ne sont jamais revenus d'une exploration dans la forêt amazonienne.

—Tu plaisantes ?!

—Non. J'ai fait une photographie de la coupure de presse dans le dos de la bibliothécaire. Je te l'envoie.

Je la vis manipuler l'écran de son téléphone et je reçus une notification. En l'ouvrant, je vis deux photographies de coupures jaunies. À gauche, il y avait un homme qui ne devait pas avoir loin de la cinquantaine, les cheveux en vrac. Il avait un regard sombre, pénétrant. La barbe mal taillée, il semblait habillé comme l'as de pique. À côté, le portrait d'une femme… Ma ressemblance avec elle me frappa de plein fouet. Nous nous ressemblions comme deux gouttes d'eau. Melina m'en fit la remarque. Ses cheveux bruns étaient réunis en un chignon négligé. Nous avions les mêmes yeux, la même bouche, les mêmes traits. Cela me troubla. Eleanor était encore plus jolie que sur son portrait, dans la chambre où je dormais, au domaine. Je les regardai tous les deux. Je me demandais quel lien les unissait. Au vu des détails, je sentais que cette disparition n'était pas claire. Après des mois sans nouvelles du couple, les autorités et le cercle des géographes les avaient qualifiées « personnes disparues ». Il n'y avait eu aucun hommage. Armand était décrit comme un illuminé et Eleanor, comme une fille qui aurait causé la mort de son père par son déshonneur. Je plantai mes yeux dans ceux d'Eleanor, ne voyant en aucun cas la jeune fille horrible décrite dans ce portrait.

—Ils sont souvent allés non loin de Manaus. J'ai regardé sur une carte. Je t'envoie toutes les informations que j'ai recueillies.

—Je vais en parler à Juan, répondis-je sans détacher les yeux du visage doux de mon ancêtre. Prends soin d'Andrew.

—En parlant d'Andrew… Tu devrais écouter son projet de réhabiliter votre domaine en chambres d'hôtes. Il a de très bonnes idées.

—Nous en parlerons plus tard. Je dois d'abord le disculper.

Je quittai Melina en raccrochant, lui promettant de la contacter bientôt. Quelques oiseaux passèrent dans le ciel et je pris mon verre de jus d'orange pour le boire. En regardant le calendrier sur mon téléphone, je vis que mon vol retour était prévu dans une dizaine de jours. Une course contre la montre continuait et s'accélérait. Je devais rejoindre Juan au plus vite pour l'informer de ce que je venais d'apprendre.

J'avais laissé passer la matinée et je m'étais décidée à partir en début d'après-midi pour rejoindre le lieu de travail de Juan. Je me doutais qu'il finirait vers la fin de journée. Je comptais profiter de mon temps libre pour faire un peu de tourisme. Je quittai l'appartement d'un pas léger. Durant le déjeuner, je m'étais renseignée sur les lieux incontournables de la capitale brésilienne. Mon choix se porta sur la Praça dos Três Podere. J'avais regardé le métro et j'espérais ne pas me perdre. En tant que Londonienne, je ne pouvais pas me perdre dans un transport urbain, excepté si tout était en portugais. Je comptais sur mon application de traduction pour me donner un petit coup de pouce et m'éviter de me perdre dans cet univers inconnu. À peine sortie de l'immeuble, je me mis en route pour rejoindre la bouche du métro. J'en avais pour une dizaine de minutes à pied. Le silence de la capitale brésilienne me surprit davantage qu'au petit matin. Les rues étaient vides de tout mouvement de foule. Il y avait quelques habitants qui marchaient, mais ils pouvaient facilement se compter sur les doigts des deux mains.

En déambulant sur le trottoir, je me rendis compte que le soleil tapait déjà. La chaleur chauffait ma peau de lait. Je n'avais pas mis un soupçon de crème solaire et je commençais à comprendre que ce serait la pire idée de la journée. J'accélérai le pas, tentant de fuir les rayons du soleil, mais en vain. Je me voyais déjà avec la peau rouge écrevisse et brûlante au soir. Je regrettais aussi de ne pas avoir pensé à prendre un chapeau ou une casquette avant de quitter Édimbourg. Dans mon pays d'origine, j'étais davantage habituée à me promener avec un parapluie qu'avec une tenue estivale. J'arrivai enfin au métro et je descendis rapidement les marches en béton. Je traversai un couloir étouffant. L'atmosphère n'avait rien à voir avec celle du métro londonien. Les gens ne se marchaient pas dessus et ne se bousculaient pas en courant pour attraper une rame. Ici, personne ne pouvait vous pousser, car peu de gens avançaient dans le couloir. Quelle était donc cette capitale si paisible ? Je me dirigeai vers le guichet, sonnée par ce manque de frénésie. À l'aide de ma nouvelle amie, mon application de traduction, je réussis à me faire comprendre et j'obtins deux tickets pour me rendre à destination. L'homme moustachu du guichet m'indiqua de la main le bon quai à prendre. Je me dirigeai vers celui-ci avant d'attendre patiemment le métro. Je sentis que le sac de mon aïeul me tirait sur les cervicales. Je l'avais vidé au maximum avant de quitter l'appartement de Juan, mais je sentais que mes muscles se contractaient après un voyage aussi long. J'entendis au loin la rame qui arrivait. Le bruit du métro résonna dans le tunnel avant que des petits wagons blancs et verts n'apparaissent. Les rames ralentirent dans un crissement assourdissant et les portes s'ouvrirent. Je m'engouffrai dans celle du milieu avant d'aller m'asseoir sur un siège. J'avais mémorisé la station et, pendant que la rame traversait les tunnels et les arrêts, je gardai les yeux focalisés sur le plan afin de ne pas louper le mien.

Au bout d'un moment, je me levai, prête à descendre. Quand la rame s'immobilisa, je sortis et vis qu'il y avait un peu plus de monde qu'au premier arrêt, sans pour autant noter une foule immense. Je cherchai la signalétique et repérai la sortie. Je gravis l'escalier et remontai à la surface. En sortant, je ne m'attendais pas à voir un tel paysage. Je pensais arriver directement sur la place, mais il n'en était rien. De grandes routes me barraient le chemin, ainsi que de grands immeubles espacés. Cette ville était un vrai mystère à mes yeux. Je me focalisai sur le plan de mon téléphone portable et compris que je devais faire un détour pour arriver à destination. Je me mis à marcher en essayant de passer aux endroits ombragés. Au bout d'un moment, je fus face à une grande étendue verdoyante. Je clignai des yeux plusieurs fois. Je m'attendais à voir une place bétonnée avec des statues, des bancs et quelques commerces. Encore une fois, je faisais erreur. C'était une place de pelouse verdoyante malgré ce soleil caniculaire. Décidément, Brasilia me faisait aller de surprise en surprise !

Je commençai à marcher parmi les allées. Je me sentais seule au monde. Une sensation de solitude naissait dans ce pays inconnu. La fourmilière londonienne commençait à me manquer. Comment une capitale pouvait-elle être à ce point calme et silencieuse ? Autour de moi, je n'entendais que le bruit des voitures qui circulaient. Les bus ne klaxonnaient même pas. J'aurai pu entendre le bruit de mes pas sur l'allée en terre battue. Au bout d'un quart d'heure de marche, je parvins enfin à voir un monument emblématique de Brasilia : la Catedral Metropolitana Nossa Senhora Aparecida. C'était une église peu commune. Grande, ronde et moderne. La pierre et la brique laissaient place à une structure d'un blanc immaculé, faite d'arcs montant vers le ciel, où même la croix qui régnait sur le toit était moderne. J'eus bien du mal à croire que c'était une église. Je marchai sur le béton autour de l'édifice, passant devant quelques statues, et y entrai.

Ce qui m'émerveilla au premier abord, ce furent les vitraux au plafond qui couvraient tout le toit. La lumière traversait chaque parcelle de verre et offrait un spectacle splendide. Pourtant, dans cette œuvre magistrale, aucune scène de la Bible… hormis trois anges volants. De simples vagues bleues et vertes étaient dessinées sur un vitrail d'un blanc immaculé. Je gardai la tête en l'air jusqu'à sentir la douleur de mes cervicales réapparaître. En baissant la nuque, je vis le tapis rouge qui me menait droit vers un autel. Je me mis à marcher dessus à pas de loup, de peur de l'abîmer. Il y avait quelques fidèles assis sur les bancs, tenant leur chapelet entre les mains, les yeux fermés, à prier en portugais. Bien que protestante, je n'avais jamais été croyante. Je n'étais jamais entrée dans une église catholique. C'était la première fois que je me retrouvais dans cette ambiance très solennelle. Pourtant, poussée par quelque chose que je ne saurais pas expliquer, je pris un cierge et m'approchai de l'autel. Je le penchai vers une bougie allumée et embrasai la mèche au bout de la petite colonne de cire blanche. J'allai la poser où il fallait avant de m'agenouiller. Je fermai les yeux. Pour la première fois de ma vie, je priai. Je cherchais la conscience spirituelle qui pourrait me guider pour aider mon frère dans cette étape difficile de la vie. Je pensai à Eleanor Davidson et lui demandai de me donner la force nécessaire pour y arriver.

J'avais passé le reste de l'après-midi à flâner sur la place. Quand je vis qu'il était bientôt dix-sept heures, je me décidai à me diriger vers le musée historique. C'était là que Juan travaillait. J'arrivai devant le bâtiment, et je remarquais qu'il ne ressemblait en rien à un musée. Sa construction en béton armé lui donnait un aspect austère. En poussant les portes, je vis que l'atmosphère de ce musée était pesante. Les murs en béton gris ne donnaient nulle joie ni chaleur à ce bâtiment. Je m'approchai du guichet avant de demander un ticket d'entrée. À la voix de l'employé, je compris que j'aurais pu venir plus tôt pour visiter, mais elle me tendit quand même le coupon. Je me faufilai rapidement dans la première salle où des écritures inondaient les murs. Je constatai que la guichetière ne m'avait pas offert de casque de traduction pour la visite et je me retrouvai à lire des textes que je ne comprenais pas. Je n'osai pas retourner à l'accueil, car elle avait semblé si agacée par mon arrivée tardive qu'elle m'aurait sans doute dit, dans sa langue natale, de me débrouiller sans. Je lus quand même toutes les inscriptions sans en comprendre un mot avant de descendre l'escalier pour me rendre dans la salle où un petit groupe était en visite guidée. Sans doute le dernier de la journée. J'entendis le guide parler et je vis Juan dans un discours explicatif. Les visiteurs écoutaient attentivement, tout en regardant autour d'eux les différentes œuvres.

Je restai à l'écart en me mettant à contempler une des œuvres affichées sur le mur. Au bout de quelques minutes, je sentis quelqu'un se positionner à côté de moi.

—Que fais-tu ici ? Je t'avais pourtant bien dit de ne pas sortir de chez moi toute seule !

Juan semblait en colère face à mon comportement. Sans vouloir me montrer insolente, je haussai les épaules face à son injonction. Le groupe qu'il guidait commençait à se disperser dans l'autre salle pour contempler d'autres œuvres.

—Je suis une grande fille. Il ne m'est rien arrivé. Tu peux constater par toi-même que je suis en un seul morceau ! Je voulais quand même voir le lieu où tu travaillais…

—Sans casque de traduction ?

—La guichetière n'était pas des plus heureuses que j'arrive comme une fleur à cette heure tardive…

Juan se mit à rire. Il n'était pas resté fâché bien longtemps.

—Je finis la visite avec ce groupe. Reste dans le musée, nous irons manger quelque part après.

—J'ai des informations supplémentaires à te communiquer…

—J'en suis déjà tout ouïe ! Je retourne m'occuper de mes petits touristes, et nous nous retrouvons plus tard. D'ici une quarantaine de minutes.

Juan quitta la pièce pour la suivante tandis que je restai seule, entourée de toutes sortes de tableaux représentant chacun une partie de l'histoire brésilienne.

Je n'avais pas pu visiter tout le musée. Juan me retrouva dans une des pièces où j'étais en train de contempler le portrait de Pedro Alvares Cabral. Cet homme m'était jusqu'alors totalement inconnu. C'était le découvreur du Brésil. Il faisait partie des plus grands explorateurs de l'histoire. Cet homme aux cheveux frisés, à la barbe longue et à l'air sévère paraissait sûr de lui. Je constatai qu'il avait le même regard flamboyant qu'Eleanor et Armand.

—Es-tu prête ? me demanda une voix derrière moi.

En me retournant, je vis que Juan m'attendait, les mains dans les poches de son pantalon noir. J'acquiesçai avant de le suivre en jetant une dernière fois un coup d'œil à ce grand monsieur explorateur. Nous passâmes devant la guichetière et je ne lui lançai pas un regard. En sortant, la sensation de fraîcheur du musée s'estompa immédiatement, laissant place de nouveau à une atmosphère chaude. Juan me conduisit là où son scooter était arrêté et sortit le casque de son coffre pour me le tendre. Je le pris avant de m'asseoir derrière lui. Nous nous faufilâmes aisément dans la circulation de Brasilia, loin d'être embouteillée pour une heure de débauche. Juan conduisait prudemment et je serrai mon étreinte autour de son corps pour bien me tenir. Je regardais l'horizon. Le soleil commençait à amorcer sa descente. Il nous fallut une bonne vingtaine de minutes pour rejoindre l'endroit où Juan voulait m'amener.

En descendant du scooter, je détachai le casque tout en observant le petit restaurant déjà ouvert. Il était en briques. À l'intérieur, de la musique retentissait, mais ce n'était pas pour autant un lieu festif. Juan me fit signe de le suivre. En entrant, je vis des tables en bois à l'ancienne, les rideaux étaient rouges et le sol était d'un simple carrelage blanc qui apportait un peu de fraîcheur à cette atmosphère étouffante. Nous allâmes tous deux nous asseoir face à face à une petite table en bois. Juan commanda pour nous deux et je le laissai faire. En attendant nos plats, il joignit ses mains et m'observa.

—Alors ? Tes trouvailles ?

—Tu n'es plus fâché que je sois sortie sans ton consentement ? ne pus-je m'empêcher de lui demander avec un sourire en coin.

—C'était un conseil, Charlotte, pas un ordre. Je ne me permets pas de donner des ordres aux autres. Je ne veux pas qu'il t'arrive quelque chose de malheureux.

—Dans cette ville soporifique ? Je suis surprise de voir une capitale qui ait l'air à ce point endormie…

—La modernité, n'endort-elle pas le cerveau des gens ? Vois-tu, dans les rues, toutes ces personnes, les yeux rivés sur leur écran de smartphone sans même prêter attention à ce qui les entoure ? Je trouve ça triste.

—Cette ville ne te ressemble pas.

—Ce n'est pas ma ville d'origine.

—Manaus ?

—Comment sais-tu ça ? m'interrogea-t-il en fronçant les sourcils.

—Melina.

—Quelle bavarde !

Nous fûmes coupés par le serveur qui nous apporta deux verres de cocktail et un plateau à déguster. Juan m'expliqua qu'il y avait des *coxinha* (des croquettes de poulet haché), des tapas de poivrons marinés et de tomates séchées, des *pastéis* qui étaient des petits chaussons farcis au bœuf, et des *pao de queijo* (des petits pains brésiliens au fromage). Tout cela avait l'air fameux. Je bus quelques gorgées de mon cocktail avant que Juan ne reprenne la parole :

—Pourquoi discutiez-vous de Manaus ?

—C'est en rapport avec ce que Melina a trouvé… Ma destination est à côté de Manaus.

Je pris mon sac pour sortir une carte que j'avais achetée lors de ma promenade de l'après-midi. J'avais pris quelques minutes pour l'étudier avant d'encercler en rouge la zone où je devais me rendre. Juan avait affiché un visage très sérieux.

—D'accord, je vais t'aider. Je connais bien cet endroit.

—Manaus se situe à plus de 1 800 km !

—Nous n'en avons que pour quelques heures, en avion.

—Et pour l'hébergement ?

—Je m'occupe de tout. Ne t'inquiète pas. Profite… Mange.

Il m'avait répondu sans sourire en poussant la planche de ces petits délices vers moi. L'expression de Juan s'était refermée à la mention de Manaus. Melina n'avait pas su me dire pourquoi il avait déménagé ici, à Brasilia. Je ne me considérais pas comme assez légitime pour entrer sur ce terrain et lui demander de but en blanc la raison de sa présence dans cette ville, si éteinte pour un homme si jovial. Je grignotai les diverses spécialités, me régalant à chaque bouchée. Juan s'excusa un instant en prenant son téléphone et en pianotant dessus. Ses sourcils étaient froncés, quelques rides apparaissaient sur son front pourtant lisse. Je sentais dans la frénésie de ses doigts que la nervosité prenait le dessus. Plusieurs minutes plus tard, il fourra son téléphone dans la poche de son pantalon avant de déclarer :

—C'est réglé. Nous partons dans deux jours.

22

Brésil, 1896

Chaque muscle de mon corps me faisait souffrir. Marcher paraissait être une aventure en soi. La chaleur me tournait la tête et l'humidité était telle que j'avais l'impression de manquer d'air à chaque inspiration. J'avais continuellement soif. Ma gorge était souvent sèche et ma salive était le seul moyen de me rassasier. J'avais sans cesse le nez rivé au sol pour voir où je mettais les pieds. Les branches craquaient sous les semelles de mes chaussures et je tentais par tous les moyens de ne pas glisser sur le sol boueux. Il avait beaucoup plu la nuit précédente.

Une semaine auparavant, nous étions arrivés dans l'estuaire de Macapá. Depuis l'incident, j'étais restée muette comme une carpe. Je n'avais pas prononcé ne serait-ce qu'un mot. Toutes mes indications de voyage, je les avais préalablement notées sur un bout de papier avant de le donner à Max qui l'avait transféré à Armand. J'avais passé le reste de l'épopée enfermée dans la cabine du capitaine, à contempler l'océan à travers la grande vitre. Pendant un moment de déprime, j'avais pensé à tout arrêter, mais après les dizaines de milliers de kilomètres parcourus, je trouvais dommage de faire machine arrière. Alors, j'avais pris sur moi. Quand nous avions accosté, j'étais descendue du trois-mâts et j'avais attendu patiemment les directives. Je n'étais pas intervenue une seule fois. L'équipage avait été séparé. Leonard était parti avec deux marins en direction du lieu qu'il avait défini pour ses recherches. Le reste de l'équipage avait quartier libre à Macapá jusqu'au départ pour Édimbourg, prévu dans deux mois. Quant à Armand et moi, nous allions suivre un autre itinéraire.

Il alla à la rencontre des habitants pour trouver un guide. Il souhaitait que nous traversions l'Amazone en pirogue jusqu'à un endroit précis, avant de continuer à pied à travers la forêt. Je ne dis rien. Je montai à bord de la barque en bois. Puis nous commençâmes à remonter le fleuve. Je regardais autour de moi. Une nouvelle ambiance s'offrait à nous. Nous avions quitté la solitude de l'océan pour la quiétude de la forêt amazonienne. Armand était assis devant moi et j'observais son dos. Il parlait avec notre guide dans une langue que je ne connaissais pas. Des bruits d'animaux parvenaient à nos oreilles. Je ne connaissais rien aux animaux sauvages qui pouvaient peupler cette jungle. Tout un nouveau monde me tendait les bras.

La première semaine fut particulièrement rude. Mon corps avait des difficultés à s'acclimater à l'atmosphère tropicale. Les premières nuits furent difficiles. Les bruits de la forêt ne me rassuraient pas. Armand et moi ne nous adressions pas la parole. Du moins, il me parlait uniquement pour m'avertir de faire attention où mettre les pieds et moi, je ne lui répondais jamais.

Je lui en voulais de ne pas avoir voulu m'écouter sur le navire. Je n'avais jamais pu plaider ma défense et cette situation me gangrenait de l'intérieur. Plus les jours passaient, plus je sentais la rancœur s'installer. Certes, une partie de moi était soulagée de ne plus faire le voyage avec Leonard, mais une autre était tenaillée par un désir de révolte. J'avais envie de crier haut et fort tout ce que je ressentais. Or, à la place, je me muerais dans un silence d'où je commençais à avoir des difficultés à me sortir.

Au bout du septième jour de marche dans la forêt, je commençai à sentir le poids de mon silence. La fatigue n'aidait pas. J'étais épuisée. Les nuits avaient été difficiles, mais la dernière fut la pire de toutes. La pluie tropicale m'avait maintenue en éveil. À l'aube, toutes nos affaires étaient trempées et nous étions partis sans avaler quoi que ce soit. Armand était lui aussi épuisé. Il semblait à bout, tout comme moi. Nous étions repartis en silence. À son murmure, j'avais compris que nous devions arriver à destination en fin de journée. Je l'espérais. Chaque pas supplémentaire me demandait une force surhumaine. Mes jambes étaient lourdes, comme du plomb. À chaque fois que j'avançais, mes muscles me brûlaient. Ma peau me grattait et je commençais à avoir mal à la tête. Je manquais de glisser dans la boue, mais je me rattrapais. Mon estomac gargouillait, mais en même temps, je me sentais vaseuse.

—Quand cesseras-tu de faire l'enfant ?!

Je relevai la tête un instant pour regarder Armand devant moi. Il était en train de couper les lianes avec sa machette pour nous permettre d'avancer plus aisément dans la jungle. Je tenais les lanières du sac à dos qu'il m'avait prêté à notre arrivée à Macapá. Mes doigts se crispèrent, agrippant la toile des lanières. Armand m'avait de nouveau tutoyée, mais je sentais une pointe d'agacement dans sa voix. La fatigue mit définitivement le feu à l'atmosphère conflictuelle.

—Excusez-moi ? Est-ce à moi que vous parlez, monsieur Williamsburgh ? Ma parole aurait-elle à présent une quelconque valeur ? lui demandai-je, d'un air faussement surpris sans pouvoir m'empêcher de ricaner nerveusement.

Armand s'arrêta net. Je manquai de glisser en m'arrêtant à mon tour. Il s'était retourné vers moi et je vis sur son visage qu'il était en colère. Je l'étais aussi. Je le regardai droit dans les yeux sans sourciller. Le ciel était découvert, mais on le percevait à peine. Pourtant, à cet instant précis, un gros orage menaçait d'éclater au-dessus de nos têtes.

—Il suffit de se comporter comme une pauvre enfant ! m'ordonna-t-il.

—Je me comporte comme vous l'avez dit : je reste à ma place, assénai-je en serrant les dents.

—Eleanor, arrête ça !

—Je ne vous permets pas de me tutoyer ! Maintenant, continuons ! Je suis épuisée !

J'allais pour passer à côté de lui quand il prit mon bras d'un geste rapide. Pendant un instant, nos regards se croisèrent. Il y avait une flamme qui brillait dans le sien, la même sans doute qui brûlait dans le mien, mais je vis aussi autre chose qui me serra instantanément la gorge. Son étreinte ne me faisait pas mal. Il y avait quelque chose de protecteur et de chaud qui liait sa main et mon bras. Un lien inexplicable.

—Je te prierais d'arrêter de te comporter ainsi. J'ai mes raisons pour ne pas t'avoir laissée t'expliquer et peut-être que, plus tard, tu comprendras !

—Et si vous m'expliquiez maintenant ? Que nous en finissions avec ces histoires !

—Je ne peux pas.

Il relâcha d'un seul coup son étreinte comme si ma peau l'avait brûlé. Ce brusque revirement de situation provoqua l'explosion de ma rancœur qui avait mijoté longtemps. Jamais, de toute ma vie, je n'avais à ce point haussé la voix. Ma voix monta tellement dans les aigus qu'elle fit s'envoler les oiseaux autour de nous. Armand me regarda comme si c'était la première fois que nous nous rencontrions.

—Vous vous moquez de moi ?! Vous me faites tout un discours comme quoi mon mutisme à cause d'un événement dont vous ne voulez pas discuter doit cesser et à présent, c'est vous qui ne voulez pas vous exprimer ? Qui est l'enfant, dans cette histoire ? Je n'aurais jamais dû quitter l'Écosse ! J'aurais dû épouser ce crétin de William Kensington et rester dans mon château ! Je n'aurais jamais dû venir ici avec quelqu'un qui se moque éperdument de ma personne ! Qui m'a emmenée parce qu'il voulait une carte ! Je n'étais qu'un pion dans toute cette histoire ! Je suis en train de mourir de chaud dans une forêt où, à chaque minute, je pourrais être dévorée par un puma afin de suivre un homme qui se moque de ce que j'ai vécu sur ce ponton ! Qui se moque que j'aie risqué de mourir ce soir-là, car tout ce qu'il voulait, c'était une carte pour traverser l'océan !

Plus je criais, plus je sentais mon cœur s'emballer. Je commençais à voir quelques étoiles autour de moi, mais je secouais la tête pour les dissiper. J'avais faim, j'étais fatiguée et j'avais envie de pleurer. Je ne m'étais jamais sentie aussi seule au monde qu'à cet instant précis, dans cette forêt, avec cet inconnu face à moi. Même au milieu de l'océan, les vagues avaient su trouver un effet apaisant. Ici, le bruit des animaux résonnait à mes oreilles de manière incessante et j'étais toujours sur le qui-vive pour éviter le moindre danger. Je sentis que mes lèvres tremblaient. Une goutte, puis deux vinrent ruisseler sur mes joues. Sans que je m'en rende compte, quelques larmes s'étaient mises à couler. Pendant ce voyage, j'avais vu en Armand un véritable confident. Une personne qui me regardait comme celle que j'étais réellement. À présent, je comprenais que je m'étais fourvoyée. Armand était comme tout le monde : pour lui, j'étais une simple femme. Je n'avais pas ma place à ses côtés. Cette pensée me serrait la gorge, au point que je commençais à avoir du mal à respirer. Armand tendit une main pour sécher mes larmes, mais je le repoussai en me reculant.

—Laissez-moi tranquille ! Je finirai ce voyage et après, je rentrerais ! Vous n'en avez strictement rien à faire, de ma personne ! Vous êtes comme tout le monde !

—Eleanor…

Je préférais continuer devant lui, marchant sans me retourner. À chaque liane qui m'empêchait de passer, je baissais la tête pour me frayer un passage. Cette fois-ci, je pleurais comme une enfant. Je sentais mon cœur se briser. Je n'avais jamais éprouvé ça. Cela me faisait souffrir. Je marchais, perdue, comme en plein brouillard. J'entendais le bruit des oiseaux autour de moi, mais il me paraissait bien loin. Je marchais, perdue dans mes pensées. Je ne ressentais plus rien autour de moi, ni odeur, ni la sensation de mes bottines sur les branches. J'éprouvais uniquement cette douleur épouvantable au niveau de mon cœur. Partir au bout du monde avec un homme que je ne connaissais pas avait été la pire des erreurs. Je ne pouvais m'empêcher de penser à tous ces mois qui s'étaient écoulés en sa compagnie. Nos rires, nos joies et ses yeux qui se posaient sur moi. Sans m'en rendre compte, j'étais tombée amoureuse d'Armand Williamsburgh. J'avais attrapé cette maladie qui était l'amour et ce n'était pas réciproque. Armand m'avait utilisée pour obtenir ce qu'il souhaitait. Entre deux sanglots, je me rendis compte que je ne connaissais rien de lui : ni son passé, ni la personne qu'il était réellement. À chaque fois qu'une question surgissait, il l'ignorait. Derrière moi, j'entendis que l'on m'appelait, mais je passai outre, avançant aveuglément dans la forêt jusqu'à sentir une entrave à mon pied.

Sans savoir comment, je me retrouvai la tête dans le bas, une jambe accrochée par une corde. Ma vision devint floue, je me mis à crier et à me débattre pour tenter de la faire céder sous mon poids. Armand était arrivé et il m'observait. Il était hors de question que je le supplie de me détacher, j'étais trop fière. Alors je tentai par tous les moyens de le faire de moi-même. Il avait croisé les bras en me regardant faire. J'avais la preuve qu'il ne s'intéressait pas à ma personne. Il ne leva pas le petit doigt pour m'aider à descendre. Je me secouai dans tous les sens et, bien que je n'aie rien avalé, je commençais à avoir la nausée. Ma méthode n'était pas la bonne. Il fallait que je réfléchisse à un moyen de retrouver le sol ferme sous mes pieds. J'entendis du bruit au loin. Un bruissement de feuilles. Étrangement, Armand ne s'alarma pas. Et si tout ceci n'était qu'un piège ? Et si, finalement, il était le complice de cannibales ? Et si c'était la fin de ma vie, au fond de la forêt amazonienne ? Le sang me montait à la tête et j'avais de moins en moins les idées claires. Trois hommes à la peau caramel apparurent. Ils portaient tous d'étranges chapeaux à plumes ainsi que des peintures sur leurs visages. Ils avaient plusieurs colliers de perles autour du cou. Ils tenaient tous des armes, prêts à attaquer. J'avais retenu mon souffle, les observant avant que mon regard ne se pose sur Armand qui était impassible. Un des hommes s'approcha de lui avant de commencer à parler dans une langue qui m'était inconnue. Il avait un grand sourire et riait de bon cœur. Je fronçai les sourcils en voyant les traits du visage d'Armand se détendre. Il lui répondit dans la même langue. J'en restai pantoise. Ils avaient l'air d'amis se retrouvant après une longue absence. Les deux personnes qui accompagnaient l'inconnu se mirent à rire à leur tour pendant que je restais suspendue en l'air, la tête en bas. J'avais le sentiment d'être invisible. Pendant qu'ils échangeaient des banalités, personne ne prêtait attention à moi.

—Faites-moi descendre de là ! criai-je à leur attention.

Ils s'arrêtèrent de parler et de rire avant de se tourner vers moi. Armand n'avait pas fait un seul pas dans ma direction. C'était un des trois hommes qui s'était approché, après avoir pris la machette d'Armand. Je n'avais pas confiance en lui. Ma gorge se serrait. J'avais peur qu'il me tranche la tête. Quand il leva la machette en l'air pour asséner un coup, je fermai les yeux, priant pour ne pas l'y laisser. Brusquement, je sentis la pesanteur prendre l'avantage. Je me mis à crier en tombant, avant de sentir le sol contre mon corps. Je restai un moment à terre. Personne ne m'aidait à me relever. J'avais les mains qui glissaient dans la terre humide. Mes vêtements devaient être tachés de boue. Mes doigts s'agrippèrent à la terre et aux végétaux. En redressant la tête, je vis l'hésitation dans le regard d'Armand, mais pour autant, il ne bougea pas pour m'aider. Je fermai les yeux un instant en expirant. Je pliai les genoux et me relevai en essayant d'épousseter le plus de poussière et de boue possible de mes vêtements. Un des trois Indiens donna des ordres aux autres avant de faire signe à Armand de le suivre. Celui-ci n'ajouta rien et commença à marcher derrière celui qui semblait être le chef. À mon tour, je me mis à marcher derrière eux en ruminant ma colère. J'étais blessée par la nonchalance d'Armand à mon égard. J'aurais pu me briser la nuque sans qu'il y prête attention.

Au bout d'un moment, nous arrivâmes dans une réserve où étaient établies plusieurs huttes en bois et en paille. Il y avait au milieu de ce camp un grand feu où beaucoup de gens se réunissaient. Il y avait des enfants, avec des peintures sur le visage, qui courraient en se poursuivant. Des femmes étaient assises en tailleur, en train de préparer ce qui semblait être le dîner. En arrivant, plusieurs personnes vinrent voir Armand en lui souriant et en s'exclamant dans cette langue inconnue à mes oreilles. De nouveau, je me sentais isolée. Armand souriait comme je ne l'avais jamais vu auparavant. Il riait face aux enfants curieux. Il semblait être dans son élément. De ce tableau harmonieux, je ne faisais pas partie.

—Armand ! s'exclama une voix féminine.

Je vis une adolescente à la peau sombre courir vers lui avec un grand sourire. Sous ses yeux noirs étaient peints des symboles rouges. Ses cheveux noirs étaient longs et arrivaient au milieu de son dos. Elle portait une tenue traditionnelle qui ne cachait pas grand-chose… Sa poitrine était visible, des colliers de perles tombaient dessus. Elle avait des traces de peinture sur tout le corps, représentant des symboles différents. Seule sa jupe en paille cachait quelque chose. Je me sentis rougir jusqu'aux oreilles.

—Tu es revenu !

Je fronçai les sourcils. Elle parlait anglais à la perfection et pourtant, elle faisait partie de la population la moins âgée. Armand la regardait avec beaucoup de tendresse et je sentis pointer en moi un sentiment de jalousie. Jamais il ne m'avait regardée ainsi. Épuisée et lasse, je laissai tomber le sac à dos sur la terre rouge. Le bruit fit se tourner vers moi tous les regards, y compris celui de la demoiselle en pagne. Je n'étais pas comme Armand : je n'arrivais pas à esquisser un sourire. L'adolescente s'approcha de moi avec un visage solaire.

—Bonjour, je m'appelle Hachi. Bienvenue chez nous. Comment te nommes-tu ?

Je restai stoïque face au sourire doux et apaisant de cette jeune fille. Armand nous avait regardées quelques secondes avant de se diriger vers d'autres personnes. Il me laissait seule, face à ce monde que je ne connaissais pas.

—Es-tu l'épouse d'Armand ?

Je faillis m'étrangler face à cette question. Je ne savais pas comment réagir face à la spontanéité de la dénommée Hachi. Cette interrogation m'avait provoqué un coup au cœur, me remémorant la tristesse que j'avais ressentie plus tôt, dans la forêt. Elle me regardait en attendant la réponse, toujours en souriant. Je me mis à me racler la gorge, qui était sèche par le manque d'eau et par les cris que j'avais poussés, quelques minutes auparavant.

—Je m'appelle Eleanor Davidson. Je ne suis pas l'épouse d'Armand. Je suis exploratrice et je l'accompagne dans ce voyage.

—Sois la bienvenue, Eleanor ! Veux-tu que je te montre où tu vas dormir ? Je vais porter le sac à dos, si tu veux…

Tant de gentillesse à mon égard me donnait envie de pleurer. Personne n'avait eu autant de tendresse envers moi depuis longtemps. Son regard doux et son sourire rassurant étaient chaleureux. Je hochai la tête en lui concédant le poids de mon sac. Elle le prit de ses bras frêles, avant de me faire signe de la suivre. Je marchai à travers la petite place où tout le monde se réunissait. Les regards se levèrent vers moi et je me sentis de nouveau rougir. Armand était devant un homme âgé qui, au vu des personnes autour de lui, devait être le chef de la tribu. Hachi me conduisit dans une petite hutte où il y avait trois matelas de paille à même le sol.

—Tu dormiras avec ma fille et moi.

—Votre fille ? Vous n'êtes pas… jeune pour avoir un enfant ?

—Voyons, Eleanor, tu peux me tutoyer. J'ai dix-sept ans ! Ma fille a deux ans ! Je suis mariée, tu sais.

Elle disait cela avec un grand sourire. J'étais choquée par sa jeunesse et son rôle mature. Elle n'avait pas d'alliance à la main droite. Ainsi, elle n'était pas amoureuse d'Armand. Pourquoi avais-je pensé cela ? J'étais stupide.

—Je voudrais me reposer… Si cela ne te dérange pas.

—Oh non ! Je viendrai te chercher pour le dîner. Je vais aller te chercher un peu d'eau. Tu dois avoir soif.

—Merci… Comment se fait-il que tu parles si bien anglais ?

—C'est Armand qui m'a appris. À chacun de ses voyages, il me donnait des cours d'anglais et il m'a appris à lire. Il est comme un père pour moi. Il m'a laissé des livres et j'ai continué à apprendre quand il n'était pas là. Je vais aller lui montrer mes progrès !

Elle sortit de la hutte en me laissant seule avec mon sac à dos. Je me laissai tomber sur la terre ferme, posant ma tête sur mes genoux. Elle avait droit à la reconnaissance d'Armand. Et moi… que devais-je faire pour avoir un minimum de tendresse de sa part ?

Le feu crépitait. La nuit était tombée. J'avais dormi jusqu'au dîner, épuisée par le voyage. Hachi était venue me réveiller tout doucement avec sa fille en me disant que le repas était prêt et que je pouvais venir. J'étais sortie de la hutte, déboussolée. Des flambeaux étaient allumés que l'obscurité ne nous engloutisse pas. Je vins m'asseoir en tailleur, comme chaque personne autour du feu. Hachi s'installa à côté de moi en prenant sa fille sur ses genoux. Elle était adorable. Des petites mains potelées cherchant à attraper la nourriture. Elle avait de grands yeux noirs et ses cheveux étaient légèrement ondulés. Armand était assis face à moi et nos regards se croisèrent un instant avant que je ne prenne le petit bol en bois que Hachi me tendait. Dedans, il y avait de la banane ainsi que du riz. Je commençai à manger avec les doigts même si, dans un premier temps, je trouvais cela impoli. Je mangeai avec appétit et bus jusqu'à calmer ma soif. Le périple dans la forêt m'avait éreintée, et ce peu de victuailles me réchauffait déjà le corps et l'âme.

Une vieille dame vint s'asseoir à mes côtés et commença à me parler dans la langue inconnue. Je fis signe que je ne comprenais pas et Hachi rit.

—Elle veut te lire ton avenir. Tends la main.

Je posai le bol vide à mes pieds. Je n'étais pas rassurée. Je n'avais jamais cru aux médiums. Pour moi, c'était une attraction des cirques. Quand nous y allions avec ma famille, mes parents disaient toujours que c'était des charlatans vivant de l'argent des pauvres gens qui étaient naïfs. Selon eux, personne ne pouvait savoir de quoi demain serait fait. Ma mère aurait sans doute eu une syncope en me voyant tendre la main droite vers la vieille dame. Les siennes étaient rêches, mais chaudes. Elle ferma un instant les yeux avant de regarder attentivement les lignes de la paume de ma main et de les suivre du bout des doigts. Cela me chatouillait légèrement et je ne pus m'empêcher d'esquisser un sourire. Du coin de l'œil, je vis qu'Armand regardait la scène en mangeant, tout en écoutant son voisin. La grand-mère commença à me parler, à expliquer ce qu'elle voyait ligne après ligne. Je ne comprenais pas son discours, mais elle avait une voix très douce. Ses yeux étaient clairs, ce qui me surprenait. La majorité des personnes, ici, avaient les yeux noirs. Elle me sourit avant de refermer ses mains sur la mienne et la serrer, tendrement.

—Elle dit que tu as trouvé ta voie. Ton destin est de poursuivre tes rêves. Au bout du chemin, tu auras accompli ce que tu as toujours voulu. Pourtant, tu ne seras pas reconnue. Tu vivras dans l'ombre, mais tu laisseras ta marque, expliqua Hachi en tentant de nourrir sa fille d'une cuillère de riz. Tu as quitté une vie de richesse matérielle pour une vie de richesse spirituelle. Tu ne finiras pas seule comme tu l'aurais été si tu étais restée dans ta vie. Un compagnon qui te comprend et te respecte sera là avec toi… jusqu'au bout.

Je ne regardai pas Armand, mais je sentais son regard sur moi. J'avais toujours le mien sur le visage de la vieille dame, qui hochait la tête de haut en bas, comme si elle savait ce que Hachi disait sans pour autant, en comprendre un seul mot. Elle caressait ma main tout doucement pour faire pénétrer chaque mot, chaque phrase dans ma chair.

—Vous serez ensemble, dans le bonheur comme dans le malheur. Jamais vous ne vous quitterez, car c'est votre destinée d'être ensemble. À jamais.

Armand se leva, déclarant quelque chose que je n'entendis pas. Il prit la direction d'une hutte. Je le regardai partir et Hachi croisa mon regard avant de rire légèrement. La vieille dame lâcha ma main et posa une des siennes sur mon visage, prononçant quelques paroles. Ensuite, elle partit en me laissant à côté de Hachi.

—Qu'a-t-elle dit ?

—Le cœur de l'homme est plus dur que celui de la femme. Honnêtement, qui ne pourrait pas remarquer comment vous vous observez ?

—Armand ne m'aime pas, lui dis-je, convaincue de mes propos.

—Armand et Eleanor sont destinés. Elle l'a lu hier soir dans les étoiles. Personne ne savait qui était Eleanor. Elle ne l'a pas inventé. (Hachi resta un moment silencieuse avant de s'exclamer :) Et si nous allions tous dormir ?

Hachi se leva en portant sa fille dans ses bras tandis que mes yeux contemplaient le feu qui crépitait. J'ouvris la paume de ma main en observant les lignes. Est-ce que notre vie était écrite à l'avance et seules certaines personnes étaient-elles capables de la lire ? Je me retournai pour voir la vieille dame marcher vers une hutte.

23

Brésil, 2019

— Je t'ai pris un cookie aux pépites de chocolat.

Je vis un biscuit apparaître miraculeusement devant mes yeux. Je souris en le prenant. Juan était allé acheter un café. Notre avion en direction de Manaus décollait en fin de journée. Il avait acheté les billets, refusant que je lui donne de l'argent pour le mien. Il me disait de voir cela comme un cadeau d'amitié. Cela me gênait beaucoup, mais quand je voyais tout ce que j'avais dépensé en billets d'avion ces derniers jours, mon portefeuille le remerciait. J'étais assise dans la salle d'embarquement, à attendre qu'on nous appelle. Je n'avais pas pris l'avion aussi souvent depuis longtemps. Cela me rappelait les années de mon adolescence où, pendant les vacances scolaires, nous allions en famille d'une destination à une autre en jet privé. En prenant du recul, je me rendis compte que nous avions utilisé de l'argent qui ne nous appartenait pas. Je me sentis honteuse.

Je croquai un morceau du cookie. Même si je n'avais pas très faim, j'avais toujours l'estomac noué, le plaisir du sucre était sans appel. Réconfortée, je me mis en tailleur sur mon siège en attendant. Juan était concentré sur son téléphone. Il envoyait des messages, d'un air contrarié. Depuis que je lui avais fait la demande d'aller à Manaus, il avait perdu son sourire enthousiaste. Je voyais bien que quelque chose le tracassait.

Je mangeais tranquillement mon cookie quand je vis une tête familière passer dans le couloir. Je me levai de mon siège pour aller dans sa direction. Je sentis que Juan avait relevé la tête pour voir où je me dirigeais. Instinctivement, il s'était redressé pour me suivre.

—Bonjour Noah, dis-je en tapant l'épaule de l'homme pour qu'il se retourne.

L'homme fut surpris et m'observa un instant en fronçant les sourcils avant de sourire.

—Ah ! La petite Écossaise ! Je ne m'attendais pas à vous trouver ici ! Vous rentrez ?

À cette appellation, je fis une moue pensive, je ne me rappelais pas lui avoir parlé de l'Écosse. Rapidement, je chassai de mon esprit les pensées qui m'envahissaient. Juan restait derrière moi, à observer l'homme.

—Non. Nous allons visiter Manaus. Et vous ?

—Je rentre. Les affaires sont finies.

—Vous n'êtes pas resté longtemps… murmurai-je.

—*Business is business!* répondit-il en souriant de toutes ses dents. De retour pour quelques escales, dont Guarulhos. Cela doit vous rappeler quelques souvenirs !

—Vous savez que l'avion pour Guarulhos est à l'autre bout de l'aéroport ? demanda Juan derrière moi.

Noah se mit à froncer les sourcils avant de commencer à paniquer. Il bafouilla quelques mots en disant qu'il était vraiment tête en l'air et que l'orientation n'était décidément pas son truc ! Il remercia Juan pour cette précision et, nous souhaitant bon voyage, il s'enfuit en courant pour arriver à temps au terminal souhaité. Je restai stoïque face à la scène qui venait de se dérouler sous mes yeux. Juan se mit à ricaner comme un gamin et je me retournai vers lui. À mon air, il fronça les sourcils.

—Quoi donc ?

—Ce n'est pas drôle, Juan ! Il peut rater son avion !

—Tant pis pour lui ! Il ne faut pas être très intelligent pour se retrouver de l'autre côté de son terminal. De toute façon, il n'a pas l'air net, me répondit-il en marchant en direction des sièges où nous avions laissé nos sacs respectifs.

—Pourquoi es-tu aussi méchant ? Aimerais-tu qu'on rigole de toi, si tu ratais ton avion ?

—Excuse-moi… Je suis fatigué et un peu grognon…

L'hôtesse de l'air nous appela pour l'embarquement. Je pris mon sac avant de sortir mon passeport et mon billet d'avion. Je me mis derrière Juan et passai à sa suite pour donner mon billet à l'hôtesse qui me souhaita, avec un grand sourire, un bon voyage.

Nous volions au-dessus du Brésil depuis une petite heure. J'étais assise du côté du hublot et j'avais beau regarder à l'extérieur, seuls les nuages enveloppaient l'atmosphère, créant une ambiance mystique. À mes côtés, Juan regardait un film. Écouteurs dans les oreilles, il semblait déconnecté du monde. Je n'osais pas le déranger. Je sortis de mon sac un petit carnet sur lequel je commençai à griffonner quelques mots. Je voulais garder une trace écrite du voyage. Les coups de crayon sur le papier attirèrent l'attention de mon compagnon de vol. Il enleva ses écouteurs pour me demander ce que j'étais en train de faire.

—Je garde un souvenir, dis-je dans un murmure.

—Tu as l'air mélancolique.

—Je ne pense pas pouvoir voyager avant longtemps.

—Ne sois pas si négative.

—C'est à moi que tu dis ça ? répondis-je en riant. Alors que tu fais la tête depuis que nous avons décidé de venir ici ?

—Je suis désolé… (Il soupira en posant sa tête contre l'appuie-tête.) J'ai des mauvais souvenirs là-bas et ça me tracasse. (Il posa son regard sur moi.) Pour autant, je pense que ça va aller. Tu es là, nous allons nous amuser et, surtout, résoudre tes soucis !

Je me mis à lui sourire. Nos regards se croisèrent. Ses yeux étaient remplis de tendresse. Je sentis à un moment mon cœur manquer un battement. Je préférai cligner plusieurs fois des yeux pour retrouver la raison. Je pointai de mon crayon l'écran devant lui, préférant focaliser mon attention sur autre chose, afin de faire fuir les émotions qui étaient en train de me submerger.

—Qu'est-ce que tu regardes ?

—*Very Bad Trip*. C'est débile, mais ça me fait rire. Veux-tu le regarder avec moi ?

Il me tendit un écouteur. Pendant un moment, je me sentis comme une adolescente, sur un banc de son collège, où le garçon qui lui plaisait lui tendait un écouteur afin d'écouter un morceau de musique qu'il aimait. J'avais été cette fille qui avait demandé à Théo, le garçon de dernière année, ce qu'il écoutait. Or, moi, je n'avais jamais été sur ce banc. Il m'avait ignorée en tendant l'écouteur à sa petite chérie. Ce jour-là, j'avais eu le cœur brisé. J'avais pleuré toutes les larmes de mon corps sur mon lit en criant à quel point la vie était injuste. Aujourd'hui, Juan me tendait le sien en souriant légèrement. Je posai mon carnet et mon crayon avant de tendre une main légèrement tremblante, de le prendre et de le mettre à mon oreille. Juan remit le film en route. C'était débile, oui, mais ça faisait du bien de rire de bon cœur avec quelqu'un, au-dessus des nuages.

En marchant, je détendis mes cervicales qui n'avaient pas apprécié ce nouveau voyage. Je posai une main sur ma nuque en la frictionnant pour réchauffer mes muscles contractés. Je suivis Juan, qui avait encore les yeux rivés sur son téléphone en faisant défiler ses messages toutes les minutes. Il m'avait déclaré que nous allions réserver une voiture de location afin d'être autonomes pour nos déplacements. Je marchai en tenant les lanières de mon sac. En sortant dans le hall principal, je vis que quelques personnes en attendaient d'autres avec des petites pancartes. Parmi elles, il y en avait une au nom de Juan De Alamos. Je fronçai les sourcils avant de taper sur l'épaule de Juan pour attirer son attention.

—Est-ce pour toi ? demandai-je en pointant du doigt un panneau et un homme.

C'était un homme assez petit et un peu enrobé. Il portait une casquette noire. Il avait un visage jovial, une petite moustache noire au-dessus de la bouche et le teint mat. Il portait un costume noir avec une chemise impeccable de couleur blanche. Il nous vit et devint hystérique en faisant de grands gestes dans tous les sens. Le rouge me monta aux joues et je regardai ailleurs tandis que

Juan soupirait, lâs. J'en déduisis que c'était bien pour lui. Le petit monsieur s'avança d'un pas rapide en bousculant les autres. Il s'excusa à chaque fois, avant de sauter sur place en voyant Juan.

—Monsieur ! Madame m'a envoyé vous chercher ! Je suis si content de vous voir ! Permettez que je prenne votre sac !

—Ça ira, Miguel. Merci. J'avais précisé à ma mère que j'allais louer une voiture. Ce n'était pas la peine de vous déplacer.

Sa mère ? Instantanément, je compris que nous allions loger dans sa famille. Je commençais à avoir mal à l'estomac. Je me sentais gênée d'imposer ma présence et de profiter de l'hospitalité de gens que je ne connaissais pas. J'avais la sensation de passer pour une profiteuse.

Aux mots de Juan, le visage de Miguel se décomposa.

—Mais… Enfin, monsieur, vous n'y pensez pas ! Non, je refuse que vous preniez une voiture de location ! Je vais vous conduire ! Allez ! En route ! dit-il en prenant le sac de Juan qui commença à râler en le suivant.

À mon tour, je suivis les deux hommes. En sortant de l'aéroport, je vis le dénommé Miguel s'arrêter devant une superbe voiture noire. C'était une Rolls-Royce Phantom et je commençai à me dire que finalement, je ne connaissais rien de Juan. Ce jeune homme qui vivait dans un appartement correct et qui avait un boulot des plus normaux semblait être issu d'une famille riche. D'un côté… moi aussi, je mentais en ne parlant ni de ma famille, ni de mes origines. Je passais pour la jeune femme sans le sou, alors que j'avais toujours vécu dans le luxe et dans l'opulence. Miguel mit le sac de Juan dans le coffre avant de tendre les mains vers moi, mais je hochai la tête en lui disant, en anglais, que je préférais le garder avec moi. Juan se contenta de traduire en portugais. Puis nous montâmes tous les deux à l'arrière de la voiture. Une fois que nous nous mîmes à rouler, je posai un regard sur Juan.

—Pourquoi ne m'as-tu pas dit que nous allions dormir dans ta famille ? Et… Enfin… Es-tu riche ?

—Non. Ma famille est riche. Pas moi. Et parce que… Je suis très mal à l'aise à l'idée de revenir ici. Je ne veux pas en parler pour le moment.

Il s'était renfermé comme une huître avant de contempler par la fenêtre le paysage qui défilait. Je préférai ne pas paraître envahissante avec mes questions. Alors je me tus avant que Miguel ne m'adresse la parole en disant toutes sortes de mots en anglais pour m'impressionner. Je ne pus m'empêcher de rire légèrement tandis que, du coin de l'œil, je voyais le visage de Juan se décomposer au fur et à mesure que les kilomètres nous rapprochaient de la résidence familiale des De Alamos.

La voiture commença à ralentir et remonta une allée en gravier. Nous avions franchi un portail en fer forgé blanc. J'observai par la vitre la demeure qui se dessinait. J'étais ébahie face à la grandeur de la maison toute blanche. Elle n'avait rien à voir par rapport aux bicoques et aux maisons traditionnelles que j'avais pu observer sur le chemin. Cette demeure respirait la modernité et, surtout, le luxe. Elle était construite sur plusieurs étages. Il n'y avait pas une seule pousse d'herbe qui dépassait autour des buissons et des haies. La porte de la maison, d'un rouge bordeaux, était rutilante. Miguel arrêta la voiture et se précipita dehors pour nous ouvrir. Juan ne l'avait pas attendu pour sortir de l'habitacle. Il avait lui-même ouvert le coffre pour sortir son sac sous le regard paniqué du chauffeur. J'examinai la maison sur toute sa hauteur. Qui étais-je pour juger, alors que nous avions plusieurs demeures familiales à travers le monde ? Ou plutôt, nous avions eu… À cette heure-ci, elles devaient toutes avoir été saisies par les huissiers. J'entendis une porte claquer. Puis, un cri.

—*JUAN ! MEU FILHO !*

Une femme d'une cinquantaine d'années, habillée d'un tailleur blanc éclatant et d'escarpins de la même couleur, était sortie de la maison avant de se ruer vers Juan. Elle lui pinça les joues des deux côtés à l'aide de ses doigts avant de l'embrasser. Juan semblait vouloir fuir sous ses attaques affectives. Il me regardait d'un air suppliant. J'avais compris, par ses gestes, que c'était sa mère qui lui pinçait aussi fort les joues. De plus près, je pouvais voir que c'était une femme qui ne lésinait pas sur le maquillage pour paraître bien plus jeune qu'elle ne l'était réellement. Ses lèvres étaient peintes d'un rouge flamboyant. Ses paupières brillaient d'un fard argenté. Elle semblait ne pas avoir une seule ride sur le visage, mais je mis ça sur le compte de la magie du Botox au vu de l'étirement de sa peau. Elle n'avait pas remarqué ma présence. Juan lui fit un signe de tête en lui demandant de parler en anglais, afin que je ne me sente pas exclue. Sa mère se tourna vers moi pour me regarder de haut en bas. Pendant un moment, elle se pinça les lèvres. Elle était en train de me juger et elle ne pouvait le nier, car je le lisais dans son regard noir perçant. Au bout de quelques instants, elle me fit un grand sourire, loin d'être amical.

—J'espère que vous avez fait un bon voyage ! Ne restons pas là !

Elle nous fit signe de la suivre dans la grande demeure. Juan me laissa passer devant. Je portais mon sac en le tenant par une des lanières. Je comblai le vide entre la mère de Juan et moi en gravissant les trois marches qui me séparaient de l'entrée. À peine avais-je mis un pied sur le carrelage blanc du hall que j'eus le souffle coupé par la décoration. Aux murs, il y avait des peintures très contemporaines : l'art, comme je n'y comprenais rien. Il y avait même une statue d'inspiration antique qui trônait en plein milieu de la pièce. Un escalier en marbre donnait sur un étage mystérieux, mais non moins luxueux. Je manquai de rire face à cette démonstration d'opulence.

—Julio va monter vos bagages dans votre chambre... déclara la mère de Juan en regardant mon sac comme s'il contenait la peste.

Je le tendis au dénommé Julio qui, à peine son prénom avait-il été prononcé, était apparu. Juan tendit ses affaires sans véritable enthousiasme. Notre hôte nous fit signe de la suivre et nous entrâmes dans une grande pièce à vivre contenant, d'un côté, une salle à manger magnifique, et de l'autre, un salon plus chaleureux. Le tout semblait être sorti d'un magazine de décoration. Je marchai tout doucement, de peur de tacher le sol à cause de mes baskets, loin d'être impeccables.

—Il faut venir nous voir plus souvent, Juan ! Cela fait si longtemps que je n'avais pas vu mon grand garçon ! À croire que tu avais oublié ta maman !

—Tu sais très bien pourquoi je ne suis pas revenu... marmonna Juan d'un air mécontent.

—Allons ! Le passé est le passé ! Eva !

Une jeune femme magnifique venait de se lever du canapé blanc. Elle était grande, le teint hâlé, des cheveux noirs raides qui tombaient au creux de son dos. Elle avait de longues jambes. En me rapprochant, je vis qu'elle était encore plus jolie. La bouche comme un pétale de rose, des yeux noirs profonds. Elle semblait n'avoir aucun défaut. Pourtant, même si elle était magnifique, elle semblait froide comme la glace. Il n'y avait pas un sourire sur son visage. En arrivant à ma hauteur, elle m'avait regardé de haut en bas et je me sentis réduite à néant dans ses yeux. En comparaison, je paraissais bien fade dans mon short en jean et mon tee-shirt à l'effigie de Rachel et Ross de la série télévisée *Friends*. Elle regarda un instant Juan qui, plus les secondes passaient, se contractait.

—Juan, dit-elle simplement.

—Eva.

Ce fut prononcé sur un ton si sec et tranchant que j'en ressentis un frisson. Il n'y avait pas de doute : quelque chose s'était produit entre ces deux-là. La jolie Eva retourna s'asseoir dans le canapé, tentant d'oublier notre présence. La télévision était allumée et elle s'était penchée légèrement pour poser son coude sur son genou et mettre son menton au creux de la paume de sa main.

—Ton père et ton frère ne vont pas tarder ! Je vais aller demander qu'on nous apporte des Margaritas ! annonça la mère de Juan en se faufilant en direction d'une pièce adjacente, la cuisine sans doute.

Juan alla s'installer dans le canapé et je fis de même. Eva regardait les informations et je me demandais ce qui pouvait la captiver à ce point. Au final, je compris qu'elle faisait semblant quand elle prit son téléphone portable, posé sur la table de salon, et qu'elle commença à pianoter dessus en soupirant. Le silence était pesant. Si une mouche avait volé dans la pièce, nous l'aurions entendue. Juan fixait l'écran sans pour autant le regarder, et moi, j'étais spectatrice de cette scène burlesque qui avait cours sous mes yeux. J'étais dans une grande maison dans les hauteurs de Manaus avec des personnes qui ne semblaient pas s'apprécier. Quand les Margaritas arrivèrent, Eva remercia la mère de Juan, dont j'appris le prénom : Serena. J'entendis Juan murmurer quelques mots, sans pour autant les percevoir distinctement. Je pris le verre que l'on me tendait en remerciant poliment.

Je me mis à boire quelques gorgées, quand, voyant le visage de mes parents apparaître à l'écran, je manquai de m'étrangler. Je me mis à tousser et Juan me tapota dans le dos en me demandant si ça allait.

—Oui, j'ai simplement avalé de travers. Je suis désolée.

Je tapotai mes lèvres avec une serviette qu'il m'avait tendue. Eva se mit à ricaner en m'observant, avant de replonger le nez sur son téléphone portable. Serena ne fit aucune remarque, mais je préférais cela. Du coin de l'œil, je regardai la télévision. Je ne voyais que le portrait de mes parents, ne sachant pas ce qu'il se disait. Je ne préférai ne rien demander de peur que l'on me demande pourquoi ce sujet m'intéressait.

—J'en ai marre de voir ces deux-là. Ils sont censés passer le show de la Fashion Week ! grommela Eva.

—Je suis sûre qu'ils vont le passer, ma chérie ! J'ai hâte de te voir ! la rassura Serena en lui posant une main sur le genou.

—À faire la potiche, murmura Juan.

—Juan ! le sermonna sa mère qui avait tout entendu.

Je vis qu'Eva aurait aimé rajouter quelque chose, mais elle fut coupée dans son élan quand la porte d'entrée claqua. Deux voix d'hommes s'élevèrent. Je compris à l'excitation de Serena que c'étaient son fils et son mari qui venaient de rentrer du travail. En effet, en moins d'une minute, deux hommes apparurent dans la salle à manger. La ressemblance de Juan et de son frère me frappa. La seule chose qui les différenciait était le port de lunettes chez son frère, ainsi que quelques centimètres en moins. Sinon, ils auraient pu passer pour de véritables jumeaux. Le patriarche, quant à lui, était plus grand, avec un air très sérieux sur le visage. Il avait une barbe bien taillée et semblait athlétique. Deux réactions différentes : le frère, Pablo, alla voir son frère pour lui serrer la main et son père resta légèrement en retrait avant de passer à côté de son fils et de lui donner une tape sur l'épaule. Juan me présenta et je me sentis intimidée face à la famille au complet, mais très vite, il fut décidé de parler librement et nous passâmes à table.

Ce ne fut pas le dîner le plus chaleureux auquel j'aie participé. Néanmoins, il y avait plus de discussion qu'au cours de mes propres repas familiaux. Carlos, le père de Juan, m'expliqua l'importance de l'entreprise familiale et à quel point il était fier que son fils Pablo s'investisse autant, en digne héritier.

—Pas comme Juan. Il a préféré partir et tout laisser à son frère.

Je sentis que Juan s'était contracté à mes côtés. Ses mains tremblèrent légèrement.

—Et vous ? Que font vos parents dans la vie ? Et par la même occasion, vous ?

—Mes parents… Ils sont dans l'économie, et je suis avocate.

—Eh bien ! Une jeune femme de votre âge, avocate !

—Nous ne pouvons pas tous compter sur notre physique… entendis-je d'une oreille distraite, avant de voir Eva sourire du coin des lèvres et de se faire réprimander par Pablo.

—Et vous travaillez dans quel cabinet ?

—À vrai dire, j'ai quitté le mien avant d'arriver ici. Je pense me mettre à mon compte à mon retour.

—Prodigieux !

Carlos semblait aux anges. Pablo et Eva étaient en train de se disputer en bout de table. Je n'avais pas remarqué leurs alliances. Juan ne semblait pas être dans son assiette.

Au fur et à mesure du repas, l'ambiance bascula à la limite de la convivialité. À la fin du dessert, Carlos s'excusa, ainsi que Pablo. Je compris qu'ils avaient encore beaucoup de travail à accomplir. Je préférai quitter la table à mon tour en allant à l'extérieur prendre l'air. Cette ambiance anxiogène m'avait donné le vertige. J'avais besoin de respirer un peu. Je m'étais rendue sur la terrasse où le ciel étoilé offrait un spectacle époustouflant. Je m'assis sur une des chaises longues en gardant la tête vers le firmament. Des milliers d'étoiles s'offraient à moi, à perte de vue. Je sentis mes épaules se décontracter et ma respiration devenir plus régulière jusqu'à ce que j'entende deux voix s'élever. En regardant dans la direction de celles-ci, je vis que Juan et Eva étaient en train de se disputer férocement dans la véranda. Je n'avais jamais vu Juan avec cette expression sur le visage, à la fois colérique et emplie de tristesse. Au bout de dix minutes, ils se séparèrent, chacun allant de son côté. Il ne fallait pas être Albert Einstein pour comprendre que ce que j'avais aperçu était une dispute d'anciens amoureux. Juan était parti comme un animal blessé et cela me chamboula bien plus que je ne l'aurais souhaité… Je décidai de quitter mes étoiles d'un soir pour aller trouver Morphée et ses bras, ainsi que sa quiétude.

Hélas, pour moi, Morphée devrait m'attendre un petit peu plus. À peine avais-je gravi l'escalier et marché dans le couloir qu'une silhouette apparut brusquement devant moi. C'était Eva, qui semblait toujours aussi furieuse. Je comptais la contourner pour aller dans la chambre qui m'avait été offerte, mais elle m'en empêcha.

—Je vois clair dans ton jeu, l'Anglaise ! me cracha-t-elle en me fixant d'un regard noir.

—Excuse-moi ? lui demandai-je en fronçant les sourcils, loin de comprendre ce qui était en train de se produire. Déjà, je suis écossaise et non anglaise.

—Tu veux mettre le grappin sur Juan pour trouver une fortune ! (Elle me mit son téléphone sous le nez, affichant l'actualité sur mes parents.) Crois-tu que tu peux duper les gens ? Je sais qui tu es ! Et si certains étaient plus intelligents, ils pourraient le savoir aussi ! Tu n'es pas difficile à trouver sur Google ! Au vu de ton visage, j'en conclus que Juan n'est pas au courant ! Tu as intérêt à le lui dire et à rentrer dans ton pays ! Les profiteurs, nous n'en voulons pas ici ! Soit tu lui dis, soit demain matin, je le fais avec un petit appel à la police, qui serait ravie d'apprendre que la fille des bandits se balade tranquillement à Manaus !

Je sentis que ma bouche s'asséchait au fil des paroles d'Eva. Autant elle avait visé juste sur ma filiation, autant elle se trompait sur mes intentions. Je ne cherchais pas un homme pour m'entretenir. Je valais mieux que ça. Elle me contempla de haut en bas avant de passer à mes côtés et de me donner un coup dans l'épaule, en me traitant de tous les noms. Cette fille était folle. Il n'y avait pas d'autres mots. J'entrai dans la chambre, loin d'être rassurée. Elle pouvait inventer n'importe quoi face à la famille de Juan et me faire passer pour une criminelle. Je sentis une légère humidité au coin de mes yeux et je me rendis compte que des larmes commençaient à apparaître. Entre la fatigue et le stress que tout ce voyage m'occasionnait, je commençais à craquer. Il fallait que tout cela se termine, et vite.

—Je suis désolé, tu dormais ?

Je clignai des yeux pour voir que Juan était dans la pénombre. Je pris mon téléphone et constatai qu'il n'était pas loin de minuit. Je frottai mes yeux. Je me rendis compte que je m'étais endormie habillée. J'avais dû tomber dans un sommeil profond. Je me redressai tandis que Juan enleva son tee-shirt.

—Je vais dormir sur le sol.

—Arrête, ne dis pas de bêtises. Tu vas avoir mal au dos demain et tu ne risques pas de dormir beaucoup ! répondis-je en lui faisant une place sur le lit.

Il s'installa à mes côtés. Pendant un moment, nous restâmes allongés l'un à côté de l'autre, sans rien dire.

Il n’y avait plus un bruit dans la maison. Chacun était dans sa chambre et seul le bruit d’un oiseau nocturne, que nous entendions par la fenêtre ouverte, perçait ce silence. Je trouvai ce moment propice pour lui faire mes aveux.

—Je ne t’ai pas tout dit sur ma famille. Ces deux personnes que tout le monde recherche, ce sont mes parents. On accuse mon frère aussi et c’est pour lui que je fais ce voyage, pour le protéger du travers de mes parents. Je ne fuis rien, je ne suis pas une criminelle.

—Je le savais déjà, répondit-il simplement.

Cette réponse me prit au dépourvu.

—Comment ça ?

—Melina m’a tout dit. C’est Melina, elle raconte toujours tout.

—Tu ne vas pas me dénoncer ? l’interrogeai-je en me tournant vers lui pour l’observer.

—Quelle idée ! Je ne t’aurais jamais emmenée jusqu’ici si j’avais voulu te dénoncer… (Il se tourna aussi pour être face à moi.) Tu sais, nous ne sommes pas comme nos parents. Tu as bon cœur et cela se voit. Leurs erreurs ne devraient pas rejaillir sur toi.

—Quelle est ta relation avec Eva ? demandai-je sans y penser. (Je remarquai l’expression de Juan, gêné.) Excuse-moi, c’était impoli.

—Non… C’est simplement que je n’aime pas en parler… Pour tout te dire, j’étais amoureux d’Eva. Comme un dingue. Nous avons été ensemble pendant plusieurs années. Nous avons commencé à sortir ensemble au lycée, et puis ça s’est poursuivi jusqu’à ce que je refuse de prendre le relais de mon père. J’ai toujours été très casse-cou et mon truc à moi, c’était de faire des visites guidées dans la forêt amazonienne et de travailler avec des associations pour protéger les tribus restantes. Je ne me voyais pas évoluer dans l'univers du parfum de luxe avec un costume tout le reste de ma vie. Alors, j'ai refusé. Eva a complètement disjoncté en disant que je ne pensais pas à notre avenir et que mes délires d'adolescent devaient s'arrêter. Nous nous sommes beaucoup disputés… Elle m'a quitté. Et puis… Trois mois plus tard, elle sortait avec mon frère.

—Mon Dieu…

—Ouais… ça fait mal. Quand je l'ai su, j'ai complètement craqué. J'ai fait mon sac, et j'ai déménagé à Brasilia avant de partir en voyage quelques semaines en Angleterre. À Londres, c'est Melina et Paul qui m'ont hébergé. J'avais besoin de changer de pays pour faire le point. Je ne suis jamais revenu, jusqu'à aujourd'hui. Je ne suis même pas allé à leur mariage. Je ne supporte pas la superficialité de ma famille.

—Je peux te comprendre. Je me suis toujours sentie comme l'extraterrestre de la famille…

—Moi aussi.

Nous nous regardâmes en souriant. Nous étions deux enfants tombés dans la mauvaise famille. Des enfants que personne ne comprenait. Juan passa une main sur ma joue pour la caresser tout doucement et j'en eus des frissons. Mon ventre se mit à papillonner. J'avais rarement ressenti ce genre d'émotions. J'étais la fille qui se cachait derrière ses cahiers ou un sourire de façade. Je ne me sentais jamais assez jolie pour me déclarer à un homme qui me plaisait, pensant qu'il trouverait toujours ma copine bien plus belle que moi. À cet instant précis, je me demandais ce que Juan pouvait me trouver. Or, dans son regard, je pouvais lire qu'il avait vraiment une affection profonde pour moi. Cela me comblait. Un regard doux et sincère. Son pouce caressa tout doucement ma joue et je ne pus m'empêcher de sourire comme une adolescente face à son premier amour de jeunesse.

—Tu es une fille tellement incroyable, Charlotte, murmura-t-il avant de déposer un baiser sur mes lèvres.

24

Brésil, 1896

Cela faisait plusieurs jours qu'Armand et moi vivions au sein d'une communauté indigène d'Amazonie. J'étais en train d'évoluer dans une vie à l'opposé de la mienne et, étrangement, je me sentais pour la première fois à ma place. Pendant toutes ces années, je n'avais été que spectatrice de ma vie et à présent, je pouvais en être la principale actrice. Ces gens vivaient avec le minimum vital, se moquaient des dernières robes à la mode et des derniers potins de la haute société. Ils vivaient simplement, entourés par la nature luxuriante. Au fil des jours, j'avais analysé leurs gestes et leurs sourires. Ne comprenant toujours pas leur langue, je tentais de deviner ce qu'ils disaient à l'expression de leurs visages. Afin de m'aider dans cette quête, j'avais passé les derniers jours à dessiner leur portrait dans mon carnet de voyage. J'avais fait très attention à ne pas casser la mine de mon crayon à papier et avais emprunté une petite lame à un des Indiens afin de pouvoir l'aiguiser. Je ne quittais jamais mon carnet. Cette fois-ci, il était encore à mes côtés tandis que je tentais de comprendre mon interlocutrice.

J'étais assise en tailleur face à un mortier. J'avais dans les mains un pilon en bois. J'étais très concentrée face à la démonstration de ma voisine. Hachi m'avait proposé de participer à l'élaboration de produits médicaux naturels. J'avais dans mon mortier des petites baies rouges que je n'avais jamais vues auparavant. Hachi m'avait dit que cela s'appelait *acérola*. Elles ressemblaient à des petites cerises rouges. J'en avais pris une pour voir sa taille, pas plus grande qu'une petite bille. L'Indienne me montra le geste à faire pour écraser correctement les petites baies rouges. Je suivis son geste et je concoctai une fine purée rosée au fond de mon mortier.

—Nous les donnons aux enfants. L'acérola apporte beaucoup de vitamine C. Cela évite que nos enfants tombent malades dans les périodes humides comme c'est actuellement le cas, m'expliqua Hachi en tenant sa fille contre elle avant de prendre le mortier et de plonger son doigt dedans pour le porter aux lèvres de la petite.

Je regardai une autre autochtone qui semblait en pleine expérimentation scientifique. Elle était en train de verser un liquide dans un autre. Une vapeur d'eau s'éleva dans l'air. Le silence était solennel. Nous n'entendions que le bruit de la pluie tombant sur le toit en feuilles de palmier qui nous protégeait. Malgré l'humidité, je n'avais pas froid. Peut-être que mes vêtements me protégeaient. Je n'avais pas opté pour la coutume vestimentaire locale, préférant de loin garder du tissu sur ma peau. Hachi qualifiait cela de barbare. J'entendis derrière mon dos les babillements de sa fille tandis que mes yeux étaient rivés sur les vapeurs qui nous enveloppaient.

—C'est la distillation de la résine d'un arbre bien de chez nous. Si tu veux le connaître, il s'appelle le copalier. Grâce à sa résine que nous mélangeons à une huile végétale, nous obtenons le baume de copahu qui soigne nos blessures. Hier soir, deux membres de notre communauté sont revenus avec des plaies inquiétantes. Aquene est la personne qui connaît le plus les propriétés médicinales des plantes. Elle nous soigne depuis toujours. Non, lâche ce carnet ! Il n'est pas à toi !

Le ton de la voix de Hachi me surprit. Je me retournai pour voir sa fille qui avait attrapé mon carnet de voyage et le secouait dans tous les sens. Même si j'y tenais comme à la prunelle de mes yeux, je ne m'agaçai pas. La petite rit avant de commencer à pleurer quand sa mère l'arracha de ses petites mains. La curiosité l'emporta sur le sérieux de Hachi. Elle ne put s'empêcher d'ouvrir mon carnet et de voir, au fil des pages, les différents portraits de ses compères se dessiner. Pendant un moment, elle resta muette, avant de lever les yeux vers moi.

—Ils sont magnifiques. C'est comme… comment vous dites déjà… des tableaux ?

—Je n'ai pas cette prétention. J'ai toujours apprécié dessiner.

—Ils sont si beaux ! Je reconnais tout le monde ! Pourquoi n'as-tu pas dessiné Armand ?

Je me sentis gênée par cette question. Pendant mon voyage, j'avais écrit chaque périple de la journée, agrémenté d'un petit dessin, soit d'un oiseau qui passait au-dessus de nos têtes, soit d'un marin dont j'avais trouvé la position particulièrement amusante. Armand n'avait jamais fait partie de mes croquis. Tout simplement car je n'arrivais pas à le regarder assez longtemps sans que mon cœur s'emballe. Faisant fi de sa question, je tendis le bras pour reprendre mon carnet, mais Hachi s'était levée en laissant sa fille faire un caprice, sur le sol en terre rouge.

—Il faut le montrer au chef ! Est-ce que tu serais d'accord pour que nous gardions ces dessins ? J'aimerais que nous puissions conserver une trace de tous ceux qui vivent parmi nous… À part leur souvenir dans nos esprits, nous n'avons rien et parfois, l'esprit nous joue de sacrés tours… Par exemple, je n'ai pas de souvenirs de ma mère. Tout ce que l'on m'a dit, c'est qu'elle est morte devant mes yeux, mais à cause du choc, j'ai occulté tout souvenir d'elle… Avoir son visage sur un papier m'aurait tellement fait plaisir…

Je vis dans ses yeux qu'elle était émue de feuilleter ces visages dessinés d'un coup de crayon. Je ne pouvais pas être égoïste en le lui refusant. Qui étais-je pour dire non ? Moi qui avais un portrait trônant dans ma chambre en Écosse, fait à l'occasion de mon dernier anniversaire ? La demeure familiale était envahie de peintures représentant chaque membre de la famille depuis des générations. Nous pouvions toujours mettre un visage sur un prénom. Ici, ce n'était pas le cas. Ils vivaient, ils mouraient et le souvenir de la personne défunte s'effaçait au fur et à mesure que les décennies défilaient. Je trouvais ça particulièrement triste. Hachi avait vécu sans se rappeler le visage de sa mère et avait grandi dans l'absence d'un repère maternel. Je regardai sa fille qui prit de la terre dans ses mains, avant de la laisser s'égrainer comme si c'était le sable du temps qui diminuait au fur et à mesure que les secondes s'écoulèrent. Elle avait le droit d'avoir un souvenir de sa mère qui était face à moi. Alors, je me mis à hocher la tête d'un geste affirmatif.

—Je vous offre les dessins, mais je garde mes textes pour mon carnet de voyage.

—Bien sûr ! me répondit Hachi, le visage illuminé. Nous allons en parler au chef tout de suite ! (Elle voulut m'entraîner vers la hutte principale, mais elle s'arrêta en entendant des voix qui en provenaient. Je reconnus parmi elles celle d'Armand.) Nous allons peut-être attendre un peu…

À peine avait-elle fini sa phrase que je vis mon compagnon de voyage sortir de la hutte, furieux. Il était suivi de près par le chef de la tribu, accompagné d'un garçon plus jeune. Ils traversèrent le rideau de pluie qui tombait en continu pour arriver à notre hauteur. Le chef, un homme très grand et très costaud avec des peintures sur tout le corps, me regardait en fronçant les sourcils. Je commençai à ressentir de la peur. Mon estomac était en train de se nouer et, malgré la chaleur, une sueur froide descendait le long de ma colonne vertébrale. C'était un homme très impressionnant qui ne souriait pas. Il avait une baguette qui traversait ses narines et tenait fermement dans sa poigne de fer un bâton de bois décoré de plumes et de perles. Je vis du coin de l'œil la vieille dame du premier dîner arriver en fronçant à son tour les sourcils. Le chef me parla d'une voix forte. Autour de moi, tout le monde suspendit ses occupations. Le jeune homme à ses côtés m'observait, mais dès que je posais le regard sur lui, il le fuyait, gêné. Je ne comprenais pas ce qu'il se passait. J'étais tétanisée, ayant peur de perdre ma tête. Armand s'énerva davantage, se mettant à hurler sur cet homme. Je jetai un regard paniqué à Hachi.

—Il semblerait… commença-t-elle en voyant mon désarroi. Que notre chef veut que tu épouses son fils. Il voudrait que tu intègres la tribu.

Je restai muette face à cette information. Qu'est-ce que c'était que cette histoire ? J'étais venue ici pour faire un voyage, connaître une nouvelle culture et en aucun cas me marier ! Étais-je donc condamnée à cela ? Est-ce que mon statut de femme ne m'offrait que les épousailles dans n'importe quel pays, avec un parfait inconnu ? J'avais laissé William Kensington en Écosse, et ce n'était pas pour me marier avec un Indien en plein milieu de la forêt amazonienne ! J'allais répondre à cette idée qui me paraissait saugrenue quand la vieille dame frappa dans ses mains trois fois. Elle inspirait le respect. Armand cessa de crier. Pendant un instant, la petite place sous les feuilles de palmier retrouva sa quiétude. Nous n'entendîmes que le bruit de la pluie avant que la vieille dame ne prenne la parole dans cette langue étrangère à mes oreilles.

—Elle dit qu'en aucun cas nous ne devons aller à l'encontre de ce que le ciel annonce. Le chef ajoute qu'il ne pense pas qu'Armand serait un bon époux et que vous n'êtes pas un couple. Alors, il veut que tu épouses son fils. Elle refuse et prédit une malédiction si nous ne respectons pas ses prophéties.

Le chef s'arrêta en regardant la vieille dame. Bien qu'elle soit trois fois plus petite que lui et qu'elle tremble légèrement, il n'osa pas la défier davantage. Armand partit en tournant les talons en direction de la hutte qui avait été mise à sa disposition. De la tête, Hachi me fit signe d'aller le rejoindre et je soupirai. Je pris mon carnet, en lui promettant de leur donner mes dessins plus tard, et partis à mon tour pour rejoindre Armand.

Je traversai la pluie, me retrouvant trempée jusqu'aux os. En entrant dans sa hutte, je vis qu'il avait ouvert son sac et qu'il y mettait toutes ses affaires. C'était un véritable capharnaüm comme à son domicile d'Édimbourg. Sa couchette en paille se retrouvait au beau milieu d'une explosion de livres, de papiers et de toutes sortes d'objets. Quelque chose roula à mes pieds. En me baissant, je ramassai la longue-vue qu'il ne quittait que rarement. Mon père avait la même. Je rêvais d'en avoir une avec mon nom gravé dessus. Armand ne m'avait pas entendu entrer. Il s'arrêta net et se retourna en me voyant sur le seuil.

—Nous partons, annonça-t-il simplement.

—Pourquoi ? demandai-je en serrant sa longue-vue dans ma main. À cause de ce qui vient de se produire ? Je ne compte pas épouser ce garçon. Si je suis partie d'Écosse, c'est pour fuir un futur mari et non pour en épouser un autre dans une forêt en plein milieu de nulle part. Armand, il faut rester ! Tu as du travail ! Je découvre des choses fabuleuses !

Je vis qu'il ne m'écoutait pas. Il avait le regard rivé sur ses affaires, essayant de les regrouper, et cela m'agaçait. Je m'approchai de lui avec sa longue-vue. Si je voulais capter son attention, il fallait que je mente.

—Si tu pars, sache que je resterai, seule.

—Tu n'y penses pas ! (Il me regarda droit dans les yeux. Il se pinçait les lèvres. Je pouvais ressentir sa nervosité.) C'est bien trop dangereux !

—J'ai déjà failli mourir d'une balle en pleine tête sur ton navire. Rien ne sera plus dangereux.

—Nous n'allons pas parler encore de ça !

Il me tourna le dos pour prendre son sac et aller le mettre plus loin. Je dépliai la longue-vue pour l'observer avant de rire légèrement. Je murmurai des mots à peine audibles. Je vis que mon comportement l'agaçait. Il s'approcha de moi, m'arrachant l'objet des mains.

—Ce n'est pas un jouet !

—Et ta nonchalance, est-elle, elle, un jeu ? lui demandai-je en plantant mon regard dans le sien. Ou alors n'astu réellement rien à faire de ma petite personne ?

—Eleonor…

—Je ne quitterai pas cette hutte tant que tu ne m'auras pas dit la vérité. Tu me fuis. Ce qui est incroyable, c'est que je pensais réellement que tu avais ouvert une partie de ton cœur quand nous avons fait notre escale… Et puis, non. Tu m'as rejetée.

—Je t'ai protégée ! explosa-t-il.

Sa vivacité me fit faire un pas en arrière. Il me regardait d'un œil trouble. Je le vis plusieurs fois se mordiller les lèvres, puis passer la main dans ses cheveux qui avaient poussé pendant le voyage. Quelques mèches grisonnantes étaient apparues. Le soleil lui avait donné un teint hâlé, faisant ressortir son regard sombre.

—Crois-tu réellement que je ne ressente rien pour toi ?! Tu veux entendre la vérité ? Très bien ! (Il soupira en plongeant son regard dans le mien. Je n'arrivais pas à m'en décrocher même si j'appréhendais ce que j'allais entendre.) J'ai beaucoup souffert à cause d'une relation passée. J'étais très amoureux d'une fille téméraire qui n'avait pas froid aux yeux. Nous avons fait beaucoup de voyages ensemble, mais au bout d'une dizaine d'années, elle est partie… avec un autre, dans un pays que nous venions de découvrir. J'en suis tombé malade. Leonard était là et m'a beaucoup soutenu jusqu'à notre retour en Écosse. Je me suis promis de ne plus laisser une femme entrer dans ma vie et de ne vivre que pour mes expéditions. Or, un jour, me voilà invité à un repas chez un collègue qui voulait me raconter son périple. Collègue que je déteste tout particulièrement, car il cherche surtout à amasser une fortune et non à créer des relations humaines lors de ses voyages… J'y vais quand même, par politesse. Surprise ! Quelle aurait été la chance de rencontrer une petite effrontée qui ose tenir tête à son père, en plein dîner, face à un inconnu, pour annoncer qu'elle veut voyager et parcourir le monde ? Elle a même dessiné une carte ! À peine ai-je le temps d'y jeter un coup d'œil que son père la déchire ! Pour le peu que j'en ai vu, cela m'a intrigué. En partant, je récupère discrètement les morceaux de papier et les glisse dans ma poche. Je passe des jours à la reconstituer. Je suis fasciné par ce travail méticuleux. Cette carte a été faite par une passionnée ! Quelle ne fut pas ma joie de revoir cette personne, au croisement d'un trottoir, et de lui proposer de me rejoindre dans cette expédition.

Face aux déclarations d'Armand, je commençai à rougir. Même si cela ne datait que de quelques mois, j'avais l'impression que les événements qu'il racontait s'étaient déroulés depuis une éternité. Armand déplia à son tour la longue-vue pour me regarder à travers elle. Il se mit à sourire en coin, face à ce jeu enfantin.

—J'eus peur qu'elle ne vienne pas. Je fus rassurée quand elle arriva. Même si je la trouvais ridicule dans sa robe à la dernière mode. Pourtant, quand elle sortit de la cabine du capitaine dans des vêtements bien trop grands pour elle, en pantalon et en blouse tachée, je sus que j'étais tombé amoureux d'elle. Dans ses yeux s'exprimaient une joie indéfinissable, ainsi qu'une envie de réaliser un rêve. Elle voulait découvrir le monde et je voulais lui offrir.

—Arrête…

—Alors, quand nous avons fait escale et que j'ai appris l'altercation avec Leonard, j'ai eu peur. Je me suis dit que je l'avais emmenée dans un monde bien plus terrifiant que le sien, murmura-t-il avant de baisser sa longue-vue. Ce soir-là, j'ai voulu la rassurer, en lui ouvrant une partie de mon âme, mais j'ai baissé la garde. Je n'ai pas compris tout de suite ce qui se produisait. Quand Max est venu me réveiller en pleine nuit pour me dire qu'Eleanor et Leonard étaient en train de se battre sur le pont supérieur, mon sang n'a fait qu'un tour. Te voir braquer cette arme sur lui m'a terrifié. Je savais qu'il s'en était fallu de peu pour que cela vire au drame.

Armand resta un moment silencieux. Je sentis mon cœur qui commençait à battre dans mes tempes. Il s'était approché de moi tout doucement, comblant la distance qui nous séparait.

—J'aurais pu te perdre. Leonard m'avait toujours prévenu qu'il ne laisserait personne entrer dans ma vie pour me protéger, quel qu'en soit le prix. Je n'avais pas mesuré la gravité de ses menaces… Si je t'ai enfermée dans cette cabine, c'était pour te protéger de lui, jusqu'à bon port. En arrivant, je vous ai séparés et je lui ai dit qu'il ne serait plus le bienvenu sur l'*Amazonia* et que, pour rentrer en Écosse, il devrait trouver un autre navire. J'ai choisi, ce jour-là. C'est toi que j'ai choisie.

Armand lâcha sa longue-vue qui tomba sur la terre. Il posa ses mains sur mes joues en m'observant davantage.

—Qui aurait pu croire qu'une jeune fille d'une famille de nobles se révèle à ce point une exploratrice hors pair et ravive le cœur d'un explorateur en dérive ?

D'un geste de la main, il ramena une mèche de cheveux bruns derrière mon oreille. Le temps semblait s'être arrêté autour de nous. La vieille dame avait raison. L'avenir se lit dans les étoiles. Armand s'approcha, comblant les derniers centimètres qui nous séparaient pour déposer un baiser sur mes lèvres. Ce fut mon premier baiser. Je n'avais jamais embrassé auparavant un garçon, car cela n'aurait pas été convenable pour une jeune fille de ma situation, comme l'aurait rappelé ma mère. À cet instant précis, je savais que ma place était officiellement ici. Je me sentais envahie d'une sensation de bien-être. Une aura tiède et mielleuse m'entourait. Je posai les mains sur la nuque d'Armand pour amplifier ce baiser que j'avais secrètement espéré depuis le début de notre voyage. Armand était la personne qui avait cru en moi. Il m'avait laissé les rênes. Il ne m'avait jamais jugée. Il m'aimait. Je ne me sentais pas aimée pour un statut, pour une position, je me sentais aimée pour ce que j'étais, à part entière, et cela était sans doute le plus beau sentiment au monde. Nous étions là, en plein milieu de la forêt amazonienne, savourant cet amour naissant.

25

Brésil, 2019

Nous roulions à vive allure à travers la périphérie de Manaus. J'étais encore chamboulée à cause de ce qui s'était passé ces dernières vingt-quatre heures. Les menaces d'Eva résonnaient à mes oreilles. Je n'oublierais jamais ce regard perçant qu'elle avait eu. J'avais ressenti une véritable menace planer au-dessus de ma tête. Elle aurait pu me dénoncer. Quel ne fut pas mon soulagement en constatant son absence au petit déjeuner familial ! Son mari s'était excusé en précisant que sa femme souffrait d'une terrible migraine et qu'elle ne serait pas présente. Cela n'était pas étonnant quand on savait la quantité d'alcool qu'elle avait bu la vieille au soir. J'avais soupiré de soulagement et mon estomac s'était décontracté. J'avais pu déguster une bonne quantité de fruits tropicaux et manger quelques pancakes pour me donner toute la force nécessaire pour l'aventure qui m'attendait. J'avais mangé silencieusement, en évitant le regard de Juan. J'étais gênée par rapport à ce qui s'était produit la veille. Je ne lui en avais pas touché un mot depuis que nous nous étions levés, jusqu'à ce que nous ayons regagné la voiture pour rouler en direction de la forêt amazonienne.

Dans quelques jours, je m'envolerais de nouveau pour l'Écosse, espérant pouvoir sauver mon frère. Cette relation d'une nuit avec Juan ne serait plus qu'un doux souvenir. Je n'avais jamais eu de relation éphémère, mais je ne me sentais pas honteuse. Au contraire, j'étais contente de ce moment passé ensemble. Or, ma timidité venait de réapparaître. J'avais l'impression d'avoir quinze ans et de ne pas pouvoir parler à un garçon en le regardant droit dans les yeux, sans rougir et bafouiller. Avais-je vraiment passé la nuit en compagnie de Juan sans éprouver le moindre sentiment ? Me mentais-je à moi-même ? Je regardai mon visage dans le rétroviseur droit de la voiture. Mes yeux cernés étaient cachés par mes lunettes de soleil. Je ne pouvais nier que Juan était un homme tout à fait charmant. Depuis peu, je commençais à ressentir quelques papillons dans le ventre et je voulais juste qu'ils prennent leur envol en me rappelant que cette relation ne mènerait à rien.

—Dis donc, as-tu perdu ta langue ? Tu n'as pas ouvert la bouche depuis ce matin… Tu devrais être rassurée de savoir qu'Eva ne dira rien. Elle a sûrement oublié tout ce qui s'est produit hier, au vu de sa gueule de bois ! Tu peux respirer !

Juan n'avait pas tourné son visage et son regard de la route. Je me redressai légèrement pour m'installer de nouveau confortablement. Sans m'en apercevoir, je m'étais légèrement avancée en me crispant. Je posai ma tête contre l'appuie-tête avant de lui répondre :

—Je suis désolée. Je suis fatiguée et particulièrement angoissée à l'idée de ce que je pourrais découvrir.

Nous avalions les kilomètres et la ville de Manaus était en train de s'éloigner dans nos rétroviseurs. Nous avions emprunté une voiture de sa famille. Une sorte de Jeep. Je n'y connaissais rien en voitures, mais Juan avait préparé celle-ci sous le regard inquiet de sa mère. Je n'étais pas seulement stressée par ce qui m'attendait au bout de notre périple. Juste avant notre départ, j'avais eu une confrontation assez particulière. Sa mère m'avait prise à l'écart en me disant que si je cherchais un bon parti, il ne fallait pas penser à son fils. Elle ne le laisserait pas à une petite Anglaise de ma trempe. Elle avait planté son regard sombre sur moi en finissant la conversation en portugais. Au ton de sa voix, j'avais compris qu'elle ne me faisait pas des compliments. Loin de là… Sans doute, avait-elle perçu le changement dans le regard que je portais sur son fils. Peut-être s'était-elle doutée de ce qui s'était produit durant la nuit. Dans tous les cas, elle était partie en me lançant un regard des plus glacial. J'avais fini par monter dans la voiture sans dire un mot.

Le silence avait de nouveau envahi l'habitacle. J'avais posé mon coude près de la vitre avant de coller légèrement mon front contre celle-ci. Le paysage qui défilait commençait à devenir plus sauvage. Par moments, nous pouvions apercevoir la lisière de la forêt amazonienne. Je me demandais quelle faune la peuplait. Je n'avais pas fait beaucoup de recherches avant de venir ici. Même si je savais que c'était une nature sauvage, j'allais la découvrir dans son entité.

—Et si je ne découvrais rien ? Et si tout cela n'avait servi à rien ? demandai-je, la voix légèrement éraillée par la panique qui commençait à monter.

—Respire, Charlotte. Tu t'en sortiras. J'en suis sûr.

La voix de Juan était apaisante. Il s'était tourné vers moi, les yeux cachés par ses lunettes de soleil. Il avait souri tendrement. Je pinçai les lèvres en fermant un instant les yeux. Il avait raison. Dans la vie, je m'en étais toujours sortie, même dans les moments les plus durs. À chaque fois que j'avais fait face à un obstacle, j'avais respiré et analysé toutes les solutions possibles dans le moindre détail. Aujourd'hui, je pouvais y arriver… une nouvelle fois.

—Nous allons parvenir à notre destination, annonça-t-il en tournant sur une petite route en terre.

Je rebondis légèrement sur mon siège et me tins fortement à la poignée au-dessus de la fenêtre. Juan était serein et semblait dans son élément. Il sifflait même légèrement, tapotant le volant du bout des doigts. Au bout d'une dizaine de minutes, je vis une petite structure apparaître. C'était une maisonnette en bois peinte en bleu. La peinture s'écaillait. Il y avait une enseigne accrochée à la porte, qui aurait eu besoin d'un petit rafraîchissement. C'était la seule habitation à des kilomètres à la ronde. À peine Juan avait-il coupé le moteur de la Jeep que j'ouvris la portière pour sauter à l'extérieur. La terre était si sèche qu'au contact de mes chaussures, un halo de poussière rouge s'éleva dans l'air. Il faisait une chaleur étouffante. Le soleil était au zénith et me chauffait intensément la peau. Juan sortit et prit la direction de la porte de la maison qui était ouverte. Je le suivis, levant les yeux pour essayer de décrypter l'inscription de l'enseigne, en vain. J'entrai à mon tour dans l'habitation avant de constater qu'elle ressemblait à une boutique de sport. Il y avait très peu de rayons, mais la plupart des articles étaient des sacs à dos, des gourdes de toutes sortes et des chaussures. Il y avait aussi des produits pharmaceutiques et des petites trousses de secours.

—Il y a quelqu'un ? demanda Juan en haussant la voix.

Il ne fallut pas longtemps pour voir un homme sortir de l'arrière-boutique. Il avait un look de surfeur. Il avait les cheveux blonds, longs légèrement décolorés, sans doute à cause du soleil, et des yeux bleus comme l'océan. Son teint était bronzé. Il portait un débardeur blanc avec un short kaki. Je m'attendais à le voir en tongs ou en claquettes, mais il portait une paire de tennis en toile noire. Un grand sourire apparut sur son visage et il leva les bras en s'exclamant :

—Je pensais ne jamais te revoir dans le coin, mon frère ! Je suis si content ! (Il s'avança avant de prendre Juan dans ses bras et de lui donner deux tapes dans le dos.) Et je vois que tu es en bonne compagnie… fit-il en souriant, m'observant.

—Je te présente Charlotte, répondit Juan. Charlotte, voici Trevor. Un ami de longue date.

—Et ton associé ! précisa le dénommé Trevor.

—C'est plutôt ta boutique, maintenant…

—Je fais ce que je peux ! Mais c'était bien mieux quand tu étais là… Tu aurais vu ça, Charlotte, c'était l'Indiana Jones de la forêt amazonienne ! Il connaît tous les coins comme sa poche ! Un vrai petit singe, comme j'aimais si bien l'appeler !

Je ne pus m'empêcher de rire légèrement en imaginant Juan grimper aux arbres. Celui-ci murmura quelques mots avant de tousser pour reprendre le sérieux de la conversation.

—Tu aurais de quoi nous équiper ? Nous devons aller dans la forêt pour quelques jours. As-tu reçu du matériel sympa, ces derniers temps ?

—Va voir dans la réserve ! Si tu veux, en attendant, je m'occupe de ta copine ! Je vais l'équiper… Parce que les baskets de ville, ce n'est pas une bonne idée !

Juan fit un signe de tête avant de me laisser seule face à cet homme. Trevor me regarda de la tête aux pieds. Décidément ! Qu'est-ce qu'ils avaient tous, dans ce pays, à scruter les gens ainsi ? Je me mis à observer mes vieilles baskets pour éviter son regard. Le surfeur tourna les talons pour aller me chercher une paire de chaussures de marche et me les tendre.

—Je pense que c'est ta pointure ! Essaie-les ! Je vais voir pour un sac à dos.

Je pris les chaussures marron montantes avant qu'il ne s'éloigne. Je regardai autour de moi. Pas une chaise, ni un petit banc pour s'asseoir. Je soupirai avant de m'installer à même le sol. Je n'avais jamais eu un très bon équilibre et je ne me voyais pas imiter le flamant rose, en plein milieu de la petite boutique. J'allais être ridicule. J'enlevai mes baskets avant d'enfiler les chaussures de marche, les laçant jusqu'en haut pour qu'elles me tiennent bien la cheville. En me redressant, j'eus la sensation de ressentir du poids à mes pieds. C'était une sensation désagréable, mais si je devais marcher des kilomètres dans la forêt et gravir quelques terrains escarpés, je n'avais pas le choix. La sécurité avant le confort ! Je fis quelques pas dans la boutique. Moi qui rêvais d'aventures depuis mon adolescence, je n'avais jamais fait de randonnée. Les vacances familiales étaient souvent signe de farniente au bord de la piscine d'un hôtel cinq étoiles, et non de camping en haut d'une montagne. Je commençais à douter de mes capacités physiques, surtout au moment où Trevor revint avec un sac à dos qui faisait quasiment la moitié de ma taille. Je fus surprise et cela se vit dans mon regard. Il se mit à rire devant ma tête de merlan frit.

—Tu vas t'y habituer, ne t'inquiète pas. De toute manière, il faut prendre uniquement le nécessaire ! Enfile-le ! Je vais régler les lanières.

Je fis ce qu'il me dit, passant les bretelles autour de mes épaules. Pour le moment, je ne ressentais aucun poids, le sac en toile étant vide. J'avais peur de ne pas suivre le rythme de Juan. Lui, qui avait l'habitude, allait se rendre compte du boulet auquel son pied était attaché. Trevor se mit derrière moi et régla les lanières afin que le sac à dos puisse être à la bonne hauteur et m'éviter tout mal de dos.

—Alors ? Es-tu là pour le tourisme ? Juan est le meilleur en exploration… Je suis vraiment déçu qu'il ait quitté Manaus. Ce n'est pas pareil sans lui ! C'était le meilleur guide !

—Je suis à la recherche de quelque chose. Juan tenait cette boutique ? demandai-je, légèrement curieuse.

—Tu plaisantes ? C'est lui qui l'a créée de toutes pièces ! Il m'a accueilli à bras ouverts quand je suis arrivée d'Australie ! Il m'a donné un petit boulot et, finalement, je ne suis jamais reparti ! Quand il a décidé de quitter Manaus, il m'a donné les clés en me disant qu'il me faisait confiance. C'est un chic type ! J'espère vraiment qu'il reviendra ici, un jour… Et voilà, madame ! Je vais te chercher une gourde isotherme, et surtout un chapeau ! Je suis désolé, il est loin d'être à la mode…

Il se mit à rire tout seul en allant dans l'arrière-boutique où Juan était déjà. Les deux garçons sortirent ensemble. Juan s'était changé et avait enfilé un pantalon kaki en toile ainsi qu'un tee-shirt beige. Il avait aussi une veste de la même couleur que son pantalon. Je me demandais comment il allait pouvoir la supporter avec la chaleur qu'il faisait à l'extérieur. Il s'approcha de moi pour me tendre les mêmes vêtements.

—Il faut que tu enfiles ça. Si tu restes en short, tu peux te faire mordre par un serpent ou une autre bestiole… Couvre tes bras, les moustiques sont voraces. Tu peux aller te changer dans l'arrière-boutique.

—Je vais mourir de chaud avec ça, non ? demandai-je, hésitante, en prenant les vêtements.

—Ils régulent la température du corps, que ce soit par temps chaud ou froid. C'est la meilleure marque. Je suis content de voir que Trevor a suivi mes conseils. (Il se retourna vers son ami.) Dis-moi Trevor, as-tu encore des machettes ?

Je laissai les deux hommes en discussion pour me rendre, à mon tour, dans l'arrière-boutique où il y avait un bureau avec des dizaines de dossiers dessus. Un vieil ordinateur trônait au milieu de cet amas de papiers et semblait issu du siècle précédent. Je me demandais si une telle antiquité pouvait encore fonctionner et si la connexion internet dans ce lieu passait sans souci. Il y avait des cartons de livraisons un peu partout. C'était un véritable bazar. Je fermai la porte pour ne pas être dérangée avant d'enlever mon débardeur et mon short en jean pour enfiler l'équipement que Juan m'avait confié. Il n'y avait pas de miroir, mais avec tout ceci, j'avais l'impression que j'allais explorer la jungle comme tous les acteurs de ces films d'action que j'avais vus. Je sortis et, sans que je m'y attende, Trevor me posa un chapeau sur la tête. Juan avait placé sur le comptoir près de la caisse tout ce dont il avait besoin. Je vis une machette, une trousse de secours, des lampes frontales et des lampes torches. Il y avait aussi des tissus longs. Quand il sortit son portefeuille, Trevor fit signe que ce n'était pas nécessaire.

—Tu me les rapporteras ! Je ne vais quand même pas faire payer le patron ! Allez les jeunes, bon trek ! J'espère que tu trouveras ce que tu souhaites, Charlotte !

Il me sourit et je me sentis touchée. C'était un grand gaillard qui avait le cœur sur la main. Ils se dirent au revoir. Mon compagnon de route prit tout l'équipement et je le suivis dans ma nouvelle tenue d'exploratrice et ce sac à dos qui était encore bien léger.

*

Mes jambes commencèrent à se tétaniser. Je m'attendais à ce que cela soit difficile, mais cela allait au-delà de mes projections. Nous étions partis depuis près de cinq heures. Malgré le soleil qui descendait, la chaleur était toujours aussi étouffante. Chaque bruit me faisait peur. Dès que j'en entendais un, je me mettais à sursauter. Dès qu'un oiseau chantait, je m'arrêtais en fronçant les sourcils. Et surtout, j'avais toujours le regard rivé au sol de peur de tomber sur une mauvaise surprise. Pendant près de vingt ans, je m'étais répété que j'avais envie de vivre des aventures, et à présent, en plein milieu de la jungle amazonienne, je n'avais qu'une envie : sortir de cet enfer. C'était l'enfer vert. Celui qui vous mettait face à vos plus grandes peurs. Celui qui vous faisait douter à chaque pas. Celui qui pouvait vous rendre fou. À chaque pas supplémentaire que je faisais, mes pieds ripaient, je sentais que j'allais bientôt flancher. Malgré ma gourde, ma bouche était régulièrement sèche et pâteuse et je n'avais jamais autant transpiré de ma vie. Juan était devant moi, coupant quelques lianes qui nous barraient la route. Nous parlions peu, pour rester concentrés sur notre but. Il m'avait promis que nous atteindrions le village qu'il souhaitait à la tombée de la nuit, mais je commençais à perdre espoir.

—Nous allons sans doute devoir établir un campement.

Cette nouvelle tomba comme un coup de massue. Je m'arrêtai en regardant partout autour de moi. Où voulait-il que nous dormions ? Nous ne pouvions pas nous installer ici, à même le sol. Les moustiques volaient tout autour de nous et j'avais peur qu'un fauve sorte de la forêt pour nous dévorer tout crus.

—Nous allons grimper un peu. Attrape mon sac à l'arrière et marche dans mes pas.

Je fis ce qu'il me dit. Mes mains agrippèrent une des lanières de son sac à dos. Il étendit ses jambes pour grimper rapidement et je l'imitai, bien que je manque plusieurs fois de glisser. Ce trek ne finirait jamais. Je ne pouvais nier que la forêt amazonienne avait quelque chose de beau et d'envoûtant, mais je commençais à me sentir prise au piège.

—Qu'est-ce que tu préfères, Charlotte ? Tu es épuisée. Nous pouvons dresser un campement avec des hamacs pour la nuit. Si nous continuons, nous en avons encore pour au moins deux heures de marche.

—Nous continuons, annonçai-je sans attendre.

—Alors, tu gardes ta main sur mon sac à dos et tu me dis si tu te sens mal. Bois un coup. Je ne peux pas te donner une barre de céréales, cela attirerait des compagnons loin d'être agréables.

Nous nous arrêtâmes quelques minutes, le temps que je boive quelques gorgées d'eau. Je remerciai, intérieurement, l'inventeur des gourdes isothermes. Grâce à lui, l'eau était toujours fraîche. Cela me fit un bien fou de sentir ce liquide couler dans ma gorge. Juan passa une main dans mes cheveux comme pour me donner du courage. Nos regards se croisèrent un instant et il me fit signe de poursuivre. C'était reparti pour marcher à travers l'enfer vert.

Ma tête tournait. Je vis quelques petits papillons passer devant mes yeux. Je clignai des paupières plusieurs fois. Nous avions allumé les lampes frontales pour avancer. Le crépuscule enveloppait la forêt et les oiseaux du jour avaient décidé d'aller se coucher pour laisser place à leurs congénères nocturnes. Je tenais toujours la lanière du sac de Juan, mais je sentais que mes doigts étaient contractés. Quel ne fut pas mon soulagement en voyant, au-dessus de son épaule, quelques lumières au loin. Nous arrivions ! J'avais envie de sauter de joie, de crier, mais je ne fis rien. Je me sentais à bout de forces. Sans doute Juan l'avait-il senti aussi, car il s'arrêta.

—Donne-moi ton sac à dos.

—Il pèse une tonne… Tu ne vas pas supporter le mien en plus du tien !

—J'ai l'habitude. Donne-le-moi, sinon tu vas t'effondrer.

Je laissai glisser la lanière entre mes doigts. Il se retourna. Il avait les traits tirés et le visage rougi. Lui aussi était épuisé. Pourtant, je compris à son regard qu'il ne me laissait pas le choix. J'enlevai le sac qui m'avait détruit le dos. Je sentais tous les muscles de mon corps se relâcher légèrement à la disparition de ce poids. Juan planta un instant sa machette dans la terre pour enfiler le sac à dos contre son torse. Il se baissa pour saisir l'arme et reprendre le chemin. Même avec deux sacs et une machette, il me tendit sa main libre, que je pris. Il était d'un soutien incommensurable.

Il nous avait fallu encore près d'une heure pour parvenir à l'entrée d'un village. À peine étions-nous arrivés que les habitants vinrent à notre rencontre. Ils portaient des habits traditionnels faits de feuilles de palmier, de paille… Juan lâcha ma main pour laisser tomber les sacs à dos sur la terre rouge poussiéreuse et y planta sa machette avant d'appuyer ses mains sur ses genoux et de se pencher pour reprendre son souffle. D'un geste délicat et instinctif, je posai la main sur son dos. Nous avions marché toute la journée. Je ne m'en serais jamais crue capable et pourtant, grâce à lui, nous étions là : dans ce village, en plein milieu de la forêt amazonienne, entourés de ces autochtones. Certains vinrent à la hauteur de Juan en le saluant dans leur langue. Je compris que ce n'était pas la première fois qu'il venait ici. Il y avait une certaine effervescence autour de nous. Une atmosphère calme qui se brisa quand une vieille dame à la peau mate, fripée et aux cheveux longs argentés, pointa son doigt sur moi en criant dans un anglais parfait :

—FANTÔME ! MALÉDICTION !

26

Brésil, 1896

Plus nous marchions dans la forêt, plus je sentais le poids de la nostalgie s'abattre sur mes épaules. Nous avions quitté la tribu quelques heures plus tôt, après plusieurs semaines passées avec elle. J'avais ressenti beaucoup de peine en faisant mes adieux à Hachi. Pendant tout mon séjour au sein de sa communauté, elle avait été une amie. J'avais passé la plupart de mon temps à dessiner leurs portraits dans mon carnet, avant d'en déchirer les pages pour qu'elle les donne au chef, afin qu'il les affiche dans sa hutte. À la fin du séjour, j'avais réussi à croquer chaque personne présente, ainsi que le visage d'Armand et le mien qu'ils avaient mis au milieu des membres de la tribu. Nous étions considérés comme des membres à part entière de leur communauté. Avant de partir, Hachi m'avait prise dans ses bras et j'avais ressenti une sensation de chaleur et de tendresse m'envahir. Très vite, ce sentiment avait laissé place à de la tristesse. Je ne voulais pas partir. Je sentais au plus profond de mon âme que ma place était ici, parmi eux. Je ne souhaitais pas retourner en Écosse.

Et pourtant, le cœur déchiré, j'avais suivi Armand pour traverser de nouveau la forêt amazonienne.

Il connaissait un chemin plus court pour rejoindre notre point de rendez-vous. Nous avions quatre heures de marche devant nous pour récupérer une pirogue. Je ne lui avais pas demandé pourquoi il n'avait pas eu cette brillante idée à l'allée au lieu de nous faire traverser la forêt pendant plusieurs jours. Au bout de la première heure, nous atteignîmes une petite clairière. À cet endroit, il y avait un peu moins d'arbres. La lumière du jour rayonnait davantage. C'était une jolie petite partie de la forêt au milieu de laquelle trônait un grand arbre comme s'il était le chef de tout ce qui l'entourait. Les mains accrochées aux bretelles de mon sac à dos, je regardais ce majestueux chef de la forêt dans toute sa hauteur. Je ne restai pas longtemps à le contempler, mais je pus voir ses branches touffues et ses lianes qui pendaient. Son écorce était sombre. Je ne savais pas de quelle espèce il était, mes connaissances en botanique étant loin d'être suffisantes. Armand se tourna un instant pour me demander de me hâter.

—Je voudrais te montrer quelque chose.

Notre relation avait évolué depuis le début de notre aventure. Nous étions à présent amants. Je ne pouvais l'appeler ni mon fiancé, ni mon époux. Le mot « amant » me convenait parfaitement. Nous nous aimions et nous partagions une épopée et une passion. Il avait beau avoir l'âge de mon père, son esprit jeune et son caractère aventurier m'avaient conquise. Depuis le matin, il restait silencieux. Je me demandai ce qu'il voulait absolument me montrer. Ma curiosité était piquée et je le suivis. Cela dura une heure. Comme une petite fille, je lui posais des questions pour deviner, mais il ne répondait pas, ou alors il me répétait « Tu verras ». Au bout d'un moment, je décidai de continuer la marche en regardant mes pieds, faisant très attention où je les mettais, car le sentier était devenu escarpé. À un moment, je manquai de bousculer Armand qui s'était arrêté. Il me demanda de regarder devant moi.

Ce fut le plus beau spectacle que j'aie vu de toute ma vie. Devant moi se tenait une cascade. Loin d'être immense, elle n'en était pas moins sublime. L'eau coulait à grande vitesse pour rejoindre une grande étendue. La sensation de fraîcheur qui s'élevait grâce à la puissance de l'eau était agréable. Les heures de marche semblaient bien loin. Le temps était suspendu. Je m'approchai de ce paysage en laissant Armand derrière moi. Je fermai les yeux et inspirai profondément. J'avais la sensation que quelques petites gouttes d'eau venaient chatouiller la peau de mon visage. En ouvrant les yeux, je vis des perroquets voler dans le ciel et je repensai à l'oiseau multicolore d'Armand, resté à Édimbourg. Ce n'était pas un environnement pour un tel volatile. Mes yeux voyagèrent d'un côté à un autre, repérant fleurs colorées, arbres imposants, et petits animaux qui passaient par là. Rien de bien dangereux à première vue, mais Armand me mit en garde de ne pas m'approcher du plan d'eau. On ne savait jamais ce qui pouvait se produire.

—Je veux rester ici, déclarai-je.

Mon envie avait été plus forte que ma raison. Je sentais mon cœur s'étreindre à la pensée de prendre la pirogue. Et pourtant, je vis dans le regard d'Armand que nous n'avions pas le choix. Il devait rentrer. Il devait présenter ses recherches et ses notes au cercle des géographes d'Édimbourg. Alors, il me prit la main un instant pour me réconforter et me fit signe qu'il fallait que nous partions. À regret, je quittai cet endroit enchanté qui m'avait montré la beauté du monde comme je ne l'avais jamais vue.

Le voyage en pirogue s'était bien passé. Peu de courant. Notre embarcation avait glissé le long du fleuve pour atteindre sa destination tard dans la nuit. Au fur et à mesure que les kilomètres entre nous et Hachi et sa tribu s'accumulaient, mon sentiment de malaise s'aggravait. Le retour à la civilisation me rendait malade. À peine avais-je fait quelques pas dans la ville portuaire où était amarré l'*Amazonia* que je sentis mes jambes trembler. Je sentais que j'allais m'effondrer. Armand avait dû apercevoir mon mal-être, car il prit la décision de loger dans une auberge du quai du port au lieu de retourner immédiatement sur le navire. Il prit deux chambres : une pour moi et une pour lui. En entrant dans la mienne, je posai mon sac à dos sur le parquet en bois ancien avant d'enlever mes bottines. Je m'assis à même le sol. Je soufflai doucement. Je sentais les larmes me monter aux yeux. Partir était un vrai crève-cœur. Il fallait que j'en parle à Armand. Je savais à quel point son entrevue avec le cercle était importante, mais je ne me voyais plus vivre ailleurs qu'ici. Hachi me manquait beaucoup. Tout le monde me manquait. J'avais appris beaucoup avec eux : faire nos propres décoctions médicales ou tresser des feuilles d'arbre pour en faire un abri. Je m'étais révélée parmi eux. Ainsi, je me décidai à lui parler. Je ne pouvais rien lui cacher.

Quand j'entendis deux coups frappés à la porte, je relevai la tête vers celle-ci. Armand me demanda si j'étais prête pour aller dîner. Je me rendis compte que j'étais restée assise sur le parquet depuis notre arrivée. Je lui répondis que je le rejoignais en bas. Je l'entendis s'éloigner. Me levant, j'allai m'observer dans un miroir. Ma peau était légèrement bronzée, mes cheveux étaient en bataille et des cernes s'étaient creusés sous mes paupières. Je n'avais plus rien de la jolie jeune fille de bonne famille qui était partie des mois auparavant. Je pris mes cheveux pour les attacher rapidement, sans aucun soin. J'ouvris le robinet pour laver mon visage. L'eau claire et douce me revigora. Je m'observai un instant et hochant la tête, je me donnai du courage pour dire la vérité. Je quittai la chambre avant de rejoindre Armand, qui était déjà assis à une table.

L'ambiance était joyeuse. Les gens riaient autour de nous et parlaient fort. Je regardai mon assiette. Je n'avais pas d'appétit. Je me sentais fatiguée par ce voyage. Je jouai avec ma fourchette en faisant bouger une pomme de terre d'un bord à l'autre. Armand parlait depuis le début du dîner et je ne lui avais rien répondu. Il m'avait servi un verre de vin rouge et je ne l'avais pas encore touché. Il expliquait comment notre retour se déroulerait, mais je réagissais à peine.

—Es-tu malade, Eleanor ? demanda-t-il en fronçant les sourcils, inquiet.

—Ne pouvons-nous pas rentrer dans quelques mois ? Est-on obligé de partir dès demain ? répondis-je en écrasant ma pomme de terre à l'aide de ma fourchette.

—Le cercle des géographes attend mon exposé. Je te l'ai dit, nous reviendrons, mais il faut que nous rentrions à Édimbourg. Est-ce que, par hasard, ton retour t'angoisserait ?

Mon estomac se crispa davantage et je laissai tomber ma cuillère dans l'assiette en grès. Il avait touché un point sensible. J'avais peur de rentrer et que mon père m'attende sur le quai pour me récupérer et m'enfermer en haut d'une tour, prisonnière à tout jamais de ses caprices. Mes doigts caressèrent les paumes de mes mains d'un geste nerveux. Je ne me voyais pas circuler sur les routes d'Édimbourg sans être vue comme la coupable qui avait ruiné la réputation de ses parents. Je ne voulais pas subir les cancans de la haute société. J'avais beau être forte émotionnellement, cela me paraissait insurmontable.

—Tu n'as pas à t'inquiéter. Personne ne te fera de mal.

—Tu oublies qu'une femme dépend soit de son père, soit de son mari. Je ne vaux rien dans ma situation actuelle.

—Dans ce cas, marions-nous.

Je relevai les yeux vers lui, surprise. Il ne me regardait pas. Il mangeait avec appétit son dîner. Il avait fait sa proposition si simplement que cela m'avait déstabilisée. Je me mis à rire nerveusement, pensant à une vilaine plaisanterie de sa part, mais en croisant son regard, je compris que ce n'était pas le cas. J'en restai estomaquée. Le rouge me monta aux joues.

—Je n'ai pas quitté Édimbourg pour épouser un homme !

—Tu le dis toi-même… que tu ne vaux rien en tant que femme.

—Et je veux montrer le contraire ! répondis-je, à la fois déterminée et agacée.

—N'oublie pas qu'en rentrant, ton père voudra te récupérer. Je t'assurerai protection et tu pourras continuer à vivre comme tu le souhaites.

—Nous ne sommes pas obligés de rentrer ! répétai-je pour tenter de lui faire entrer cette idée en tête.

—Refuses-tu ma proposition ?

Il posa sa fourchette en m'observant au plus profond des yeux.

—Je t'en fais une autre, répondis-je sans détacher un instant le regard du sien.

Pendant un long moment, nous nous toisâmes. L'aubergiste qui passait à nos côtés pour aller servir des gens nous regarda un instant avant de filer. Il y avait de l'orage dans l'air, mais celui-ci n'éclata pas. Armand soupira avant de dire qu'il allait voir l'*Amazonia* et l'équipage afin de tout préparer pour le départ du lendemain matin. Il se leva et enfila une veste avant de quitter l'établissement. Je restai seule à ma table, dans une atmosphère bruyante. Je ne voulais pas admettre que j'avais perdu cette bataille. J'étais déçue qu'il ne veuille pas entendre ma proposition plus amplement. Qu'est-ce que cela pouvait faire, s'il rentrait avec du retard ? Il pouvait toujours sortir une excuse… Est-ce que je pouvais rester ici jusqu'à ce qu'il revienne ? Ce point ne semblait pas envisageable. Je ne finis pas mon assiette, préférant rejoindre ma chambre et passer le reste de la nuit à réfléchir. Je ne voulais pas dormir, sachant pertinemment que si je plongeais dans les bras de Morphée, je verrais le visage de mon père.

J'avais eu beau batailler, la fatigue avait gagné et je m'étais endormie. J'avais passé une grande partie de la nuit à tenter de fuir mes songes. Je voyais uniquement la tête de mon père, son visage victorieux de me récupérer et mon mariage remis à l'ordre du jour avec William Kensington. Je me réveillai à l'aube, nauséeuse et le regard fatigué. Par la fenêtre, le soleil se levait. L'aube s'atténuait pour laisser place à des couleurs pastel dans le ciel. Je me levai de mon lit pour aller coller mon front à la fenêtre. La vue m'offrait un océan calme et je regrettai qu'une tempête n'ait pas éclaté dans la nuit afin de retarder notre départ. Ma gorge se serrait. Il fallait que je me rende à l'évidence : c'était ma dernière journée au Brésil. Dans quelques heures, nous nous éloignerions des côtes pour réaliser le voyage dans l'autre sens. Je me préparai à contre-cœur, avant de descendre avec mon sac à dos. Je fus surprise de ne pas voir Armand dans la salle principale, mais l'aubergiste me signala que mon compagnon était parti vers le port une heure plus tôt. Peut-être était-il parti sans moi. Je me rendis compte à cette pensée que je ne voulais pas me retrouver seule dans un pays que je ne connaissais pas. Je voulais être avec Armand, même si cela signifiait qu'il fallait rentrer vers notre terre natale. J'allais accepter sa demande. Je voulais être sa femme. Je voulais me tenir à ses côtés, la tête haute, fière. Je filai rapidement vers la sortie, claquant la porte. Je ne ressentis pas la moiteur de l'air sur ma peau, car je courais très vite vers l'*Amazonia*.

Je me retrouvai face au navire, comme je l'avais été quelques mois auparavant à Greenock, juste avant notre départ et notre périple. Je compris que je n'étais plus la personne qui était montée la première fois sur ce navire. Je n'étais plus la petite noble en belle robe bleue qui semblait déboussolée. J'étais devenue une véritable aventurière. Je montai sur le pont et vis les marins s'affairer. Je vis le petit Max qui était en train de préparer les voiles. Il n'y avait pas une seule trace d'Armand, ni de Leonard. Armand n'avait pas menti, il ne serait pas du voyage. J'étais rassurée. Cependant, le fait que je ne trouve pas la silhouette familière de mon amant commençait à m'effrayer. Je regardai dans tous les sens, tentant de passer entre les marins qui couraient partout en criant des ordres. Le bateau était sur le départ. Je levai les yeux vers le pont supérieur, mais il n'était pas derrière la barre de gouvernail. Je m'approchai de la cabine du capitaine. En l'ouvrant, personne. La cabine était vide. Je restais au milieu de la pièce. Où était-il ?

—Miss ! Qu'est-ce que vous faites ici ?!

Je me retournai pour faire face à Max, surpris de me voir dans la cabine du capitaine. À son air, je compris qu'il ne m'attendait pas et pourtant, c'était le jour du départ.

—Vous ne devriez pas être ici ! Il faut quitter le navire !

—Mais enfin, Max ! C'est moi ! Eleanor !

—Je sais bien qui vous êtes ! Je ne suis pas bête ! Mais faut partir ! Nous allons bientôt quitter le port !

—Armand m'exile ici… Est-ce donc cela ?!

Max me regardait en fronçant les sourcils, ne semblant pas comprendre la situation. J'étais perdue. Le bateau allait partir et je n'avais pas le droit de rester à bord. J'entendis alors quelqu'un m'appeler. Je connaissais cette voix. Précipitamment, je quittai la cabine, manquant de bousculer Max au passage, avant de me pencher au-dessus du bateau. Il était là. Sur le quai. Il me faisait un signe de la main en m'ordonnant de descendre. Je l'écoutai, quittant le navire pour le rejoindre.

—Je pensais que tu ne voulais pas quitter le Brésil ? me demanda-t-il en croisant les bras, comme s'il était fâché.

Je ne comprenais pas à quel jeu il jouait. Mes nerfs étaient à fleur de peau. J'étais partagée entre l'envie de l'étrangler et celle de me jeter dans ses bras. Il sortit quelque chose de son sac et me le tendit. C'était un objet brillant et doré. Un objet que j'avais toujours espéré avoir un jour dans ma vie. Je le pris. C'était une longue-vue avec mon prénom et mon nom de famille gravés. J'avais les larmes aux yeux et je levai mon regard, plein d'incompréhension, vers Armand.

—Une bonne exploratrice a toujours sa longue-vue sur elle. Si tu veux arpenter la forêt amazonienne, il faut que tu aies du bon matériel.

—Nous ne partons plus ? demandai-je avec une toute petite voix, tel un couinement de souris.

—Qui a dit que nous partions ?

—Toi. Hier soir. Avant-hier. Ces jours derniers.

—Je ne m'en souviens pas, fit-il en haussant les épaules. Je vais aller donner à Max mes notes et les dernières directives.

Il me contourna pour prendre la direction du bateau. Je regardai de nouveau la longue-vue que je tenais. C'était la mienne. J'étais devenue une véritable exploratrice. Je serrai l'objet fort contre mon cœur avant de me retourner et de courir pour enlacer Armand dans le dos et d’y poser ma tête. Je respirai l’odeur de sa veste, pleine de poussière et d’humidité. Il s’était immobilisé, un pied sur la petite cale pour aller sur le bateau. Je le remerciai et lui murmurai que je l’aimais avant de lui dire que s’il le désirait toujours, je serais sa femme. Armand me sourit en posant ses mains sur les miennes. Nous allions devenir un couple d’explorateurs hors du commun, je le sentais. J’espérais qu’un jour, nos noms soient inscrits dans l’histoire…

27

Brésil, 2019

J'avais la sensation que ma tête était prise dans un étau. Je posai la main sur mon front. Pourquoi étais-je allongée à même le sol ? En ouvrant les yeux, je vis que j'étais dans une hutte. Le toit de paille au-dessus de ma tête plongeait l'habitation dans l'obscurité. Je me redressai en me massant légèrement la nuque à l'aide de mes mains. La pièce tournait autour de moi. J'avais la nausée. Je ne comprenais pas ce qui s'était produit. Le dernier souvenir que j'avais était la vision de cette vieille dame qui avait hurlé en me pointant du doigt. Ensuite, c'était le noir absolu. J'étais parcourue de frissons alors que l'air était chaud. Mon regard se portait sur tous les coins de la hutte. Elle était la précarité à elle toute seule : il y avait simplement un tabouret en bois, un lit de paille à même la terre rouge sur laquelle j'étais allongée, quelques ustensiles en bois à côté du tabouret et une tunique beige posée sur celui-ci.

Quelqu'un entra dans la hutte et je reconnus Juan. Derrière lui, je vis qu'il faisait jour. Pourtant, nous étions arrivés à la nuit tombée.

—Ah ! Je suis content de te voir réveillée ! Je t'ai apporté un peu d'eau. Il faut que tu boives. Tu m'as fait une sacrée peur ! déclara-t-il avant de s'asseoir à côté de moi et de me tendre une gourde remplie d'eau. Peu de temps après notre arrivée, tu t'es évanouie. Tu étais brûlante. Nous t'avons isolée dans cette hutte et certaines Amazoniennes ont pris soin de toi en se relayant. Comment te sens-tu ?

—Vaseuse. J'ai mal à la tête.

—Il faut que tu boives, ça va passer. J'aurais dû faire une halte pour la nuit. Je m'en veux beaucoup.

Je ne lui répondis rien. Après tout, c'était ma faute. Je l'avais supplié de continuer pour arriver à destination. J'étais si fatiguée que je ne m'étais pas rendu compte que j'avais subi un coup de chaud. S'il n'avait pas été là, cela aurait pu être fatal. Je débouchai la gourde avant de boire avidement. L'eau avait un léger goût de terre, mais elle me paraissait savoureuse et rafraîchissait ma gorge brûlante et sèche. Juan était resté à mes côtés en attendant que je finisse de me délecter de ce liquide pourtant si familier.

Une femme au visage couleur café entra dans la hutte et s'adressa dans sa langue natale à Juan en me montrant d'un geste de menton. Mon compagnon de route posa son regard sur moi en me prévenant :

—Il faut que je t'accompagne dans la hutte du chef. C'est très important.

—Ils vont me couper la tête et la réduire ? demandai-je en riant légèrement.

—Mon Dieu… Les clichés… Bon, peux-tu te lever toute seule ou dois-je te donner un coup de main ?

—De l'aide ne serait pas de trop… lui répondis-je en constatant que l'univers autour de moi continuait de tanguer.

Il prit ma main pour m'aider à me mettre debout. Il la garda dans la sienne en sortant de la hutte pour suivre la femme qui nous avait importunés. En sortant de la petite maison faite de terre et de paille, je fus éblouie par le soleil qui brillait au zénith. Combien de temps étais-je restée inconsciente ? Cela m'effraya. Juan me guida et nous traversâmes ce qui semblait être la petite place du village. Des femmes étaient assises en tailleur, en train de piller des baies dans des pots en terre, comme j'avais vu dans la hutte, et des enfants couraient en criant. À première vue, aucun homme. De prime abord, ce qui me frappait, c'était que tout le monde était à moitié nu, couvert de peinture, sur le visage et sur certaines parties du corps. Ils avaient autour du cou des colliers de perles. Les femmes parlaient entre elles, sans que je comprenne quoi que ce soit et les petits étaient adorables, à se poursuivre. La main de Juan me guidait vers la plus grande des huttes. Grande par sa hauteur, et imposante par son emplacement particulier, puisqu'elle était à l'écart des autres. La femme entra en premier avant de sortir de nouveau pour nous laisser entrer. Je tentai de marcher droit et de faire bonne impression devant le chef. Néanmoins, la seule personne que je trouvai dans l'habitation fut la vieille dame de la veille. Elle semblait avoir retrouvé ses esprits et me fixait d'un regard intense. Elle était assise sur un siège large qui était décoré de plumes, de feuilles et de branches. Je me demandai si c'était elle, la cheffe du village. Elle était très âgée. Ses rides donnaient à son visage un air sévère. Elle était petite, légèrement trapue, et avait de longs cheveux argentés. La jeune femme entra de nouveau dans la hutte pour aller se positionner à côté de la vieille dame. Je ne savais pas à quoi m'attendre, mais ce fut comme si je faisais irruption dans un procès et que j'étais sur le banc des accusés. Tout le monde m'observait et je détestais cette pression que je ressentais dans leurs regards.

— Tu es anglaise, déclara la vieille dame dans un anglais parfait.

Surprise par sa déclaration, je ne sus quoi répondre. Je ne m'attendais pas à ce qu'elle parle ma langue. Sans m'en rendre compte, j'avais serré la main de Juan pour trouver un soutien avant de lui répondre que c'était le cas.

— Tu lui ressembles beaucoup. Je ne l'ai jamais rencontrée de mon vivant, mais… Eleanor Davidson avait une véritable place dans cette tribu. (Elle s'arrêta un instant pour m'observer pendant quelques secondes, avant de reprendre :) Je me présente, je m'appelle Litonya. J'aurai cent ans cette année. Je n'ai jamais connu Eleanor Davidson, mais ma mère, mes frères et sœurs, oui.

La vieille femme se leva de son siège pour aller face à un des murs de la hutte que je n'avais pas vus. Et pourtant… il aurait dû me sauter aux yeux ! Il était rempli de croquis. Les feuilles jaunies montraient que, depuis leur affichage, le temps avait passé… Je lâchai la main de Juan, attirée par je ne sais quelle force, pour contempler les croquis. C'était le visage de personnes qui avaient dû vivre dans la forêt. La date, notée en bas de chaque feuille, montrait qu'ils avaient tous été dessinés à la fin du XIXe siècle. À l'heure actuelle, ils étaient encore en bon état même s'ils avaient subi les affres du temps, car certains coups de crayon avaient disparu. Ils portaient tous un nom : Kishi, Nahima, Yepa, Wapi, Tokola, Nokomi, Paco, Isha… Litonya posa la main sur le portrait d'une dénommée Hachi.

—C'était ma mère. J'étais la dernière de ses enfants. J'étais une dernière surprise, alors qu'elle était déjà âgée. Elle a toujours élevé ses enfants dans l'amour et la bienveillance. Aujourd'hui, près de moi, il y a ma petite-fille. Son mari est le chef du village. Je suis respectée grâce à mon âge et mon statut.

—Excusez-moi de vous interrompre, murmurai-je. Comment est-ce que vous pouvez si bien parler ma langue ?

—Ah ! Ma mère a été la première de la tribu à savoir parler anglais. Elle l'a enseigné à tous ses enfants, et à certains des nôtres. Certaines personnes s'y sont refusées, prétextant que c'était renié ce que nous étions. Elle l'a appris par cet homme.

Elle décrocha un des portraits du mur et je reconnus l'homme que j'avais vu dans un ancien article de journal que Melina m'avait envoyé. Armand Williamsburgh. Je relevai les yeux d'où était accroché son portrait pour voir qu'à ses côtés se tenait celui d'Eleanor Davidson. Je le décrochai pour le prendre dans mes mains. Juan était derrière mon dos et balbutia quelques mots :

—La ressemblance… est… frappante.

—Eleanor a continué à apprendre des choses à ma mère, en particulier la géographie. Elle était passionnée. Ils ne vivaient pas avec nous. Ils avaient aménagé leur propre cabane dans une petite clairière à une heure de marche d'ici, mais ils venaient nous voir très régulièrement. Ce n'étaient pas des blancs ordinaires. Pardonnez-moi le terme… À cette époque, beaucoup de vos confrères voulaient nous enlever à nos tribus pour nous civiliser. Nous devions porter des vêtements de ville et ils nous apprenaient à bien nous tenir. Fort heureusement, notre tribu a été protégée de ce barbarisme. En particulier grâce à Eleanor et Armand.

—Vous dites que vous ne les avez pas connus…

—Non. Je suis née bien après leur disparition. Ma mère me répétait de ne jamais oublier leurs noms et qui ils étaient.

—Comment ont-ils disparu ? demandai-je, d'une voix brisée.

—Un jour, ma mère m'a raconté qu'ils n'étaient pas venus leur rendre visite depuis quelque temps. Alors, elle a demandé au chef du village de l'époque de partir en éclaireur pour voir si rien ne leur était arrivé. Hélas, ils ont trouvé la cabane vide. Il y avait toutes leurs affaires, sauf leurs sacs. On a conclu qu'ils étaient partis pour une expédition… mais ils n'en sont jamais revenus. La forêt amazonienne les a pris. On ne saura jamais ce qui s'est passé.

Je ressentis une pointe de douleur à cette annonce. Juan posa la main sur mon épaule en signe de réconfort. En contemplant le visage d'Eleanor sur cette feuille, j'eus envie de verser quelques larmes. Elle était si jeune. Sa disparition me touchait plus que ce que je pouvais imaginer. Néanmoins, cela me procura un regain d'énergie.

—Où est-ce que se trouve cette cabane ?

—À une heure de marche d'ici. Plein ouest. Elle est située dans une petite clairière, dans le plus grand et gros de tous les arbres.

—Bien… Nous y allons.

J'accrochai de nouveau la feuille sur le mur. La place d'Eleanor était dans cette hutte. Il était hors de question d'oublier son souvenir. Litonya plaça le portrait d'Armand à ses côtés. En regardant cette fresque de visages, j'eus l'impression qu'un peuple entier m'observait et que les yeux d'Eleanor insistaient pour que je continue mon voyage.

—Nous n'allons pas y aller tout de suite. Tu es trop faible ! s'exclama Juan.

En me retournant vers lui, je lui décochai un regard déterminé. Hors de question de rester dans cette hutte, à attendre que le temps passe.

—J'y vais seule ou tu viens avec moi, mais je veux enfin savoir le fin mot de cette histoire et sauver mon frère.

Nous nous regardâmes pendant plusieurs minutes et il soupira en disant que j'étais inconsciente, mais qu'il allait m'accompagner, après que j'aurais mangé quelque chose. J'obtempérai. D'ici quelques heures, je pourrais enfin dire à Andrew que tout était fini.

*

Nous marchions depuis près d'une heure. Je m'attendais à tout moment à tomber sur la cabane. Je gardais les yeux levés vers le ciel pour déceler les façades d'une quelconque habitation. Plusieurs fois, Juan me sermonna en me priant de faire attention où je mettais les pieds. Il était en colère de ma décision de partir sans prendre le temps de me reposer. Poussée par l'adrénaline, je me sentais en pleine forme

—Je pense que nous y sommes.

À ses paroles, je m'arrêtai pour regarder tout autour de moi. Il n'y avait que des arbres à perte de vue, mais au bout d'un moment, je vis à travers eux un espace plus lumineux. Nous nous approchâmes davantage et nous entrâmes dans la clairière. C'était un très bel endroit. Les arbres étaient grands, le feuillage, moins touffu, laissait pénétrer les rayons du soleil qui noyaient le lieu dans un mur de lumière. Au centre, il y avait un grand arbre. Le plus grand que j'aie vu de toute ma vie. En levant les yeux, je vis quelques planches de bois qui dépassaient. C'était là ! La cabane d'Eleanor et d'Armand ! Les battements de mon cœur s'accélèrent. Juan s'approcha du tronc où il trouva une échelle faite de cordes. Je m'approchai à mon tour et posai ma main sur la sienne.

—Est-ce que tu peux me laisser seule, s'il te plaît ?

—Tu n'y penses pas, Charlotte !

—C'est très important pour moi, Juan. S'il te plaît. Je t'attendrai au pied de la cabane quand j'aurai fini.

Pour la seconde fois en une demi-journée, je constatai que Juan était loin d'être d'accord avec mon raisonnement. Or, à présent, il savait à quel point j'étais une vraie tête de mule. Il me déclara qu'il allait en profiter pour aller visiter une cascade non loin et qu'il reviendrait d'ici deux petites heures. Il me donnait ce temps seulement pour trouver ce que je souhaitais et je devais lui promettre de ne pas m'éloigner de la cabane. Je promis. Il me donna quand même une carte et entoura le lieu où il se trouverait. Il dit que c'était pour me rassurer. Il partit en me déposant un baiser sur les lèvres. Je sentis le rouge me monter aux joues. Pourquoi se comportait-il ainsi ? Nous n'avions pas eu de gestes tendres depuis notre nuit passée ensemble. Je pensais que cela ne serait que l'aventure d'un soir, et voilà qu'il partait comme si nous étions un couple. Cela me déstabilisa quelques minutes, mais je me concentrai de nouveau bien vite, mettant cette histoire de côté pour me pencher sur ce qui m'amenait ici.

Je frottai mes mains avant d'attraper un petit morceau de bois et de commencer à grimper l'échelle en corde. Je n'avais jamais été sportive et je mis un petit moment à atteindre le haut. Le souffle court, je poussai une dernière fois sur mes bras pour arriver sur le sol en bois de l'entrée de la cabane. Comment une telle construction pouvait-elle encore tenir debout malgré la pluie et le temps qui s'était écoulé ? Certes, le bois sentait l'humidité et de la mousse était apparue, mais il semblait encore solide. J'étais stupéfaite. Je me levai et marchai à pas de loup, de peur que le bois craque sous mon poids et que je traverse le plancher. De cette petite terrasse, on avait une vue imprenable sur la forêt amazonienne. C'était à couper le souffle. Le bruit des oiseaux était enivrant. J'étais la reine de la forêt. Il ne fallait pas que je m'éparpille : je devais procéder par étapes, comme quand j'étais au travail : une tâche à la fois pour révéler le mystère de l'affaire.

J'entrai dans la cabane. Malgré les ouvertures aménagées pour laisser entrer la lumière, il faisait sombre. L'arbre avait encore grandi avec le temps et à présent, des branches et des feuillages recouvraient les petites entrées. Je décidai de sortir la lampe torche que Trevor m'avait prêtée au magasin. Pendant un moment, je ne bougeai plus, passant la lumière sur toutes les parties de la pièce. Il n'y avait qu'une grande salle. Une table en bois et une chaise sur ma gauche avec une tonne de papiers dessus. Je m'approchai. La table et la chaise avaient été sculptées. Cela se voyait à leurs imperfections. Je pris les feuilles. Au début, je ne fis pas attention et à cause de l'humidité, certaines tombèrent en poussière. Je décidai d'être plus délicate. Les dates inscrites dessus indiquaient pour la plupart 1915, soit, dix ans après la lettre d'Eleanor que j'avais trouvée au domaine. Je passai le rai de lumière sur d'autres objets : une grande malle en bois qui était cadenassée et deux paillasses à même le sol. Il y avait aussi un petit meuble à tiroirs. Celui-là n'était pas sculpté. Il m'intriguait. Je voulus ouvrir les tiroirs, mais je compris qu'ils étaient fermés à clé. Je me retournai pour commencer à la chercher. Je retournai la cabane dans tous les sens, mais je ne la trouvai pas. Je restai un moment au milieu de la pièce. Et si cette commode n'était pas la solution ? Je revins vers les papiers, mais je sentis que je venais de donner un coup de pied dans un objet qui roula sous la table. Je m'agenouillai au sol pour regarder dessous à l'aide de ma lampe. Je tendis ma main libre vers l'objet avant de m'en saisir. En me redressant, je vis que c'était un vieil objet, devenu poussiéreux avec le temps. Je le tournai dans tous les sens. Il était doré. En l'analysant, je compris que c'était une longue-vue.

Je posai ma lampe torche sur la table pour positionner mon œil à la hauteur de la lentille. Je me mis à régler la longue-vue comme une véritable exploratrice. Je tournai le mécanisme dans tous les sens. Malgré moi, je souriais, jusqu'à ce que je voie quelque chose. Je réglai de nouveau la lentille et vis qu'un bout de papier dépassait d'une des planches murales, près des paillasses sur le sol. Je m'approchai en gardant la longue-vue dans les mains. Je tirai légèrement sur la feuille. À ma grande surprise, elle ne se déchira pas. Je me mis près d'une des petites ouvertures pour la lire à la lumière du jour.

18 juillet 1906

Chère famille,

Si vous trouvez ces mots, c'est que vous avez trouvé la cabane dans laquelle je réside avec Armand depuis dix ans. Si vous êtes venus ici, c'est pour trouver la réponse à vos questions. Je n'ai pas d'argent. Je tiens à préciser qu'il n'y aura aucune richesse financière dans cette cabane. Armand et moi, nous vivons simplement loin de la vie luxueuse que nous avons connue à Édimbourg. Nous sommes très proches de la tribu amazonienne que j'ai rencontrée voici dix ans.

Il y a plusieurs mois, je suis rentrée à Édimbourg en apprenant la mort de mon père, par un télégramme adressé à Armand. J'avais raison, ils savaient tous où j'étais. Nous nous sommes rendus en Écosse, pour présenter nos condoléances. Face à ma mère, j'ai compris que je n'étais plus la bienvenue. La famille m'a déshéritée. Pourtant, elle a beaucoup d'argent. Au vu des magouilles que j'ai apprises sur les finances de ma famille lors de ce séjour, je ne serais pas surprise de savoir que dans le futur, nos descendants continueront sur cette mauvaise voie et auront des désagréments.

Mon père n'a jamais été explorateur. Il a menti toute sa vie, envoyant des gens pauvres à sa place et les payant pour avoir le succès de leurs comptes

rendus. Jamais de la vie il n'a mis un pied en Alaska, ni en Afrique, et encore moins en Asie. Ce modèle que je pensais avoir n'était en fait qu'un mensonge.
Aujourd'hui, je suis devenue exploratrice grâce à Armand. J'en suis très fière.
Si vous trouvez cette lettre, c'est que vous avez trouvé la précédente, au domaine. Je n'ai rien à vous offrir financièrement, mais j'ai juste ceci à vous dire : soyez qui vous êtes. Ne laissez personne vous dicter votre conduite. Réfléchissez par vous-même. Au fond de votre cœur, vous savez prendre les bonnes décisions. Quelle que soit celle que vous prendrez, elle sera bonne.
Je crois en vous.
Eleanor Davidson Williamsburgh

Je gardai le morceau de papier entre mes mains. Il n'y avait aucune réponse. C'était quoi, cette leçon de vie qui datait du siècle dernier ?! J'aurai voulu une véritable réponse à mes questions. Au lieu de ça, je subissais une morale d'une fille qui avait décidé de vivre dans la jungle ! J'étais furieuse ! Je froissai le papier entre mes mains, il était inutile. Je regardai la longue-vue et je vis qu'elle était gravée au nom d'Eleanor. Peut-être pourrais-je en tirer une certaine somme d'argent ? Ma gorge se serra à cette pensée. Je ne pouvais pas vendre cet objet comme si de rien n'était. Néanmoins, je le mis dans mon sac.

Je marchai dans la pièce, tentant de faire redescendre la pression. Arrivée à la table, je posai mes deux mains près de la lampe torche et je soufflai un instant. J'eus un vertige. Comment avais-je pu être aussi bête pour croire que la solution à mon problème était au cœur dans la forêt amazonienne ? Quelle cruche ! Mes yeux tombèrent sur quelques feuilles. Elles dataient toutes de l'année 1915. La dernière s'arrêtait le 20 septembre 1915. C'étaient des pages de cahier, déchirées. En les analysant, je remarquai qu'elles avaient été arrachées depuis peu de temps. Il manquait quelque chose sur la table. Une trace nette dénotait l'absence d'un carnet. Je commençai à le chercher partout, en vain. Seul un nuage de poussière se souleva. Je compris que les feuilles que je venais de trouver étaient en fait celles de ce carnet disparu. C'était celui dans lequel Eleanor notait tout ce qui se passait la journée. La dernière en date faisait mention d'un départ le lendemain, pour une exploration à plusieurs heures de la cabane en passant par le fleuve Amazone. Ils étaient partis et ils avaient disparu. Une quête qui s'était mal déroulée. Ce qui me réconfortait était qu'elle n'était pas partie seule. Elle était partie avec Armand qui, selon les notes, avait une place chère dans son cœur. J'allai reposer les feuilles quand j'entendis un bruit derrière moi, et une voix :

—Repose ça tout de suite, Charlotte.

28

Brésil, 2019

Je connaissais cette voix. Je ne pouvais pas y croire ! Comment était-ce possible ? Avant de me retourner, je lâchai la feuille qui tomba en volant sur la table. Je faisais face à deux personnes que je connaissais bien. Un homme d'une cinquantaine d'années qui avait beaucoup maigri et vieilli depuis la dernière fois que je l'avais vu. Ses cheveux étaient devenus grisonnants, une barbe mal taillée avait poussé sur son visage. Il avait gardé son regard bleu acier perçant. Il tenait une arme qu'il pointait dans ma direction. Je ne pouvais pas croire qu'il osait faire ça. Derrière lui, je reconnus un visage fin avec des cheveux bruns en bataille. Ses yeux noisette m'observaient. Elle était plus petite que lui. Ses sourcils étaient froncés. Je ne les avais pas vus depuis des années et j'avais bien du mal à croire qu'en de face moi, se tenaient mes parents.

J'avais les yeux fixés sur l'arme de mon père. Comment pouvait-il menacer sa propre fille ? Était-il conscient de ce qu'il était en train de faire ? Je levai les mains en l'air, pour lui signaler que j'étais innocente. En les observant, je constatai leur fatigue. Tous les deux avaient vieilli et semblaient éreintés. Pourtant, je n'arrivais pas à ressentir la moindre pitié à leur égard. Ils s'étaient enfuis en nous laissant tous leurs problèmes. Je me souvenais du visage de mon frère, assis devant la porte de mon appartement. Je me remémorais ce jour où tout avait basculé. Des parents aimants n'auraient jamais plongé leurs enfants dans le désespoir, la peur et les soucis. Ils les auraient protégés. Je sentis mes muscles se contracter, mais je voulais rester le plus calme possible. Un faux pas pouvait être fatal. Je fermai les yeux pour les rouvrir et planter mon regard dans celui de mon père. La dernière fois que je lui avais tenu tête, c'était il y a quelques années, quand j'avais exprimé ma volonté de vivre seule à Londres, sans leur argent, et de faire mes études pour devenir avocate. J'avais rompu les liens qui m'unissaient à ma famille et aujourd'hui, je comptais bien les enterrer définitivement.

—Baisse ton arme, papa. Me considères-tu comme une menace ? l'interrogeai-je.

Le silence dans la pièce était tel que j'aurais pu sentir le souffle de mon père, s'il ne s'était pas tenu à quelques mètres. Seul le bruit des oiseaux tropicaux venait briser ce calme. Ma mère n'avait pas ouvert la bouche, laissant comme à son habitude le choix des bonnes paroles à mon père. Je détestais sa passivité. Quand je l'observais, je constatais que j'étais fière de la femme que j'étais devenue : indépendante et forte. Je prenais mes propres décisions et je n'attendais pas qu'un homme le fasse à ma place. J'allais lui montrer celle que j'étais devenue loin d'eux, et cela commençait par tenir tête à mon géniteur.

—Le devrais-je, Charlotte ? Tu n'as rien à faire ici ! me gronda-t-il comme si j'avais cinq ans.

—C'est ironique ! Moi ? Moi, je n'ai rien à faire ici ? Et vous, alors ? Vous fuyez vos responsabilités en les mettant sur le dos d'Andrew et le mien par la même occasion ! Et vous êtes censés être des adultes responsables ? Laissez-moi rire !

—Ne me parle pas sur ce ton, Charlotte !

—Si tu es un homme, papa, je te saurais gré de baisser ton arme. Seul un lâche pointerait une arme sur sa propre fille !

J'étais terrifiée à l'idée qu'il ose tirer. Je ne voulais pas mourir dans la cabane d'Eleanor et d'Armand. Je ne voulais pas cette fin. Je retins mon souffle pendant quelques secondes, puis relâchai la pression quand je vis que mon père baissait son arme et la rangeait dans la poche de son pantalon. Je savais que je n'étais pas tirée d'affaire et qu'entre nous, un jeu allait commencer. J'étais épuisée, mais je me devais de garder mon attention focalisée sur eux.

La tentation était palpable, mais sans que je comprenne pourquoi, mon père me fit un très grand sourire en s'approchant de moi. Je devins craintive et reculai de plusieurs pas pour me protéger.

—Voyons, Charlotte ! Tu sais que je n'aurais jamais tiré sur toi… C'est juste un moyen de nous protéger, ta mère et moi. Maintenant, dis-nous… as-tu trouvé la fortune ?

Je clignai des yeux plusieurs fois pour bien l'observer. Mon père était devenu un tout autre homme en une fraction de seconde. Je compris alors qu'il ne désirait qu'une chose : trouver de l'argent et fuir de nouveau avec ma mère. Non ! Il ne pouvait pas faire ça ! Ils devaient tous les deux payer pour leurs actes ! Je passai la langue sur ma lèvre supérieure, comme je le faisais quand j'étais stressée. Un vilain tic que j'avais depuis que j'étais haute comme trois pommes. Mon père le vit et son sourire s'agrandit davantage.

—Tu n'as pas à avoir peur, ma chérie. Tu n'as pas peur de tes propres parents quand même ?

—Non, mentis-je en tentant de prendre un ton crédible. Pour répondre à ta question, non, je n'ai pas trouvé le moindre penny.

À son expression, je compris que ma réponse ne lui convenait pas. Son sourire avait disparu et sa mâchoire s'était contractée. Je pouvais même apercevoir une veine sur son front. Avant que j'en prenne conscience, il avait comblé la distance entre nous et attrapé mes bras pour me secouer légèrement. Son visage était collé au mien. Je pouvais apercevoir dans ses yeux sa folie, sa détresse et sa colère. Mon père n'était plus l'homme que j'avais connu, des années auparavant. Il avait sombré dans la démence. Il ne rêvait que d'argent, de luxe, et cela par tous les moyens. Il était cupide.

—Tu mens ! Tu mens ! Tu sais où elle est ! Dis-le ! Dis-le ! cria-t-il dans la cabane.

—Je te dis que je ne sais pas ! Je n'ai rien trouvé ! Je ne suis même pas là pour l'argent !

—Menteuse !

Je ressentis d'un seul coup une violente douleur sur la joue. Je vis quelques étoiles. Je reculai sous l'effet du coup. Mon père venait de me gifler. Certes, je n'étais plus une petite fille, mais ce geste de violence sans précédent me bouleversa. Comment pouvait-on lever la main sur son enfant ? Quel monstre était-il devenu ? La richesse lui était-elle montée à la tête au point qu'il n'avait plus aucune conscience ? J'entendis les murmures de ma mère qui se tut en voyant le visage de son époux. J'avais posé la main sur ma joue endolorie pour la masser doucement. Je n'allais pas pleurer devant lui. Jamais de la vie. Je ne savais pas si c'était mon épuisement, toutes ces heures de voyage, ou le fait de vivre dans l'incertitude depuis des semaines, mais je ressentis une profonde colère à son égard. J'aurais voulu lui crier dessus, lui reprocher tous les maux, mais en voyant son regard fou et sachant qu'il avait une arme, je me dis que ce n'était pas la bonne solution. Alors, je me mis à jouer la comédie. Même si j'étais la pire actrice au monde, un voile descendit sur mon visage pour adopter le rôle qu'il souhaitait : la fille apeurée et manipulable.

—Je n'ai rien trouvé. Je te le promets, mais tu as raison : je suis venue pour l'argent. Je voulais le prendre pour m'enfuir quelque part avec Andrew.

—Tu ne voulais pas l'offrir à ton cher papa ?

—Je ne savais pas où vous étiez… Je pensais ne jamais vous revoir, c'était la seule solution pour nous deux.

—Ah Charlotte… fit-il en soupirant. Tu m'as toujours profondément déçu… Je n'ai jamais compris tes lubies de partir à Londres, de tenter une pseudo-carrière d'avocate. Alors que tu aurais pu simplement vivre dans l'aisance et l'opulence. Encore aujourd'hui, tu me déçois… Tu n'es même pas assez intelligente pour faire ce que l'on attend de toi.

—Je suis désolée, papa, déclarai-je entre mes dents, tentant de calmer la colère qui montait en moi.

Il s'approcha de nouveau pour poser les mains sur mes épaules et me regarder en souriant légèrement, avant de lâcher une véritable bombe :

—Tu ne me laisses pas le choix. Si tu avais trouvé cette fortune, peut-être que nous aurions pu sauver la famille… Maintenant, je vais devoir mettre à bien mes plans pour sauver notre peau. Ce qui veut dire que tu vas être condamnée… avec ton frère. Ne me regarde pas avec ces grands yeux… Tu ne pensais tout de même pas que je n'avais pas prévu un plan pour nous sauver si jamais la situation tournait mal ? Tu sembles si fatiguée… Assieds-toi pour que je te raconte, comme quand tu étais petite : écoute l'histoire que ton père va te raconter.

Je sentis mes dents commencer à claquer. Une sueur froide descendit le long de mon dos. J'entendais mon cœur dans mes oreilles et le sang qui tambourinait dans mes veines. Et pourtant, j'étais incapable de m'asseoir sur la chaise qui était juste à mes côtés. J'avalai ma salive en fixant mon père qui déambulait dans la cabane, regardant tout autour de lui. Il cherchait encore quelque chose qu'il n'aurait jamais.

—Non, je vais rester debout, annonçai-je d'une voix forte, bien que la peur soit présente.

—Comme tu le souhaites… Eh bien commençons, veux-tu ? Tu te demandes sûrement comment nous sommes ici, ta mère et moi ?

—Vous êtes allés au domaine de West Linton.

—Bingo ! fit-il en tendant un doigt vers moi. Finalement, tu as plus de jugeote que je le pensais… En effet, Ludwig ne se doutait de rien. Comme il ne regarde jamais les informations, il a été facile de le duper. Néanmoins, nous savions que nous ne pourrions pas rester là-bas. Les commérages vont vite… Alors, nous avons passé deux jours à arpenter le manoir en quête de quelque chose qui pourrait nous aider. Nous avons retourné tous les tableaux, et voilà que nous avons trouvé une lettre d'une Eleanor. Elle semblait être notre ticket pour nous sauver définitivement. Eleanor était l'arrière-grand-tante de ta mère. Nous avons filé comme l'éclair pour la forêt amazonienne et nous avons passé des semaines à l'arpenter avant de tomber sur cette magnifique cabane. Pourtant, nous n'avons rien trouvé. J'ai rassuré ta mère en disant que j'avais préparé un autre plan pour nous sauver. Juste avant de nous envoler pour le Brésil, j'ai appelé notre avocat qui nous suppliait de nous rendre. Monnayant un joli pot-de-vin depuis notre compte caché aux Caraïbes, je l'ai convaincu de transférer tout cet argent sur le compte de ton frère si nous ne donnions pas de nouvelle. Je lui ai donné une date et, surprise ! C'est demain !

Mes yeux ne s'étaient pas détachés de mon père pendant son discours. Comment pouvait-il agir ainsi ? Il préférait sacrifier son fils plutôt qu'assumer ses actes ! Il avait détourné des fonds, volé de l'argent à des gens dans le besoin et il voulait s'en sortir sans y laisser de plumes ? En tant qu'avocate, cela m'énervait. En tant que fille, cela m'enrageait. En tant que sœur, cela me révulsait !

—Donc, demain, ta mère et moi, nous allons pouvoir de nouveau nous enfuir. Ton frère sera arrêté pour détournement de fonds. Nous serons acquittés et toi… Ta tête tombera pour complicité avec Andrew. Crois-tu qu'ils croiront vraiment à l'histoire de la fille qui a tourné le dos à sa famille pour être avocate et qui ne l'est même pas ? Ta faiblesse te conduira à ta perte !

Au fur et à mesure que ses mots me parvenaient, je ressentais comme des coups de poignard. J'étais en train d'être détruite par mon père. Il n'avait jamais cru en moi, et encore aujourd'hui, il semblait avoir honte d'avoir une fille comme moi. Je ne me laisserai pas couler ! Il ne le méritait pas ! C'était une ordure ! Ma mère le suivait dans ses délires et tous deux ne méritaient pas de vivre une vie paisible. Il fallait que je prévienne Andrew. Il fallait que je lui dise de partir, de trouver un endroit pour fuir et que nous allions trouver une autre solution. Quelle sotte ! J'aurai dû enregistrer cette conversation sur mon téléphone ! Toutes ces paroles que je venais d'entendre ne me serviraient à rien, car ce serait ma parole contre la sienne… Éternellement.

Mon père passa une mèche de cheveux derrière mon oreille, avant de me murmurer :

—Je pense que tu peux partir. Si tu parles, si tu mentionnes quoi que ce soit… Crois-moi, la pire punition de ta vie n'est pas encore arrivée.

Ma gorge se serra. Je préférai fondre vers la sortie sans dire un mot. Ces gens-là n'étaient pas mes parents. C'étaient deux adultes d'une cruauté sans fond. Je passai devant ma mère sans un échange de regards. Nous n'étions plus mère et fille, mais deux parfaites étrangères. Je descendis l'échelle de corde. Quand j'arrivai sur le sol, je ressentis un vertige. J'avais une boule dans la gorge et mon estomac était noué. Je sortis de ma poche la boussole que Juan m'avait confiée ainsi que la carte et me mis à courir. Plus loin, à l'écart du regard de mes parents, je la consultai et suivis en courant la direction jusqu'au point où Juan était. Je devais le voir. J'avais besoin de lui.

Je n'avais pas mis longtemps pour le rejoindre. Je vis sa silhouette de dos, face à une sublime cascade. Je ne pris même pas le temps de regarder le paysage magnifique qui s'offrait à moi. Je me jetai contre lui, la tête contre son dos, les bras autour de son torse. Je tremblais. J'avais du mal à respirer.

—Merde, Charlotte ! Je t'avais dit de m'attendre là-bas ! Tu n'écoutes vraiment rien ! me disputa-t-il en me repoussant, avant de se tourner vers moi. (Il vit mon air terrorisé et choqué. Il posa les mains sur mon visage.) Qu'est-ce qui se passe ? Charlotte, parle-moi.

J'aurais voulu. J'aurais voulu tout lui raconter, mais aucun mot ne sortit de ma bouche. Je revoyais le sourire sadique de mon père, le reflet de son arme dans sa poche et le visage impassible de celle qui m'avait donné la vie. Je me laissai tomber à genoux en pleurant toutes les larmes de mon corps. Juan s'agenouilla à côté de moi, passant une main réconfortante dans mon dos. Tout ce que je pus faire fut de crier, de prendre de la terre dans ma main pour la jeter. J'étais en colère et j'avais terriblement peur. Savoir que dans vingt-quatre heures, mon frère serait l'accusé principal de toute cette affaire me rendait malade.

Juan me raccompagna au village de la tribu. J'avais la tête posée sur son épaule. Nous n'avions pas prononcé un mot. Il respectait mon silence. Je voyais son air inquiet. J'étais assommée par la rencontre avec mes parents. J'aurais aimé qu'elle puisse ne jamais avoir existé. En voyant les torches allumées au loin, j'éprouvai un sentiment de réconfort. J'allais pouvoir dormir, me reposer et réfléchir posément à tout ça. J'avais besoin de faire le point avec moi-même.

—Tu vas manger et te reposer. Si tu as besoin de parler, je suis là. Tu peux compter sur moi, Charlotte.

Juan me guida vers le village, mais au loin, on entendit du bruit. Des gens criaient. Juan accéléra le pas et malgré le peu de forces qu'il me restait, je le suivis. En arrivant, nous vîmes deux hommes en uniforme. Litonya leur parlait d'un ton sec. Ils n'étaient pas les bienvenus ici. Je ne savais pas ce qu'il se passait, mais je reconnus l'un des hommes. Il croisa mon regard et s'approcha de moi.

—Charlotte Taylor, vous êtes en état d'arrestation. Vous avez le droit de garder le silence. Si vous renoncez à ce droit, tout ce que vous direz pourra être et sera utilisé contre vous devant une cour de justice.

Une nouvelle bombe venait d'exploser au-dessus de ma tête. Noah venait de me passer les menottes. C'était un véritable cauchemar. Est-ce que mes parents avaient déjà mis leurs menaces à exécution ? Juan commença à s'énerver, tentant de me protéger. Je ne disais rien. Sonnée, je me laissai embarquer par mon ancien voisin d'avion.

29

Brésil, 2019

Mes yeux étaient rivés sur la table métallique. J'avais quitté la forêt amazonienne luxuriante pour la froideur d'une salle d'interrogatoire à Manaus. Je n'avais prononcé aucun mot pendant mon exfiltration. Je contemplai le nouveau bracelet saillant qui me liait à la table pour éviter que je m'échappe. Pourquoi tenterais-je de fuir ? Je n'avais rien à me reprocher. Strictement rien. Je ne comptais plus les heures depuis mon arrivée ici. Je n'avais aucune notion du temps. La pièce n'avait aucune ouverture sur l'extérieur. Faisait-il nuit ? Mes yeux me brûlaient à cause de toutes les larmes que j'avais versées à la suite de la confrontation avec mes parents.

J'entendis la porte s'ouvrir. Je ne levai pas le regard vers mon visiteur. Je vis un verre d'eau apparaître. Je n'avais rien avalé depuis plusieurs heures. Si la faim n'était pas présente à cause de toutes les contrariétés que j'avais subies, ma gorge me faisait mal à chaque fois que j'avalais ma salive. Elle réclamait une hydratation. Je n'osai pas approcher ma main du Graal. Depuis ma confrontation avec mon père, mon corps était crispé.

Une tétanie m'empêchait de faire le moindre mouvement : j'étais dans la même position depuis mon arrivée ici. Je ne tremblais pas, je ne remuais pas les lèvres : j'étais paralysée.

—Cela vous ferait du bien de boire un peu d'eau. Ce n'est pas avec une autre personne que vous auriez le droit à ce petit geste, me dit Noah.

Cela devait être la quatrième fois qu'il venait dans la pièce. Il n'avait pas réussi à me faire décrocher un seul mot. Alors, il m'avait laissée en disant qu'il reviendrait. Ce petit manège avait eu lieu plusieurs fois. Je pensais qu'il aurait abandonné, m'envoyant un tortionnaire costaud qui aurait pu me faire avouer les plus sombres de mes secrets, mais non. Il persévérait et je devais bien reconnaître qu'il avait beaucoup de ténacité.

—Vous savez, vous allez finir par perdre à ce petit jeu… Vous êtes au bord de l'épuisement et moi, j'ai tout mon temps. Dans le hall principal, il y a une personne qui s'inquiète beaucoup pour vous. Pourquoi ne pas dire ce que vous savez, tout simplement ? Plus vite vous parlerez, plus vite, vous pourrez rentrer.

Noah avait une voix particulièrement douce pour un inspecteur de police, ou plutôt pour un agent d'Interpol. Il avait décliné sa fonction sur la route nous menant à Manaus. Sans m'en rendre compte, j'avais Interpol aux trousses depuis le début de ma quête. Moi qui avais été si méfiante entre Londres et Édimbourg, j'avais baissé la garde, me considérant comme innocente. Le banc des accusés se composait de mes parents et de mon frère. De ce fait, j'avais arrêté de penser que j'étais une cible potentielle. Noah approcha le verre de moi, mais je ne bougeai toujours pas.

—Ne rendez pas les choses difficiles, Charlotte. Votre compagnon nous a dit que vous étiez en état de choc depuis votre retour d'une visite dans une cabane. Qu'avez-vous vu là-bas, qui vous a mis dans un tel état de torpeur ?

La mort de près. C'est ce que j'aurais pu répondre. Cependant, avouer cela serait reconnaître que j'avais vu mes parents. De ce fait, je mettrais mon petit frère en danger. Je sentais que le temps s'écoulait et, au fur et à mesure que le sable du temps s'égrainait, la pression sur les épaules d'Andrew se faisait de plus en plus forte.

—Je voudrais passer un coup de fil, murmurai-je en gardant les yeux rivés sur la table.

En pensant à Andrew, j'eus envie de fondre en larmes.

—Je suis désolé, mais cela ne sera pas possible tant que vous n'aurez pas apporté de réponses à nos questions.

À cette réponse, je me recroquevillai davantage sur ma chaise. Je me sentais prise au piège : d'un côté, j'avais la possibilité d'avouer la vérité, mais la menace de mon père flottait toujours au-dessus de ma tête. De l'autre, si je ne faisais rien, ce serait bientôt Andrew qui serait à ma place pour être envoyé en prison à cause d'un crime qu'il n'avait pas commis. Je fermai les yeux en espérant trouver une solution réconfortante, mais rien ne me vint à l'esprit, à part l'image de mes parents triomphants.

—Vous êtes une fille intelligente, Charlotte. Pourquoi vous infligez-vous cela ?

—Parce que je n'ai pas le choix.

—Nous avons toujours le choix, asséna-t-il avec colère avant de se radoucir. Charlotte, vous ne comprenez pas… C'est la dernière chance que vous avez de me dire la vérité. Après, ce qui vous attend sera beaucoup plus dur. Vous ne le supporterez pas.

—Pourquoi dirais-je des choses à quelqu'un qui a menti ?

—Je ne vous ai jamais menti. J'ai joué franc jeu en disant que j'étais venu pour affaire professionnelle. Je ne suis jamais entré dans les détails et je ne l'aurais jamais fait. Faites-moi confiance, je ne veux que votre bien.

À ce moment précis de ma vie, je n'avais plus confiance en qui que ce soit. Quand les membres de votre propre famille se transforment en monstres sous vos yeux, vous doutez de toute bonté humaine. Pour la première fois depuis le début de l'interrogatoire, je levai mes yeux fatigués vers mon interlocuteur. Noah fit un léger sourire pour me rassurer, mais je ne le lui rendis pas. Je fis un geste pour prendre le verre d'eau. Tous mes muscles se crispèrent et je grimaçai de douleur avant de réussir à le prendre et à boire quelques gorgées. Une sensation de bien-être temporaire m'envahit. L'eau me donnait un regain d'énergie. Je sentis une emprise au niveau de mes poignets. Noah avait posé les mains dessus. Le verre d'eau était un piège. J'aurais dû m'en douter. J'avais été une nouvelle fois naïve et je voulais juste hurler de rage.

—Ne rendez pas la tâche plus difficile, Charlotte. Je vous demande juste de répondre à quelques questions.

—Vous êtes malade ! Lâchez-moi tout de suite !

—Vous n'avez pas mal. Vous devez simplement répondre à mes questions. Après, vous pourrez partir.

La perspective de la liberté prit le dessus. En pensant à ce qu'il m'avait annoncé précédemment : que c'était la dernière fois qu'il venait et qu'après, je devrais affronter plus coriace que lui, je me dis qu'il fallait que je cède, pour mon bien. Je devais déposer les armes, me rendre et coopérer pour pouvoir sortir de ce trou à rats. Ainsi, je pourrais rapidement contacter Andrew. Je me mis à soupirer avant de hocher la tête en signe d'acceptation.

—Vous appelez-vous Charlotte Mary Taylor ? commença-t-il.

—Oui, répondis-je, surprise, m'attendant à des questions plus pointilleuses.

—Avez-vous trente-deux ans ?

—Oui.

—Vivez-vous à Londres ?

—Oui… Je ne comprends pas cet interrogatoire.

—Continuez de répondre, me répondit-il en gardant les mains sur mes poignets.

—Êtes-vous avocate ?

Je n'allais pas mentir, ni à lui, ni à moi-même. Même si cela avait été mon rêve pendant mon adolescence et malgré l'examen de barreau passé avec succès : je n'avais jamais été avocate. Ma vie s'était résumée, ces dernières années, à servir le café et à faire des photocopies pour un patron imbuvable. J'avais passé mes soirées dans mon bureau minable, travaillant dans l'ombre. Une autre personne récoltait les lauriers à ma place. Je n'avais été qu'un sous-fifre. Je ne devais plus vivre dans l'illusion. J'avais appris quelque chose grâce à ce voyage : c'était que je valais mieux que ça.

—Non, répondis-je à la question de Noah.

—Votre frère, s'appelle-t-il Andrew James Taylor ?

—Oui.

—Vos relations avec votre frère, ont-elles été toujours compliquées ?

—Oui.

—Avez-vous actuellement des relations avec votre frère ?

—Oui, dis-je en soupirant de peur que sa tête soit mise à prix.

—Êtes-vous venue au Brésil dans le cadre d'une affaire familiale ?

—Oui.

—Êtes-vous venue dans la perspective de trouver de l'argent ?

—Oui.

—Avez-vous trouvé cet argent ?

—Non.

—Avez-vous rencontré vos parents ?

D'un seul coup, je sentis mon cœur s'accélérer. Que devais-je répondre à cette question ? Oui ? Non ? Des milliers de pensées commencèrent à traverser mon cerveau jusqu'à m'en donner le tournis. J'avais la nausée. Je commençai à paniquer.

—Dites-le, déclara Noah en me regardant droit dans les yeux.

—Si je vous le dis, protégerez-vous mon petit frère ? demandai-je d'une voix légèrement cassante.

—Oui.

À cette affirmation, je sentis le poids sur mes épaules s'envoler. Je pouvais protéger Andrew d'une tout autre manière. Je n'étais pas obligée de le faire seule et je me sentis soulagée. Depuis plusieurs heures, je ne trouvais pas la solution à mon problème et elle était là, devant moi : Noah pouvait le protéger et je pouvais respirer.

Mes parents ne pourraient pas s'enfuir ni vivre comme si de rien n'était en imposant une vie cruelle à leur fils. Je pris une grande inspiration pour détendre mes épaules et déclarai, en regardant Noah droit dans les yeux :

—Oui, je les ai vus.

Noah n'avait pas l'air surpris et relâcha mes poignets en m'expliquant qu'il connaissait la vérité depuis qu'il avait posé la question. Mon rythme cardiaque avait réagi à sa demande. Il était très fort. Il fit un signe devant la vitre qui était derrière moi. Au bout de quelques minutes, un homme à la peau couleur caramel et avec une grosse moustache noire entra. Il posa devant moi une carte de la forêt amazonienne ainsi qu'un marqueur. Puis, il sortit aussi vite qu'il était venu.

—Vous allez me noter sur cette carte où ils sont.

—Et mon frère sera protégé ?

—Votre frère, ainsi que vous-même. Je vous le promets.

—Dans ce cas, je vais avoir besoin d'aide.

Je lui expliquai rapidement que je n'avais pas un bon sens de l'orientation et qu'un expert de la forêt amazonienne était en ce moment même dans le hall. Je ne savais pas si c'était pour le bien de l'affaire ou si c'était une petite faveur qu'il consentit à mon égard, mais Noah accepté d'aller chercher Juan qui, à peine entré dans la pièce, se précipita vers moi pour me demander si tout allait bien. J'acquiesçai d'un mouvement de tête avant de lui demander de situer la cabane sur la carte devant nous. Constatant que l'affaire était grave, Juan eut la gentillesse de ne poser aucune question. Il prit le marqueur et fit une croix nette et précise. Sans le savoir, il venait de livrer la position exacte de mes parents en ce moment même. Noah mit la main dans sa poche pour en tirer une petite clé et ouvrir la menotte qui me liait à la table en métal. Puis, il prit la carte en nous remerciant de notre collaboration.

J'étais libre. Juan m'aida à marcher pour sortir du commissariat. À l'extérieur, l'air était lourd. Le soleil m'éblouit un instant. J'étais éreintée. Le bruit de la ville m'étourdit un petit moment. Juan posa un regard doux sur moi en me demandant une nouvelle fois si tout allait bien. Je levai les yeux au ciel, pensant à Andrew, de l'autre côté du globe, et je poussai un soupir de soulagement :

—À présent, tout ira mieux.

*

Je n'aurais jamais pensé vivre un au revoir aussi déchirant. En arrivant sur le sol brésilien, quelques semaines auparavant, je m'attendais à une aventure pour sauver mon frère, et à rentrer chez moi sans regarder en arrière. À la porte d'embarquement, je me rendis compte que ce voyage avait radicalement changé ma vie. En rentrant à Édimbourg, je savais que je ne travaillerais plus dans le droit. Je ne savais pas encore ce que je ferais de ma vie, mais je comptais bien prendre le temps de chercher ma voie. J'essayerais aussi d'améliorer mes relations avec mon petit frère : il était le seul membre de la famille qu'il me restait. J'étais allée à l'encontre de mes peurs pour tenter de faire triompher la justice. Noah m'avait contactée pour me prévenir de l'arrestation de mes parents avant que cette information ne fasse la une des journaux internationaux. Juan l'avait apprise aussi, et d'un seul regard, il avait compris qu'il n'y avait aucune question à poser. J'avais dénoncé mes parents et cela avait été la meilleure chose à faire.

Pendant tout ce voyage, ce qui m'avait le plus déstabilisée était ma rencontre avec Juan. Je ne m'attendais pas à découvrir une personne comme lui. Il avait les pieds sur terre, rêvait d'aventures et pour autant, il savait où il allait. Il venait d'une famille aisée, comme la mienne. Il s'était affirmé, comme moi. Nous nous ressemblions et la perspective de le quitter me déchirait le cœur. Nous avions échangé peu de gestes de tendresse après la nuit passée ensemble. Et même si je tentais de me persuader que ce n'était qu'une nuit qui ne comptait pas, je m'étais attachée à lui. Alors, devant la porte d'embarquement, mon billet en main, ce fut à contrecœur que je pris ma valise en lui disant au revoir pour monter dans l'avion qui me ramènerait en Écosse.

30

West Linton, Écosse, 2019
Deux jours plus tard

La pluie d'Édimbourg ne m'avait pas manqué. J'étais allongée sur mon lit en tentant de me remettre de mes émotions et du décalage horaire.

Melina était venue me chercher à l'aéroport et m'avait tout de suite bombardée de questions sur ce qui s'était produit. En particulier sur l'arrestation de mes parents. Je lui avais signalé que je ne souhaitais pas en parler pour le moment. Alors, elle avait évoqué Juan et, le cœur blessé, j'avais répondu que c'était pareil pour lui : je ne voulais pas en parler. Elle avait grogné en disant que j'étais une vieille femme aigrie. Quand j'étais sortie de la voiture, mon frère cadet s'était précipité sur moi en disant qu'il avait hâte de me montrer toutes ses idées pour transformer le domaine en chambres d'hôtes. Melina et lui avaient beaucoup travaillé sur ce projet. Je lui avais répondu quelques mots rapidement, avant de leur annoncer que j'allais me coucher, car j'étais fatiguée.

À présent, cela faisait une journée entière que je n'avais pas quitté ma chambre. J'avais passé les premières heures à contempler le portrait d'Eleanor en lui parlant à voix basse. J'avais besoin de me confier à quelqu'un et je pensais que seule elle comprendrait tout ce que j'avais vécu. Melina m'apportait des petits plats en souriant. Je passai la plupart de mon temps à dormir. J'étais épuisée.

En cette nouvelle journée, je consentis à me lever pour vider mon sac qui traînait au pied de mon lit. Je sortis des vêtements puants, un cahier qui, finalement, était resté vierge et toutes sortes d'objets. Au fond de mon sac, il restait la longue-vue d'Eleanor. J'avais complètement oublié qu'elle était là ! Je la pris et m'assis un moment sur mon lit en la contemplant. Son prénom était gravé dessus. Elle devait y tenir beaucoup. Je me levai de nouveau pour aller près de la fenêtre. Je l'ouvris. Dehors, le ciel était brumeux. Un brouillard enveloppait la lande. Je tournai la longue-vue pour grossir le paysage. J'étais concentrée à regarder les alentours quand j'entendis la porte de ma chambre s'ouvrir.

—Je vais descendre, Melina. Tu n'es pas obligée de venir me nourrir.

—Je n'ai rien apporté, répondit une autre voix.

En la reconnaissant, je faillis laisser tomber la longue-vue. Je la rattrapai de justesse avant de me tourner vers celui qui venait d'entrer dans la pièce. Malgré son air fatigué, il souriait.

—Juan ? Qu'est-ce que tu fais ici ?

J'étais si heureuse de le voir, même si cela me semblait irréel. Nous nous étions quittés à l'aéroport de Manaus et à présent, il était dans cette chambre en Écosse, avec moi. Je contournai le lit avant de sauter dans ses bras et d'enfouir le visage au creux de son cou. Je respirai longuement son odeur. Rarement je m'étais sentie aussi heureuse.

—Quand tu es partie, je me suis rendu compte que cela ne serait pas pareil sans toi. Alors, j'ai appelé Melina qui m'a dit de prendre un billet. Elle m'a confirmé que mon idée était bonne quand elle a dit qu'elle avait récupéré une épave. Je t'avouerais que le climat de ce pays n'est pas l'idéal pour moi, mais qu'est-ce que l'on ne ferait pas pour une personne que l'on aime ?

Je sentis le rouge me monter aux joues. Mon cœur battait fort. J'étais enivrée de bonheur. J'avais envie de sautiller sur place. Je relâchai mon étreinte pour le regarder droit dans les yeux en souriant. Il approcha son visage du mien, ses lèvres des miennes, et m'embrassa délicatement. Ce baiser était tendre, rempli de douceur et d'amour. Je le lui rendis avant d'entendre :

—Bon, nous avons compris que vous étiez contents de vous retrouver, patati, patata, mais ça fait déjà vingt minutes que j'attends ma sœur en bas pour lui parler de mon super projet ! Donc, grouillez-vous avec vos papouilles !

Je me détachai de Juan pour regarder par-dessus son épaule. Mon frère était sur le pas de la porte de ma chambre, en train de singer nos embrassades. Je ne pus m'empêcher de rire et d'enfouir ma tête dans le tee-shirt de Juan. À cet instant précis, j'étais heureuse. Ma vie allait changer. J'allais découvrir qui j'étais réellement, et tout ça sous le regard de la dame au portrait : Eleanor Davidson.

ÉPILOGUE

Manaus, Brésil
Trois ans plus tard

— Bonjour, soyez les bienvenus !

J'adressai mon plus grand sourire aux trois personnes qui venaient d'entrer. Debout derrière mon guichet, j'accueillis les nouveaux visiteurs avec un visage des plus chaleureux. Avec leurs casquettes sur la tête, leurs chaussures de randonnée, leurs grosses chaussettes remontées jusqu'aux mollets et leurs appareils photo autour du cou, ils étaient le stéréotype même des touristes en balade. La femme qui était en tête s'approcha de moi. Elle était petite, un peu ronde, et ses cheveux, sous sa casquette rouge, étaient grisonnants. Elle posa la carte qu'elle avait dans les mains sur mon comptoir avant de sortir un portefeuille de son sac à dos.

—Nous avons rendez-vous pour le trek. Je suis désolée, je ne parle pas portugais…

—Ne vous inquiétez pas, je suis Anglaise. Je comprends parfaitement votre langue.

—Quel soulagement ! Je ne vous raconte pas ! Depuis le début, nous baragouinons des phrases qui ne veulent rien dire ! répondit-elle en éclatant d'un rire jovial.

—La réservation était à quel nom ? lui demandai-je en ouvrant mon cahier.

—Dawson.

—Ah oui ! Je vois ! Le départ a lieu dans une petite heure. Je vous laisse visiter le musée en attendant ? Puis vous irez dans la pièce à côté, mon collègue vous préparera vos équipements et votre guide ne tardera pas, lui dis-je en souriant.

Je lui donnai des tickets d'entrée pour le musée et je vis le trio partir à la découverte des petits trésors qu'il comportait.

Je les observai s'éloigner en souriant. En même temps, je contemplais ce que nous avions bâti avec Juan. J'étais très fière de ce que nous avions accompli. Après être restée quelques mois auprès de mon frère cadet pour rattraper le temps perdu, je m'étais décidée à rejoindre Juan à Manaus. Mon amour pour lui était tel que je pouvais le suivre à l'autre bout du monde. Nous avions loué un appartement dans le centre-ville de Manaus avant que je lui explique mon projet fou. Je souhaitais récupérer les objets d'Eleanor et d'Armand qui étaient encore dans la cabane pour en faire un musée. Je voulais exposer leurs écrits pour montrer au monde entier leur travail et leurs découvertes. Je désirais que le travail de mon ancêtre perdure. En parallèle, je lui avais confié que nous pourrions organiser des treks à travers la forêt amazonienne pour que les touristes puissent découvrir la faune et la flore qui peuplent cette partie du Brésil. Je lui avais précisé que je souhaitais qu'ils puissent voir cette cabane perchée en haut d'un des arbres les plus majestueux de la forêt. Ce projet fou, je pensais que

Juan en rirait, mais non. Il avait déclaré que cette idée était formidable !

C'était ainsi, lors d'un début de soirée, dans notre appartement, que nous avions commencé à bâtir notre projet. Nous avions décidé de construire le musée à côté de la boutique de Trevor. Nous voulions rassembler les deux bâtiments pour proposer une même offre. L'ami de Juan était tout à fait partant pour être notre partenaire, ravi à l'idée de pouvoir travailler de nouveau avec lui. Nous avions passé plusieurs mois à construire et d'autres à mettre tout en place. Juan avait récupéré le plus d'objets possible dans la cabane. J'avais agencé la petite pièce à l'aide de vitrines pour les objets les plus fragiles, et mis des mannequins en place pour mettre en valeur des vêtements qu'Eleanor et Armand avaient portés. J'avais eu dans l'idée de proposer une offre médicinale avec les recettes trouvées dans les cahiers d'Eleanor, mais j'avais fait machine arrière. Juan m'avait confié que ce n'était pas une bonne idée de révéler les secrets traditionnels de la tribu.

En voyant les touristes s'intéresser à un bout de l'histoire d'Eleanor, je ne pus m'empêcher de sourire de fierté. Je redescendis sur terre en entendant la porte s'ouvrir de nouveau. Un livreur, habillé d'une chemise noire et d'un pantalon kaki, entra avec un colis dans ses mains. Il le posa sur mon guichet. D'un air renfrogné, il me tendit un bloc-notes avec une feuille de papier.

—Une signature, s'il vous plaît, madame.

Je pris un crayon avant de faire une signature maladroite. Il repartit sans demander son reste. Je fronçai les sourcils. Je n'eus pas le temps de me pencher dessus, car Juan venait d'apparaître. Il passa derrière le guichet pour déposer un baiser sur ma joue.

—Ton groupe est arrivé, lui dis-je en souriant légèrement au contact de ses lèvres sur ma peau.

—Ah ! Parfait ! Je vais aller dire à Trevor de préparer les affaires. As-tu eu des nouvelles ?

Depuis le matin, j'avais essayé de ne pas penser à ce qui se déroulait outre-Atlantique. Rien qu'à cette question, je sentis mon estomac se retourner. Aujourd'hui était le jour où le procès de mes parents s'ouvrait au tribunal de Londres. J'étais nerveuse. Je me demandais s'ils parviendraient à s'en sortir. J'espérais que justice soit faite. Andrew avait décidé qu'il assisterait au procès en chair et en os. Pour ma part, j'avais préféré me concentrer sur ma nouvelle vie brésilienne. La dernière confrontation avec mon père m'avait laissée dans un tel état de choc que j'avais préféré ne pas y assister. Je savais que mon absence serait notée, mais j'étais contente de ma décision. Je répondis à Juan d'un simple hochement de tête négatif. Il passa une main dans mes cheveux bruns pour me rassurer.

—Ça va bien se passer. J'en suis sûr. (Il déposa un baiser sur ma tête.) Je vais aller préparer le trek. Je rentrerai tard, ce soir.

—Je te mettrai un dîner de côté.

Il me sourit. Il avait toujours ce sourire qui me faisait fondre. Il quitta la pièce pour aller rejoindre Trevor. Au moment où je pensais pouvoir me confronter au petit colis en face de moi, mon téléphone se mit à sonner dans ma poche. En le sortant, je vis la photo d'Andrew s'afficher. Je compris qu'il avait quitté le tribunal. Je contournai le guichet pour passer la porte du musée et me retrouver à l'extérieur.

Il faisait très chaud. Le soleil, même s'il avait passé le zénith, cognait fort. Je me mis dans un coin à l'ombre, contre le bâtiment en bois, avant de glisser l'index sur mon téléphone pour décrocher. Le visage d'Andrew s'afficha. Je remarquai qu'il avait fait un effort vestimentaire, s'habillant en costume et ayant soigneusement coiffé ses cheveux. Malgré le ciel gris, il portait ses lunettes de soleil. Il était incorrigible ! L'épreuve que nous avions traversée nous avait rapprochés. Nous nous parlions davantage et nous avions à présent une véritable relation de frère et sœur.

—Est-ce déjà fini, Andrew ? demandai-je, surprise.

—Oh ! Tu connais maman avec ses grands talents de comédienne ! Elle a feint un malaise et la séance a été ajournée ! me répondit-il d'une voix légèrement agacée.

—Comment vas-tu ?

—Moi, ça va. J'ai assisté au pire spectacle de ma vie. Je constatais qu'il pleuvait, car il râlait en accélérant le pas. De mauvais comédiens avec un mauvais script ! Papa a essayé de plaider sa cause en disant qu'il n'avait pas agi dans de mauvaises intentions. Maman s'est mise à pleurer en clamant qu'elle n'y était pour rien. Papa a essayé de nous faire porter le chapeau. Bref. Tout un beau bordel. En voyant que le procès était en train de tourner en leur défaveur, maman a fait semblant d'avoir un malaise.

—Elle a vraiment fait semblant ?

—Bien sûr que oui ! Bon, ils ont appelé un médecin pour être sûrs, mais ça se voyait sur son visage que c'était du pipeau !

—Qu'est-ce que le juge a dit ?

—Pourquoi ne m'as-tu pas parlé de ce qui s'est passé au Brésil ?

Je ne m'attendais pas à cette question. J'avalai ma salive avec difficulté. Ainsi, le secret aurait seulement tenu trois ans. Andrew pouvait voir, à mon visage, que j'étais déstabilisée par cette question. Je sentis mes joues devenir rouges et mon regard se faire fuyant. Ma bouche était pâteuse à cause du stress et la chaleur n'arrangeait rien. Je ne voulais pas affronter le regard de mon petit frère. Je ne lui avais jamais parlé de l'entrevue que j'avais eue avec nos parents. Je compris que cette histoire venait d'être mise à jour.

—Comment le sais-tu ? demandai-je timidement.

—Pendant le procès, un agent d'Interpol est intervenu.

Noah était donc allé au tribunal de Londres, au jugement de mes parents. J'espérais qu'il n'avait pas mentionné le pacte que nous avions passé.

—Il a dit que c'était toi qui les avais trouvés. Pourquoi ne me l'as-tu pas dit ?

—Ça s'est très mal passé, Andrew. Je ne voulais pas en parler et je voulais te protéger.

—Merci, Charlotte, dit-il sincèrement. Je ne sais pas ce qu'il s'est passé là-bas, mais au vu des regards que papa a posés sur moi, je pense que tu en as fait beaucoup. Alors, merci.

Je vis dans ses yeux qu'il était sincère. Il s'abrita près d'une bouche de métro. Mon frère était passé du petit garçon pourri gâté qui n'avait jamais pris le métro de sa vie au véritable citadin. Certaines personnes avaient le don de se métamorphoser, telle une chenille en un joli papillon, et d'autres avaient le malheur de pourrir de l'intérieur.

—Tu retournes à Édimbourg ? demandai-je.

—Non. Je vais encore assister au procès demain, et le reste de la semaine s'il le faut. Melina et Thomas s'occupent du domaine.

Deux ans et demi plus tôt, Melina m'avait surprise en m'annonçant qu'elle avait démissionné de son poste chez Branson pour s'installer avec mon frère, dans le domaine familial. Elle voyait le potentiel du projet de chambres d'hôtes et voulait en être une des principales actionnaires. Grâce à elle, mon frère avait pu lancer sa petite affaire qui était devenue très rapidement florissante ! Dans le domaine familial, les chambres avaient gardé leur allure authentique avec une touche de confort en plus. Un service d'équitation était proposé, ainsi qu'un Spa et qu'une détox numérique. Les clients venaient se ressourcer en plein milieu de la lande écossaise. Et l'un de ces clients n'était jamais parti. Thomas. Un véritable coup de foudre avait eu lieu entre mon frère et lui. Ils papillonnaient ensemble et je trouvais que mon frère avait gagné en maturité.

—Je suis très fière de toi, Andrew. Tu le sais, lui répondis-je en souriant.

—Merci, Charlotte. Tu n'y croyais pas, à ce projet, hein ?

—Non, pas du tout, avouai-je en riant. Mais je me suis trompée, et heureusement.

—Bon, je te laisse. Je vais choper le métro avant d'attraper la mort, et appeler Thomas. Je te tiens au courant ! À la prochaine !

Je l'embrassai avant de raccrocher. Je savais que le procès de mes parents était éprouvant pour lui. J'étais très fière de l'homme qu'il était devenu. Il n'avait plus rien à voir avec le garçon qui était assis devant la porte de mon appartement, trois ans et demi auparavant. Je mis le téléphone dans ma poche en soupirant avant de rentrer dans le musée. J'entendis du bruit dans la pièce à côté. Les touristes devaient se préparer pour leur trek. Trevor devait leur présenter leur attirail et Juan, faire les dernières recommandations. Je m'avançai vers le guichet pour attraper le colis déposé plus tôt. Je vis que l'expéditeur était d'Édimbourg. J'arrachai l'emballage pour découvrir, dans un papier bulle, un vieux manuscrit dont l'auteur était Armand Williamsburgh. Une lettre accompagnait cet ouvrage et je la dépliai pour en lire les quelques lignes.

Chère Mademoiselle Taylor,
Suite à votre demande, je vous joins le manuscrit d'Armand Williamsburgh.
Sachez toutefois que cette requête est exceptionnelle. Les livres de cette époque ne sont pas censés être cédés. Néanmoins, au vu de votre projet de musée, de votre lien de parenté avec la co-autrice et du fait que M. Williamsburgh a été radié du cercle des géographes d'Édimbourg, ce manuscrit n'a aucune valeur dans nos rayons.
Il trouvera sa place dans votre musée.
Cordialement,

Mme Miverna Solwens, conservatrice
de la bibliothèque d'Édimbourg

Je déposai la lettre sur le guichet pour contempler le petit ouvrage bleu relié, intitulé *Études anthropologiques des peuples indigènes du Brésil*. Je pris la direction du fond de la pièce où une petite vitrine était là, à l'attendre. Je l'ouvris à l'aide de mes clés et posai l'ouvrage sur un coussinet afin qu'il ne s'abîme pas. Je souris, heureuse et fière que ce musée ait enfin la pièce manquante. Je refermai la vitrine en contemplant le petit livre bleu. L'aventure était finie, il était à sa place, comme moi j'avais trouvé la mienne.

Remerciements

Une aventure ne se vit pas seul. Il y a toujours ceux et celles qui vous donnent un coup de pouce ! Je tenais à remercier plusieurs personnes :

Ma famille : mes parents, Daniel et Claudine, et ma sœur, Élodie. Merci pour l'amour inconditionnel et le soutien que vous m'avez apporté dans les moments difficiles. Ce livre est pour vous. Pour nous.

Mes ami(e)s proches, Amélie en particulier qui écoute mes doutes sur mes aventures et qui supporte ma folie créative. Merci à vous tous d'avoir écouté mes idées et de lire mes histoires !

Mes collègues de la médiathèque de Vichy qui m'ont accueillie chaleureusement dans ma nouvelle vie il y a presque trois ans.

Ma collègue auteure de chez City : Sylvie Lassalle, qui est toujours là en soutien et avec qui les échanges sont toujours constructifs.

Mes professeurs qui m'ont soutenue pendant ma scolarité sur mon désir de créativité. En particulier, merci à M. Christian Zonza, à la faculté

de Nantes, qui m'a donné la confiance qui me manquait pour tenter de poursuivre mon rêve.
Aux éditions City pour me faire de nouveau confiance.
Aux lecteurs, lectrices.

Ce livre vivra une belle vie en votre compagnie !

FIN

Achevé d'imprimer en mai 2023
sur les presses de la Nouvelle Imprimerie Laballery
58500 Clamecy
Numéro d'impression : 304564

Imprimé en France

La Nouvelle Imprimerie Laballery est titulaire de la marque Imprim'Vert®